Al Rey

Tageswandler
~Igor~

Für Gina

Über die Autorin

Al Rey ist in Solingen geboren und aufgewachsen. Jetzt lebt sie im schönen Rheinland.

Kontakt:
al-rey.jimdofree.com
al-rey@gmx.de

Bibliografische Information der Deutschen
Nationalbibliothek: Die Deutsche Nationalbibliothek
verzeichnet diese Publikation in der Deutschen
Nationalbibliografie; detaillierte bibliografische Daten sind
im Internet über dnb.dnb.de abrufbar.

Herstellung und Verlag:
BoD – Books on Demand, Norderstedt
Covergestaltung: VercoDesign, Unna

ISBN: 9783755749714

Al Rey

Tageswandler

~Igor~

1. Prolog

„Wie soll ich sehen, ob du dich vor deinem Angriff verwandelst, oder nicht?", fragte Okon missmutig und rappelte sich vom Boden auf. Sie trainierten seit über einer Stunde auf einer kleinen schneebedeckten Wiese abseits des Quartiers. Seichte Hügel und Sträucher schirmten sie ab, sodass ihnen niemand zusah. Igor hatte Okon erneut mit Leichtigkeit besiegt. Es spielte tatsächlich keine Rolle, in welcher Gestalt der Hundemann angriff. Er war zwar etwas älter, als Igor ursprünglich angenommen hatte, besaß jedoch noch zu wenig Erfahrung, um es im Einzelkampf mit ihm aufzunehmen.

„Ich weiß, es fällt dir schwer, aber überlass dich fürs Erste deinem Instinkt." Der Hyänenmann lehnte sich vor. „Er wird dir zeigen, was auf dich zukommt, solange du gegen Gestaltwandler kämpfst. Kontrolle lernen wir alle erst später."

Nach drei weiteren Attacken gab Okon es auf. Er blieb im Schnee auf dem Rücken liegen und rieb sich die schmerzenden Knochen. „Vielleicht bin ich einfach kein Kämpfer."

„Du hast mich gebeten, es dir beizubringen. Das spricht gegen diese These."

„Du glaubst nicht, wie sehr ich das gerade bereue."

„Hab Geduld mit dir." Igor half ihm mit einem Grinsen auf. „Wie lange muss ich das?"

„Du hast dich Jahrzehnte lang gegen deine zweite Gestalt gewehrt und ihr Potenzial nicht entfaltet. Natürlich wird es dauern, bis du sie wie ich benutzen kannst."

Der Albino nickte nachdenklich, während sie sich auf den Rückweg zum Quartier machten. Der Mond stand hoch am Himmel. Er tauchte die Gegend in ein kühles, fahles Licht. Jeder noch so niedrige Busch warf einen unwirklich langen

Schatten. Trotzdem hatte Igor sich schnell wieder heimisch gefühlt. Hier war er aufgewachsen.

„Ich wünschte, ich wäre dir früher begegnet. Oder hätte den Mut aufgebracht, mich ein paar Abtrünnigen zu offenbaren. Dann hätte ich früher gelernt, ein Hund zu sein", sagte Okon. Er bleckte die Zähne. „Abtrünnige leben gefährlich und müssen jedem gegenüber misstrauisch sein. Wer weiß, wie sie unter normalen Umständen auf dich reagiert hätten."

„Ich dachte, in den meisten Gruppen ist meine Hundegestalt allgemein akzeptiert. Wäre ein anderer Clan besser gewesen?"

„Hätten sie dich aufgenommen, hätten sie von dir erwartet, ein Wächter zu sein und den Clan um jeden Preis zu beschützen. Gefragt, ob du das willst, hätten sie nicht."

Der Hundemann zuckte mit den Schultern. „Warum tue ich mir diese Kampflektionen mit dir wohl an? Ich *will* die anderen beschützen können."

„Einverstanden." Igor stieg ein paar flache Felsen hinauf. Ihr Quartier kam in Sicht.

„Aber dann bin ich nicht mehr lange dein geeigneter Trainingspartner. Falls sich ein Clan gegen uns wenden sollte, was ich wirklich nicht hoffe, schicken sie zuerst ihre Bären. Du wirst Katinka fragen müssen, ob sie dir beibringt, wie man sich gegen sie verteidigt."

Okon zog die Schultern hoch. Er konnte es ihm nicht verübeln. Einige im Clan fühlten sich von Katinka eingeschüchtert. Die hünenhafte Bärin war ebenfalls auf dem Weg ins Haus und warf ihnen einen kurzen Blick zu. Falls sie den letzten Teil ihrer Unterhaltung mit angehört hatte, schien sie noch nicht darauf eingehen zu wollen. Sie verhielt sich allgemein ein wenig reserviert und beobachtete jeden Einzelnen in ihrem Clan genau, bevor sie überhaupt ein Gespräch begann. Igor hatte sie inzwischen erzählt, dass ihre Familie aus Kroatien geflüchtet und sie in Kolumbien geboren worden war. Vor wem sie geflohen waren und wer ihre Eltern letztendlich getötet hatte, behielt sie für sich. Sie hatte nur gesagt, dass dem Clan ihretwegen keine Gefahr drohen würde. Igor vermutete im Stillen, dass Katinka ihre Familie gerächt hatte. Sie besaß ohne jeden Zweifel das Herz einer Kriegerin. Er betrat mit Okon die Eingangshalle. Die alten sowie die neuen Clan-Mitglieder hatten gemeinsam beschlossen, das Quartier zu renovieren. Zuerst hatten sie die dunklen Vorhänge und muffigen Teppiche entfernt und teils durch hellere Stoffe ersetzt. Statt der alten Gemälde zierten drei Dutzend Fotos die Korridorwand in der ersten Etage. Melissa hatte sie von sämtlichen Clan-Mitgliedern gemacht. Auch von jenen, die zuvor nie aus Spaß fotografiert worden waren. Dementsprechend hatten ein paar sehr irritierte Mienen in die Kamera geschaut. Igors Bild hing genau in der Mitte und zeigte ihn dabei, wie er auf einer Leiter stand und einen Karton von einem verstaubten Regal hob. Fjodor hatte gefragt, ob das Mädchen nicht besser neue und vielleicht etwas würdevollere Aufnahmen von ihnen machen sollte. Bisher gefielen sie Igor allerdings sehr gut. Melissa kam ihnen entgegen und begrüßte ihren Gefährten mit einem Kuss. Dann betrachtete sie seine vielen Blessuren.

„Was hast du schon wieder mit ihm gemacht?", fragte sie an Igor gewandt.

„Es geht schon", nahm Okon die Antwort vorweg. „Ich bin nur dreckig. Ich dusche mich schnell ab und dann streichen wir die letzte Wand in unserem Zimmer, einverstanden?"

Sie nickte begeistert, blieb jedoch stehen, während er schon die Treppe hinauf lief. Sie musterte Igor erneut, als ob er ihrem Geliebten all die Schrammen absichtlich zugefügt hätte.

„Er will kämpfen lernen", sagte er leise. „Es gibt keinen anderen Weg, als zu trainieren."

„Ich verstehe ja, warum. Aber wie wäre es mal mit zwei Tagen Pause?"

„Sag du ihm das", schlug Igor vor. Melissa nickte resigniert. In diesem Punkt hörte Okon offenbar nicht auf sie.

„Marcus hat angerufen", sagte sie, bevor sie sich zum Gehen wandte. „Er lässt dich grüßen."

„Danke. Was hat er gewollt?"

„Er hat sich nur erkundigt, wie es Valeska und mir geht." Das Mädchen hob die Schultern. „Denkst du, er fühlt sich immer noch verantwortlich, obwohl wir uns selbst entschieden haben, bei euch zu bleiben?"

„Gut möglich."

Diese Art der Nachfrage war unter den Gestaltwandlern unüblich, Igor nahm es seinem alten Freund aber nicht übel. Woher sollte Marcus wissen, dass Jason und Okon die beiden Mädchen als ihre Partnerinnen ansahen und nicht als Sklavinnen, was auch in diesem Jahrhundert nicht vielen Begabten vergönnt war. Melissa stieg leichtfüßig die Treppe hinauf. Es hatte ein wenig gedauert, aber sie hatte sich eingelebt. Ihre zierliche Erscheinung besaß etwas Elfenhaftes, was ihr den Spitznamen Fee eingebracht hatte. Zum Glück ärgerte es sie nicht. Im Gegenteil. Die jüngeren im Clan nannten sie fast alle so. Außerdem besaß sie das Talent, die anderen mit ihrer inzwischen meist guten Laune anzustecken. Igor sah ihr noch einen Augenblick nach, bis Sergej ihn in den Empfangssaal rief. Es musste entschieden werden, welche Wand welche Farbe erhalten sollte. Selbstverständlich packte er bei den Renovierungsarbeiten mit an, wann immer er konnte.

Erst nach Sonnenaufgang wurde es langsam still im Haus. Igor wusch sich zwei verschiedene Wandfarben von den Fingern, dann machte er sich auf den Weg in die Bibliothek des Quartiers. Als er die Eingangshalle durchquerte, zog Fjodor gerade die Haustür auf. Er und Sergej wollten offenbar einen ihrer üblichen Patrouillenwege ablaufen. Sie nickten ihm ergeben zu, bevor sie das Gebäude verließen. An die Regelmäßigkeit, mit der ihm diese Geste entgegengebracht wurde, hatte der Hyänenmann sich immer noch nicht gewöhnt. Genauso wenig wie an die Tatsachen, dass er das Vermögen des Clans verwalten musste, und ihm stets als erstes ein gefüllter Teller gereicht wurde, wenn sie gemeinsam aßen. Die Tür zur Bibliothek knarrte, als er sie öffnete. Dies war einer der Räume, die sie noch nicht renoviert hatten. Eine dicke Staubschicht bedeckte die Pergamentrollen und Lederbände, die über Jahrhunderte gesammelt worden waren. Im hinteren Teil des Raums befand sich ein abgeschlossener Schrank, zu dem kein Schlüssel zu finden war. Die Hunde vermuteten, dass eines der alten Oberhäupter darin Dokumente versteckt hatte, die die Verwicklung des Clans in den letzten großen Krieg gegen die Werwölfe vor über 500 Jahren bewiesen. In diesen Konflikt waren sie offiziell nicht involviert gewesen und keines der lebenden Clan-Mitglieder konnte das Gegenteil bezeugen. Dennoch hielt sich der Verdacht, da damals mehrere Kämpfer spurlos verschwunden waren. Igor hatte sich vorerst dagegen entschieden, das antike Möbelstück deswegen aufzubrechen. Zum einen waren sie immer noch damit beschäftigt, zu einer Gemeinschaft zusammenzuwachsen. Zum anderen hatten

innerhalb von zwei Monaten bereits vier fremde Gestaltwandler vor ihrer Tür gestanden, weil sie vom Umdenken
des Clans unter Igors Führung gehört hatten. Drei von ihnen
waren nur neugierig gewesen und wieder gegangen, ein Hundemann war geblieben, um vielleicht sogar für immer bei
ihnen zu leben. Selbstverständlich waren alle vier eingehend
darüber befragt worden, wer sie waren und zu wem sie
Kontakt hatten. Schließlich bestand immer noch die Möglichkeit, dass Soraya irgendwo im Schatten lauerte und in
ihrem Auftrag spioniert wurde. Die Gegenwart hielt sie alle
in Atem, daher wollte Igor lieber keine alten Wunden aufreißen. Außer Fjodor waren ohnehin nur zwei weitere
Männer alt genug, um sich an jene Zeiten zu erinnern. Er
setzte sich auf das einzige Sofa im Raum und schlug den
Band über die Entstehungsgeschichte seines Clans auf, den
er als Kind nicht hatte lesen dürfen. Mittlerweile war er bei
Aufzeichnungen angelangt, die sich hauptsächlich um
Grenzstreitigkeiten mit einer gewissen Jasmina drehten.
Angeblich war ihre Mutter seinem Clan entwendet und in
eine Abscheulichkeit verwandelt worden. Darauf würde er
die geborene Vampirin nicht ansprechen. Schließlich war
ihre Mutter Rahel beim Angriff der Firma getötet worden.
Ein Knarren ließ ihn aufhorchen. Die Tür zur Bibliothek
wurde vorsichtig geöffnet, bis diejenige den Kopf durch den
Spalt stecken konnte. Olgas zierliches Gesicht kam zum
Vorschein. Igor war ihr und ihrem Bruder Jurij zum ersten
Mal in Anzherus Hauptquartier begegnet, als die Vampire
die kläglichen Überreste des Clans kurzzeitig beherbergt hatten. Die Kinder hatten beide Eltern an den Kampf gegen die
Firma verloren. Olga hatte sogar mit angesehen, wie ihre
menschliche Mutter abgeschlachtet worden war. Seitdem litt

sie unter Alpträumen und sprach so gut wie nie. Igor streckte ihr eine Hand entgegen. „Kannst du wieder nicht schlafen?" Sie schüttelte den Kopf und kam auf ihn zu. Statt seine Hand zu nehmen, kletterte sie auf das Sofa und klammerte sich an seinen Oberarm. Er legte das schwere Buch beiseite und strich über ihr lockiges Haar. Das beruhigte sie häufig eher, als auf sie einzureden.

„Ist dir kalt?"

Der Raum war ziemlich kühl und Olga trug nur ihren Pyjama. Sie nickte. Igor befreite sich aus ihrem erstaunlich festen Griff und stand auf. Auf dem Regal neben ihnen lag eine alte Decke. Als er sie anhob, löste sich eine wahre Staublawine. Außerdem hatte sie genau mittig ein riesiges Loch, durch das mindestens der Kopf des Mädchens gepasst hätte. Igor schaute Olga fragend durch das Loch im Stoff an. Sie hob lachend die Arme, damit er den dreckigen Lumpen bloß nicht über ihr ausbreitete.

„Na gut, du hast recht. Die entsorgen wir lieber." Er legte die Decke beiseite und zog stattdessen seinen Pullover aus. Damit deckte sie sich sofort freiwillig zu. Sobald er wieder saß, schmiegte sie sich an seine Seite. Igor nahm den Geschichtsband von der Armlehne und las weiter. Nach einer halben Stunde schlief Olga tief und fest. Als sie die ersten Male zu ihm gekommen war, hatte er sich in Gegenwart dieses dreijährigen Kindes völlig hilflos gefühlt. Niemand hatte Rat gewusst, also hatte er es mit gut zu reden oder vorlesen versucht. Einmal war er über eine Stunde lang mit ihr spazieren gegangen, aber nichts hatte geholfen. Nur still sein und sie im Arm halten funktionierte. Gegen Mittag beendete Igor den Geschichtsband. Kaum etwas daran hatte ihn sonderlich überrascht bis auf die Erwähnung des Ersten Clans. Natürlich stammte auch der Asiatische Clan mehr oder weniger direkt von ihnen ab, aber er konnte sich nicht erinnern, dass in diesem Haus je darüber gesprochen worden war. Olga zuckte im Schlaf und gab sogar einen Laut von sich. Allerdings schien sie ihr Traum nicht schon wieder zu wecken. Igor hob sie in seine Arme und trug sie die Treppe hinauf zum Zimmer der beiden Geschwister. Ihr Bruder lag zusammen gerollt in seinem Bett und bemerkte sie nicht. Er war bereits acht Jahre alt und verglichen mit einem Menschen so groß wie ein Fünfzehnjähriger. Bald würde Jurij wohl zum ersten Mal seine zweite Gestalt annehmen. Igor legte Olga behutsam ab und tauschte seinen Pullover gegen ihre Decke. Anschließend schlich er zurück nach unten. Fjodor und Sergej kamen ihm in der Eingangshalle entgegen. Sie stützten eine Frau in ihrer Mitte, die ihren Zügen nach aus der Mongolei stammen mochte. Ihr schwarzes Haar war zerzaust und unter ihren Augen lagen dunkle Schatten. Ihre Kleider waren schmutzig und sogar mit Blut befleckt.

„Wir haben sie drei Kilometer vom Haus entfernt und mit einem Armbrustbolzen im Rücken aufgegriffen", sagte Fjodor und setzte die Frau auf der Bank ab, die sie unter einem der großen Fenster in der Halle aufgestellt hatten.

„Sie sagte, ihr Name sei Charlotte."

Sie sackte völlig erschöpft auf der Bank zusammen. Igor näherte sich ihr behutsam. Ihrem Geruch nach war sie definitiv eine Gestaltwandlerin, aber was ihre zweite Gestalt sein mochte, erschloss sich ihm nicht.

„Ich bin Igor, Oberhaupt dieses Clans. Wirst du noch immer verfolgt?"

Charlotte nickte schwach.

„Von wem und können sie herfinden?"

„Von den Männern, die mir gütigerweise erlaubt haben, eine Weile bei ihrer Gruppe zu leben." Sie hustete gequält, wobei sie sich die Hand vor den Mund hielt. Dennoch war der Geruch von Blut unverkennbar.

„Ich glaube, ich habe sie abgehängt, bevor ich euer Patrouillengebiet betreten habe." Sie warf den beiden Hundemännern einen argwöhnischen Blick zu. „Sie dürfen nur nicht herausfinden, dass ich mich hier aufhalte. Jeder auf dem Kontinent weiß, wo euer Quartier ist."

Diese Tatsache war selbstverständlich, da der Asiatische Gestaltwandler-Clan Jahrhunderte lang seine Vormachtstellung behauptet hatte. Igor musste sich trotzdem noch daran gewöhnen, dass im Grunde jeder Unsterbliche seinen Aufenthaltsort kannte.

„In Ordnung. Ruh dich aus. Wir reden heute Abend." Er wandte sich zu Fjodor um und bat ihn, sie in einem Gästezimmer unterzubringen.

„Nicht nötig", widersprach Charlotte. „Ich bin euch sehr dankbar für das Angebot, aber ich muss so weit weg wie möglich. Ich bleibe höchstens eine Stunde. Diese Bank hier reicht völlig."

„Und dann willst du dich schwer verwundet weiter durch die Einöde schleppen?" Igor hob skeptisch die Brauen.

„So schlimm ist es nicht."

Er griff nach ihrer Hand, die sie seit ihrem Hustenanfall vor ihm verbarg. Charlotte fletschte drohend die Zähne, daher zog er seine Hand zurück. Sie hatte auch so verstanden, worauf er hinaus wollte.

„Du befindest dich auf unserem Land und bist erschöpft und verletzt. Daher biete ich dir Gastfreundschaft an, bis du dich erholt hast, statt dich in den halbwegs sicheren Tod zu schicken."

„Unter welcher Bedingung?", gab sie sarkastisch zurück.

„Sei nicht so unhöflich", knurrte Sergej.

Igor hob beschwichtigend eine Hand, damit sich der Hund zurückhielt. „Du verhältst dich friedlich. Wenn du ein Problem mit unserer Lebensweise hast, wendest du dich an mich."

Sie neigte den Kopf. „Das sollte ich hinbekommen."

„Gut."

Fjodor half ihr von der Bank auf und zeigte ihr den Weg zu den Gästezimmern. Sergej trat dichter an Igors Seite und fragte, was diese Charlotte wohl sein könnte, als die beiden in der ersten Etage verschwunden waren. Er hob ratlos die Schultern. Wenn sie wollte, würde sie es ihnen offenbaren.

Bei Sonnenuntergang ließ Charlotte sich noch nicht blicken. Erst gegen Mitternacht, als Igor gerade mit Katinkas Hilfe den reinigungsbedürftigen Kronleuchter in der Eingangshalle abmontierte, erschien sie auf der Treppe. Die tiefen Schatten unter ihren Augen waren verschwunden und ihre Schritte wirkten wesentlich leichtfüßiger als am Mittag.

„Es geht dir schon besser", stellte Igor zufrieden fest.

„Um Welten. Ich glaube, ich habe noch nie in einem so gemütlichen Bett geschlafen." Sie wandte Katinka das Gesicht zu, aber die Bärin schwieg und trug den schweren Leuchter nach draußen. So reserviert verhielt sie sich gegenüber allen Neuankömmlingen. Charlotte schien es auch ohne diese Anmerkung nicht persönlich zu nehmen.

„Wir sollten uns unterhalten", sagte Igor. „Wenn deine Verfolger hier auftauchen, will ich wissen, mit wem ich es zu tun bekomme."

Sie verzog das Gesicht.

„Am besten sagst du mir auch, warum sie dich jagen."

Dieser Vorschlag gefiel ihr offensichtlich noch weniger. Jason und Valeska betraten die Halle. Sie trugen Farbeimer und Pinsel die Treppe hinauf.

„Ihr seid wirklich viele", sagte Charlotte leise. „Vielleicht sind wir irgendwo ungestört?"

Igor ging mit ihr in die Bibliothek, da in den umliegenden Räumen nicht renoviert wurde und die Stimmen der anderen nur gedämpft bis zu ihnen drangen. Sie beäugte die verstaubten Regale einen Augenblick, als wäre sie überrascht.

„Deine Hunde haben Zeit zu lesen?"

„Das hoffe ich doch." Igor lehnte sich gegen die Fensterbank. Charlotte nickte anerkennend.

„Also? Wo möchtest du anfangen?"

„Nun... meine alte Gruppe steht mit einem kleinen Clan in Nordchina in Verhandlungen und unser Anführer wollte mich für ihre Freundschaft an ihr Oberhaupt verkaufen. Ich habe mich geweigert. Jetzt sind sie hinter mir her."

„Verstehe", gab er zurück. „Ich verspreche, wir werden dich nicht hier festhalten, um dich auszuliefern. Meiner Meinung nach sollten wir Gestaltwandler diese mittelalterliche Unsitte endlich ablegen."

„Mir gefällt, wie du denkst." Sie schob die Fingerspitzen in die Hosentaschen und wippte auf den Fußballen vor und zurück. „Trotzdem kommen wahrscheinlich zwei Hunde und ein Bär, um mich einzufordern, wenn ich nicht bald von hier verschwinde."

„Sie schicken nur deinetwegen drei Männer", hielt Igor fest. Ihre zweite Gestalt musste beeindruckend sein, denn besonders alt roch sie nicht.

„Ich war auch überrascht, als ich sie entdeckt habe." Sie zog freudlos die Mundwinkel breit. „Ich war noch nie so wichtig."

Der Hyänenmann nickte verständnisvoll. Ihr Sarkasmus täuschte nicht über ihren Schmerz hinweg.

„Du musst mich nicht trösten", sagte sie abweisend. „Früher oder später musste so etwas passieren. Und leiden konnten sie mich sowieso nie."

„Warum? Stören sie sich an Sarkasmus?"

Charlotte lachte kurz auf. „Wenn es bloß das wäre."

„Ist es die Gestalt, die du an Kinder vererben würdest?", riet er.

„Das dürfte der Hauptgrund sein." Sie sah zu Boden.

„Möchtest du sie mir zeigen?"

Um ihr zu beweisen, dass er sie nicht verurteilen würde, nahm er seine Hyänengestalt an. Sie hielt seinem Blick stand, rührte sich jedoch nicht. Igor verwandelte sich in einen Menschen zurück. Charlottes Herz schlug ein wenig schneller, ihre Atmung ging flacher.

„Es ist wahr, was man über dich hört", sagte sie. „Du bist anders."

„Ja, aber das erkläre ich Gästen nicht am ersten Abend."

„Verstehe." Sie neigte den Kopf und atmete tief durch. Ihre Verwandlung setzte ein. Sie schrumpfte, bis sie ihm nur noch bis zum Knie reichte. Ihr Fell war dicht und grau, ihr spitz zulaufendes Gesicht und ihr buschiger Schwanz schwarz und weiß gestreift. Igor hatte ein solches Tier zuletzt nahe einer Stadt in Deutschland entdeckt, da sie in der Nähe der Menschen ihre Scheu verloren. Bevor er etwas sagen konnte, wurde die Tür zur Bibliothek schwungvoll geöffnet.

„Igor, weißt du zufällig, wo wir die Säge…" Melissa unterbrach sich und sah von ihm zu Charlotte. Sie hob drohend den Besen, den sie in der rechten Hand trug.

„Was zum Teufel macht der Waschbär hier drin?"

Die Bärin wandte sich wortlos ganz zu ihr um.

„Ouh… du bist eine von uns, oder?" Melissa grinste breit. Es war ihr offensichtlich peinlich. Charlotte lachte und verwandelte sich zurück. „Dich mag ich. Wer bist du?"

Das Mädchen stellte sich vor und erzählte kurz von ihrer Gabe.

„Aber du riechst anders als eine gewöhnliche Begabte", merkte Charlotte interessiert an.

„Ja, das ist ein kleines Andenken an meine Gefangenschaft bei der Hybridenfirma. Ich bin unsterblich geworden, statt wie die anderen in der Testreihe zu krepieren."

„Also… bist du im Grunde ein künstliches Halbblut? Unsterblich aber keine zweite Gestalt", hakte sie verwundert nach. Melissa warf Igor einen fragenden Blick zu.

„So würde ich es nicht ausdrücken. Keines ihrer Elternteile ist ein Gestaltwandler und sie hat keine Chance auf eine zweite Gestalt." Er verkniff es sich, auszusprechen, dass dies wahrscheinlich nur auf die reale Welt zutraf. In der anderen Dimension könnten sie eine andere Antwort auf diese Frage erhalten. Allerdings hatte weder Melissa noch ihre Cousine ihn bisher danach gefragt und er wollte ihnen in dieser Hinsicht weder Angst, noch falsche Hoffnungen machen. Das Mädchen verabschiedete sich mit einem verhaltenen Winken und zog die Tür hinter sich zu.

„Tauschen will ich jedenfalls nicht mit ihr", flüsterte Charlotte. „Ich bin kein Grizzly, aber ich kann mich wehren. Sie ist nur ein Mensch."

„Deshalb beschützen wir sie, wann immer es nötig ist", sagte Igor gelassen.

„Nichts für ungut." Sie räusperte sich. „Hast du noch weitere Fragen oder darf ich bei Tagesanbruch weg? Bis dahin sollte ich mich vollständig erholt haben."

„Gehst du weiter nach Westen?", fragte er.

„Klar, sonst laufe ich ihnen in die Arme."

„Wenn sie vor deinem Aufbruch nicht sowieso herkommen, werden sie dich an meiner Grenze erwarten."

„Die ist groß." Charlotte zuckte mit den Schultern. „Und ich kann mich sehr klein machen, wenn es sein muss."

„Es gibt nur sehr wenige Straßen und abseits davon wirst du dich verirren. Dein Weg ist zu berechenbar." Igor schüttelte den Kopf. „Es gibt Menschendörfer auf meinem Gebiet. Nimm den langen Weg über sie. Wenn deine Leute etwas darauf geben, keine Sterblichen in euren Kampf zu ziehen, reise über Astana und dann nimm ein Flugzeug. Bleibe unter Menschen, so oft und lange es geht. Allein sein kannst du später immer noch."

Sie hob überrascht die Brauen. „Klingt, als hättest du das selbst schon getan."

„Ja, meine ersten hundert Jahre als Abtrünniger gab es einige, die meinen Tod wollten."

Seine Offenheit diesbezüglich überraschte sein Gegenüber. Charlotte wandte betreten den Blick ab. „Wenn ich bloß ein Ziel hätte."

„Du könntest zum Clan in Kanada gehen", schlug Igor vor.

„Zwei ihrer Söhne sind Otter. Ein Waschbär erschreckt sie vielleicht nicht so sehr."

Sie brachte ein kleines Lächeln zustande. Dennoch war offensichtlich, wie sehr ihre Situation ihr zusetzte.

„Ich wünschte, es gäbe einen anderen Weg", sagte sie nach einem tiefen Atemzug. „Kannst du dem Clan in Nordchina weismachen, dass ein Bündnis anders entstehen sollte, als eine Frau als Gegenleistung zu fordern?"

„Ich fürchte, das steht nicht in meiner Macht." Igor schüttelte den Kopf. Es kursierten bereits einige Gerüchte über die Ansichten innerhalb seines Clans. Damit konnte er umgehen, da ihm deshalb noch keine schwerwiegenden Vorwürfe gemacht werden konnten. Sobald er anfing, anderen Oberhäuptern aktiv vorzuschreiben, was sie zu tun und zu lassen hatten, provozierte er damit eine Allianz gegen sich, die weit mächtiger sein würde als alle seine Hunde und Bären zusammen. Zum einen nahm er dieses Risiko für eine Fremde nicht in Kauf, zum anderen strebte er nicht danach, andere Clans zu bekehren.

„Entschuldige, ich hätte das nicht fragen sollen", sagte Charlotte ohne jeden Vorwurf. „Es ist überaus freundlich von dir, mich überhaupt zu beherbergen."

„Keine Ursache."

Sie kaute kurz auf ihren Nägeln. „Ich neige zur Rastlosigkeit, musst du wissen. Wäre es in Ordnung, wenn ich Melissa helfe, diese Säge zu finden, bis ich aufbreche?"

„Da hat sie bestimmt keine Einwände."

Etwa eine Stunde vor Sonnenaufgang legte Okon den Pinsel beiseite und betrachtete ihr Werk. Sergej und er hatten die letzten Stunden damit verbracht, eine Wand im Empfangssaal mit einem Ornamentmuster zu verzieren. Der Hundemann klopfte ihm anerkennend auf die Schulter. „Deine Seite sieht noch akkurater aus als meine. Du besitzt eine ruhige Hand."

„So groß ist der Unterschied nicht", gab er verlegen zurück.

„Wie du meinst. Willst du noch auf den Trainingsplatz?"

Okon verneinte. Er hatte Melissa versprochen, seinen Knochen heute einen Tag Ruhe zu gewähren. Gemeinsam räumten sie noch kurz auf, dann begab er sich auf die Suche nach seiner Geliebten. Sie saß mit der Frau in der Küche, die am vergangenen Mittag eingetroffen war. Charlotte zeigte ihr gerade, wie man ein Loch in einem Vorhang stopfte. Sie sah ihn strahlend an. „Den habe ich im Keller gefunden und keiner will ihn haben. Ich will ihn vor unser Fenster hängen."

„Schön."

Die Gestaltung ihres Zimmers überließ er getrost ihr. Melissa besaß den Elan, sich um jedes Detail zu kümmern. Okon selbst war einfach nur froh und dankbar, seit über 94 Jahren wieder ein Zuhause zu haben. Von Gestaltwandlern umgeben zu sein, war völlig neu gewesen, aber er hatte sich schnell daran gewöhnt. Seine Geliebte schnitt den letzten Faden zurecht und sah triumphierend auf. „Was denkst du?"

„Es wird halten", gab Charlotte trocken zurück. Melissa grinste. „Sowas musste ich eben noch nie machen. Seid ihr euch eigentlich schon begegnet?"

Sie warf Okon einen fragenden Blick zu. Er schüttelte den Kopf, woraufhin er der fremden Gestaltwandlerin vorgestellt wurde.

„Sie ist ein Waschbär", ergänzte Melissa. „Was es nicht alles gibt."

„Ich bin wohl die Erste, die du mit einem Besen verscheuchen wolltest." Charlotte hob amüsiert die Brauen.

„Wie lange hat sie gebraucht, um dich als eine von uns zu erkennen?", fragte Okon spaßeshalber, obwohl seine Gefährtin ihn böse ansah. Er würde nie vergessen, wie sie ihn bei ihrer ersten Begegnung hinter den Ohren gekrault hatte.

„Zwei Sekunden", lautete die Schätzung.

„Da bist du besser weggekommen als ich", sagte er mit einem breiten Grinsen und fing den leeren Becher auf, den Melissa nach ihm warf.

„Ist ja auch überhaupt nicht peinlich, oder so", knurrte sie.

„Das war die lustigste Reaktion auf meine zweite Gestalt, die ich je erlebt habe", merkte Charlotte nachdenklich an. „Hast du eine Ahnung, was aus deinen Nachkommen wird, wenn du denn mal welche hast?"

Sie hob unschlüssig die Schultern. „Wenn es seine Kinder sind, werden sie doch Hunde."

Okon drehte sich bei dem Gedanken, jetzt schon Vater zu werden, der Magen um. Er lernte immer noch ständig dazu, was die Regeln und Gewohnheiten der Gestaltwandler anging. Außerdem kannte er Melissa erst seit gut drei Monaten und sie war gerade einmal 17 Jahre alt. Er liebte sie, aber dafür war es zu früh.

„Oh nein, Kleines", sagte die Waschbärfrau. „Mein Partner könnte der älteste und stärkste Hund auf der ganzen Welt sein, meine Kinder wären trotzdem Waschbären. Die Gestalt hängt immer vom Erbe der Mutter ab."

„Das wusste ich noch nicht", gab Melissa zu. „Irgendwie habe ich noch nie darüber nachgedacht."

„Das hat schließlich auch noch jede Menge Zeit", sagte Okon schnell.

„Natürlich." Charlotte lächelte entschuldigend. „Ich wollte euch nicht in Verlegenheit bringen."

„Ist schon in Ordnung. Und gut zu wissen, dass es an mir läge." Seine Geliebte musterte sie einen Augenblick. „Willst du nicht einfach bei uns bleiben?"

„Wie bitte?"

„Ich meine ja nur… Du sagtest, deine alte Gruppe besteht nur aus acht Männern. Gegen die können wir dich locker verteidigen, wenn sie tatsächlich Ärger wollen."

„Du lebst noch nicht lange unter Gestaltwandlern, oder?", fragte Charlotte. „Wenn ich bleibe, gebe ich ihnen damit die Chance, andere Clans gegen Igor aufzuhetzen, weil sie dann behaupten, er hätte mich gestohlen. Da wäre ich ein wirklich undankbarer Gast."

„Was?", gab Melissa ungläubig zurück. „Aber du bist doch zu uns gekommen."

„Das würde keine Rolle spielen. Sobald sie sicher sind, dass ich hier bin, werden sie kommen und mich einfordern."

Okon schüttelte langsam den Kopf. Ihm war nicht bewusst gewesen, wie andere Clans und Gruppen ihre Frauen behandelten. Der Unmut stand seiner Gefährtin ins Gesicht geschrieben.

„Das ist doch nicht fair! Besteht eine kleine Chance, dass sie es nicht wissen?", hakte sie nach.

„Sie sind ziemlich gute Spurenleser."

Melissa zuckte mit den Schultern. „Lass es darauf ankommen. Wenn sie dich nie *einfordern*, kann Igor genauso gut behaupten, dass er von nichts wusste."

„Stimmt." Charlotte lehnte sich auf ihrem Stuhl zurück und schaute sie verwundert an. „Bist du immer so mutig?"

„Nein, ich... finde dich bloß nett und würde dir gern helfen." Sie sank ein bisschen in sich zusammen. Okon verkniff es sich, ihr zu widersprechen. Seit Melissa sich in ihrem neuen Zuhause wohlfühlte, war ihr Selbstvertrauen immens gewachsen.

„Wenn du unbedingt willst, kannst du ja später gehen, wenn es nicht mehr so gefährlich ist", fügte sie hinzu. Die Waschbärfrau nickte langsam. „An diese Option hätte ich nie gedacht, ich wollte einfach nur so weit weg wie möglich." Sie stand auf. „Ich frage Igor, was er davon hält."

„Den Versuch ist es wert." Melissa lächelte sie strahlend an. Nachdem Charlotte den Raum verlassen hatte, näherte Okon sich seiner Geliebten. Sie erhob sich und legte die Arme um seinen Nacken. „Hoffentlich habe ich nichts Falsches gesagt."

„Du hast es gut gemeint und Igor wird wissen, was er tut",
sagte er zuversichtlich. „Willst du deinen Vorhang auf-
hängen?"

Sie bejahte und küsste ihn. Hand in Hand gingen sie hinauf
in ihr Zimmer. Nach seiner Gefangennahme durch die Firma
hätte Okon sich nie träumen lassen, dass für ihn ein völlig
anderes Leben beginnen würde. Ein so wunderbares noch
dazu. Im Stillen wünschte er Charlotte, dass Igor sich einverstanden zeigen würde und auch sie neu anfangen konnte,
ob allein oder bei ihnen.

2. Steinbock

Melissas Argumente hatten Igor offenbar überzeugt. Trotz
aller Bedenken hatte er Charlottes weiterem Aufenthalt beim
Clan zugestimmt. Mittlerweile waren drei Tage vergangen
und niemand war vor ihrer Tür erschienen, um sie als seinen
Besitz zurückzuverlangen. Ihre Renovierungen gingen
bestens voran. Im Grunde brauchten sie nur noch aufzu-
räumen und Farbkleckse zu beseitigen. Okon trug eine Leiter
in den Keller und stellte sie in dem Raum ab, den Sergej ihm
genannt hatte. Bisher war er selten im Untergeschoss des
Quartiers gewesen und wenn, dann nur, um Vorräte oder
Werkzeug zu holen. Den hinteren Teil des Kellers hatte er
noch nie betreten. Er rieb die Hände an seinem ohnehin
schmutzigen Hemd ab und schaltete das Licht auf dem wei-
terführenden Gang ein. Zu seiner linken lag ein recht großer
Raum, in dem mit Laken abgedeckte Gegenstände gelagert
waren. Auf manchen hatte sich bereits eine dicke Staubschicht gebildet. An der massiven Säule in der Mitte lehnten
augenscheinlich die Gemälde, die sie aus der Eingangshalle
und den Korridoren entfernt hatten. Nicht einmal die Älteren
im Clan vermissten sie. Okon schlenderte weiter. Es folgten
weitere Vorratsräume, manche waren ganz leer. Am Ende
des Ganges blieb er stehen. Fünf eiserne Zellentüren waren
in die Wände eingelassen. Er spähte durch die erste und
entdeckte mehrere Ketten, die offenbar dazu gedacht waren,
Hals und alle vier Gliedmaßen an Ort und Stelle zu halten.
So ließ sich bei den meisten Gestaltwandlern sicherlich eine
Verwandlung unterbinden. Dem Geruch nach war lange
niemand hier unten gewesen. Dennoch beschlich Okon ein
mulmiges Gefühl bei der Vorstellung, an einem solchen Ort
eingesperrt zu sein. Seine Gefangenschaft bei der Firma hatte

sich nur über wenige Tage erstreckt und trotzdem waren ihm die Angst und die Ungewissheit bestens im Gedächtnis geblieben. Was hätten die Wissenschaftler wohl mit ihm angestellt, wenn Igor ihn nicht gefunden hätte? Er erschauderte heftig und wandte sich ab. Zügig verließ er den Keller. In der Eingangshalle traf er auf die anderen Hunde, die die nächsten Patrouillen absprachen. Fjodor teilte ihn und Jason für den kommenden Morgen auf der Route nach Süden ein. Okon nickte seinem Partner zu. Jason war einer derjenigen, die die Geduld aufbrachten, mit ihm zu laufen und zu trainieren. Nicht jeder im Clan hatte Verständnis dafür, dass er seine zweite Gestalt die letzten 94 Jahre seines Lebens nie genutzt hatte.

„Die nördliche Route übernehmen Sergej und ich", sagte Fjodor. „Haltet nach Beute Ausschau. Wir…"

Ein Schrei unterbrach ihn. Es klang nach Jurij. Sie liefen nach draußen. Der Junge befand sich auf dem Vorplatz, wo er mit Katinka die Abfälle ihrer Renovierungsarbeiten auf einen Pick-up-Truck verladen hatte. Er wand sich am Boden. Die Bärenfrau strich ihm behutsam über den Kopf.

„Atme ganz ruhig", sagte sie. „Lass es geschehen."

„Verwandelt er sich?", fragte Okon leise an Fjodor gewandt. Er nickte bedächtig. „Sag Igor Bescheid."

Der Hundemann eilte zurück nach drinnen. Sein Oberhaupt kam ihm bereits mit Charlotte aus der Bibliothek entgegen. Sie hatten den Jungen ebenfalls schreien hören. Gemeinsam traten sie in den Kreis, der sich um Jurij gebildet hatte. Er lag mittlerweile auf dem Bauch und atmete nur noch stoßweise. Sein Herz raste. Seine linke Hand hatte sich seltsam überstreckt.

„Bitte…", keuchte er. „Es soll aufhören!"

„Du hast es gleich geschafft", ermutigte ihn Katinka. „Wehr dich nicht dagegen."

Okon war im Stillen froh, wie viel Zuspruch Jurij in diesem Moment erhielt. Niemand sollte mit seiner ersten Verwandlung allein gelassen werden wie er damals. Der Junge schrie ein weiteres Mal laut auf. Seine Gliedmaßen verschoben sich, es bildeten sich Fell und Hörner. Als es vorüber war, herrschte im ersten Moment erstauntes Schweigen.

„So eine Ziege habe ich noch nie gesehen", sagte Sergej.

„Diese Art gibt es auch nicht überall." Igor trat vor und legte Jurij eine Hand auf die Schulter. Schwer atmend kämpfte er sich auf seine Hufe.

„Du bist ein Steinbock."

Unsicher setzte Jurij einen Fuß vor den anderen. Nach sieben Schritten geriet er ins Stolpern und fiel hin.

„Ich kann so nicht laufen. Meine Füße sind zu schmal!"

„Das lernst du schon noch", gab Igor zuversichtlich zurück. „Lass uns zur Klippe im Norden laufen."

„Dafür brauchen wir normalerweise schon fast eine halbe Stunde", protestierte der Junge. „Auf diesen dünnen Beinen komme ich dort nie vor Morgengrauen an."

„Du schaffst es", hielt der Hyänenmann geduldig dagegen. „Okon, kommst du mit?"

„Klar."

Ein wenig frische Luft würde ihm nach seiner Entdeckung im Keller gut tun. Außerdem wollte er unbedingt sehen, welche Fortschritte Jurij innerhalb einer Nacht machen würde. Die Patrouille mit Jason würde er sowieso erst am Morgen beginnen. Zu dritt liefen sie los. Ein Blick über die Schulter verriet dem Hundemann, dass die anderen an ihre Aufgaben zurückkehrten, Sergej und Fjodor waren jedoch stehen geblieben und sahen ihnen nach. Offenbar flüsterten sie miteinander. Als das Quartier längst außer Sicht war, stolperte Jurij erneut und schnaubte wütend. Igor stieß ihn freundschaftlich mit der Pfote an und ging einfach weiter. Bald erhöhte er das Tempo. Okon war auf seinen Pfoten in der Regel der Langsamste, aber jetzt fiel Jurij sogar hinter ihm zurück. Mit einigem Vorsprung erreichten er und Igor den Fuß des Hügels, hinter dem ihr Ziel lag. Auf dieser Seite war der Anstieg für jeden zu bewältigen. Ein Pfad schlängelte sich vorbei an Büschen und Felsen, den sie trotz der Schneedecke schnell wiederfanden. Jenseits der Hügelkuppe fiel das Gelände in ein zerklüftetes Tal ab. Von oben sah es stellenweise so aus, als ginge es senkrecht in die Tiefe. Igor richtete sich in seiner menschlichen Gestalt auf und warf einen Blick über die Schulter. Okon tat es ihm gleich und entdeckte Jurij, der ihnen wieder näher war, als er vermutet hätte. Mittlerweile bewegte er sich wesentlich sicherer auf seinen vier Hufen und statt des Pfades nahm er den direkten Weg über die unebenen Felsbrocken. Igor sah ihm mit einem zufriedenen Lächeln dabei zu.

„Kannst du dich schon zurück verwandeln?", fragte er, als Jurij ihm gegenüberstand. Der Steinbock schüttelte missmutig den Kopf.

„Gut, dann darfst du jetzt vorgehen."

Ihr Oberhaupt wies geradewegs die Klippen hinab. „Wir holen dich ein."

Das bezweifelte Okon, hielt aber lieber den Mund, da ihm bewusst geworden war, dass Igor den Jungen absichtlich provozierte. Wie erwartet kam Jurij leichtfüßig und schnell voran. Auf ihren menschlichen Füßen konnten sie ihm kaum folgen. Zudem war es stellenweise entsetzlich glatt, sodass sie immer wieder abrutschten und im Schnee landeten. Noch ein paar Meter oberhalb des Talgrundes gab Okon es auf und rutschte den Rest des Abhangs hinunter. Igor erging es nicht besser. Jurij scharrte mit den Hufen, während sie sich vom Boden aufrappelten.

„Da habe ich mich gründlich verschätzt. Hinauf kommst du bestimmt auch viel schneller als wir", merkte der Hyänenmann an, während er seine Jacke zurecht zog.

„Großartig", brummte der Junge. „Ich kann klettern."

„Dir ist bestimmt nicht so kalt wie uns gerade", sagte Okon und versuchte, den langsam schmelzenden Schnee unter seinem Hemd loszuwerden. Igor stimmte dem zu und schüttelte sich.

„Ich friere nicht, aber was nützt das?"

Die Vorteile seiner zweiten Gestalt schienen ihm völlig egal zu sein. Er wirkte noch zorniger als zu Beginn ihres Ausflugs. Bevor Igor etwas erwiderte, setzte Jurijs Rückverwandlung ein. Mit einem schmerzerfüllten Stöhnen stemmte er sich auf seine menschlichen Knie.

„Ich will ein Wächter sein!", rief er so laut, dass es von den Klippen widerhallte. „Was soll ich mit diesen blöden Hufen?"

Er schlug mit der bloßen Faust gegen den Felsen rechts neben sich. Der Schnee darauf füllte den entstandenen Spalt. Igor schob einen Fuß vor. So stand er normalerweise, wenn er angreifen wollte.

„Denkst du, Reißzähne sind alles, worauf es ankommt?"

Jurij übte bereits regelmäßig mit Sergej oder Fjodor den Zweikampf. Dennoch riss er überrascht die Augen auf, als er Igor blitzschnell auf sich zukommen sah. Okon ging vorsichtshalber auf etwas mehr Abstand. Der Junge hatte sichtlich Mühe, Igor auszuweichen. Bei seinem nächsten Angriff wurde Jurij so hart getroffen, dass er sich in der Luft überschlug. Der Hundemann fing ihn auf, damit er nicht auch noch auf die Felsen krachte. Beleidigt stieß der Junge ihn von sich, sobald er wieder festen Boden unter den Füßen hatte. Okon hob beschwichtigend die Arme und trat zurück. Wenigstens Igor nickte ihm beiläufig zu.

„Verwandle dich!", forderte er. Jurij schnaubte wütend und ging in seiner menschlichen Gestalt zum Gegenangriff über. Igor wehrte ihn mühelos ab.

„Ich sage es nicht noch einmal."

Sein ungewohnt strenger Ton zeigte Wirkung. Jurij gab seine Angriffshaltung auf. Dann schloss er die Augen und atmete konzentriert durch. Dieses Mal lief seine Verwandlung schon deutlich schneller ab. Als er auf seinen vier Hufen stand, schüttelte er sich. „Und jetzt?"

„Tust du, was dein Instinkt dir befiehlt."

Im nächsten Moment stürzte Igor sich wieder auf ihn. Okon bewunderte im Stillen, wie gut der Hyänenmann selbst bei dieser Geschwindigkeit kontrollieren konnte, wie hart er zuschlug. Bis auf ein paar Schrammen war Jurij unverletzt. Der Steinbock sprang behände auf den nächsten Felsen, um auszuweichen.

„Jede Faser meines Körpers will vor dir fliehen", stieß er mit zusammengebissenen Zähnen hervor. „Aber ich will kämpfen!"

„Erst dein Instinkt", gab Igor ungerührt zurück und bedeutete Okon, den Jungen von der anderen Seite anzugreifen. Ein wenig verwundert sprang der Hund die Felsen hinauf. Während er Jurij vor sich her trieb, schlug Igor einen Bogen, um ihm den Weg abzuschneiden. Es gelang ihnen, den Jungen in die Enge zu treiben. Als es keinen Fluchtweg mehr gab, senkte der Steinbock den Kopf und rammte Igor aus dem vollen Lauf. Dabei stieß er mit seiner Stirn und der Vorderseite seiner Hörner gegen den Oberschenkel seines Gegners.

Der Hyänenmann knickte sofort ein und gab somit den Weg frei. Jurij sprang einige Meter aus ihrer Reichweite, bevor er sich schweratmend umwandte.

„Siehst du", sagte Igor und rieb sich die Stelle, an der er getroffen worden war. „Auch deine zweite Gestalt ist von Natur aus wehrhaft, wenn sie muss. Du brauchst kein Hund zu sein, um deinen Clan und deine Schwester beschützen zu können."

Jurij verwandelte sich zurück und trat ihnen mit gesenktem Kopf gegenüber. „Du hast recht. Tut mir leid."

„Schon gut. Ich verstehe deine Zweifel ja. Und ich will nicht leugnen, dass du in manchen Situationen im Nachteil sein wirst. Daran werden wir hart arbeiten müssen." Igor klopfte ihm auf die Schulter. „Lasst uns nach Hause gehen."

Der Junge nickte eifrig. Sie ließen ihm ein paar Schritte Vorsprung, bevor sie sich verwandelten. Okon fiel auf, dass Igor selbst in seiner Hyänengestalt auf dem rechten Hinterbein hinkte.

„Tut ganz schon weh, oder?", flüsterte er.

„Wenn er diesen Kopfstoß trainiert, ist er irgendwann dazu in der Lage, anderen die Knochen zu zertrümmern."

Als sie ihr Quartier erreichten, hatten Igors Schmerzen längst nachgelassen. Dennoch ging er davon aus, dass sich ein ansehnliches Hämatom auf seinem Oberschenkel gebildet hatte. Jurij ahnte wohl nichts davon. Der Junge gähnte, als sie die Eingangshalle betraten. Sich in seiner zweiten Gestalt zu bewegen und die Verwandlungen selbst hatten ihn offenbar sehr angestrengt.

„Danke, Igor", sagte er, bevor er die Treppe hinaufstieg und in seinem Zimmer verschwand. Okon verabschiedete sich ebenfalls, während Sergej und Fjodor an Igors Seite traten.

„Wie hat sich unser Junge geschlagen?", fragte sein Onkel.

„Gar nicht so schlecht, wie er denkt. Er unterschätzt seine Kraft." Er rieb erneut über die Stelle, an der Jurij ihn getroffen hatte. „Seine Enttäuschung über seine Gestalt legt sich hoffentlich bald."

„Das wird dauern", meinte Sergej. „Er ist ein Hitzkopf."

„Wie hat seine Schwester es aufgenommen?", wollte Igor wissen. Keiner der Hundemänner hatte eine Antwort parat, da sie Olga in den letzten zwei Stunden nicht gesehen hatten. Igor beschloss, sie zu suchen. Vielleicht würde das Mädchen etwas dazu sagen, dass sie sich in absehbarer Zeit in eine Steingeiß verwandeln würde. Es wären ihre ersten Worte seit Tagen. Fjodor folgte ihm die Treppe hinauf, wobei seine Miene schwierig zu deuten war. Vermutlich machte er sich Gedanken darüber, wozu Clan-Kinder mit einer so außergewöhnlichen Gestalt je taugen würden, aber darüber würde Igor nicht laut sprechen, solange auch nur eines von ihnen in Hörweite war. Skeptische Worte der Älteren würden sie nur verunsichern oder im schlimmsten Fall verjagen. Sie fanden Olga im Kaminzimmer in der ersten Etage. Sie saß mit dem Rücken dicht am knisternden Feuer und las. Zu Igors Überraschung lag Charlotte in ihrer Bärengestalt zusammengerollt neben ihr auf dem Teppich. Ihrem Atem nach schlief sie nicht, dennoch hielt sie die Augen geschlossen, bis er und sein Onkel nur noch drei Schritte entfernt waren. Olga war offenbar tief in ihrem Buch versunken gewesen. Jetzt sah sie erschrocken zu ihm auf.

„Wir sind zurück, falls du nach deinem Bruder sehen möchtest", sagte er. „Du weißt doch, was mit ihm passiert ist?"

Sie nickte, dann senkte sie leicht den Kopf.

„Stimmt etwas nicht?" Er ging ihr gegenüber in die Hocke, um ihre Mimik besser beobachten zu können. Olga zog verunsichert die Schultern hoch.

„Ich ...", setzte sie an, verstummte jedoch sofort wieder.

„Ja?", fragte Igor, um sie zum Reden zu ermuntern. Allerdings seufzte das Mädchen nur enttäuscht und berührte ihn am Handgelenk.

„Sie wäre wohl lieber wie du", sagte Charlotte, woraufhin Olga nickte.

„Warum? Weil ich zäh bin?", gab Igor zurück. „Das sind Ziegen auch."

Darüber schien das Mädchen wenigstens nachzudenken. Sie legte das Buch in ein nahes Regal und verließ den Raum. Fjodor wartete, bis ihre Schritte ein Stück entfernt waren, dann wandte er sich an Charlotte.

„Wir haben uns darauf verständigt, möglichst nie für sie zu sprechen, damit sie es irgendwann hoffentlich wieder selbst tut. Beachte das in Zukunft bitte."

„Tut mir Leid, das wusste ich nicht. Ich werde daran denken." Die Waschbärin stand auf und ging auf den Couchtisch zu, auf dem eine Wasserkaraffe und ein paar unbenutzte Gläser standen. Auf ihren kurzen Beinen würde sie diese wohl nicht erreichen können. Igor bemerkte, dass sein Onkel sich wenig erfolgreich ein Lächeln verkniff. Innerhalb eines Wimpernschlags stand Charlotte auf ihren menschlichen Füßen und sah zu Fjodor zurück.

„Bis eben habe ich mich in meiner zweiten Gestalt so wohlgefühlt wie selten in meinem Leben", sagte sie angriffslustig.

„Ruiniere mir das nicht, indem du mich belächelst."

„Verzeihung." Der Hundemann hob beschwichtigend die Arme. „Das war nicht meine Absicht und ich bin sicher, dass du eben andere Fähigkeiten besitzt als ich. Wie die Kinder."

„Denkst du das wirklich, oder sagst du das nur, weil dein unkonventionelles Oberhaupt neben dir steht?" Charlottes Augen wurden schmal, sie schien es aber nicht todernst zu meinen. Fjodor dachte kurz nach. „Da mein Neffe diese *unkonventionellen* Ansichten vertritt, kann ich mir endlich erlauben, es auf diese Weise zu sehen."

Diese Aussage erleichterte Igor ungemein, da er schon befürchtet hatte, eine sehr unangenehme Diskussion über Jurij und vor allem Olga mit ihm führen zu müssen. Er entschied, die beiden ihrem Gespräch zu überlassen, und wandte sich zum Gehen.

„Verstehe", sagte Charlotte, als er schon den halben Weg zur Treppe zurückgelegt hatte.

„Ich dachte mir schon, dass ihr blutsverwandt seid. Aber du bist wesentlich älter."

„Was sind schon 170 Jahre für uns", gab Fjodor gelassen zurück. „Erzähl mir doch lieber ein bisschen von dir."

„Zuerst einmal sind 170 Jahre für meine Verhältnisse viel."

3. Kaffee

Mit einem leisen Seufzen fuhr Gigi ihren Rechner herunter. Ihr Arbeitstag im Büro war unheimlich zäh verlaufen. Richtig konzentriert hatte sie sich auch nicht. Den Bericht, den sie geschrieben hatte, würde sie daher morgen lieber noch einmal kontrollieren, bevor sie ihn bei ihrem Vorgesetzten abgab. Ihre Kollegin Camie steckte den Kopf zur Tür herein und strahlte, als sie sah, dass Gigi gerade ihren Blazer anzog. „Wow, du bist mal zu einer normalen Zeit fertig?"

„Heute ja. Ich… habe noch etwas vor." Gigi stopfte ihr Portemonnaie in ihre Umhängetasche. Dann schaute sie kurz nach, ob noch eine Nachricht auf ihrem Handy eingegangen war. Camies Augen wurden schmal. „Ach was?"

„Ja, ich bin verabredet." Am liebsten hätte sie sich auf die Zunge gebissen. Jetzt würde Camie erst recht weiterbohren, bis sie alles erfahren hatte.

„Kenne ich ihn?", fragte sie, während sie gemeinsam den Flur entlang gingen.

„Nein, bestimmt nicht. Er ist nicht von hier."

„Hast du ihn etwa auf einer Dienstreise kennengelernt?"

Gigi nickte stumm. Seit ihrer letzten Begegnung vor dem Krankenhaus in Oslo waren fast drei Monate vergangen. Seine erste Nachricht hatte sie vor sechs Wochen erhalten, aber ihre Arbeit hatte kein früheres Treffen erlaubt. Den ganzen Tag über hatte sie fieberhaft überlegt, was sie bei ihrer Verabredung sagen sollte und was nicht. Camies unersättliche Neugier bezüglich ihrer Kolleginnen hatte sie leider vergessen. Das Café, in dem sie sich mit *ihm* treffen würde, lag auch noch auf dem Weg zur Metro. Folglich hatte ihre Kollegin noch reichlich Zeit, um sie weiter zu löchern.

„Was macht er beruflich?"

„Das ist schwierig zu beschreiben", entgegnete Gigi wahrheitsgemäß und winkte den Pförtnern zum Abschied.

„Wehe er ist ein Agent! Das kann nicht gut gehen!"

„Nein, keine Sorge. Er ist kein Agent." Mehr wollte sie lieber nicht dazu sagen. Die Nachmittagssonne schien ihnen ins Gesicht, als sie das Bürogebäude von Interpol verließen. Hier in Lyon verlief der Winter recht mild. In Oslo war es mit Sicherheit bitter kalt.

„Triffst du ihn zum ersten Mal?"

„Ich bin ihm schon mehrmals begegnet, aber heute ist unser erstes… Date." Gigi fiel es schwer, das Wort auszusprechen. Irgendwie passte es nicht, wenn man bedachte, dass sie bei ihrer ersten Begegnung auf ihn geschossen hatte. Und das mit voller Absicht. Ihre Vereinbarung, in Zukunft Informationen über verdächtige Fälle auszutauschen, beunruhigte sie im Gegensatz dazu nicht im Geringsten. Wenn es um die Arbeit ging, wusste sie in der Regel ganz genau, was sie zu tun hatte. Alles andere erschien ihr wie Neuland, obwohl sie schon die eine oder andere Beziehung gehabt hatte. Einige Schritte gingen sie schweigend nebeneinander her.

„Nun lass dir doch nicht alles aus der Nase ziehen!", quengelte Camie ungeduldig, aber da kamen die Tische des Cafés schon in Sicht. Gigi brauchte nicht lange zu suchen. Er war wirklich hergekommen. Verunsichert blieb sie stehen. Ihre Kollegin folgte gespannt ihrem Blick und pfiff anerkennend durch die Zähne. „Der hübsche Blonde, der Zeitung liest?"

„Ja…"

„Hättest ja gleich sagen können, dass du ein Model datest." Camie stupste sie freundschaftlich mit dem Ellbogen an. Gigi drehte sich ganz zu ihr um, damit er ihr Gesicht noch nicht sehen konnte. Der Versuch war albern. Bestimmt hatte er sie längst entdeckt, obwohl er kaum aus seiner Zeitung aufgesehen hatte. Camie schaute sie überrascht an und senkte dankenswerterweise die Stimme. „Meine Güte, bist du wirklich so aufgeregt?"

„Irgendwie schon", hauchte Gigi. Warum, konnte sie schlecht erklären. Niemand würde ihr glauben, dass der gutaussehende große Mann, mit dem sie verabredet war, seit ungefähr zweitausendfünfhundert Jahren existierte und sich von Blut ernährte.

„Dass ich das noch erlebe, hätte ich nicht gedacht", feixte Camie. „Ein Kerl, der dich aus der Ruhe bringt."

Gigi schaute ihr wieder direkt ins Gesicht. Vor allem aus Trotz drehte sie sich um und ging direkt auf ihn zu. Ihre Kollegin verabschiedete sich mit einem amüsierten Lachen und verschwand endlich in Richtung der Metro-Station Foch. Er saß ganz ruhig an seinem Tisch, bis Gigi so nahe war, dass auch ein Mensch sie wohl bemerkt hätte. Mit der Andeutung eines Lächelns stand er auf und begrüßte sie. Die Agentin blieb unschlüssig stehen.

„Möchtest du dich nicht setzen?", fragte Achilleas verwundert.

„Doch, gern", antwortete sie ein bisschen zu hastig und ließ sich auf dem zweiten Stuhl am Tisch nieder. Er setzte sich ebenfalls und faltete seine Zeitung zusammen.

„Ich bin mir nicht ganz sicher, was sich derzeit gehört und was nicht. Daher habe ich mit der Bestellung lieber auf dich gewartet."

„Das ist völlig in Ordnung." Gigi versuchte ein Lächeln. „Trinkst du überhaupt Kaffee?"

Achilleas schüttelte den Kopf. „Bedaure, aber nein."

„Hast du es probiert?"

„Ja und es war widerlich." Er erschauderte sogar leicht bei dem Gedanken daran. Gigi grinste. Ein Vampir, der sich vor

Kaffee ekelte, besaß eine gewisse Komik, ob gewollt oder nicht.

„Ist es zu früh, um ein Glas Wein zu bestellen?", fragte er hoffnungsvoll. In diesem Moment wurde die Agentin von einem der Kellner mit ihrem Namen begrüßt. „Dasselbe wie immer?"

„Ja und für ihn einen Weißwein bitte."

Der Kellner musterte Achilleas geringschätzig, dann ging er in das Café hinein, um ihre Bestellung weiterzugeben. Der Vampir hob die Brauen. „Die Gastfreundschaft in Person."

„Normalerweise komme ich allein her." Gigi lehnte sich zurück. „Er ist beleidigt, weil er heute nicht mit mir flirten kann."

„Aha." Mehr sagte er dazu nicht. Ob Vampire sofort eifersüchtig wurden? Gigi wollte das Thema lieber nicht weiter vertiefen.

„Ihr habt also gewonnen", stellte sie erleichtert fest.

„Wir haben den letzten großen Stützpunkt der Firma ausradiert." Er nickte bedächtig. „Allerdings hat Hugh genauere Daten über die Geldgeber dieses Projekts gefunden. Er forscht noch nach, wo sie sich befinden."

„Werdet ihr euch mit diesen Menschen auseinandersetzen, weil sie zu viel wissen?"

„Ich fürchte, ja." Der Vampir stützte sein Kinn auf.

„Wirst du mich auf dem Laufenden halten?"

„Wenn das dein Wunsch ist."

Er schlug die Augen nieder. Insgesamt bewegte er sich recht wenig, schien jedoch darauf bedacht, wie ein Mensch aufzutreten. Bloß seine Jacke wirkte wesentlich zu dünn für die Jahreszeit. Gigi verschränkte die Finger auf dem Schoß. Er hatte sie auf den neuesten Stand gebracht, was den Krieg der Unsterblichen anging. Schon fiel ihr nichts mehr ein, worüber sie reden konnten. Bis ihre Getränke kamen, schwiegen sie. Das Sonnenlicht spiegelte sich in seinem Weinglas. „Wie lange kannst du in der Sonne bleiben, ohne dass... etwas passiert?" Das war vielleicht nicht der beste Weg, wieder ins Gespräch zu finden. Andererseits musste sie ja irgendwo anfangen. Achilleas musterte sie nachdenklich.

„Die Sonne kann mir nichts anhaben", sagte er.

„Anderen von euch aber schon."

„Richtig." Er trank einen Schluck Wein. „Es gibt einen Grund für meine Immunität, aber darüber möchte ich nicht sprechen. Für den Anfang muss dir genügen, dass du dir um mich und das Licht keine Sorgen zu machen brauchst."

„Gut." Gigi drehte an ihrer Kaffeetasse. „Warum trinkst du Alkohol?"

„Er verdünnt das Blut, von dem ich zehre."

„Wie oft musst du denn trinken?" Beim Gedanken daran, dass Menschen üblicherweise mehrmals am Tag aßen, drehte sich ihr der Magen um. Es saßen so viele Leute in ihrer direkten Umgebung.

„Es hängt davon ab, wie viel Energie ich verbrauche."

„Sagen wir, du hast quasi nichts mehr übrig. Verlierst du dann die Kontrolle?"

Im ersten Moment regte sich nichts in seinem Gesicht. Diese Frage war entsetzlich indiskret gewesen. Sie glaubte schon, ihr erstes Date in den Sand gesetzt zu haben, und ließ die Schultern sinken. Achilleas schüttelte jedoch mit einem sanften Lächeln den Kopf. Die Mädchen vom Nachbartisch starrten ihn mittlerweile unverhohlen an.

„Wirst du mich öfter verhören?"

„Das bringt der Job mit sich", gab Gigi zu. Offenbar störte er sich doch nicht daran.

„Ich habe gelernt, mich zu beherrschen, und komme durchaus Wochen ohne frisches Blut zurecht. Aber verhungern kann ich auch nicht." Achilleas lehnte sich neugierig vor. „Genügt dir diese Aussage?"

Gigi nickte und trank von ihrem Kaffee, um ein bisschen Zeit zum Nachdenken zu haben.

„War das schon alles?", hakte er nach. Die Herausforderung in seiner Stimme war unüberhörbar.

„Ist dein Glas Wein dann ein gutes oder ein schlechtes Zeichen?" Sie stellte die Tasse ab. Das Klirren des Porzellans war ihr sonst nie so laut vorgekommen.

„Weder noch. Wir haben ihn bestellt, damit ich normaler wirke."

„Warum habe ich trotzdem das Gefühl, dass ich nicht außer Gefahr bin?"

Seit sie in Achilleas' Reichweite war, hatte Gigi neben ihrer Aufregung eine Art ungutes Gefühl. Es wollte einfach nicht verschwinden.

„Du weißt, mit wem du hier sitzt. Daher ist es nur verständlich." Seine grünen Augen waren plötzlich seltsam starr auf sie gerichtet, ohne zu blinzeln. „Mit einer einzigen Ausnahme gibt es kein effektiveres Raubtier als mich."

„Und diese Ausnahme wäre?"

„Asheroth." Er griff nach seinem Glas.

Gigi stutzte. „Was unterscheidet euch?"

„Ich besitze das bessere Gehör, er den besseren Tastsinn. Niemand schlägt meinen Bruder darin, andere aufzuspüren. Das muss ich neidlos anerkennen." Achilleas verzog das Gesicht. „Aber lass uns nicht über den Mann reden, der mich in meinem Leben am allermeisten Nerven gekostet hat und auch immer kosten wird."

„Okay." Gigi musste lachen. Der Unterton in seiner Stimme verriet, wie sehr er Asheroth in Wahrheit schätzte. Ihr selbst war dieser Vampir zwar am unheimlichsten von allen erschienen, aber das spielte im Moment wirklich keine Rolle. Sie war mit Achilleas allein. Wenn akute Gefahr von anderer Seite drohte, würde er sie mit Sicherheit warnen und ihr nicht gelassen gegenübersitzen.

„Gut... möchtest du vielleicht auch irgendetwas wissen?"

„Warum bist du Polizistin geworden? War das dein Traum, als du ein kleines Mädchen warst?"

Er brauchte wohl nicht über seine Worte nachzudenken, egal wie persönlich diese Frage war. Gigi nahm es ihm nicht übel. Da er vermutlich noch völlig anders über die Rolle von Frauen in der Gesellschaft dachte, überraschte ihn ihre Berufswahl.

„Nein, eigentlich... wollte ich zur Armee wie mein Vater."

„Wurdest du nicht angenommen?"

Sie zögerte mit der Antwort. „Es wundert dich kein bisschen, dass Frauen Soldatinnen werden können?"

Achilleas zuckte mit den Schultern. „Es gab immer schon welche mit genug Kampfgeist. Man muss sie nur lassen."

„Wenn du das sagst." Sie nickte. „Als ich sechzehn war, kehrte mein Vater von einem sehr langen Einsatz aus Westafrika zurück. Es muss grauenhaft gewesen sein, er hat nie darüber gesprochen. Er sagte mir nur, ich solle unter keinen Umständen zur Armee gehen."

Der Vampir erwiderte nichts, als wüsste er, dass sie noch etwas hinzufügen würde. Gigi trank erst ihren Kaffee aus.

„Welche Geschichte auch dahinter steckt, es war ihm sehr ernst, also hörte ich auf ihn."

„Was hat er von Interpol gehalten?"

„Begeistert war er damals nicht, aber wir sind darüber hinweg."

„Hast du noch mehr Familie?", fragte er.

„Meine Eltern, Tanten, Onkel und drei Cousins. Und so weit ich weiß, ist bei einem davon das erste Kind auf dem Weg." Sie neigte den Kopf ein wenig. „Du nennst Asheroth deinen Bruder, aber ihr seid nicht blutsverwandt, oder? Er sieht dir überhaupt nicht ähnlich."

„Der Vampir, der uns verwandelte, bestand darauf, dass wir uns als Brüder betrachten. Mit den Jahren wurden wir es tatsächlich. Commodus genauso. Wir sind als einzige aus jener Zeit übrig geblieben."

„Wie ist das so? Ewig zu leben, meine ich." Gigi lehnte sich zurück. Langsam fühlte sie sich etwas sicherer in seiner Gegenwart. Achilleas rieb sich das Kinn. „Das tun wir nicht. Auch meine Existenz wird enden, wenn mir jemand den Kopf abschlägt."

„So explizit musst du es nicht ausdrücken."

Er schien sich keine großen Gedanken darum zu machen, ob die Menschen an den Nachbartischen zuhörten. Die Agentin sah sich kurz um, aber außer den Mädchen rechts von ihr, die hinter der Getränkekarte miteinander flüsterten, schien niemand besonders an ihnen interessiert zu sein. Der Vampir trank seinen letzten Schluck Wein.

„Bei einem Geschöpf, das so alt ist wie ich, ist es der einzige Weg, sicherzugehen. Bis dahin…" Er hob unschlüssig die Schultern. „Was soll ich sagen? Ich habe Jahrhunderte gekämpft, bestimmt einige Jahre mit Lesen und dem Kennenlernen anderer Kulturen verbracht, meine Leibwächter ausgebildet und mich mit meinen Brüdern gestritten. Meistens war es aufregend, manchmal eben sehr trist."

„Das soll alles gewesen sein?", fragte sie.

„Was möchtest du denn hören?", fragte Achilleas arglos. Sie machte eine vage Geste. „Erzähl doch einfach ein bisschen. Wo warst du während der Französischen Revolution 1789? Hast du den Sturm auf die Bastille beobachtet?", fragte sie gespannt.

„Davon habe ich nur gelesen", gestand er.

„Bist du Louis XIV begegnet?"

„Nein."

„Jeanne d'Arc? Oder Elisabeth I von Großbritannien?" Wieder verneinte er.

„Warst du die letzten Jahrhunderte überhaupt in Europa?" Achilleas dachte einen Augenblick darüber nach, wie er diese Frage beantworten sollte. Ihm hätte klar sein müssen, dass Gigi irgendwann nach dem vergangenen Jahrtausend fragen würde, so neugierig wie sie war. Je mehr Zeit sie miteinander und vielleicht auch mit anderen Vampiren verbrachten, desto höher wurde die Wahrscheinlichkeit, dass sie die Wahrheit herausfand. Daher konnte er auch direkt offen darüber sprechen.

„Nein, ich war… sehr lange fort. Etwas mehr als tausend Jahre sogar."

Sie hob gespannt die Brauen. Dabei entstanden ein paar kleine Falten auf ihrer Stirn. Derart aufrichtiges Interesse ohne den geringsten Argwohn hatte er selten erlebt. Achilleas stützte den Kopf auf beide Hände. „Tatsächlich war ich eingefroren. In der Arktis."

„Jetzt veralberst du mich aber!" Gigi lachte.

„Nein, wirklich! Es hat nicht gereicht, um mich umzubringen. Mein Stoffwechsel war quasi bei null, deshalb konnte ich tausend Jahre ohne Nahrung überdauern."

„Das ist unheimlich." Sie erschauderte, hörte aber noch nicht auf, zu lächeln. „Wie ist das passiert? Hat dich jemand gefangen genommen und dann vergessen?"

„Das wäre zumindest amüsanter gewesen als die Wahrheit." Er schloss kurz die Augen. „Ich… hatte damals jemanden verloren und konnte einfach nicht mehr weitermachen, als wäre nichts geschehen. Irgendwann führte mich meine Reise ins Eis. Ich muss eingeschlafen sein."

Gigi nickte mitfühlend. Dieses Mal fragte sie nicht, wen er meinte. Stattdessen streckte sie eine Hand über den Tisch und wartete darauf, dass er sie ergriff. Es war das erste Mal, dass sie einander auf diese Art berührten. Ihre Haut fühlte sich ein wenig kühl an. Als er den Tisch im Freien ausgesucht hatte, hatte er nicht bedacht, wie kalt es für einen Menschen sein musste.

„Frierst du? Wir können uns nach drinnen setzen."

Gigi verneinte. „Es geht schon. Aber…"

Sie wiegte sich für einen Moment auf ihrem Stuhl hin und her, als würde sie in Gedanken mit sich zu ringen. „Wie muss ich mir deine… Auferstehung vorstellen? Haben sie dich einfach wieder aufgetaut wie ein gefrorenes Steak?"

Achilleas schnaubte belustigt. „Das und eine erhebliche Menge Blut waren nötig."

Trotz dieser Aussage ließ sie seine Hand nicht los. Er drehte sie so, dass er ihren Handrücken betrachten konnte. Zwischen ihren Fingerknöcheln entdeckte er ein paar kleine Narben von Abschürfungen, als hätte sie auf irgendetwas eingeschlagen. An ihrem Daumenballen war sie vor einiger Zeit wohl einmal genäht worden. Er strich mit dem Daumen über die schnurgerade Linie in ihrer Haut.

„Das sind nicht die Einzigen", sagte sie leise. Er nickte langsam. Sie war eben eine Kriegerin. Seine Narben würden ein anderes Mal zur Sprache kommen. Sie zogen ihre Hände zurück. Der Kellner trat an ihren Tisch und fragte, ob sie noch etwas bestellen wollten. Gigi bat ihn stattdessen um die Rechnung. Er verschwand nur kurz im Café und brachte ihnen eine Quittung. Auf die Frage, ob sie getrennt zahlen wollten, warf sie dem Kellner einen entnervten Blick zu. Wenigstens mit seinem Trinkgeld schien er zufrieden zu sein. Sie standen auf und verließen das Café. Die Agentin hatte einfach bezahlt, bevor Achilleas etwas hatte sagen können. Es war ihm noch nie passiert, dass ihn eine Frau einlud.

„Hast du es weit bis nach Hause?", fragte er. Gigi schüttelte den Kopf. „Von hier sind es nur zwei Stationen mit dem Bus. Manchmal gehe ich zu Fuß, wenn das Wetter so schön ist wie heute."

„Wollen wir?"

„Sehr gern."

Wie damals am Flughafen lauschte Achilleas aufmerksam, ob ihnen von irgendwoher Gefahr drohte. Unter dem Straßenlärm, den zahllosen geschäftigen Menschen und einem knurrenden Hund hinter einem Tor konnte er nichts Auffälliges entdecken. Gigi stupste ihn mit dem Ellbogen an.

„Stimmt etwas nicht?"

„Nein, alles ist, wie es sein sollte."

Sie hakte sich mit einem Lächeln bei ihm unter. Als sie ihn vorhin im Café entdeckt hatte, hatte sich der Klang ihres Herzschlags verändert, als ob sie über ein bisschen Aufregung hinaus angespannt gewesen wäre. Im Laufe ihres Gesprächs war Gigi jedoch ruhiger geworden. Ihr Puls ging immer noch ein wenig schnell, aber der Instinkt, entweder zu kämpfen oder vor ihm zu flüchten, schien nachgelassen zu haben. Achilleas hatte nicht erwartet, dass ihr Vertrauen zu ihm so rasch wachsen würde. Umso schöner war es, ihr nah zu sein. Im Vorbeigehen merkte sie an, in welchen der Geschäfte sie gern einkaufte, wo sie Tabak für die Geburtstagsgeschenke für ihren Vater herbekam und wer die besten Kaffeebohnen in der Stadt verkaufte. Er hörte einfach nur zu und prägte sich den Weg ein. Seit seiner Erweckung aus dem Eis hatte er äußerst selten etwas so Normales getan, wie mit einem Menschen durch seine Heimatstadt zu schlendern. Sie gingen auf eine Kreuzung zu. Von rechts näherten sich zwei rasende Herzschläge. Achilleas hielt Gigi instinktiv an der Hausecke zurück. Zwei Teenager sausten auf ihren Fahrrädern genau vor ihren Füßen vorbei und über den Fußgängerüberweg, für den die Ampel gerade auf Rot geschaltet hatte. Die Agentin sah überrascht zu ihm auf. „Konntest du sie kommen hören?"

Er nickte.

„Und wenn ich schon einen Schritt weiter gewesen wäre?", fragte sie neugierig. „Hättest du immer noch reagieren können?"

„Ja, aber dann hätte einer der Jungen jetzt kein Fahrrad mehr."

„Verstehe."

Sie überquerten die Kreuzung. Sechs Häuser weiter blieb Gigi stehen und wies zu den Fenstern im zweiten Stock hinauf. „Dort oben wohne ich."

Es schien ein typisches Mietshaus für diese Gegend zu sein. Hell getüncht, mehrere Etagen, die Fenster reihten sich schnurgerade nebeneinander auf und waren teils mit Brüstungen versehen. Achilleas nickte anerkennend.

„Wo wohnst du eigentlich? In Miras Haus hattest du doch auch nur ein Gästezimmer."

Im Moment hatte er sich in einem Hotel einquartiert, weil er nicht wusste, wie lange er in Lyon bleiben würde. Aber darum ging es ihr nicht.

„Nahe Aberdeen."

„Schottland?", hakte sie überrascht nach. „Wie viel Klischee muss ich mir vorstellen? Ein Cottage mitten im Nichts und diese zotteligen Rinder weiden vor deinem Fenster?"

Die Vorstellung schien sie zu belustigen. Ihr unbeschwertes Lächeln stand in einem angenehmen Kontrast zu dem sehr ernsten Ausdruck, den sie meist an den Tag legte. Irgendetwas sagte ihm, dass er dieses Lächeln nicht allzu häufig zu sehen bekommen würde. Er nahm ihre Hand und schüttelte den Kopf. „Tut mir leid, ich muss dich enttäuschen."

„Oh." Sie schlug die Augen nieder. „Was für ein Haus ist es dann?"

„Es ist eine Festung."

Gigis Mundwinkel zuckte. „Darauf hätte ich natürlich als nächstes getippt."

„Mit einem großen Tor, Wehrgängen, unzähligen Zimmern, darunter Waffenkammern und eine Bibliothek." Er sog zischend die Luft durch die Zähne. „Trotzdem ist es nicht groß genug, um meinen Brüdern und unseren Leibwächtern nicht zu begegnen."

Sie lachte. Sie schien sich nicht an dem Gedanken zu stören, dass sie nie allein sein würden, falls sie ihn in Aberdeen besuchte. Dafür war es Achilleas allerdings noch zu früh. Er wollte diese Beziehung nicht überstürzen, auch wenn ihre Zeit irgendwann begrenzt war.

„Aber wir haben Strom, warmes Wasser und Internet", ergänzte er. „Seit wir Hugh bei uns haben, sogar schnelles Internet, wie er sagt."

„Hervorragend." Gigi lehnte sich vor und küsste ihn links und rechts auf die Wangen. Auf diese Art schien man sich in diesem Land grundsätzlich zu begrüßen und zu verabschieden.

„Wann sehen wir uns wieder?", fragte sie.

„Musst du auch sonntags arbeiten?"

Sie verneinte. „Zumindest nicht diesen Sonntag."

„Dann in drei Tagen. Ich hole dich um elf Uhr hier ab."

Bis dahin würde er in Lyon jede noch so kleine Gasse abgehen, damit er sich in der Stadt auskannte. Davon brauchte Gigi nichts zu wissen. Sie verabschiedete sich mit einem weiteren Kuss auf seine rechte Wange und wandte sich zur Haustür um. Als sie bereits aufgeschlossen hatte, berührte Achilleas sie an der Schulter, damit sie sich noch einmal kurz umdrehte.

„Falls du bei der Arbeit oder irgendwo anders jemanden triffst, der ein Vampir sein könnte, lass dir bloß nicht anmerken, dass du es weißt. Das könnte schnell gefährlich werden."

„Das dachte ich mir."

Er lächelte erleichtert. Natürlich hatte sie dies schon von allein geahnt. Trotzdem sprach er aus, was ihn schon länger beschäftigte. „Trau keinem Vampir außer mir und jenen, denen ich traue. Sonst niemandem, hörst du?"

„Das werde ich nicht", versicherte ihm Gigi. „Bis Sonntag."

Die Haustür fiel hinter ihr ins Schloss.

4. Shaquan

Okon zog die Wolldecke fester um seine Schultern. Er stand vor einem der Fenster im Korridor der ersten Etage. Den ganzen Nachmittag über hatte es schon geschneit, nun herrschte selbst nach Meinung der Älteren im Clan ein wahrer Schneesturm. Ausnahmsweise war keiner der Hunde auf Patrouille, da selbst sie bei dieser Wetterlage nur wenige Meter weit sehen konnten. Zur Beunruhigung aller war ihre Rabenfrau Felicia noch nicht von ihrem Spähflug zurückgekehrt. Okon hörte, wie Sergej in der Eingangshalle mit Igor über sie sprach. Er löste sich vom gewöhnungsbedürftigen Anblick des Schneetreibens und ging zu ihnen hinunter.

„Es hat leider auch keinen Sinn, nach ihr zu suchen. Nur ein anderer Vogel hätte bei diesem Sturm eine Chance, jemanden aufzuspüren." Sergej rieb sich das Kinn. „Und selbst die wäre sehr gering."

„Du hast recht." Igor nickte bekümmert. „Ich hasse es trotzdem, untätig hier herum zu sitzen."

„Vielleicht hat sie irgendwo einen Unterschlupf gefunden und wartet einfach nur ab", merkte Okon an.

„Hoffen wir es", gab ihr Oberhaupt zurück. „Weiß einer von euch, wo Fjodor ist?"

„Er sitzt mit Charlotte in der Bibliothek." Sergej hob kurz die Brauen. „Man trifft die beiden inzwischen selten alleine an, außer Charlotte macht einen ihrer Spaziergänge über unser Gelände."

„Das stimmt", murmelte Igor und wollte sich zum Gehen wenden. Ein Geräusch von draußen ließ sie allerdings allesamt aufhorchen. Jason kam eilig die Treppe herunter. „Da ist jemand vor dem Haus. Ich konnte vom Fenster aus einen Umriss sehen."

Sergej öffnete sofort die Türen. Sie spähten hinaus. Okon kam die Gestalt in der Dunkelheit zu groß vor, um die zierliche Felicia zu sein. Als derjenige ins Licht der Halle trat, erkannten sie einen hochgewachsenen, breitschultrigen Mann. Er hatte seinen Schal über Mund und Nase gezogen. Dennoch zeichneten sich die dunklen Schatten unter seinen Augen deutlich gegen seine fahle Haut ab. Auf seiner Schulter hockte ein erbärmlich zitternder Rabe. Felicia schüttelte den angetauten Schnee aus ihrem Gefieder, löste sich von ihrem Platz und nahm ihre menschliche Gestalt an.

„Er ist mir zwei Kilometer südlich von hier begegnet und sagte, er sucht nach uns." Sie schüttelte sich erneut. „Und er war so freundlich, mich zu tragen, weil ich völlig entkräftet war. Ihr entschuldigt mich."

Während Igor ihr erleichtert nachsah, traten Jason und Sergej näher an ihn heran. Okon versuchte, sich diese Haltung einzuprägen. Es war selbst für Außenstehende sofort zu erkennen, dass sie ihr Oberhaupt beschützen würden, egal, wer ihnen zu nahe kam. Der Fremde wagte sich keinen Schritt vor. Die Türen hinter ihm standen immer noch offen. Er zog sich den Schal aus dem Gesicht, um sich zu erkennen zu geben.

„Wie lautet dein Name und was bist du?", fragte Igor.

„Quentin, Bär. Du bist Igor, die Hyäne?"

„Korrekt. Was führt dich zu uns?"

„Meine Familie wurde von Hybriden abgeschlachtet, unser Haus von ihnen besetzt und mein Cousin im Europäischen Clan will mich nicht in der Nähe haben." Er schob die Hände in die Manteltaschen. Seine imposante Gestalt sank merklich in sich zusammen. „Ehrlich gesagt, weiß ich einfach nicht mehr, wohin. Und es heißt, ihr bringt Streuner nicht sofort um, wenn sie euer Land betreten."

Quentin versuchte ein Lächeln, was nicht über seine Verzweiflung hinweg täuschen konnte. Okon sah gespannt zu Igor. Er musterte den Fremden eindringlich. Glaubte er ihm nicht? Der Bärenmann war völlig erschöpft und nun konnten sie sogar seinen Magen knurren hören.

„Ich kenne Darius und seine Bären", sagte ihr Oberhaupt und bedeutete Okon mit einem Handzeichen, die Türen zu schließen.

„Warum wollen sie dich nicht?"

„Meine Mutter gehörte früher zu ihrem Clan, aber sie ist vor einer Zwangsheirat mit einem gewissen Drago geflüchtet. Ich weiß nicht einmal, wer das ist, aber seitdem ist mein Familienzweig dort nicht mehr erwünscht."

Igor nickte bedächtig. „Ich kann dir verraten, dass Drago vor acht Jahren getötet wurde, als die Europäischen Gestaltwandler im Konflikt der Vampirältesten Partei ergriffen haben und kurzzeitig gespalten waren. Hast du seitdem Kontakt zu deinem Cousin gehabt?"

Quentin verneinte. „Ich kenne ihn auch nicht."

„Verstehe. Du kannst bleiben, bis der Sturm vorüber ist." Der Hyänenmann wies einladend zur linken Seite der Halle und beschrieb ihm den Weg zur Küche. „Dort triffst du eine Frau namens Valeska. Sie kann dir bestimmt etwas zu essen geben."

„Danke!" Seine Schritte wirkten immer noch schleppend, aber die Aussicht auf eine Mahlzeit schien ihm neue Energie zu geben. Sergej beobachtete ihn argwöhnisch, blieb jedoch an Igors Seite.

„Glaubst du, was er sagt, nur weil es plausibel ist?", flüsterte er. „Wir sollten unsere Gäste besser im Auge behalten."

„Das tut ihr doch gewissenhaft, ohne dass ich es euch befehlen muss. Also was möchtest du jetzt von mir hören, mein Freund?"

Sergej hob verblüfft aber stumm die Brauen, während Jason sich schon in Bewegung setzte. Schließlich befand sich seine Gefährtin in der Küche. Das schien Sergej zu genügen. Er ließ sich auf seine Pfoten fallen und schlich in eine andere Richtung davon. Igor wandte sich zu Okon um. „Was denkst du darüber?"

„Ich merke, dass ich naiver bin als die beiden", gestand der Hundemann. „Ich wäre nicht von allein darauf gekommen, Gäste zu überwachen."

„Das bedeutet, du bist weniger voreingenommen." Sein Oberhaupt runzelte die Stirn. „Sprich ein wenig mit diesem Quentin, wenn er gegessen hat. Es klang, als würde er auf mehr als ein Obdach vor dem Sturm hoffen."

Während er seine Decke wegbrachte, überlegte Okon, was er im anstehenden Gespräch sagen sollte. Wonach konnte er fragen, ohne dass es sofort nach einem Verhör klang? Er ging nicht zu hastig zur Küche, schließlich wollte er ihren Gast nicht beunruhigen. Er lehnte sich in den Türrahmen, um Quentin einen Augenblick zu beobachten. Der Teller vor ihm auf dem Tisch war bereits geleert. Jason war ebenfalls noch anwesend. Er spülte Geschirr ab, was wesentlich unauffälliger war, als ihren Gast anzustarren, aber nun war es zu spät. Der Bärenmann hatte ihn längst bemerkt. Valeska saß ihm gegenüber und schenkte ihnen beiden Wasser nach.

„Woher kommst du?", fragte sie freundlich.

„Aus der Nähe von Budapest. Der Ort sagt dir bestimmt nichts."

„Also bist du Ungar."

„Wenn ich einen Pass hätte, ja."

Das Mädchen hob die Brauen. „Den braucht man normalerweise, wenn man reist. Willst du mir erzählen, du wärst den ganzen Weg hier her zu Fuß gegangen?"

„Teils. Trampen funktioniert zum Glück auch ganz gut." Er trank sein Glas in einem Zug leer. „Habt ihr etwa Pässe?"

„Die meisten von uns ja", antwortete Jason. „Europäische erleichtern das Reisen ungemein."

„Woher bekommt ihr die?"

„Es gibt Menschen, die ihren Lebensunterhalt damit verdienen, sie zu fälschen. Dementsprechend stellen sie keine Fragen."

Valeska verzog das Gesicht. „Zu so jemandem muss ich wohl demnächst."

„Ich auch." Quentin lehnte sich zurück und wandte Okon das Gesicht zu. „Und du?"

„Bisher bin ich auf die gleiche Art wie du unterwegs gewesen, also werde ich mich bei Gelegenheit anschließen."

„Darf ich dich noch etwas fragen?" Der Bärenmann musterte ihn eindringlich. Das Gespräch entwickelte sich damit genau entgegen der Richtung, die der Hundemann geplant hatte. Er versuchte, sich seine Verunsicherung nicht anmerken zu lassen. „Nur zu."

„Was ist mit deiner Haut passiert? Du siehst fast aus wie ein Vampir."

„Ich wurde so geboren. Man nennt es Albinismus", erklärte Okon.

„Ach so, entschuldige. Das wusste ich nicht", gab Quentin erleichtert zurück. „Ich dachte schon, die Firma hätte irgendein Experiment an dir durchgeführt. Man hört schreckliche Dinge."

„Schon in Ordnung, dass du fragst. Ist nicht das erste Mal, dass mein Aussehen jemanden irritiert." Er rieb sich den

Nacken. „Und die Hybriden hatten mich tatsächlich geschnappt. Ich hatte großes Glück, dass Igor und seine verbündete Vampirin mich gefunden und befreit haben. Sonst würde ich wohl kaum hier stehen."

Quentin nickte nachdenklich. „Dann ist es also wahr, dass ein paar von uns mit den Vampiren gegen die Hybridenfirma gekämpft haben?"

„In diesem Haus jeder, der kämpfen kann", sagte Jason. „Hast du ein Problem damit?"

Der Bärenmann hob die Hände. „Eure Entscheidung. Ich wünschte, wir hätten uns auch mit anderen Gruppen zusammengeschlossen, dann wären wir vielleicht zahlreich genug gewesen, um den Hybriden standzuhalten."

„Wie hast du den Angriff überstanden?", fragte Okon.

„Ich…"

Seiner Miene nach war ihm diese Frage unangenehm. Er zögerte noch einen weiteren Atemzug lang.

„Ich war nicht zu Hause, als… meine Eltern und mein kleiner Bruder…" Quentin verbarg das Gesicht in den Händen.

„Wie furchtbar." Valeska tätschelte ihm mitfühlend den Arm. „Ruh dich aus. Wir haben bestimmt irgendwo noch ein freies Bett."

Sie warf Okon einen fragenden Blick zu, woraufhin er anbot, Quentin zu den Gästezimmern zu begleiten. Der Bärenmann nahm dankend an und folgte ihm mit ein paar Schritten Abstand über den Korridor. Ihr Weg führte sie automatisch an der Bibliothek vorbei. Quentin hielt kurz inne und atmete hörbar ein. Als Okon über die Schulter sah, schien er etwas sagen zu wollen. Er schwieg jedoch und schloss eilig zu ihm auf.

„Stimmt etwas nicht?", hakte der Hundemann nach.

„Ich will nicht zu neugierig sein, aber... Einzelne Gerüche in diesem Haus kann ich nicht zuordnen. Ihr seid nicht alle Hunde und Bären, richtig?"

Charlotte war offenbar noch in der Nähe. Okon nickte. „Korrekt. Ob du den anderen begegnest, hängt davon ab, wie lange du bleiben willst."

„Von wollen kann keine Rede sein", gab Quentin resigniert zurück. „Denkst du, dein Oberhaupt erlaubt mir, noch ein paar Tage zu bleiben?"

Hinausgeworfen hatte Igor bisher niemanden, aber Okon wollte ihm keine falschen Hoffnungen machen. Daher schlug er vor, morgen mit ihrem Clan-Oberhaupt zu reden. „Wärst du denn daran interessiert?", fragte er.

„Ich wäre sehr dankbar für eine Chance." Der Bärenmann kratzte sich am Hinterkopf. Während dieser kurzen Bewegung knickte seine hochgewachsene Gestalt erneut ein. Quentin war so groß wie Katinka, ihre respekteinflößende Ausstrahlung besaß er allerdings nicht.

„Ehrlich gesagt seid ihr nicht meine erste Station, seit ich mein Zuhause verlassen musste. Und die anderen haben mich weggeschickt."

„Warum das?"

„Sie fanden mich nicht... nützlich."

Im ersten Moment wollte Okon nachfragen, woran das bei einem Bären liegen konnte, aber sein Gegenüber wirkte trotz seiner Mahlzeit entsetzlich müde. Er wies ihm ein Gästezimmer zu und ließ ihn fürs erste in Ruhe. Nachdem Quentin die Tür hinter sich geschlossen hatte, warf Okon einen Blick zurück. Jason stand in seiner Hundegestalt am anderen Ende des Korridors und nickte ihm zu. Offenbar würde er die weitere Überwachung ihres Gastes übernehmen. Das gab ihm die Gelegenheit, Igor sofort zu berichten.

Am folgenden Mittag hatte sich der Schneesturm endlich gelegt. Alle, die nicht schlafen mussten, beteiligten sich daran, den Parkplatz neben dem Quartier und eine Ausfahrt freizuschaufeln. Außerdem befreiten sie vorsichtshalber das Dach von den Schneemassen. Sie hatten es zwar ausgebessert, aber ein paar der Balken wirkten altersbedingt morsch. Diese würden sie jedoch erst dann austauschen, wenn es nicht mehr so bitter kalt war. Igor kehrte den letzten Schnee vom hinteren Teil des Dachs. Am Boden machten sich Okon und Quentin daran, den Garten freizuschaufeln. Der Bärenmann hatte seine Hilfe angeboten, obwohl er ein Gast war. Noch hatte er nicht um ein Gespräch gebeten, aber Igor war aufgefallen, dass Quentin ihm immer wieder kurze Blicke zugeworfen hatte, als würde er auf die richtige Gelegenheit warten. Vielleicht hatte er ihn auch beobachtet, um ihn besser einschätzen zu können. Der Hyänenmann entschied, dass sie beide lange genug taktiert hatten, und sprang in den Garten hinab. Okon sah hoffnungsvoll von seiner Schaufel auf. „Kommt da noch mehr nach?"

„Nein, das war es jetzt."

Der Hundemann atmete erleichtert auf und warf Quentin einen bedeutungsvollen Blick zu. Er empfand wesentlich mehr Sympathie für den Bären als Misstrauen, das hatte Igor bereits seinem Bericht über ihr Gespräch entnommen.

„Gehen wir ein paar Schritte, damit wir ungestört sind", sagte er und wies auf das Gartentor, das im Schnee nur zur Hälfte zu sehen war. Quentin folgte ihm bereitwillig. Er erzählte ihm mehr über seine Familie und seine Verbindungen zu anderen Abtrünnigen. Bei diesen handelte es sich in erster Linie um Raben und Hunde, die immer in Bewegung blieben und die Clan-Gebiete mieden.

„Lass uns zum Punkt kommen", sagte der Hyänenmann, nachdem sie ein paar der seichten Hügel überquert hatten. „Warum haben die anderen Gruppen dich wieder verjagt?"

„Ich wurde zwar als Bär geboren, aber ..." Er ließ die Schultern hängen.

„Du bist kein Krieger", riet Igor. Quentin fuhr sich unwirsch durchs Haar. „Gewalt an sich ist mir zuwider. Ich wäre viel lieber ein Vogel, der davon fliegen kann. Niemand versteht das."

Sie blieben stehen. Igor schob seine ausgekühlten Hände in die Jackentaschen. „Zwei alte Freundinnen von mir sind Adler. Einen unaufmerksamen Hund können sie aus dem Sturzflug mühelos erlegen. Sag das mit dem Davonfliegen bloß nicht, falls du ihnen je begegnest."

Der Bärenmann schaute ihn einen Augenblick entsetzt an, dann nickte er hastig.

„Ich werde dich nicht aus meinem Haus werfen. Ich respektiere deine Einstellung", sagte der Hyänenmann schließlich. „Aber dir muss bewusst sein, dass meine Wächter und vor allem die Bären meines Clans sehr verwundert sein werden. Sie haben in wenigen Monaten unter meiner Führung nicht vollständig abgelegt, woran sie teils Jahrhunderte geglaubt haben."

„Ich danke dir." Quentin neigte den Kopf. „Ich bin ein hervorragender Koch und Handwerker. Vielleicht überzeugt sie das davon, dass ich nicht völlig unnütz bin."

Daran hatte Igor leise Zweifel, aber er wollte es ihn wenigstens versuchen lassen. Sie machten kehrt und folgten ihren eigenen Spuren zurück. Bald kam das Haus wieder in Sicht. Fjodor stand vor den aufgetürmten Schneemassen vor dem Gartenzaun und lauschte. Als Igor ihn erreichte, nahm er ein leises Kratzen im Schnee wahr, das von kleinen Pfoten stammen mochte.

„Charlotte ist irgendwo da drin", flüsterte sein Onkel. „Ich habe um eine Flasche Wein gewettet, dass ich sie innerhalb einer Minute aufspüren kann."

„Gräbt sie sich gerade einen Tunnel?", fragte er. Quentin war ebenfalls stehen geblieben und lauschte dem Scharren unter der Schneedecke. „Was für eine Gestalt besitzt diese Frau?"

„Sie ist ein Waschbär und ja."

Plötzlich türmte sich der Schnee in einigen Metern Entfernung noch höher auf und Charlotte kam in ihrer menschlichen Gestalt zum Vorschein. Im gleichen Moment warf sie einen Schneeball nach Fjodor, der ihn an der Schulter traf. Ihr breites Grinsen verschwand sofort, als sie Igor und den ihr fremden Bärenmann entdeckte. Sie räusperte sich und mied seinen Blick, während sie aus dem Schneehaufen stieg. Igor war nicht sonderlich schockiert darüber, wie sehr sie sich über ihre gewonnene Wette freute. Sie würden den Wein bestimmt gemeinsam trinken. Bei ihrer ersten Begegnung hatte Charlotte sich sehr abweisend verhalten. Inzwischen hatte sie sich mit Melissa angefreundet, Olga fühlte sich in ihrer Gegenwart wohl, obwohl sie sich erst seit Kurzem kannten, und zwischen ihr und seinem Onkel entwickelte sich vielleicht noch etwas mehr. Sie würden sich bald ernsthaft über ihre Zukunft im Clan unterhalten müssen, sofern ihre alte Gruppe nicht auftauchte. Igor und Quentin gingen weiter ins Haus. In der Eingangshalle wurden sie von Okon erwartet. Der Bärenmann nickte ihm erleichtert zu, bevor er sich in Richtung seines Gästezimmers verabschiedete. Dennoch schien Okon erst später mit ihm reden zu wollen.

„Wir haben schon wieder einen Gast", sagte er leise zu Igor und wies auf die Eingangstüren. Als sie diese von innen öffneten, sahen sie zuerst nur Katinkas breiten Rücken. Die Bärin verdeckte den kleinen, hageren Mann, der gerade eingetroffen war, ohne Fußspuren im Schnee zu hinterlassen. Allein ihre Größe und Haltung genügten, um dem Fremden gehörigen Respekt einzuflößen.

„Also, was willst du hier?", fragte sie eindringlich.

„Ich bin nur ein Bote", gab der Vogelmann verunsichert zurück.

„Es ist gut, Katinka. Ich kenne ihn." Igor ging einen Schritt an ihr vorbei und hob beschwichtigend eine Hand. „Du bist einer von Shaquans Raben, nicht wahr?"

„Ich grüße dich." Er verneigte sich. „Mein Gebieter lässt dir ausrichten, dass er dich persönlich sprechen möchte. Er wird morgen Abend eintreffen."

„Sag ihm, sein Besuch ehrt mich." Igor nickte ihm zu. „In meinem Haus ist Shaquan selbstverständlich willkommen."

Der Rabe verabschiedete sich und flog erleichtert davon.

„Wer ist Shaquan?", fragte Katinka.

„Er ist das Oberhaupt der Westafrikanischen Gestalt-wandler."

Während der Hyänenmann ihnen erklärte, dass dieser Clan zum großen Teil aus Oryxantilopen bestand, wurde Okons Miene zusehends finsterer. Er marschierte ins Haus, ohne sich an dem Gespräch beteiligt zu haben. Das wunderte Igor sehr. Er hatte Shaquan als überraschend aufgeschlossenen Mann kennengelernt, der ihn nicht von seinem Land verjagt hatte, obwohl er damals noch ein Einzelgänger gewesen war. Was konnte zwischen ihm und dem Hundemann vorgefallen sein? Er wollte dem vorsichtshalber nachgehen. Dennoch ließ er Okon etwas Vorsprung.

„Was wird er von dir wollen?", fragte Katinka skeptisch. „Er wird den weiten Weg nicht aus reiner Höflichkeit auf sich nehmen."

Igor nickte nachdenklich. „Ich weiß es nicht. Es ist eine Weile her, dass ich ihn das letzte Mal besucht habe."

„Betrachtest du ihn als Freund?"

„Vielleicht ist das seine Ansicht. Sagen wir, im Moment habe ich gesunden Respekt vor ihm. Sein Clan ist groß und sein Einfluss noch größer." Damit verabschiedete er sich von Katinka und betrat das Quartier. Vor Okons Zimmertür blieb er stehen und klopfte an.

„Komm herein."

Der Hyänenmann schloss die Tür hinter sich, woraufhin Okon ihm einen Stuhl anbot.

„Ich muss mich entschuldigen. Das muss seltsam gewirkt haben."

„Was verbindet dich mit Shaquans Clan?", fragte Igor und nahm Platz. Der Albino schüttelte den Kopf. „Das ist es ja. Ich weiß nur, dass meine Mutter auf der Flucht vor ihnen war."

„Warum?"

„Sie hat es mir nicht gesagt. Sie hat mir nicht einmal gesagt, dass ich mich eines Tages in einen Hund verwandeln würde." Okon fuhr sich durch das weißblonde Haar. „Als es passierte, haben sie es gespürt und uns gefunden. Mutter hat mich angeschrien, ich solle weglaufen. Ich habe sie nie wieder gesehen. Mein klägliches Wissen über die Unsterblichen stammte aus dem, was ich unbemerkt beobachten konnte, bevor ich dich getroffen habe."

„Ich verstehe. Du sagtest damals in Anzherus Hauptquartier, sie sei eine Begabte gewesen?"

Okon nickte stumm und verzog das Gesicht. Die Erinnerung an sie war offensichtlich sehr schmerzhaft.

„Wenn du willst, frage ich vorsichtig nach, was vorgefallen ist", bot Igor an.

„Lieber nicht. Nachher bekommst du nur Schwierigkeiten mit diesem Shaquan."

„Wie du meinst." Er lächelte ihn an. „Ich bin froh, dass du mir mittlerweile genug vertraust, um mir einen Teil deiner Geschichte zu erzählen."

Okon lächelte verlegen zurück. „Du hast mir erlaubt, in deinem Haus zu bleiben. Da ist es wohl das Mindeste."

Am folgenden Abend traf wie angekündigt ein dunkles Fahrzeug auf dem Parkplatz des Quartiers ein. Shaquan und vier seiner Männer stiegen aus. Um sich zu erkennen zu geben, nahmen sie für ein paar Schritte ihre Antilopenform an. Ihre geraden, langen Hörner ragten wie Speere in die Höhe. Igor war ein einziges Mal Zeuge eines Kampfes zwischen Shaquan und einem Rivalen aus seinem Clan geworden. Seitdem wusste er, dass die Oryxe niemals zu unterschätzen waren, nur weil sie keine Reißzähne besaßen. Ihr Oberhaupt grüßte ihn höflich, nachdem er sich in einen Menschen verwandelt hatte. „Ich freue mich, dich wohl auf wiederzusehen."

„Die Freude ist ganz meinerseits." Igor bat die fünf Männer ins Haus. Da an seiner Seite zur Begrüßung nur Katinka und Jason standen, begaben sie sich mit Shaquan und zwei seiner Begleiter in den Konferenzsaal des Quartiers. Die anderen beiden würden in der Eingangshalle warten müssen, solange ihr Gespräch dauerte. Okon ließ sich nirgendwo blicken. Er hatte sich mit Igor darauf verständigt, Shaquan zu meiden, obwohl sie sich noch nie persönlich begegnet waren. Sobald sie alle am Konferenztisch Platz genommen hatten, erkundigte sich das Westafrikanische Oberhaupt nach dem Ausgang des Kampfes mit der Firma. Nachdem einer seiner Männer kurzzeitig in Gefangenschaft geraten war, hatte er beschlossen, sein Haus zu verlassen und mit seinem Clan stetig in Bewegung zu bleiben. Auf diesem Weg war es ihnen gelungen, der Firma zu entgehen.

„Unsere Verluste waren zum Glück überschaubar. Die Vampire hat dieser Krieg wesentlich härter getroffen", sagte Igor und musste unwillkürlich an Jasmina denken. Ihr Clan war beinahe um die Hälfte dezimiert worden.

„Dennoch erheben sie sich von Neuem", erwiderte Shaquan bitter. „Womit wir schon beim Grund meines Besuches sind. Nur wenige Meilen von meinem Gebiet entfernt hat sich ein neuer Vampir-Clan eingenistet. Sie sind hungrig. Zu dem sympathisieren die Gestaltwandler im Osten mit ihnen. Sie besitzen in dieser Sache wieder einmal keinen Anstand."

„Du fühlst dich bedroht", ergänzte Igor. Er wusste, dass Shaquan seit vielen Jahren mit den Gestaltwandlern in Äthiopien im Streit lag. Sein Gegenüber bejahte. „Die Blutsauger sind unberechenbar und sie vermehren sich sehr schnell. Wenn sie sich gegen mich verbünden, fürchte ich um die Zukunft meines Clans."

„Und warum wendest du dich an mich? Wir sind tausende Kilometer von euch entfernt." Igor hatte bereits eine Ahnung, dennoch wollte er eine klare Antwort von Shaquan.

„Wirst du mir im Kriegsfall beistehen, mein Freund?" Er lächelte gewinnend. Niemand sonst im Raum rührte sich. Der Hyänenmann ließ bewusst ein paar Sekunden verstreichen, bevor er antwortete.

„Du sagtest, die Vampire vermehren sich sehr schnell. Sie müssen dementsprechend viel *Nahrung* beschaffen."

„Ja." Shaquans Geduld schwand bereits.

„Das sorgt für die Aufmerksamkeit der Sterblichen und daran haben die Vampirältesten nicht das geringste Interesse. Daher möchte ich dir vorschlagen, zuerst mit ihnen zu sprechen. Sie können diesen neuen Clan im Zaum halten."

Der Antilopenmann hob skeptisch die Brauen. „Denkst du wirklich, dass dieser Weg erfolgversprechend ist?"

„Wie die Ältesten entscheiden, kann ich nicht voraussagen, aber deine Argumente sind überzeugend. Wenn du es wünschst, begleite ich dich zu einem Treffen."

„Also lässt du mich mit leeren Händen gehen?"

Es klang mehr wie eine Feststellung als eine Frage. Igor würde dennoch bei seinem alternativen Vorschlag bleiben. „Lass uns erst versuchen, diesen Krieg zu verhindern. Dann entscheide ich, ob wir kämpfen."

Es war offensichtlich nicht das, was Shaquan hatte hören wollen, doch er nickte. „Gut, falls ich Commodus kontaktiere, werde ich dir beizeiten eine Nachricht…"

Ein lautes Geräusch aus dem Erdgeschoss des Hauses unterbrach ihn. Katinka verließ sofort den Konferenztisch, um nachzusehen. Shaquans Blick folgte ihr, bis die Tür hinter ihr zugefallen war. „Ein besonderes Geschöpf. Jeder Clan würde sich glücklich schätzen, sie und ihre Nachkommen bei sich zu haben. Ist sie bereits an einen deiner Männer gebunden?"

Erneut war offensichtlich, worauf er anspielte, auch wenn er es unverfänglich klingen ließ. Igor schlug einen eisigen Ton an, um erst gar keine Diskussion aufkommen zu lassen. „Katinka ist aus freien Stücken hier und wird niemals zum Verkauf stehen."

„Wenn du das sagst." Shaquan lächelte nun freudlos. „Dann ist unser Gespräch beendet."

Igor und Jason begleiteten ihn und seine Männer nach unten. In der Eingangshalle herrschte immer noch einige Aufregung. Die beiden übrigen Oryxe diskutierten laut und hastig in ihrer Sprache. Katinka hatte sich offenbar zwischen sie und Okon gedrängt. Der Hundemann stand leicht geduckt einige Meter hinter ihr und ließ die Fremden nicht aus den Augen. Fjodor näherte sich dem Geschehen von einem anderen Korridor aus. Er blieb direkt neben dem Albino stehen.

„Was ist geschehen?", fragte Igor möglichst ruhig.

„Diese beiden wollten sich gerade Okon greifen." Katinka fletschte angriffslustig die Zähne. Einer der Oryxe sprach eilig mit seinem Oberhaupt, immer noch in einer Sprache, die nur sie verstanden. Shaquan musterte den Hundemann daraufhin. Sein Blick war voller Verachtung.

„Das da ist der Sohn eines Mannes, der früher einmal zu mir gehörte. Ein Lügner und Verräter. Und er hat eine Begabte gestohlen", erklärte er schließlich.

„Die wohl Okons Mutter gewesen ist", ergänzte Igor. „Das gibt dir nicht das Recht, einen meiner Männer anzugreifen. Noch dazu in meinem Haus. Niemand wird hier für die Verbrechen seines Vaters bestraft, mit denen er selbst nichts zu tun hat."

„Natürlich, bitte verzeih das unangemessene Verhalten meines Kriegers." Shaquan neigte den Kopf. „Halte es mit deinen Clan-Mitgliedern, wie du willst. Ich wollte dich nur warnen, mit wem du dich eingelassen hast."

Okon wollte offensichtlich protestieren, Fjodor gebot ihm jedoch mit einer Geste zu schweigen. Igor wünschte den Oryxen anschließend eine sichere Heimreise, um die Umgangsform der Clans zu wahren. Bei seinen Besuchen in Westafrika hatte er nie auf solche Dinge achten müssen. Damals hatte er sogar einmal eine Partie Schach gegen Shaquan gespielt. So unbefangen würden ihre Treffen vermutlich nie wieder verlaufen. Igor war im Stillen entsetzt darüber, wie anders der Anführer der Oryxe ihn jetzt behandelte. Er atmete erleichtert auf, als ihre Gäste sich vom Quartier entfernt hatten und er die Türen geschlossen hatte. Okon hatte wie versteinert da gestanden, nun begann er, heftig zu zittern.

„Es tut mir leid. Ich hätte mich wie geplant verstecken sollen", sagte er und senkte den Kopf. „Aber ich musste wissen, ob sie mich wieder erkennen."

„Mach dir keine Gedanken." Jason klopfte ihm auf die Schulter. „Sie wollen Igors Hilfe, also werden sie deinetwegen keinen Streit anfangen."

„Darauf baue ich", bestätigte der Hyänenmann. „Und du selbst hast ihnen nichts getan. Vergiss das nicht."

„Bestimmt nicht." Der Albino versuchte ein dankbares Lächeln. „Immerhin weiß ich jetzt, warum sie meine Mutter gejagt haben. Sie war bestimmt dem Mann versprochen, der gerade auf mich losgegangen ist."

„Das ist sehr gut möglich", sagte Fjodor. Melissa und Valeska tauchten auf dem Korridor hinter ihnen auf. Okon wandte sich um und umarmte die kleinere der Cousinen, die ihn besorgt anschaute.

„Mir ist nichts passiert."

„Du lügst. Du bist wütend", gab Melissa trotzig zurück. In der Zwischenzeit hatte sie gelernt, die Miene ihres Freundes zu deuten.

„Und wie. Dieser Mann hat befohlen, meine Mutter zu töten."

Vielleicht hatten sie gerade sogar demjenigen gegenüber gestanden, der den Befehl damals ausgeführt hatte. Wenn er die leicht angespannte Beziehung zu Shaquan nicht gefährden wollte, konnte Igor in dieser Sache jedoch nichts tun. Danach fragte Okon auch nicht. Melissa und er verschwanden vorerst in ihr gemeinsames Zimmer, um sich von diesem Schock zu erholen. Fjodor schlug vor, in die Küche zu gehen und eine Kleinigkeit zu essen, um auf andere Gedanken zu kommen.

„Gute Idee", pflichtete Jason ihm bei. „Jetzt müssen wir doch sowieso darauf warten, dass Shaquan sich wegen der Vampirältesten entscheidet."

Katinka lehnte dankend ab. Igor ging bereitwillig mit den beiden Hunden und Valeska mit. Ihre Gesellschaft war eine wahre Wohltat nach diesem Ereignis. Sie erreichten die gemütliche Wohnküche. Die ältere der beiden Cousinen hatte am Vorabend eine Suppe für die Kinder gekocht, deren Duft einen Teil des Erdgeschosses erfüllte. Es war noch genug übrig, um vier Teller zu füllen. Während sie aßen, fragte Jason Fjodor, ob er die vier afrikanischen Clans näher kannte. Sein Onkel erzählte von ihren früheren Begegnungen, Igor schwieg. Er überlegte, ob er Commodus einfach über die Aktivitäten dieses Vampir-Clans informieren sollte, da Shaquan es vermutlich nicht tun würde. Allerdings würde er sich damit in Dinge einmischen, die ihn nichts angingen. Valeska schenkte ihm ungefragt ein Glas Wasser ein und versuchte ein zuversichtliches Lächeln. „Es wird schon schiefgehen, oder? Melissa kann Okon bestimmt ein bisschen trösten."

„Ich hoffe, du hast recht." Er rieb sich das Kinn. So aufgewühlt wie heute hatte er den Hundemann noch nie erlebt. Leise Schritte näherten sich. Felicia klopfte mit den Fingerknöcheln gegen den Türrahmen, während sie den Raum betrat. Ihrer Miene nach war etwas vorgefallen. Igor hob fragend die Brauen.

„Ich habe hier eine Nachricht für dich." Die Rabenfrau reichte ihm einen versiegelten Brief. Er erkannte Jasminas Wappen sofort wieder.

„Den hat mir ein Vampir aus dem Östlichen Clan gegeben."
Fjodor wollte wissen, wo genau der ungebetene Gast aufge-
taucht war. Während Felicia ihm die Stelle beschrieb, über-
flog Igor die wenigen Zeilen, die in einer schwungvollen,
ihm nicht unbekannten Handschrift verfasst worden waren.
„Was wollen jetzt auch noch die Blutsauger von uns?", frag-
te Jason skeptisch.
„Das Oberhaupt des Östlichen Clans möchte mich spre-
chen." Er faltete die Einladung wieder zusammen.
„Offiziell und persönlich?", hakte sein Onkel nach.
„Warum ist das wichtig?", wollte Jason wissen.
„Das verrät uns im Vorfeld, worauf sie es abgesehen hat.
Wenn beide Worte in der Einladung stehen, will sie über
unseren Friedensvertrag reden, wenn nicht, dürften die Ge-
sprächsthemen weniger dramatisch ausfallen."
Igor hatte den Vertrag mit Jasminas Clan längst gelesen.
Jeder Meter Boden in ihrem Grenzgebiet war darin geregelt.
Ebenso wer ab wo jagen durfte. Dazwischen gab es etwas
wie eine neutrale Zone.
„Hier steht nur persönlich", sagte er, auch in der Hoffnung,
dass seine Clan-Hunde sich nicht in wilde Vermutungen stei-
gerten. Noch mehr Aufregung konnten sie nach Shaquans
Besuch nicht gebrauchen.
„Zu dumm", brummte Fjodor dennoch. „Sonst hätte einer
von uns das für dich erledigen können."
Igor verkniff sich einen Kommentar darüber, dass er Jasmina
immer persönlich aufsuchen würde, wenn sie ihn einlud. Ins-
geheim freute er sich, von ihr zu hören. Dann fiel ihm ein,
dass er ihr gegenüber ebenfalls die Form als Oberhaupt wahren musste, solange andere Ohren lauschten. Ob die Chance
bestand, dass sie allein miteinander sprechen konnten?

5. Theater

Gigi zupfte den Kragen ihres Strickkleids zurecht und betrachtete sich im Spiegel. Es war eins der wenigen Stücke aus ihrem Kleiderschrank, das sie nicht im Dienst trug. Weder hatte sie sich mehr geschminkt als sonst, noch trug sie das eine Parfum, das sie besaß. Es wäre ihr für heute zu viel gewesen, um sich wohl zu fühlen. Sie war nicht so nervös wie vor ihrem ersten Date mit Achilleas. Dennoch fühlte es sich seit kurz vor elf Uhr an, als würde ihr Herz ein wenig schneller klopfen. Als er an ihrer Tür klingelte, zog sie ihren Mantel an und ging hinunter.

„Hallo", sagte er mit einem Lächeln. Dieses Mal wirkte er weniger überrascht, als sie ihn zur Begrüßung auf beide Wangen küsste. Er legte währenddessen einen Arm um sie, ließ jedoch sofort wieder los. Mit so großer Zurückhaltung hatte Gigi nicht gerechnet, wollte ihn aber auch nicht bedrängen.

„Also?", fragte sie neugierig. „Was haben wir heute vor?"

„Moment." Der Vampir schob die Hand in die Jackentasche. Es war die gleiche dünne Jacke wie am Donnerstag, aber immerhin trug er zur Tarnung einen Schal, da die Temperaturen um ein paar Grad gesunken waren. Er zog Tickets für den Nahverkehr hervor.

„Die gelten den ganzen Tag für die ganze Stadt. Zeig mir, wo du gerne hingehst."

„Was genau schwebt dir vor?"

Achilleas hob die Schultern. „Wohin gehst du, wenn du glücklich bist, oder traurig... oder wenn du nachdenken willst? Irgendwelche Plätze in Lyon gefallen dir für solche Gelegenheiten doch bestimmt."

Gigi überlegte einen Augenblick.

„Oder verbringst du all deine Freizeit in deinen eigenen vier Wänden mit der Decke über dem Kopf?", fragte er ironisch.

Sie verneinte und lachte bei der Vorstellung. „Ein oder zwei Orte fallen mir spontan ein, aber…"

Achilleas hob die Brauen, als sie zögerte.

„Erstens besitze ich ein Auto. Wir müssen nicht mit dem Bus fahren."

„In zwei recht zentral liegenden Andorrisements finden Demonstrationen statt, für die Straßen gesperrt wurden. Ich dachte, zumindest mit der Metro sind wir davon unabhängig."

„Punkt für dich", gab sie verblüfft zurück. Er war bestens über das Geschehen in der Stadt informiert. Sie hatte während ihres Frühstücks die Stille genossen, statt Nachrichten zu hören.

„Und zweitens?", hakte er nach.

„Nun… wenn ich zum Nachdenken an einen anderen Ort gehe, liegt das normalerweise daran, dass ich in einem Fall nicht weiterkomme. Also liegen alle diese Orte nah zu meinem Büro und sind so spannend, wie das Museum für zeitgenössische Kunst und der Park um die Ile du Souvenir eben sein kann. Der Rosengarten, der Zoo…"

„Das klingt doch gut. Lass uns gehen."

Achilleas ergriff ihre Hand und zog sie sanft in Richtung Bushaltestelle. Seine Begeisterung war echt, daran bestand kein Zweifel. Dennoch war Gigi ein wenig überrascht von seinem Plan für den Tag. Während sie auf den Bus warteten, schaute der Vampir kurz auf sein Handy, schüttelte den Kopf und steckte es wieder weg.

„Alles in Ordnung?", fragte die Agentin.

„Entschuldige", sagte er. „Das war unhöflich, aber Batiste und Hugh hatten den Hauptfinanzier der Firma ausfindig gemacht."

„Und?", hakte sie nach.

„Er scheint zu ahnen, dass jemand hinter ihm her ist, und konnte sich absetzen."

„Haben sie eine Ahnung, wohin?"

Achilleas zuckte mit den Schultern. „Hugh tippt auf Südamerika. Das wird wohl noch eine Weile dauern."

Sie nickte nachdenklich. Dort gab es zahllose Möglichkeiten unterzutauchen, aber in Luft auflösen konnte sich dieser ominöse Finanzier nicht, solange er Kreditkarten oder Mobiltelefone benutzte. Ihr war nicht ganz wohl bei dem Gedanken, was Hugh alles herausfinden konnte, wenn er nur einen Zugang zu den richtigen Datenbanken bekam. Allerdings stand er nicht mehr auf den Fahndungslisten. Was ihn anging, wollte sie Achilleas vertrauen. Der Bus näherte sich. Schon von weitem war zu sehen, dass er recht leer war. Es waren sogar zwei Sitze nebeneinander frei. Der Vampir ließ ihr den Fensterplatz. Wie neulich, als er sie vom Café nach Hause begleitet hatte, bekam Gigi den Eindruck, er würde sie abschirmen und die anderen Fahrgäste genauestens beobachten.

„Befindet sich noch einer von euch in diesem Bus?", fragte sie leise.

„Nein."

„Warum stehst du dann ständig so unter Strom?"

Er musterte sie einen Augenblick. „Aus alter Gewohnheit."

„Ehrlich gesagt, wird es langsam ansteckend. Und das an meinem freien Tag."

Ihr Tonfall verriet ihm, dass sie diesen Vorwurf nicht todernst meinte. Trotzdem versuchte Achilleas, sich ein wenig zu entspannen. Schließlich hatte sie recht und sie waren nur von arglosen Sterblichen umgeben. Dabei blieb es auch während der gesamten Fahrt, einer kurzen Wartezeit vor dem Museum für zeitgenössische Kunst und dem Weg zu Gigis derzeit liebstem Ausstellungsstück. Nirgendwo war etwas Verdächtiges zu entdecken. Bei dem Werk handelte es sich um ein mehrere Quadratmeter großes, sehr schrilles und facettenreiches Bild, das zahllose kleinere und größere Gesichter zeigte. Die Agentin betrachtete es ein paar Atemzüge lang, dann wandte sie sich zu ihm um.

„Es geht mir nicht darum, ob es schön ist, weißt du", sagte sie leise. „Egal, wie oft ich herkomme, ich entdecke immer ein Detail, das mir vorher nicht aufgefallen ist. Manchmal hilft mir das, die Sichtweise auf meine Fälle zu ändern oder eine Richtung zu finden, in die wir noch nicht ermittelt haben."

„Verstehe", gab Achilleas zurück. Er konnte nicht umhin, das wilde Durcheinander noch einmal irritiert zu betrachten. Wenig in diesem Haus entsprach seiner Auffassung von Kunst, aber es sollte ihn nicht wundern, dass sich die Künstler dieser Zeit möglichst deutlich von älteren Vorläufern unterscheiden wollten. Wie vieles andere in der Gesellschaft entwickelten sie sich weiter.

„Man muss es nur lange genug auf sich wirken lassen", merkte Gigi amüsiert an.

„Wenn du das sagst", gab er mit einem entschuldigenden Lächeln zurück. „Ich werde mir kein Urteil über diese Art von Kunst erlauben."

Sie kam noch einen Schritt näher und senkte die Stimme zu einem Flüstern. „Gibt es unter euch eigentlich Künstler? Im weitesten Sinne?"

„Von Musikern und ein paar Schriftstellern weiß ich, aber Maler sind mir noch nicht begegnet." Er sah sich kurz um. „Vielleicht gibt es welche, die ihre Werke aber nur den Sterblichen zeigen. Clan-Oberhäupter auf der Suche nach potenziellen Kriegern sind nicht unbedingt das dankbarste Publikum."

„Das leuchtet ein." Gigi ergriff seine Hand. Ihre Haut fühlte sich angenehm warm an. Sie schlenderten noch an einigen Werken vorbei, die ihr gefielen. Achilleas langweilte sich keineswegs. Es war schön, sie in einer Umgebung zu erleben, in der sie sich wohlfühlte, und dabei ihre Hand zu halten. Nachdem sie das Museum verlassen hatten, schlenderten sie zuerst in Richtung des Rosengartens, von dem in dieser Jahreszeit vermutlich nicht viel übrig war. Auf halbem Weg überlegte Gigi es sich jedoch anders und zog ihn sanft fort von dem Platz voller Spaziergänger und Touristen.

„Wo gehen wir hin?", fragte er gespannt.

„Lass dich überraschen."

Mit moderner Kunst hatte der Vampir offensichtlich nichts anfangen können, dann besuchten sie eben einen Ort, der ihm vertrauter sein würde. Die Wurzeln der Stadt Lyon reichten bis weit in die Antike zurück und ein paar wenige Spuren waren heute noch zu sehen. Gigi antwortete nicht auf seine erneute Frage, wohin sie unterwegs waren, während sie auf den Bus warteten. Seinem auf sie fokussierten Blick hielt sie während der gesamten Fahrt mühelos stand. Immerhin achtete er mittlerweile weniger auf die Menschen, die sie umgaben. Nachdem sie aus dem Bus gestiegen waren, brauchten sie nur wenige Minuten durch einen sorgfältig gepflegten Park zu gehen, um ihr Ziel zu erreichen. Sie blieben vor einem halbrunden gepflasterten Platz stehen, an dessen vorderem geraden Rand einmal schmale Säulen gestanden haben mochten. An die abgerundete Seite des Platzes fügten sich aufsteigende Zuschauerränge aus Stein an, die selbst heute noch ihre perfekte Halbkreisform besaßen. Von den Räumen im oberen Teil des Theaters waren nur noch Ruinen übrig. Im Gesamten war das Théâtre Gallo Romain über all die Jahrhunderte jedoch gut erhalten geblieben. Achilleas ließ ihre Hand los und ging fasziniert noch ein paar Schritte weiter. Am liebsten hätte Gigi sich sofort wieder bei ihm untergehakt oder ihn sonst irgendwie festgehalten. Seine ungeteilte Aufmerksamkeit und sein aufrichtiges Interesse fühlten sich wundervoll an, aber würde er nun endlich auf sie zukommen, oder musste sie wieder nach seiner Hand greifen? Sie beschloss, ein wenig abzuwarten und eine unverfängliche Frage zu stellen. „Hast du Aufführungen an einem Ort wie diesem miterlebt?"

„Des Öfteren, wenn die Vorstellungen nach Sonnenuntergang stattfanden." Er betrachtete die Zuschauerränge mit einem sanften Lächeln. „Commodus und ich mochten die Zerstreuung, auch wenn wir manchmal mehr Aufmerksamkeit auf uns gezogen haben als die Darsteller auf der Bühne."

„Warum das?", fragte Gigi neugierig.

„Seine Größe ist heute noch für viele Menschen imposant. Was glaubst du, wie sehr er früher aufgefallen ist?", gab er mit einem ironischen Unterton zurück.

„War das der einzige Grund?"

Der Vampir kehrte zu ihr zurück, während er über seine Antwort nachdachte. Er ergriff ihre Hände und führte die

Rechte an seine kühlen Lippen. Gigi erschauderte leicht, aber es war nicht unangenehm.

„Vielleicht waren wir den Menschen auch ein wenig unheimlich. Schließlich waren wir Fremde und aßen nichts von dem, was überall feilgeboten wurde."

„Ihr habt nie wirklich unter Menschen gelebt, oder?"

„Nein, wir ... hatten uns damals nicht gut genug unter Kontrolle, um dauerhaft in ihrer Nähe zu bleiben. Meine Brüder und ich entschieden uns letztendlich für abgeschiedene Orte. Angesichts unserer Aufgaben ist das auch praktischer." Er zuckte mit den Schultern. „Manche Clans leben heute mitten in Großstädten. Solange sie sich benehmen und keine Aufmerksamkeit auf sich ziehen, soll es uns recht sein."

„Was geschieht, wenn sie sich nicht *benehmen*?", fragte die Agentin.

„Asheroth weist sie zurecht. Wenn sie dann immer noch nicht hören wollen, reduzieren wir sie eben, bis sie es gelernt haben."

Sie brauchte einen Augenblick, um über die Konsequenzen seiner Worte nachzudenken. Achilleas wartete geduldig ab. Ihre ernste Miene würde er genauso sehr lieben wie ihr Lächeln, wenn sie ihn ließ.

„Das ist also eure Aufgabe, wenn ihr nicht gerade gegen die Söldnertruppe einer Firma kämpfen müsst, die euch ausrotten will?"

„Ja, unter anderem."

„Klingt nach einer Menge Verantwortung", merkte sie an.

„So ist es wohl." Er neigte leicht den Kopf.

„Wie passen wir bloß in die Welt des anderen, wenn wir beide so große Verpflichtungen haben?" Gigi löste ihre Hände aus den seinen und verschränkte die Finger in seinem Nacken. Er atmete ihren Duft tief ein. Ihre bloße Gegenwart ließ ihn die zahlreichen Geräusche ausblenden, die von den umliegenden Straßen zu ihnen herüberschallten. Ihr Herzschlag und ihr Atem waren das einzig Wichtige im Moment. Er legte die Arme um ihre Taille. Dieser Frage würden sie sich vielleicht wiederholt stellen müssen.

„Den Versuch ist es wert, denkst du nicht?", sagte er leise. Sie nickte mit einem Lächeln. Dann kam sie noch näher und stellte sich auf die Zehenspitzen. Nach einem sanften Kuss fuhr sie sich mit den Fingerspitzen über die Lippen. Achilleas öffnete den Mund, um etwas zu sagen, ließ es jedoch bleiben. Er brachte es nicht über sich, ihr zu gestehen, dass seine Körpertemperatur noch nicht auf ihr Minimum gesunken war. Ein letzter Rest von Miras Blut hielt sie davon ab.

„Bin ich dir zu schnell?", fragte Gigi.

„Nein… Kein bisschen."

„Gut."

Sie küsste ihn gleich noch einmal. Dann schmiegte sie sich an ihn, sodass ihre Wange an seinem Schlüsselbein lehnte. Zum ersten Mal seit er vor über acht Jahren wiedererweckt worden war, hatte Achilleas wirklich das Gefühl, jemandem nahe zu sein, wenn er von Mira, Commodus und Asheroth einmal absah.

„Manchmal bin ich ungeduldig", gestand sie.

„Das bin ich auch, je nachdem, worum es geht."

Diese Aussage quittierte sie mit einem Lächeln. Nachdem sie sich aus seiner Umarmung gelöst hatte, richtete Gigi den Kragen seiner Jacke. Sie schlug vor, noch ein wenig an der Saône spazieren zu gehen. Natürlich begleitete er sie anschließend wieder nach Hause. Dieses Mal bat sie ihn herein. Ihre Wohnung bestand aus einer geräumigen Küche, einem Bad, einem Schlaf- und einem Wohnraum. Achilleas hatte zuletzt wenige Häuser von Sterblichen betreten, erhielt aber den Eindruck, dass die Einrichtung recht karg war. Ein paar gerahmte Fotos hingen über dem kleinen Esstisch in der Küche, ansonsten entdeckte er nicht viele persönliche Dinge. Gigi war zuerst kurz ins Bad verschwunden, nun trat sie neben ihn und betrachtete ihre Fotos.

„In drei Monaten hat meine Mutter Geburtstag. Sie wird jeden auf diesen Bildern und nochmal so viele Leute samt Familie einladen. Sie liebt Gesellschaft."

„Habt ihr das gemeinsam?"

Sie schüttelte zögerlich den Kopf. „Ich habe nichts dagegen, unter Menschen zu sein, aber es gibt nicht viel, worüber ich auf diesen Familienfesten reden kann, ohne den Kindern Angst zu machen."

„Ich könnte das Geräusch beschreiben, das entsteht, wenn man einem Bären das Rückgrat bricht", gab Achilleas trocken zurück. Gigi schnaubte belustigt und rieb sich über die Stirn. „Wenn du mir damit sagen willst, dass du mich nicht begleiten möchtest, ist das in Ordnung."

Er hob irritiert die Brauen. „Natürlich würde ich mitkommen, aber meine Geschichten wären wohl kaum besser."

„Okay."

Warum klang sie so überrascht? Sie ging zum Kühlschrank hinüber und nahm nach kurzem Zögern eine abgedeckte Auflaufform heraus. Achilleas näherte sich ihr langsam.

„Wollen wir uns mein restliches Huhn teilen? Die Soße ist…" Gigi presste die Lippen aufeinander. „Vergiss es."

Als sie Anstalten machte, das Essen wieder in den Kühlschrank zu stellen, hielt er sie am Arm zurück.

„Bitte iss, wenn du hungrig bist. Und warum sollte ich mich davor drücken, dich zu deiner Familie zu begleiten?"

Sie hob die Schultern. „Manche Männer tun das, besonders am Anfang einer Beziehung. Frauen auch, das will ich nicht leugnen."

Er schüttelte verständnislos den Kopf. Soweit er informiert war, entschieden Menschen in großen Teilen der Welt mittlerweile selbst, ob sie ein Paar sein wollten, ohne ihre Eltern um Erlaubnis zu bitten. Wozu also das Verstecken?

„Nun, meine Familie kennst du bereits", sagte er abschließend. Gigi nickte nachdenklich und schob ihre Mahlzeit zum Aufwärmen in den Ofen. Anschließend holte sie eine Weinflasche aus dem Schrank und reichte sie direkt an Achilleas weiter.

„Trinkst du wenigstens etwas, während ich alleine esse? Das fühlt sich sonst wirklich komisch an."

„Gern, danke."

Sie verbrachten einige Zeit an ihrem Küchentisch, in der sie ihm von ihrer Ausbildung bei Interpol und ihren ersten Fällen erzählte. Er stellte nur gelegentlich Nachfragen und lauschte dem Klang ihrer Stimme. Als die Weinflasche längst geleert und es draußen dunkel war, beschloss Achilleas, sich langsam zu verabschieden. In der Diele legte Gigi erneut die Arme um seinen Nacken.

„Unser nächstes Treffen muss leider ein wenig warten", sagte sie. „Ich fahre morgen zu einem Kollegen nach Brüssel. Er ist da insgesamt seit Jahren an einem Fall dran und hat die letzten Monate endlich große Fortschritte gemacht. Er möchte meine Unterstützung."

„Hoffentlich braucht ihr nicht noch einmal Monate", gab er ironisch zurück. In diesem Fall würde er sie einfach in Belgien besuchen. Sie schüttelte lachend den Kopf. „Nein, ich werde nur eine Woche dort sein. Den Montag danach werde ich in meinem Büro mit dem Schreiben eines elend langen Berichts verbringen."

„Soll ich dich dort abholen und wir gehen in ein Restaurant, das du magst? Ich werde schon irgendetwas Erträgliches finden, um nicht zu sehr aufzufallen."

„Das klingt wunderbar, aber unsere Wachleute sind nicht begeistert, wenn Fremde länger vor unserem Gebäude herumstehen. Ich überlege mir, wohin ich möchte, und schicke dir die Adresse und Uhrzeit, einverstanden?"

„Gut." Er zog sie noch näher an sich und küsste sie zum Abschied.

6. Suche

Mira kontrollierte ein letztes Mal ihre Buchung, dann klickte sie auf den Button für die Bestellung ihres Flugtickets. Ein wenig resigniert rieb sie sich die Augen. Seit fast drei Monaten reiste sie zu alten und großen Bibliotheken auf der ganzen Welt, um nach Hinweisen auf die andere Dimension sowie Licht und Schatten zu suchen. Wann immer es möglich gewesen war, hatte sie Shaun als Leibwächter mitgenommen, um ihn im Auge behalten zu können. Die entscheidende Frage war, warum ausgerechnet er der neue Schattenträger werden sollte. Wenn sie es herausfand, konnte sie vielleicht an dieser Stelle ansetzen und die Kontrolle über die Aurawesen behalten. Dann würde sie sich Gedanken darum machen, wie sie ihr Versprechen halten und beide wieder in die andere Dimension schicken sollte. Bisher hatte sie allerdings nur in Erfahrung bringen können, dass im Lauf der Jahrhunderte einige spirituelle Gemeinschaften abseits der Weltreligionen an die Existenz einer Kraft oder höheren Instanz geglaubt hatten, die der anderen Dimension relativ nahe kam. Diese hatten es trotz Meditation oder absurder Opferriten nie so weit gebracht wie der erste Clan der Gestaltwandler. Dementsprechend vage waren ihre Vorstellungen. Nichts deutete in irgendeiner Form auf den Ausgleich zwischen Licht und Schatten hin, wie sie ihn erlebt hatte, geschweige denn auf die Träger in der realen Welt. Anzheru erschien im Türrahmen zum Kaminzimmer. Er hatte die Villa gerade erst betreten und streifte noch ein paar Schneeflocken von seiner Jacke.

„Welch unerwarteter Besuch", sagte er mit einem Lächeln. Selbstverständlich hatte er gewusst, wann ihr Flieger in Oslo gelandet war. Egal, wohin sie reiste, ihre Leibwächter hielten ihren Gefährten permanent bestens informiert. Nur unter dieser Bedingung hatte Anzheru zugestimmt, nicht selbst mit ihr zu reisen. Schließlich war die Gefahr durch die Hybriden seiner Meinung nach nicht vorüber. Ihre Überwachung und seine wachsende Ungeduld nahm Mira billigend in Kauf, solange er nicht darauf beharrte zu erfahren, was genau sie eigentlich in den unzähligen alten Schriften suchte. Noch ahnte Anzheru nichts von Shauns Bestimmung, der neue Schattenträger zu werden.

„Oder bist du endlich fündig geworden und bleibst?", fragte er hoffnungsvoll, während er den Raum durchquerte. Sie schüttelte bedauernd den Kopf. „Ich habe gerade meinen nächsten Flug gebucht."

„Wohin?" Er beugte sich zu ihr herunter und küsste sie auf den Haaransatz. Sie drehte den Laptop auf dem Tisch herum, bis er ihre Buchung nachlesen konnte.

„Aberdeen", stellte er wenig begeistert fest.

„Es ist immer noch eine bessere Option, als Vincent zu fragen, oder?"

Anzheru setzte sich auf den Stuhl neben ihr. „Wenn es dir hilft."

Sie hatte ihm wenigstens von ihrer Begegnung mit Violetta und Konstantin berichtet. Die bloße Erzählung hatte auch ihn aufgewühlt und sein Verständnis für ihre Suche nach Antworten gestärkt. Er schloss die Augen, als sie sein Gesicht berührte.

„Der Flug geht schon in fünf Stunden", merkte er enttäuscht an.

„Ja... tut mir leid, dass ich nur so kurz zu Hause bin. Aber die nächsten Verbindungen führen entweder quer über den Kontinent oder gehen erst in vier Tagen." Mira erhob sich. Sie wollte duschen und das Nötigste packen. „Bist du dieses

Mal einverstanden, wenn keiner von unseren Vampiren mitkommt? Leandros kann mich abholen und zur Festung begleiten. Ich habe ihm schon geschrieben."

Ihr Gefährte seufzte leise. „Na gut."

Bevor sie auch nur drei Schritte vom Tisch entfernt war, schlang er von hinten die Arme um sie. Sie spürte seine Lippen im Nacken.

„Wir haben kaum zweieinhalb Stunden für uns und Letizia ist im Hauptquartier beschäftigt", flüsterte er.

„In diesen wenigen Stunden muss ich mich abduschen und auf die Reise vorbereiten."

Wenigstens ließ er zu, dass sie sich umdrehte und seine Umarmung erwiderte. Sie hatte ihn so sehr vermisst. Nach einem innigen Kuss machte er sich an ihrem Gürtel zu schaffen.

„Dann bleibt uns wohl nicht die Zeit für einen Tanz, bei dem du mir auf die Zehen treten kannst." Anzheru sog zischend die Luft durch die Zähne. „Für langatmige Zärtlichkeiten wird es wohl auch nicht reichen."

„Wir müssen uns auf das Wesentliche konzentrieren", gab Mira ironisch zurück und öffnete seine Hemdknöpfe. „Wie unangenehm."

Sie landete rücklings auf dem Kaminvorleger. Er war sofort über ihr und küsste sie erneut. Einen Augenblick wünschte sie sich, es gäbe nichts Wichtigeres zu tun. Er ließ von ihr ab und seine Miene wurde für einen Moment wieder ernster.

„Du musst um Erlaubnis bitten, bevor du die Bibliothek der Ältesten betrittst. Das gilt für jeden."

„Ich werde es mir merken." Ungeduldig zog sie ihn wieder an sich.

7. Diplomatie

„Bist du sicher, dass du nicht mehr Kämpfer mitnehmen willst?", fragte Katinka. „Es heißt, selbst die Werwölfe hätten zumindest Respekt vor dieser Frau."

Igor atmete kurz durch, bevor er sich am Rand des Parkplatzes zu ihr umwandte. Es ergab keinen Sinn, über Jasminas Ruf unter den Gestaltwandlern zu diskutieren. Sein eigenes Verhältnis zu ihr war nun einmal anders und darüber wollte er keine Details preisgeben. Er hatte entschieden, seinen Onkel, Jason und Okon mitzunehmen, und dabei würde es bleiben.

„Hab Vertrauen. Ich bin mir absolut sicher, dass Jasmina uns kein Leid zufügen wird. Weder in ihrem Haus noch auf dem Weg hin und zurück."

Die Bärenfrau stemmte die Hände in die Hüften. Ihr schien vor allem nicht zu gefallen, dass sie im Quartier zurückbleiben sollte. Sergej und Jurij kamen nach draußen. Der Junge hatte den Wächter offenbar zu einem kleinen Übungskampf überredet.

„Na gut", lenkte Katinka endlich ein. „Meldet euch, wenn ihr von ihrem hübschen Schlösschen aufbrecht."

„Das werden wir. Warum überlegst du dir nicht mit Sergej, wie ihr einem Steinbock das Kämpfen beibringt?"

„In seiner zweiten Gestalt?", gab sie skeptisch zurück. Jurij starrte augenblicklich in ihre Richtung, als wollte er ihr den Hals umdrehen. Sie lächelte amüsiert, dann musterte sie den Jungen mit ernstem Interesse. „Der Wille ist da. Mir fällt bestimmt etwas ein."

Igor verabschiedete sich mit einem zuversichtlichen Nicken und stieg ins Auto. Fjodor lenkte den Wagen über die Zufahrt zum Quartier. Nach über einer Stunde erreichten sie die

Straße, die sie zum Hauptquartier des Östlichen Vampirclans führen würde. Im Stillen nahm Igor sich vor, endlich fahren zu lernen. Am besten besorgte er sich auch einen Führerschein, für den Fall, dass er einmal von einem Polizisten angehalten wurde. Nach über sechs Stunden erreichten sie die Zufahrt zu Jasminas Schloss. Bevor er ausstieg, rieb der Hyänenmann die Hände an seiner Hose ab. Es war drei Monate her, dass er die geborene Vampirin zum letzten Mal gesehen hatte. Seit er ihr nach seiner Reise durch die andere Dimension seine Gefühle gestanden hatte, hatten sie sich nicht mehr ungestört unterhalten, da sie in Anzherus Haus nie allein gewesen waren. Ob es heute dazu kommen würde? Flankiert von Jason und Fjodor ging er auf ihre Leibwache vor dem Schloss zu. Okon hielt sich hinter ihnen. Die Vampire begrüßten sie höflich und begleiteten sie zu dem vorgesehenen Konferenzsaal. Der Hauptmann der Wache bat Igor, allein einzutreten. Er und seine Untergebenen würden seinen Hunden solange Gesellschaft leisten, wobei die Vampire klar in der Überzahl waren. Alle drei Wächter verzogen missmutig das Gesicht, nahmen es aber schweigend hin. Igor war überrascht, wie anders er dieses Mal in Empfang genommen wurde. Allerdings kam er in dieser Nacht nicht als Abtrünniger mit einem vagen Verdacht gegen die Werwölfe her, sondern als Clan-Oberhaupt auf Jasminas Einladung. Er straffte die Schultern und betrat den Saal. Darin befand sich ein großer, ovaler Tisch, an dessen Enden jeweils drei Stühle standen. Mit etwa vier Schritten Abstand folgten auf jeder Seite zwei Stuhlreihen, in denen wohl das übrige Gefolge platznehmen durfte, wenn man denn mit zehn Leuten anrückte. Jasmina saß am weiter entfernten Tischende und las konzentriert. Igor schloss die Tür hinter sich. Sie waren allein.

„Ich grüße dich."

Die Vampirin sah von dem Brief in ihrer Hand auf.

„Verzeih", sagte sie und legte das Blatt Papier beiseite. „Seit ein paar Tagen erhalte ich so viel Korrespondenz wie in den letzten fünf Jahren nicht."

Jasmina stand auf und bot ihm den einfachen Stuhl zu ihrer Rechten an, anstelle des mit Schnitzereien verzierten Möbel, das ihr gegenüber am anderen Ende der Tafel aufgestellt war. Jeder andere Gast hätte vermutlich dort gesessen.

„Also nur, wenn du nah bei mir sitzen möchtest, versteht sich", fügte sie an. Er nahm dankbar an und näherte sich ihr. Sie lächelte. Nichts zwischen ihnen hatte sich geändert.

„Es tut gut, dich zu sehen", sagte Jasmina, nachdem sie sich gesetzt hatten. „Vieles hat sich geändert, seit die Firma mich und auch ein paar der Clans in China und der Mongolei angegriffen hat."

„Inwiefern?", hakte Igor nach. Wenn er sich recht erinnerte, hatte mindestens einer dieser Clans früher ein Bündnis mit ihr angestrebt.

„Diese Vampire sind schon lange verfeindet, aber ohne meine… *Zustimmung* haben sie keine Fehde begonnen." Sie stützte den Kopf auf. Tatsächlich wirkte die Geborene ein wenig müde.

„Jeder weiß, dass nur noch die Hälfte meines Clans übrig ist und sie wittern die Chance, an Macht zu gewinnen. Vor allem der Hongkong-Clan."

Der Hyänenmann nickte. „Erklären sie dir den Krieg?"

„Da potenziell die Ältesten auf meiner Seite stehen, trauen sie sich nicht. Und solange ich kann, verhindere ich, dass sie einander zerfleischen. Bei solchen Auseinandersetzungen kommen sehr schnell auch Menschen zu Schaden und wenn wir eins nicht schon wieder brauchen, ist es zu viel Aufmerksamkeit." Sie rieb sich die Augen. „Deshalb wollte ich mit dir sprechen. Falls sie auf dich zukommen, lass dich bloß nicht auf sie ein!"

Jasmina beschrieb ihm die beiden Vampirinnen, die die mächtigsten Clans in den besagten Ländern übernommen hatten und mit welchen Argumenten sie einander Gebiete streitig machen wollten. Noch wagten sie sich nicht auf das Gebiet des Östlichen Clans, aber vielleicht war auch das nur noch eine Frage der Zeit.

„Ich kann dich beruhigen", sagte Igor. „Mich haben sie in keiner Form kontaktiert."

„Noch nicht."

Er hob unschlüssig die Schultern. „Selbst wenn, im Moment habe ich nicht die Zeit, um mich um Vampire in Hongkong zu kümmern. Wir haben unsere eigenen Probleme."

Er fasste die Lage mit Shaquans Oryxen in wenigen Sätzen zusammen.

„Werden sie einen offenen Konflikt mit euch wagen? Ihr seid verhältnismäßig zahlreich", merkte Jasmina an.

„Ich denke, Shaquan ist zu klug, um an zwei Fronten gleichzeitig zu kämpfen." Igor stützte den rechten Arm auf dem Tisch auf. „Sobald er die Sache mit den Vampiren auf seinem Territorium überstanden hat, wird er sich allerdings bestens daran erinnern, wer ihm geholfen hat und wer nicht."

„Und daran, dass der Sohn eines Verräters bei dir lebt." Sie schüttelte bekümmert den Kopf. „Früher gab es eine ganze Reihe von Vampiren, die mich für die Verbrechen meines Vaters hassten. Es ist eine sehr üble Angewohnheit unter den Unsterblichen, nicht nur nicht zu vergeben, sondern Argwohn auch noch zu übertragen."

Igor ergriff ihre Hand. Seine Hundemänner würden später vermutlich riechen können, dass er mit ihr in Berührung gekommen sein musste, aber darum machte er sich noch keine Gedanken. Jasmina verschränkte die Finger mit den seinen.

„Was ist aus diesen Vampiren geworden?", fragte er, obwohl er eine Ahnung hatte.

„Die meisten sind tot. Die übrigen verließen den Kontinent. Nur zu einer habe ich noch Kontakt. Sie ist irgendwann vernünftig geworden."

„Dann ist es ja nicht ganz hoffnungslos", stellte er fest. Jasmina lächelte. Ihm wurde erst jetzt bewusst, wie sehr er sich danach gesehnt hatte, sie zu sehen und zu wissen, dass es ihr gut ging.

„Wie kommst du sonst zurecht?", flüsterte sie so leise, dass er es von ihren Lippen ablesen musste. Auf diesem Weg würden nicht einmal die Hunde mithören.

„Es ist schwierig. Plötzlich verlassen sich so viele darauf, dass ich die richtigen Entscheidungen treffe", gab er genauso leise zurück. Sie schloss ihre wunderschönen eisblauen Augen für einen Moment. Als sie sie wieder öffnete, lag weder Vorwurf noch Enttäuschung in ihrem Blick. Sie erinnerte sich wohl noch daran, wie es gewesen war, nach dem Tod ihres Vaters zu einer Anführerin zu werden.

„Informiere mich bitte, wenn die Clans versuchen, dich in ihren Konflikt hinein zu ziehen", sagte sie wieder so laut, dass die Wachen vor der Tür sie verstanden. „Dass ihr keine Zeit habt, wird in ihren Augen leider kein Argument darstellen."

„Versprochen."

„Falls meine Späher diese Oryxe sichten, sagen wir euch Bescheid."

„Danke."

Erst jetzt ließ Jasmina seine Hand los. Sie nahm sich einen Stift und den Brief, den sie gelesen hatte, als er hereingekommen war. Hastig schrieb sie etwas auf die leere Rückseite und hielt es ihm hin.

Für ein Bündnis ist es zu früh. Ich würde euch in einen Krieg ziehen und ich will das Vertrauen deiner Kämpfer in dich nicht auf die Probe stellen.

Igor stimmte ihr stumm zu. Anschließend erhoben sie sich. Die Verhandlung war beendet.

„Wenn ihr wünscht, könnt ihr bis zum Anbruch der kommenden Nacht bleiben", sagte sie.

„Warum sollten wir das?", fragte er irritiert.

„Das bieten wir Vampire unseren offiziellen Gästen immer an, wenn der Sonnenaufgang schon nah ist. Wenn ich meinesgleichen bei Tageslicht auf die Reise schicke, kann es böse enden", erklärte sie mit einem ironischen Unterton. Igor hätte sich mit der flachen Hand vor die Stirn schlagen können.

„Solltest du bei anderen Vampiren zu Gast sein und sie bieten es nicht an, darfst du das als kriegerischen Akt werten", ergänzte Jasmina.

„Hoffentlich kann ich mir all diese diplomatischen Feinheiten irgendwann merken", gab er trocken zurück.

„Da habe ich keine Zweifel", sie zwinkerte ihm zu. „Beim nächsten Mal statte ich dir in deinem Haus einen Besuch ab." Igor verkniff sich eine Bemerkung darüber, dass sie im Keller eine ganze Kiste mit unnützen Abschiedsgeschenken für solche Gelegenheiten aufbewahrten. Gemeinsam gingen sie zur Tür. Jasmina begleitete sie bis auf den verschneiten Rasen vor ihrem Schloss und wünschte ihnen eine sichere Heimreise. Sobald sie im Auto saßen, schickte Jason eine Nachricht an Katinka.

„Wo wird uns das hinführen?", fragte Fjodor, als sie auf die Hauptstraße auffuhren.

„Was meinst du?", gab Igor zurück. Wenn sein Onkel etwas zu sagen hatte, sollte er konkreter werden.

„Du weißt, dass wir kein Kriegsbündnis mit Jasmina eingehen dürfen. Das würde unsere Beziehungen zu den anderen Clans gefährden."

„Haben wir das nicht schon, als wir uns den Vampiren im Kampf gegen die Firma angeschlossen haben?", warf Jason ein.

„Das können wir hoffentlich noch als Ausnahme rechtfertigen. Aber in normalen Zeiten sieht es anders aus."

„Wir befinden uns noch lange nicht in normalen Zeiten, da sich die Machtverhältnisse offenbar noch weiter verschieben werden. Nehmen wir an, diese Vampire aus Hongkong greifen uns an, weil wir für sie auf dem Weg zu Jasminas Land liegen. So unwahrscheinlich ist das nicht." Während er sprach, bemerkte der Hyänenmann, dass Okon ihn vom Rücksitz entsetzt ansah.

„Wer wird uns dann schneller zu Hilfe kommen? Jasmina oder Darius? Oder meinst du, die beiden Clans aus Australien bemühen sich her?"

„Die Blutsauger", brummte Fjodor.

„Versteh mich nicht falsch", sagte Igor in einem ruhigeren Ton. „Wenn ich es vermeiden kann, werde ich uns nie in einen Krieg stürzen und schon gar nicht in die Konflikte der Vampire. Aber wenn ich mich entscheiden muss, Hilfe anzunehmen oder euch alle sterben zu lassen, werde ich mich immer *für* Jasminas Beistand entscheiden. Genau wie du, nachdem die Firma unseren Clan überrannt hatte."

„Auf der nächsten großen Versammlung wird mir das sicher als der schwächste Moment meines Lebens ausgelegt", sagte sein Onkel trocken. Jason schnalzte missbilligend mit der

Zunge. „Das würde nicht mal ich dir an den Kopf werfen und damals mochte ich dich noch nicht."

Okon pflichtete ihm bei. Igor beschloss im Stillen, Fjodor später über sämtliche Clan-Vertreter auszufragen, die er kannte. Wenn er den Asiatischen Clan repräsentieren musste, wollte er über jeden anderen Bescheid wissen und vor allem, wer mit wem ein Bündnis pflegte. Wie bereits auf der Hinfahrt stießen sie mehrfach auf Schneeverwehungen, die die Straße blockierten. In jedem ihrer Fahrzeuge lagen daher vorsorglich Schaufeln im Kofferraum. Als sie zum dritten Mal anhalten mussten, waren Igor und Okon an der Reihe.

„Ist das hier jeden Winter so?", fragte der Hundemann nach ein paar Minuten, wobei Igor glaubte, seine Zähne vor Kälte klappern zu hören.

„Soweit ich mich erinnere, war es früher sogar noch mehr Schnee", gab er spaßeshalber zurück. Okon warf ihm einen wenig begeisterten Blick zu.

„Du wirst dich daran gewöhnen. Selbst Menschen können das."

„Hoffen wir es." Ein wenig missmutig klopfte er den aufgehäuften Schnee fest, damit der Wind ihn nicht zurück auf die Straße trieb. Igor watete ein paar Schritte vorwärts durch den Pulverschnee, um einschätzen zu können, wie viel sie noch zur Seite räumen mussten. Eher zufällig sah er dabei zu einem der Hügel zu seiner Linken hinüber. In der Ferne erkannte er eine recht große Gestalt mit dunklen Hörnern, die gerade in die Höhe ragten. Um eine der hier heimischen Saiga-Antilopen handelte es sich sicher nicht. Derjenige verschwand sofort hinter der Hügelkuppe. Hatte er sie und den Wagen beobachtet? Oder täuschten Igor seine Sinne, da der Schnee das Sonnenlicht reflektierte?

„Stimmt etwas nicht?", fragte Okon hinter ihm. Er hatte offenbar nichts bemerkt.

„Ich bin mir nicht ganz sicher", sagte der Hyänenmann und machte sich wieder an die Arbeit. Falls er sich nicht geirrt hatte, was hatte einer von Shaquans Oryxen noch auf seinem Land zu suchen?

8. Frustration

Achilleas legte das Buch über die moderne französische Geschichte beiseite und sah sich erneut um. Gegenüber dem Restaurant, das Gigi sich für diesen Abend ausgesucht hatte, lag ein kleiner aber hübscher Park. Er hatte beschlossen, dort auf einer Bank auf sie zu warten und zu lesen, anstatt *herumzustehen.* Die Bäume waren der Jahreszeit entsprechend kahl und besaßen ihrer Größe nach zu urteilen ein beträchtliches Alter. Ein paar Kinder spielten zwischen ihnen fangen. Zwei ältere Herren brüteten an einem Tisch über ihrer Schachpartie und auf einer zweiten Bank, die ein wenig versteckter hinter immergrünen Büschen aufgestellt war, saß ein junges Pärchen. Die Agentin war seit einer Stunde überfällig. Der Vampir schaute auf sein Handy. Es war noch keine neue Nachricht eingegangen. Er hatte davon gehört, dass die Sterblichen einander ab und zu aus fragwürdigen Gründen versetzten, aber das konnte er sich bei Gigi nicht vorstellen. Irgendetwas musste vorgefallen sein. Er nahm sein Buch und verließ den Park. Zuerst würde er bei ihrer Dienststelle vorbeigehen und lauschen, ob er ihren Herzschlag im Gebäude ausmachen konnte. Wenn sie tatsächlich noch arbeitete, konnte er auf diesem Weg wenigstens sichergehen, dass ihr nichts zugestoßen war. Über halbwegs zeitige Absagen würden sie sich später unterhalten. Achilleas brauchte etwas mehr als zwanzig Minuten bis zum Bürogebäude von Interpol, was seine Laune nur verschlechterte. In Gigis Gegenwart bewegte er sich gern so langsam wie ein Mensch, aber wenn er allein war, kostete es ihn einige Nerven. Er blieb auf der gegenüberliegenden Straßenseite stehen und schloss konzentriert die Augen. Es befanden sich dutzende Menschen im Gebäude. Gigi konnte er nirgendwo ausmachen. Sein Handy summte.

„Einsatz hat länger gedauert. Entschuldige!"

„Geht es dir gut?", schrieb er zurück.

„Ja. Bin noch auf dem Rückweg. Dachte, ich schaffe es pünktlich. Beim nächsten Mal ganz bestimmt."

„Gehst du noch in dein Büro?"

Es war bereits kurz nach acht Uhr abends, aber Achilleas vermutete, dass die Agentin manchmal noch viel länger arbeitete. Sein Mobiltelefon schwieg noch eine Minute, dann ging ihre Antwort ein.

„Nein. Ich will einfach nur nach Hause."

Etwas in dieser Form hatte Gigi noch nie geäußert. Es las sich, als ob etwas nicht stimmte. Der Vampir steckte das Handy in seine Jackentasche und setzte sich wieder in Bewegung. Als er ihre Straße erreichte, stand ihr Wagen schon vor dem Mietshaus. Nachdem er geklingelt hatte, dauerte es über eine Minute, bis sie ihm die Tür öffnete. Im Hausflur hörte er ihre stampfenden Schritte. Ihr Herzschlag war erhöht. Als er die Wohnungstür erreichte, stand sie einen Spalt breit offen. Dem Geräusch nach warf Gigi gerade irgendetwas mit Schwung auf den Parkettboden. Achilleas drückte die Tür mit den Fingerspitzen auf und betrat ihre Diele. Sie kam ihm aus der Küche entgegen. Die Agentin trug eine weiße Bluse, deren linker Ärmel einen handtellergroßen Fleck aufwies. Es sah nach geronnenem Blut aus. Ihre Schuhe lagen vor der Garderobe wie achtlos hingeworfen. Ihr schwarzes Haar wirkte unordentlicher als sonst und unter ihren Augen lagen dunkle Schatten. Sie rieb sich die Stirn und atmete tief durch. „Ich dachte nicht, dass du vorbeikommst", sagte sie in einem Tonfall, den er noch nicht von ihr kannte. Sie schien wegen irgendetwas wütend zu sein und nun nicht sonderlich begeistert.

„Ich wollte nach dir sehen."

Gigi nickte betont langsam.

„Verrätst du mir, was vorgefallen ist?" Er versuchte, einen neutralen Ton zu treffen. Was auch immer es war, es wühlte sie offensichtlich auf.

„Der Zugriff in Belgien ist schief gegangen. Ich hätte es kommen sehen müssen."

„Was hat dich abgelenkt?"

„Ich habe nicht bedacht, dass unsere Zielperson kaltschnäuzig genug ist, um seine eigene Tochter als Schutzschild zu benutzen." Sie hielt ihren befleckten Ärmel hoch. „Sie wurde durch einen Polizisten schwer verwundet. Hoffentlich schafft sie es."

„Kann ich dir irgendwie helfen?", bot Achilleas an.

„Nein." Sie schüttelte den Kopf. „Außer du kannst einen Waffenhändler aufspüren, der vermutlich gerade in einem Privatflugzeug nach Russland sitzt, Champagner säuft und an seinem Ziel von einem Dutzend Leibwächter mit Maschinenpistolen in Empfang genommen wird."

„All das weißt du, aber den Ort, an dem er landen wird, kennst du nicht?"

Gigis Miene verfinsterte sich schlagartig. „Dann wäre ich wohl kaum hier. Wir wissen nur, dass dieser Typ hervorragende Beziehungen zur russischen Mafia pflegt. Wenn er sich verstecken muss, wie jetzt, kriecht er bei einem seiner Kumpel unter."

„Ich verstehe." Er näherte sich ihr noch langsamer, als er es normalerweise tun würde. „Und du bist auf dich selbst wütend, weil du nah dran warst und es nicht geschafft hast?"

„Gut beobachtet", gab sie bissig zurück.

„Ich wollte nur sichergehen." Er zuckte mit den Schultern. „Wenn es schon wieder an deinem Vorgesetzten läge, würde ich ihm jetzt einen Besuch abstatten. Ich bin durstig."

„Auf keinen Fall!", gab sie aufbrausend zurück. „Natürlich muss ich mir morgen was von ihm anhören, aber du mischst dich da gefälligst nicht ein! Und halt dich von meinen Kollegen fern!"

„Verstanden."

Es war lange her, dass jemand außer Asheroth und Elvera in diesem Ton mit ihm gesprochen hatte. Sie atmete erneut tief durch. „Vielleicht solltest du jetzt lieber gehen. Ich bin unausstehlich, wenn ich so frustriert bin."

„Damit du dich allein in deinem Selbstmitleid suhlen kannst?", fragte er sarkastisch und lehnte sich angriffslustig vor. Im ersten Moment verzog Gigi mit einer Mischung aus Zorn und Unglauben das Gesicht.

„Warum provozierst du mich?", fragte sie bedrohlich leise. Ihre Selbstbeherrschung war bemerkenswert. Trotz seiner gehässigen Bemerkung hinterfragte sie seine Absichten.

„Nach meiner Erfahrung kann es sehr hilfreich sein, seinen Frust abzureagieren."

„Füge deinen Erfahrungen die Tatsache hinzu, dass manche von uns Profis sind und damit klarkommen."

„Und wenn du allein wärst?", bohrte er weiter. „Würdest du dich dann ebenfalls beherrschen?"

Achilleas wies auf ihre verstreuten Schuhe. Gigi fuhr mit der Zunge über ihre Schneidezähne. Selbst wenn sie stark wie eine Vampirin gewesen wäre, hätte ihn diese Geste nur noch weiter angespornt. Sie ging betont langsam an ihm vorbei und sammelte ihre Schuhe ein, um sie ordentlich auf dem kleinen Regal unter den Kleiderhaken abzustellen.

„Vielleicht lasse ich meine Wut an Gegenständen aus, aber ich werde mich sicher nicht mit dir prügeln, falls du darauf hinaus wolltest."

„Schade", gab er zurück. Sie kam näher und verschränkte mit einem resignierten Seufzen die Finger in seinem Nacken. „Welchen Sinn hätte das? Du bist so viel schneller, du würdest mir doch sowieso ausweichen."

„Nein, wie solltest du so deinen Frust loswerden?"

Zum ersten Mal brachte Gigi ein schwaches Lächeln zustande. Achilleas legte einen Arm um ihre Taille und zog sie an sich, wobei sie schmerzerfüllt das Gesicht verzog.

„Was ist?"

„Nichts Ernstes. Ich bin gegen ein Geländer geknallt und habe mir ein oder zwei Rippen geprellt. Auch deshalb ist kämpfen gerade nicht die beste Idee."

Er strich behutsam über ihren Rücken. „Bist du sicher, dass nichts gebrochen ist?"

„Ja, ich wurde schon geröntgt." Sie schmiegte die Wange gegen sein Schlüsselbein, wie sie es nach ihrem ersten Kuss getan hatte. „Sonst wäre ich nicht so verflucht spät hier gewesen."

„Gut…"

Seine Beharrlichkeit hatte sich gelohnt. Während sie einfach nur dastanden und einander im Arm hielten, beruhigten sich ihr Puls und ihre Atmung ein wenig. Sie legte den Kopf in den Nacken, um ihm wieder ins Gesicht zu sehen. „Wie lange würde dein Körper brauchen, um sich davon zu erholen?"

„Höchstens ein paar Stunden."

„Beneidenswert." Gigi seufzte erneut. „Ich werde trotz Schmerzmitteln noch tagelang was davon haben, wenn nicht länger."

„So muss es nicht sein", merkte er an. Sie hob fragend die Brauen.

„Wenn du von meinem Blut trinkst, heilst du schneller."

Sie schaute ihn skeptisch an und löste sich aus seiner Umarmung. Ohne etwas dazu zu sagen, wies sie in Richtung Küche. Achilleas hängte seine Jacke auf und folgte ihr. Offenbar hatte er geklingelt, als sie sich ein Glas Wein hatte eingießen wollen. Die Flasche stand geöffnet auf der Anrichte. Gigi holte ein zweites Glas, schenkte ihnen beiden einen großzügigen Schluck ein und verschloss die Flasche wieder.

„Aber hätte das nicht auch noch irgendwelche anderen Konsequenzen?", fragte sie.

„Für dich nicht. Es macht nicht süchtig, falls du das meinst", entgegnete Achilleas.

„Macht es mich… zum Vampir?"

Diese Idee schien ihr überhaupt nicht zu gefallen, was er ihr nicht übel nahm. Er war bisher nicht davon ausgegangen, dass sie seinetwegen verwandelt werden wollte, und das brauchte er wohl auch in Zukunft nicht.

„Nein, um dich zu verwandeln, müsste ich vorher so viel Blut von dir trinken, dass du stirbst", erklärte er. „Wie gesagt. Für dich bedeutet es nur die Heilung deiner Verletzung."

Gigi nickte langsam und trank einen Schluck von ihrem Wein. „Und für dich?"

„Mein Durst würde stärker, aber das macht nichts. Ich bin noch weit davon entfernt, wahllos Menschen anzufallen." Achilleas griff nach einem der Küchenmesser im Messerblock statt seinem Glas und führte die Klinge an seine linke Handfläche. Sie bedeutete ihm mit einer hektischen Geste, dass er sich bloß nicht schneiden sollte.

„Wenn ich dir sonst auf keine Weise helfen kann, lass uns wenigstens das tun", sagte er mit Nachdruck. Wäre sie nicht die willensstarke Agentin, die er in einem Stützpunkt der Firma angetroffen hatte, hätte er diese Sache sofort in der Diele erledigt. Gigi schwieg.

„Ekelt dich die Vorstellung an?", hakte er nach.

„Nein, ich ..." Sie stellte ihr Glas ab. Dann zog sie ruckartig die Gardine vor das Küchenfenster. „Ein bisschen neugierig bin ich schon, aber dafür solltest du dich nicht verletzen. Hoffentlich hat keiner meiner Nachbarn gesehen, wie du hier…"

Sie wies unwirsch auf das Messer in seiner Hand.

„Ein oberflächlicher Schnitt braucht nicht einmal Stunden, um zu heilen." Während er sprach, zog er die scharfe Klinge gerade tief genug durch seine Handfläche, dass es ein wenig bluten würde. Anschließend legte er das Messer in die Spüle und streckte ihr seinen Arm entgegen. Gigi sah ihn einen Moment wie erstarrt an. Erst nach einem weiteren flachen Atemzug umgriff sie seine Hand. Zögerlich führte sie seine Handfläche an ihre Lippen. Zuerst trank sie das Blut, das sich auf seiner Haut gesammelt hatte. Dann leckte sie mit geschlossenen Lidern über den Schnitt, als wollte sie mehr. Achilleas rührte sich nicht. Sie konnte nicht wissen, welchen Impuls sie gerade in ihm auslöste, und er wollte sie nicht stören. Trotzdem öffnete sie nach kaum drei Sekunden erschrocken die Augen und schob seine Hand von sich. Gigi schien etwas sagen zu wollen, wandte sich jedoch ab und griff hastig nach ihrem Glas. „Bist du sicher, dass man danach nicht süchtig werden kann?"

„Mir ist kein Fall bekannt, solange es nur um Vampirblut geht. Schmeckt es besser, als du erwartet hast?"

„Ja… so anders als menschliches Blut. Nicht metallisch."

Er hielt seine Hand kurz unter kaltes Wasser und trocknete sie anschließend mit einem Geschirrtuch ab. Zufrieden hielt er ihr das Tuch hin. „Siehst du? Es blutet schon nicht mehr."

„Faszinierend", murmelte sie und rieb geistesabwesend über ihren Rücken. „Es fängt an, zu kribbeln."

„Vielleicht fühlt es sich gleich wie ein Brennen an, aber das ist normal. Dann heilt das Gewebe."

„Würdest du…", setzte sie zögerlich an. Er hob fragend die Brauen.

„Möchtest du noch ein bisschen bleiben und wir machen es uns gemütlich? Ich bin zwar todmüde, aber es dauert noch, bis ich schlafen kann."

„Natürlich."

Sie setzten sich auf die Couch im Wohnzimmer. Gigi schaltete die Nachrichten im Fernsehen ein, dann hüllte sie sich in eine Wolldecke und schmiegte sich an seine Seite. Achilleas legte einen Arm um sie. Mehr war leider nicht möglich, ohne dass sie seinetwegen frieren würde. Daran störte sie sich offenbar nicht. Während eine Dokumentation über die Wanderungen der Wale durch die Weltmeere lief, nahm sie die Füße hoch auf die Couch und schloss die Augen. Noch bevor sie ihr Weinglas ausgetrunken hatte, schlief sie mit dem Kopf an seiner Schulter ein. Achilleas schaltete den Fernseher ab, dann hielt er einfach still und lauschte. Nach und nach wurde es ruhiger im Haus und auf den umliegenden Straßen. Gigis Atem ging etwas flach aber regelmäßig. Nur manchmal zuckte sie im Schlaf, als würde sie schlecht träumen. Wie konnte er sie bloß beschützen, wenn er sie nicht bei der Arbeit stören wollte, die ihr so viel bedeutete? Bestimmt konnte er in Erfahrung bringen, welchen Abstand er einhalten musste, um ihr nicht aufzufallen. Andererseits erlaubten seine Pflichten als Ältester es zeitlich nicht, dass er permanent in ihrer Nähe blieb. Asheroth hatte ihn bereits gebeten, beim Westlichen Clan in Paris nach dem Rechten zu sehen. Offenbar bestanden Streitigkeiten mit einer kampfstarken Splittergruppe, die sich vor Jahrzehnten abgesetzt hatte und nun, nachdem der Clan Vampire an die Firma verloren hatte, wieder aufgetaucht war. Allein würde Achilleas es nicht schaffen, Gigi im Auge zu behalten. Ob er Marek und Batiste um Unterstützung bitten konnte?

Das Gefühl zu fallen ließ Gigi schlagartig aufwachen. Tatsächlich war ihr Kopf wohl an Achilleas' Schulter abgerutscht. Sie fühlte seine kühle Hand unter ihrem Kinn, die sie längst aufgefangen hatte. Draußen war es noch dunkel, ihren Wecker hatte sie nicht klingeln hören.

„Wie spät ist es?", murmelte sie und schmiegte sich wieder näher an ihn.

„Kurz vor halb sechs."

Sie spürte einen sanften Kuss auf ihrem Haar. Erst dann wurde Gigi bewusst, dass Achilleas sie die ganze Nacht im Arm gehalten hatte. Sie setzte sich auf und rieb sich die Augen.

„Musst du so früh aufstehen?", fragte der Vampir skeptisch.

„Nein, für gewöhnlich erst in einer Stunde. Aber jetzt bin ich wach." Sie legte die Decke zur Seite. „Hast du etwa die ganze Zeit stillgesessen?"

Nachdem sie es ausgesprochen hatte, klang es fast undankbar. Dabei war sie nur verwundert.

„Ich wollte dich nicht wecken", gab er freimütig zurück.

„Danke." Gigi nickte unbeholfen. Anschließend tastete sie nach ihren geprellten Rippen. Die Schmerzen waren restlos verschwunden. Normal bewegen konnte sie sich ebenfalls wieder, als wäre nichts geschehen.

„Habe ich zu viel versprochen?", fragte Achilleas mit einem zufriedenen Lächeln.

„Ganz und gar nicht."

Sie konnte sich denken, dass er ihr die immense Heilkraft seines Bluts in Zukunft öfter anbieten würde, unabhängig davon, wie leicht oder schwer sie verwundet worden war. Das kam nicht in Frage, aber darüber wollte Gigi jetzt noch nicht diskutieren. Erst einmal brauchte sie eine heiße Dusche und ein ausgiebiges Frühstück, da sie am Vortag vor Ärger kaum gegessen hatte.

„Ich muss gehen", sagte Achilleas. „Der Clan in Paris hat ein Problem und wir sehen vorsichtshalber nach."

„Wie lange wirst du brauchen?", fragte sie. „Hoffentlich nicht Monate."

Er schnaubte belustigt. „Höchstens ein paar Tage, je nachdem wie schnell meine Leibwächter eintreffen."

Gemeinsam gingen sie in die Diele. Der Vampir zog Jacke und Schal an, die er überhaupt nicht brauchte, und wandte sich wieder zu ihr um. Gigi schlang die Arme um seinen Nacken und holte den Kuss nach, den sie am Vorabend versäumt hatte.

„Was hältst du davon, wenn ich diesen elenden Bericht schreibe, solange du in Paris bist, und dann ein paar Tage Resturlaub abfeiere? Wir könnten uns sehen, ohne dass ich in Gedanken im Büro oder in Brüssel bin."

Er antwortete nicht direkt. Eine schreckliche Sekunde lang dachte Gigi, er würde ablehnen.

„Möchtest du dann nach Schottland kommen?", schlug er vor.

„Urlaub in der Vampirfestung klingt großartig. Ich suche heute noch nach Flügen."

Erst nach einem weiteren innigen Kuss ließ sie zu, dass er ihre Wohnung verließ, um seinen eigenen Aufgaben nachzugehen.

9. Sergej

Igor stieg die Stufen in die erste Etage des Quartiers hinauf. Am oberen Ende der Treppe entdeckte er Jurij, der gerade auf das Geländer geklettert war und auf seinen menschlichen Füßen das Gleichgewicht suchte. Sobald er es gefunden hatte, nahm er seine Steinbockgestalt an. Schritt für Schritt balancierte er auf dem glatten hölzernen Handlauf nach unten.

„Was soll das werden?", fragte Igor und blieb stehen.

„Sergej sagt, springen kann jeder. Balance halten nicht." Sobald er geendet hatte, rutschte er mit dem linken Vorderhuf ab, fing sich jedoch sofort wieder.

„Er hat versprochen, dass wir zum Üben ein dünnes Seil vom Dach zum Baum vor dem Küchenfenster spannen, wenn ich das hier im Schlaf kann."

„Verstehe, dann nur weiter so."

Der Hyänenmann ging zufrieden weiter. Sergej hatte also einen Weg gefunden, Jurij auch abseits des Kampftrainings zu fordern. Er fand den Hundemann bei Quentin, Okon und Melissa im Kaminzimmer vor. Auf dem Couchtisch stand unter anderem ein Schachbrett, zu dem drei Figuren fehlten. Bei genauerem Hinsehen stellte Igor fest, dass der Bärenmann an einer neuen Dame schnitzte. Die Figur wirkte in seinen riesigen Händen filigran und zerbrechlich, aber Quentin schien die Geduld zu haben, jedes Detail hinein zu ritzen.

„Was hältst du von der Idee mit dem Seil?", fragte Sergej.

„Ich finde sie gut, lass ihn üben."

„Wird er sich nicht den Hals brechen, wenn er von ganz oben abstürzt?", gab Melissa zu bedenken. Der Hundemann winkte gelassen ab. „Da passiert schon nichts. Und wenn er fällt, lernt er eben, sich abzurollen und wieder aufzustehen."

Das Mädchen schüttelte resigniert den Kopf. „Lasst wenigstens Olga noch nicht mitmachen."

„Das hätte ihre Mutter garantiert auch gesagt." Er senkte leicht den Kopf. „Sie hatte keine richtige Vorstellung davon, wie stark ihre Kinder schon seit ihrer Geburt sind."

„Ist auch kaum zu glauben", murmelte Melissa, die während der Renovierung entsetzt beobachtet hatte, wie Olga ganz allein einen Holzbalken von ihrer eigenen Körpergröße aus ihrem Zimmer getragen hatte. Igor schmunzelte, stimmte ihr aber zu, was die Balanceübung auf dem Dach anging. Dieser Gefahr würde Olga sich noch früh genug aussetzen. Fjodor erschien neben ihm im Türrahmen. Seine Stirn lag in tiefen Sorgenfalten.

„Hat einer von euch Charlotte gesehen?", fragte er. Sergej schüttelte grinsend den Kopf. „Du vermisst sie schon, wenn sie kaum fünf Minuten weg ist?"

„Sie ist seit heute Nachmittag verschwunden und hat niemandem ein Wort gesagt." Sein Onkel fuhr sich unwirsch durchs Haar. Igors erste Vermutung würde ihm sicher nicht gefallen, dennoch wollte er sie aussprechen. „Sie unternimmt doch hin und wieder allein Spaziergänge. Vielleicht hat sie ihre Situation bei uns überdacht und ist aus Angst vor ihrer alten Gruppe weitergezogen, wie sie am Anfang gesagt hat."

„Dann hätte sie sich verabschiedet", sagte Fjodor missmutig. „Wenn schon nicht von mir, dann wenigstens von Olga. Die Kleine hat sie wirklich gern."

„Onkel..."

„Da stimmt irgendetwas nicht", beharrte er. „Lass uns wenigstens nachsehen, ob sie noch in der Nähe ist. Ich weiß, wo sie ihre Spaziergänge in der Regel hinführen."

Seine Sorge um Charlotte war noch größer, als Igor bewusst gewesen war. Er entschied, seinen Onkel selbst zu begleiten.

Gemeinsam verließen sie das Quartier und nahmen den Patrouillenweg zum nächsten Fluss in südlicher Richtung. Nach ein paar Minuten bog Fjodor von dem sichtbar ausgetretenen Pfad ab und führte ihn durch ein Dickicht aus schneebedeckten Sträuchern. In der Dunkelheit waren einige tierische Spuren zu erkennen, aber ob Charlottes Pfotenabdrücke darunter waren, vermochte Igor nicht zu sagen. Fjodor wies nach vorn. „Dort hinten ist eine kleine Höhle in den Felsen. Vielleicht..."

„Ich bin hier", unterbrach ihn eine weibliche Stimme. Selbst als sie Charlotte zum ersten Mal ins Quartier gebracht hatten und sie schwer verwundet gewesen war, hatte sie nicht so kratzig und verzweifelt geklungen. Igor kämpfte sich durch zwei weitere dichte Büsche und entdeckte die Bärenfrau auf einem Felsen. Sie hatte einen Arm um die Knie geschlungen und starrte etwas in ihrer anderen Hand an. Als er nur noch wenige Schritte von ihr entfernt war, zeigte sie ihm eine Phiole. Fjodor hastete an ihm vorbei und ging ihr gegenüber in die Hocke. „Was hast du denn bloß?"

„Meine Gruppe...", setzte sie zögerlich an.

„Sind sie in der Nähe?" Der Hundemann ergriff die Hand, die sie um ihre Knie gelegt hatte.

„Ich fürchte, ja." Charlotte rückte von ihm ab. „Sie... haben mich vor Wochen hergeschickt, um euch auszuspähen. Sie wollten wissen, wie viel von dem stimmt, was man über euch und vor allem Igor so hört."

Fjodor stand ruckartig auf und trat zurück. Seine Sorge um Charlotte war offensichtlich in Zorn umgeschlagen. Igor rieb die Hände an seiner Hose ab. Er fühlte sich zwar verraten, aber das war sicher noch nicht alles gewesen.

„Warum erzählst du uns das jetzt?", fragte er sachlich.

105

„Grundsätzlich wären sie euch nicht gewachsen, aber jetzt haben sie sich mit diesem Kerl verbündet, der Okons Mutter auf dem Gewissen hat. Und er ist nicht allein. Zusammen sind sie jetzt zu elft."

Sie hielt die Phiole hoch. „Sie haben das hier mitgebracht und verlangen, dass ich es ins Essen schütte, um euch zu schwächen."

„Was ist das?", fuhr Fjodor sie an.

„Irgendein Gift. Die Oryxe sagen, es kann die Stärkeren nicht töten, aber außer Gefecht setzen. Im Morgengrauen greifen sie an."

Igor biss die Zähne zusammen. Bis dahin musste ihnen etwas einfallen. Sein Onkel entriss Charlotte die winzige Flasche und schraubte sie auf, um daran zu riechen. Nach nur einem Wimpernschlag verzog er angewidert das Gesicht. „Es stimmt. Das ist Werwolfgift versetzt mit Curare. Die Kinder hätten höchstens noch eine Stunde überlebt, wäre das im Essen gewesen!"

Er holte aus, um die Phiole auf den Felsen zu zerschmettern, doch Igor packte seinen Arm.

„Vielleicht brauchen wir es später als Beweis gegen Shaquans Krieger. Ob er selbst mit dieser Sache zu tun hat, oder nicht, du weißt am besten, dass er mächtige Freunde hat, die ihn gegen uns unterstützen würden. Außer sie erfahren von dem Gift."

Denn das galt unter allen Gestaltwandlern als niederträchtig und feige. Fjodor schnaubte wütend, doch er schraubte das Fläschchen sorgfältig zu und steckte es in seine Tasche.

„Und nun?", fragte Charlotte. Sie rieb sich die tränenden Augen.

„Hast du deinen Clan verraten, dem du vorher alles über uns erzählt hast", sagte Igor tonlos.

106

„Ich weiß, ihr glaubt mir nicht, aber es tut mir leid."

Das sagte sie vor allem zu Fjodor. Es besänftigte ihn jedoch nicht im Geringsten. Er packte sie am Arm und zog sie auf die Füße.

„Klären wir das später, oder exekutieren wir sie jetzt?", fragte er an Igor gewandt.

„Später", gab er hastig zurück. Ihm gingen viele Gedanken durch den Kopf, aber Charlotte hinzurichten, war ihm nicht in den Sinn gekommen.

„Sperr sie in den Keller. Am wichtigsten ist jetzt, dass wir uns eine Verteidigungsstrategie zurechtlegen."

Fjodor stimmte ihm mit einem wütenden Schnauben zu. Als sie mit ihrer Gefangenen wenig später die Eingangshalle durchquerten, begegneten sie Katinka und Felicia. Die beiden sahen Charlotte irritiert an, doch sie hob nicht einmal den Blick. Igor befahl ihnen, alle im Saal zu versammeln. Innerhalb weniger Minuten waren alle Anwesenden dort und über ihre Situation aufgeklärt. Timur hatte der einen Patrouille, die noch unterwegs war, bereits mitgeteilt, dass sie sofort zurückkommen mussten. Er und Fjodor beschrieben, welche Möglichkeiten für einen gezielten Angriff die Umgebung bot, je nachdem aus welcher Richtung sich ihre Feinde näherten.

„Wie weit vom Haus entfernt wollen wir sie überhaupt abfangen?", fragte Katinka und wandte sich zu Igor um. „Bitte sag, dass wir sie erst gar nicht näher als einen Kilometer herankommen lassen."

„Du vergisst, dass sie uns hören können, sobald wir sie hören", warf Sergej ein. „Wenn wir sie in einen Hinterhalt locken wollen, müssen wir sie glauben lassen, dass wir alle im Haus sind."

„Wo willst du dich verstecken?", fragte Felicia skeptisch. „Hinter dem Gartenzaun?"

„Hinter den Schneehaufen", sagte Igor unvermittelt. „Ich würde dir wirklich gern zustimmen, Katinka, aber wir werden ihnen eine Falle am Haus stellen."

„Warum?", gab die Bärin ungläubig zurück. „Wir sind in der Überzahl und bei vollen Kräften."

„Wir müssen uns aufteilen", hielt er unbeirrt dagegen. „Ein Teil von uns kämpft, die anderen bewachen die Kinder und die Cousinen."

Jurij wirkte wütend über seine Entscheidung, ihn immer noch bewachen statt kämpfen zu lassen, wagte aber nicht, das Wort zu ergreifen. Seine kleine Schwester kauerte hinter ihm im Sessel und schaute zu Boden. Melissa klammerte sich an Okons linken Arm, doch er löste sich behutsam aus ihrem Griff.

„Formen wir uns also einen Verteidigungsring aus Schnee", sagte er mit fester Stimme. Dazu blieben ihnen noch wenige Stunden. Igor nickte ihm zu. Anschließend brauchte er kaum mehr etwas zu sagen. Seine Gestaltwandler teilten sich von allein in zwei Gruppen. Die einen würden sich mit den Kindern und den Cousinen im Gemeinschaftsraum in der ersten Etage verschanzen oder einen anderen Abschnitt im Haus bewachen. Die anderen folgten ihm nach draußen, um sich auf den Angriff vorzubereiten. Es war eine kalte, klare Nacht. Im schwachen Licht, das durch die Fenster zu ihnen drang, häuften sie den Schnee rund um das Haus zu vielen kleinen Barrikaden auf. Sobald ein Kämpfer dagegen prallte, würde der Schnee nachgeben, aber sie gaben ihnen Deckung und sahen nicht allzu verräterisch nach Schutzwall aus. Eine Stunde vor Sonnenaufgang kam Felicia auf Igor zu.

„Ich würde darauf wetten, dass sie vorsichtshalber durch das Wäldchen im Osten auf uns zu kommen. Ich werde es trotzdem versuchen."

„Gut, aber gib Acht."

Okon rieb die Handflächen aneinander, um sie wenigstens ein bisschen zu wärmen. Dabei war die Kälte bei weitem nicht das Schlimmste. Seit fast einer Stunde warteten sie darauf, dass etwas geschah. Er hockte neben Sergej rechts vom umzäunten Garten und starrte die Felsen an, die in einiger Entfernung aufragten.

„Ruhig durchatmen", flüsterte der Hundemann. „Wir werden es schon merken, wenn sie kommen."

„Ich beneide dich um deine Gelassenheit", brummte Okon leise.

„Das kommt mit den Jahren. Du wirst sehen."

Ein leises Rascheln ließ sie aufhorchen. Felicia landete auf ihrer Schneebarrikade und nahm ihre menschliche Gestalt an. Mit einer eindeutigen Geste bedeutete sie ihnen, auf die andere Seite des Hauses zu gehen. Auf halbem Weg schloss sich ihnen Katinka an. Sie duckten sich neben Timur hinter den aufgetürmten Schnee. Wenige Meter rechts vor sich konnte Okon Igor sehen. Er stützte sich auf ein Knie und wirkte vollkommen ruhig. Rechts von ihrem Oberhaupt kauerte die andere Hälfte ihrer Kämpfer. Sie waren zu zehnt und damit leicht in der Unterzahl. Um diesen Nachteil auszugleichen, waren alle Bären außer Quentin mit nach draußen gegangen. Igor hob eine Hand, obwohl kein Geräusch bis auf den Wind zu hören war. Konnte er ihre Gegner bereits riechen? Okon sog konzentriert die Luft ein. Es drang höchstens ein Hauch des Geruchs von fremdem Fell bis zu ihm, aber nicht einmal darin war er sich sicher. Wenige Sekunden später erschienen die Umrisse mehrerer Männer am Horizont. Je näher sie kamen, desto heftiger dröhnte ihm sein eigener Herzschlag in den Ohren. Sein Oberhaupt hielt unverändert die linke Hand erhoben. Erst wenn er das Zeichen gab, würden sie sich rühren. Mittlerweile konnte Okon die Gesichter ihrer Feinde erkennen. Unter ihnen befand sich wie vermutet der Mann, der ihn bei Shaquans Besuch in der Eingangshalle angegriffen hatte. Als sie nur noch wenige Meter entfernt waren, verlangsamten sie ihre Schritte.

„Verflucht…", grollte einer der Männer. Igor erhob sich aus seiner Deckung. Im nächsten Moment prallten er und der Anführer ihrer Feinde aufeinander. Okon kam in seiner Hundegestalt kaum hinter Sergej her. Da sie außen in ihrer Formation verharrt hatten, war ihr Weg nun der weiteste. Sein Gegner erwies sich als Bär. Mit Mühe und Not wich der Hund einem mächtigen Prankenhieb aus. Das verschaffte Sergej die Zeit, das rechte Hinterbein des Bären zu attackieren. Unter lautem Brüllen schlug er nach ihm, was wiederum seine linke Seite ungeschützt ließ. Okon schlug die Zähne zwischen seine unteren Rippen, wie Katinka es ihn gelehrt hatte. Erst nach zwei mächtigen Schlägen in sein Genick ließ er notgedrungen von seinem Gegner ab. Im nächsten Moment prallte ein Körper gegen ihn und er wurde einige Meter fortgeschleudert. Bevor Okon genau wusste, was geschehen war, zerrten ihn kräftige Hände auf die Füße. Offenbar war Timur mit ihm kollidiert. Er stürmte bereits wieder vorwärts, um seinen Platz an Igors Seite einzunehmen. Sergej und der Bär rangen nun in ihren menschlichen Gestalten miteinander. Okon hechtete nach vorn, um ihrem Gegner erneut in die Flanke zu fallen. Um ihn loszuwerden, befreite der Bärenmann einen Arm aus Sergejs Griff. Das sollte ihm zum Verhängnis werden. Gemeinsam rangen sie ihren Gegner zu Boden. Sergej packte mit beiden Händen seinen Kopf und riss ihn zur Seite, bis es knackte. Obwohl sie sich mitten im Kampf befanden, tauschten sie einen kurzen Blick aus. Sergej wirkte überaus zufrieden mit Okons Beitrag. Im Bruchteil einer Sekunde schwand sein wölfisches Grinsen und er warf sich nach vorn. Zwischen Okon und den Oryx, der mit gesenktem Kopf von der Seite auf ihn zustürmte. Seine Hörner bohrten sich durch Sergejs Brustkorb. Das Geschrei der anderen nahm er gar nicht mehr wahr. Okon sah nur fassungslos zu, wie der Oryx seine menschliche Gestalt annahm, um sich von Sergejs Körper zu befreien. Katinka rammte ihn so heftig, dass er erst in einigen Metern Entfernung im Schnee aufschlug. Ihr eigener erster Gegner lag bereits tot am Boden. Insgesamt hatte der Clan deutlich die Überhand gewonnen. Die beiden Männer, die von Charlottes Gruppe noch übrig waren, ergriffen die Flucht. Der Oryx, der Sergej getroffen hatte, rappelte sich vom Boden auf und sprintete in eine andere Richtung davon. Okon löste sich erst jetzt aus seiner Starre. So schnell er konnte, verwandelte er sich zurück, drehte Sergej zu sich um und presste die Hände auf seine Wunden. Das eine Horn des Oryx hatte ihn wenige fingerbreit unterhalb seines Kehlkopfs durchbohrt. Die zweite Wunde klaffte zwischen seinen oberen Rippen. Aus seiner Kehle drang nur verzweifeltes Röcheln, sein Herzschlag raste. Seine Kleider waren blutdurchtränkt. Katinka ließ sich neben ihnen auf die Knie fallen.

„Er erstickt", flüsterte sie entsetzt. Igor erschien an ihrer Seite und umklammerte Sergejs Kopf mit den Fingerspitzen. „Kannst du irgendetwas tun?", fragte Okon hastig. „Wie Freya?"

„Nein, ich…" Igor schüttelte traurig den Kopf. „Es fühlt sich an, als wäre sein Geist schon in Bewegung. Ich kann ihn nicht aufhalten!"

Sergej schien wenigstens seine Gegenwart zu spüren. Er griff kraftlos nach seiner Hand und brachte ein winziges Lächeln zustande. Dann stockte seine Atmung. Sein Herz hörte auf, zu schlagen. Okon zog seine Hände zurück und sank zitternd in sich zusammen.

„Der Angriff galt mir", würgte er hervor, wobei er es kaum fertig brachte, Igor in die Augen zu sehen. „Er hat sich dazwischen geworfen."

„Ich war nicht schnell genug, um diesen verfluchten Oryx abzufangen", brummte Katinka finster. Ihr Oberhaupt setzte sich erschöpft auf seine Fersen zurück. Wenigstens er schien unverletzt zu sein. Timur merkte an, dass die Flüchtigen schon einen beträchtlichen Vorsprung hatten.

„Wir verfolgen sie nicht", sagte Igor bestimmt. „Einer von uns, vier von ihnen und zwei Oryxe sind schon mehr als genug Tote."

Fjodor fluchte lautstark. „Nach Charlottes Zählung fehlen zwei! Zur Hintertür!"

Er und einer der Bären stürzten durch die Eingangstüren, gefolgt von Katinka und ihrem Oberhaupt. Nach wenigen Sekunden ertönte aus dem hinteren Teil des Hauses der erlösende Ruf, dass auch ihre zwei übrigen Feinde erledigt worden waren. Timur atmete erleichtert aus, dann lud er Sergejs Körper behutsam auf seine Schultern. Die anderen machten sich daran, die Leichen ihrer Gegner ins Haus zu zerren. Okons Knie zitterten immer noch so sehr, dass er nur mühsam aufstehen konnte. Die heftigen Schmerzen in seinem Nacken nahm er erst jetzt wirklich wahr. Er schleppte sich ins Haus, ohne auch nur einem Clan-Mitglied in die

Augen zu sehen. Auf den oberen Stufen der Treppe hockte Quentin. Sein Pullover war zerrissen. Darunter konnte Okon zahlreiche Kratzspuren sehen. Sein Freund wippte unruhig mit den Knien und rieb sich die Augen.

„Was ist geschehen?", fragte der Hundemann tonlos.

„Ich war unten, als sie durch die Hintertür hereinkamen. Ich… habe irgendwie die Kontrolle verloren, als sie mich angegriffen haben. Ich habe auf sie eingeschlagen, bis Hilfe kam." Er fuhr sich mit einer seiner riesigen Hände durchs Gesicht. „Ich glaube, ich habe den Kleineren getötet. Der war bestimmt noch jünger als ich."

Dazu fiel Okon nichts ein. Selbst Quentin, der Gewalt zutiefst verabscheute, hatte sich im Kampf als nützlicher erwiesen als er selbst. Ein taubes Gefühl machte sich in seinem Kopf breit, während er zu seinem Zimmer trottete. Er wollte nur noch allein sein.

Igor trug einen der Toten aus dem hinteren Teil des Hauses in die Eingangshalle und legte ihn zu den anderen. Er rieb die Hände an seiner Hose ab. Acht getötete Gestaltwandler lagen in seinem Haus. Sergejs Körper hatte Timur bereits in den Gesellschaftsraum getragen, von dem aus man in den Garten gelangte. Ihn würden sie selbstverständlich zuerst bestatten. Da der Boden noch Monate lang gefroren sein würde, blieb ihnen nichts anderes übrig, als die Toten zu verbrennen. Jason trat an Igors Seite. Er hatte während des Kampfes bei seiner Gefährtin und den anderen schutzbedürftigen ausgeharrt. Einen Augenblick betrachtete er die Leichen am Boden.

„Was tun wir jetzt mit Charlotte?", fragte er.

„Lass es gut sein." Katinka verschränkte die Arme. „Sie hat uns zwar ausspioniert, aber letzten Endes hat sie sich auf unsere Seite geschlagen."

„Sie hat jeden von uns getäuscht!", fuhr der Hundemann sie an. „Woher willst du wissen, dass sie es sich bei der nächsten Gelegenheit nicht anders überlegt? Wir können ihr nicht trauen!"

„Sie hat ihre eigene Familie hintergangen", hielt die Bärenfrau dagegen. „Für uns! An wen sollte sie uns jetzt noch verraten?"

„Wer weiß?" Jason zuckte mit den Schultern. Seine Wut hatte sich noch nicht im Geringsten gelegt. „Was denkst du, Fjodor?"

Er stand am Fuß der Treppe und hielt sich den verwundeten Arm. „Ich weiß nicht. Und ich entscheide nicht."

Igor bemerkte, wie sich sämtliche Blicke auf ihn richteten. Die Aussage seines Onkels wunderte ihn ein wenig, schließlich hatte Fjodor noch vor wenigen Stunden Charlottes Exekution vorgeschlagen. Was hatte sich geändert?

„Für heute wurde genug Blut vergossen", sagte der Hyänenmann nach einem weiteren tiefen Atemzug. „Bis wir Sergej bestattet haben, bleibt Charlotte auf jeden Fall in ihrer Zelle."

„Wie du meinst", sagte sein Onkel grimmig. Die anderen nickten ihm unschlüssig zu, widersprechen schien niemand zu wollen. Timur kehrte mit einigen alten Laken in die Halle zurück, in die sie die Leichen einwickelten.

„Denkst du wirklich, Shaquan hatte hiermit nichts zu tun?", fragte er an Igor gewandt.

„Ich bin mir nicht sicher."

„Wie sind seine Lakaien an dieses Gift gekommen?", fragte Katinka. „Ich habe noch nicht einmal davon gehört, dass man Werwolfgift in Flaschen konservieren kann."

„Das ist eine gute Frage", gestand Igor ihr zu. Sein Onkel zuckte mit den Schultern. „Aber zweitrangig. Du musst entscheiden, wie wir reagieren."

Das war ihm bereits bewusst geworden, als Charlotte ihnen gestanden hatte, dass sich ihre alte Gruppe mit den Oryxen gegen ihn verbündet hatte. Den Angriff einer unbedeutenden kleinen Gruppe konnte er unter den Tisch fallen lassen, den kriegerischen Akt eines anerkannten Clan-Mitglieds nicht.

„Welche Optionen haben wir, außer Shaquan den Krieg zu erklären?", fragte Jason.

„Wir können den Angriff auf die Tagesordnung der nächsten Versammlung setzen lassen", antwortete Fjodor sarkastisch.

„Dann beziehen sämtliche Clans Stellung und wir *reden* tagelang darüber."

„Ich denke, ich will es darauf ankommen lassen", sagte Igor, wobei er sich bemühte, einen ruhigen Tonfall zu treffen. Sein Onkel hob skeptisch die Brauen.

„Er ist auf dem besten Weg in einen Konflikt mit den Vampiren nahe seinem Land. Er kann keinen zweiten zur gleichen Zeit wollen und ich will keinen einzigen, wenn ich es verhindern kann."

„Wie du wünschst, Neffe. Dann sollten wir Fotos von den Toten machen, falls jemand wissen will, um wen es sich handelt. Ich setze mich mit Solrik aus Nordafrika in Verbindung. Er ist als Nächster an der Reihe, eine Versammlung zu organisieren."

Nachdem Fjodor in einen der Korridore verschwunden war, trat Jason näher an Igors Seite. Trotzdem senkte er die Stimme zu einem Flüstern. „Er klang nicht besonders zuversichtlich. Wie stehen die Chancen auf so einer Versammlung?"

„Das kann ich dir nicht beantworten, ich habe noch nie an einer teilgenommen." Der Hyänenmann schob die Hände in die Hosentaschen. „Immerhin weiß ich, dass jedes Ober-haupt üblicherweise vier Leibwachen mitbringt. Begleite mich."

„Ja…", gab Jason überrascht zurück. „Natürlich."

Igor warf Katinka einen fragenden Blick zu. Die Bärenfrau wirkte nicht sonderlich begeistert, nickte aber schließlich. Außer den beiden würde er zwei erfahrene Clan-Mitglieder aussuchen, wann auch immer die Versammlung der Gestalt-wandler stattfinden würde. Er verließ die Halle, um zu du-schen und sich umzuziehen.

Es war bedrückend still, als er seine Zimmertür etwas später wieder hinter sich zu zog. Auf dem Korridor begegnete ihm niemand außer Jurij. Der Junge wischte sich hastig ein paar Tränen aus dem Gesicht. Er trat ihm absichtlich in den Weg und legte einen Arm um ihn. „Ist schon gut. Ich weiß, dass Sergej dir viel bedeutet hat."

„Er war unser Cousin", sagte Jurij und lehnte die Stirn gegen seine Schulter. „Olga ist nicht in ihrem Bett. Ich kann sie nirgends finden."

Igor versprach, sie zu ihm zu schicken, falls er sie vor ihm fand. Nachdenklich stieg er die Treppe in den Keller hinun-ter. Ihm war bewusst gewesen, dass er als Oberhaupt schwie-rige Entscheidungen würde treffen müssen. Allerdings hatte er gehofft, dass er mehr Zeit haben würde, in seine neue Verantwortung hinein zu wachsen. Er erreichte den Gang, der zu den Zellen führte und blieb stehen. Olga kauerte vor Charlottes Zelle und starrte hinein. Bestimmt hatte sie Igor bemerkt, doch sie wandte sich nicht zu ihm um. Er beschloss, sie einen Moment zu beobachten.

„Warum schaust du mich so an?", fragte Charlotte müde. Die Kleine wies zur Decke.

„Die anderen sind sauer, weil ich Mist gebaut habe. Ich… habe sie benutzt, um an Informationen zu kommen, die ich dann meinen Leuten verraten habe. Verstehst du das?"

Olga trat näher an das schwere Eisengitter und umgriff die Stäbe.

„Jetzt vertrauen sie mir nicht mehr", ergänzte die Bärenfrau. „Das ist schlimmer, als wenn man jemandem nie vertraut hat. Man fühlt sich verraten, weil man vorher dachte, man hätte eine neue Freundin gehabt."

Das Mädchen nickte langsam. „Warum hast du Igor und Fjodor gesagt, dass diese anderen uns angreifen?"

Igor sah sie aus der Entfernung erstaunt an. Es war seit Wochen das erste Mal, dass er sie eine vollständige Frage hatte aussprechen hören. Charlotte hatte ihre Stimme bisher vielleicht noch nie gehört. Dem Klirren ihrer Ketten nach bewegte sie sich in ihrer Zelle ein Stück nach vorn.

„Na ja, weißt du… Nachdem ich zwei, drei Tage hier war, dachte ich, Igor wäre gefährlich und er würde uns irgendwann zwingen, sich ihm anzuschließen oder uns verjagen. Männer und Frauen, die mächtig sind und viele Kämpfer auf ihrer Seite haben, machen solche Dinge schon mal."

„Ich weiß", antwortete Olga ungeduldig. „Vor allem, wenn sie was anderes denken als andere."

„Genau!", gab Charlotte verblüfft zurück. „Igor und so ziemlich alle in diesem Clan denken zwar nicht so wie die Gestaltwandler, die ich kenne, aber je länger ich bei euch war, desto weniger Angst hat es mir gemacht. Mit ein paar Ansichten konnte ich sogar sehr gut umgehen. Als mein alter Anführer beschlossen hat, euch anzugreifen, wollte ich das nicht mehr. Also habe ich ihn verraten."

„Und zu wem gehst du jetzt, wenn du alle verraten hast?"

„Das ist die entscheidende Frage."

117

Das Mädchen nickte erneut. Dann wandte sie sich von der Zellentür ab. Als sie an Igor vorbei ging, hob sie den Blick, er konnte ihre Miene jedoch nicht deuten.

„Dein Bruder sucht dich", sagte er schnell. Fast hätte er Jurijs Bitte über seine Verwunderung vergessen. Olga erwiderte nichts, sondern lief ein wenig schneller zur Treppe. Der Hyänenmann näherte sich derweil Charlottes Zelle.

„Sie ist schon viel klüger, als ich dachte", sagte die Bärenfrau, als er ihr gegenüberstand. „Dass sie nicht spricht, täuscht einen schnell."

„Das sehe ich auch so." Igor lehnte sich mit den Ellbogen gegen die Gitterstäbe und musterte sie eindringlich. Er hatte immer noch keine Entscheidung getroffen. Weder Jasons noch Katinkas Argumente waren von der Hand zu weisen.

„Wie schlimm ist es?", fragte sie.

„Sergej ist tot. Von deiner Gruppe sechs, zwei sind geflohen."

Charlotte seufzte resigniert. „Es tut mir so leid. Denkst du, wenigstens die Kleine vergibt mir irgendwann?"

„Keine Ahnung. Auch sie wird sich fragen, wie du sie täuschen konntest. Ich habe dir geglaubt, dass du einfach nur weit fort wolltest, nachdem sie dich gejagt und mit einer Armbrust auf dich geschossen haben."

„Es sollte überzeugend aussehen." Sie versuchte, die Arme um die Knie zu legen, aber dafür waren die Ketten zu kurz.

„Einverstanden war ich natürlich nicht mit diesem Plan. Ich hatte eigentlich vor, die Chance zu nutzen und mich für immer aus dem Staub zu machen. Aber dann haben wir geredet und Melissa hat vorgeschlagen, dass ich bleiben soll, ohne dass ich darum betteln musste…"

„Du hast dich gefragt, ob an den Gerüchten über mich etwas dran sein könnte, und bist geblieben", folgerte Igor, als sie nicht weiter sprach. Charlotte bejahte und ließ den Kopf hängen. Ein paar Atemzüge lang sprach keiner von ihnen ein Wort.

„Wie lange habe ich noch?", fragte sie irgendwann heiser.

„Ich weiß es nicht", flüsterte Igor, damit die anderen ihn hoffentlich nicht hörten und ihm seine Unentschlossenheit vorhielten. Die Bärenfrau schluchzte leise vor sich hin, während er den Zellentrakt verließ. Sie im Unklaren zu lassen, war vermutlich noch schlimmer, als ihre Exekution für morgen anzusetzen, aber ihr Gespräch hatte Igor nicht zu einer Entscheidung geführt. Niedergeschlagen kehrte er ins Erdgeschoss zurück und stieg die Treppen hinauf. Er beschloss, nach Okon zu sehen. Hoffentlich hatte sich sein Freund ein wenig von dem Schock über Sergejs Aufopferung erholt. Igor klopfte an, bevor er die Zimmertür öffnete. Zu seiner Überraschung war Melissa nicht zugegen. Okon saß zusammengekauert am Fußende des Betts und starrte aus dem Fenster. Er hatte die Arme um die Knie geschlungen und stützte sein Kinn auf. Gewaschen hatte er sich noch nicht. Seiner Miene nach fühlte er sich unverändert elend. Igor lehnte sich gegen die Fensterbank und schaute ihn stumm an. Vielleicht wollte Okon zuerst etwas sagen.

„Was hat er sich bloß dabei gedacht?", fragte er nach ein paar Atemzügen.

„Ich weiß es nicht. Vielleicht, dass er immer noch eine bessere Überlebenschance hatte als du."

Der Hundemann schüttelte den Kopf. „Es tut mir so leid. Dieser Oryx hatte es nur auf mich abgesehen. Bestimmt hat Shaquan ihn und die anderen geschickt, um ihren Befehl von damals zu Ende zu bringen."

„Ich kann nicht ausschließen, dass sie auf eigene Faust hier waren", merkte Igor an. Dieses Verhalten passte nicht zu dem Clan-Oberhaupt, das er damals kennengelernt hatte. Für Okon machte dies im Moment wohl keinen Unterschied. Die Verbohrtheit der Antilopenmänner in irgendwelche alten Gebote und Befehle war unbegreiflich.

„Und selbst wenn… Sergej ist tot, ich bin schuld." Er rieb sich mit der Handfläche über die Stirn. „Weil ich zu schwach bin."

„Der Oryx hat ihn getötet, nicht du!", hielt Igor dagegen.

„Nur um mich zu schützen! Ich wünschte, ich… wäre annähernd so stark wie du. Dann wäre das nicht passiert."

Der Hyänenmann schloss kurz die Augen. „Ich bin stärker als du, aber das heißt nicht unbedingt, dass ich Sergejs Tod an deiner Stelle hätte verhindern können. Manche Dinge passieren. Und so schwer es uns auch fällt, wir müssen lernen, mit ihnen zu leben."

„Das sagst du so einfach. Du weißt nicht, wie sich das anfühlt." Okon ballte die Fäuste.

„Scham und Schuld?", riet Igor. Der Hundemann sah ihn entsetzt an und nickte.

„Für mich war die Situation damals anders. Ich wollte jemanden beschützen und habe versagt." Er atmete kurz durch.

„Aber glaub mir, ich habe eine Ahnung, wie du dich fühlst." Okon sank noch ein wenig mehr in sich zusammen. „Ist dir das vor oder nach deiner Reise passiert?"

„Davor", antwortete Igor.

„Wolltest du sie deshalb antreten?", fragte sein Gegenüber. Über diese Frage brauchte er nicht lange nachzudenken. Schuldig hatte er sich während seines Gesprächs mit der ursprünglichen Eulenfrau nicht mehr gefühlt, nur verwirrt.

„Nein, ich glaube, dann hätte Freya nicht zugestimmt."

Okon nickte anerkennend. „Ich möchte dich trotzdem jetzt darum bitten. Lass mich die andere Dimension betreten."

„Wie bitte?", gab Igor ungläubig zurück.

„Du sagtest, es hätte dir geholfen, die Dinge besser zu verstehen. Das will ich auch."

„Es wird deinen Schmerz nicht lindern." Er schüttelte den Kopf. „Vielleicht würdest du erst recht damit konfrontiert werden. Und mit einer ganzen Reihe anderer Aspekte, die dein Leben nicht einfach gemacht haben."

„Da muss ich wohl durch, wenn ich stark genug sein will", sagte Okon und richtete sich zu seiner vollen Größe auf. Er trat Igor mit ernster Miene gegenüber. „Bitte."

Der Hyänenmann streckte die Hand nach seiner linken Schläfe aus. Wie erwartet befand sich sein Geist nach den heutigen Erlebnissen in Aufruhr und wirkte sogar angeschlagen. Am Ende seiner Verbindung zur anderen Dimension erkannte Igor nur unscharf seine Hundegestalt. Es kam ihm vor, als würde sein Abbild instabil flackern. Er verneinte erneut. „Ich verstehe, wie elend du dich fühlst, aber die Reise wird deine Probleme nicht lösen. Ich fürchte eher, dass wir dich verlieren, weil dein Geist noch viel zu unruhig ist."

„Willst du mir schon wieder sagen, dass ich Geduld mit mir selbst haben soll?", fragte Okon. Sein Tonfall verriet seine Enttäuschung und auch seine aufkommende Wut. Davon ließ Igor sich nicht beirren. Seine Entscheidung stand fest.

„Nimm dir erst einmal die Zeit, um Sergej zu trauern wie wir alle. Dann siehst du ein, dass deine Bitte überstürzt war."

Der Hundemann atmete angestrengt aus, als würde er bittere Widerworte unterdrücken. Igor legte ihm eine Hand auf die Schulter. „Außerdem respektiert der Clan Sergejs Entscheidung und macht dir keinen Vorwurf. Das solltest du bedenken. Und du hast Melissa an deiner Seite, die sicher große Angst um dich hätte. Wo ist sie?"

Okon verzog das Gesicht. „Ich wollte allein sein und habe etwas ziemlich Dummes zu ihr gesagt, damit sie weggeht."

„Such sie und entschuldige dich." Er wies mit dem Kopf zur Tür. „Sie liebt dich. Sie wird dir vergeben."

Der Hundemann nickte schwach und versprach es. Dennoch verließ Igor sein Zimmer mit einem unguten Gefühl. Einige aus dem Clan, vor allem die ehemals Abtrünnigen, hatten wissen wollen, wie sie sich die Reise durch die andere Dimension vorstellen sollten. Da man dort Gefahr lief, entweder den Verstand oder sein Leben zu verlieren, hatte niemand ernsthaftes Interesse geäußert, die Reise anzutreten. Okons Verzweiflung gab ihm zu denken. Ob es das letzte Mal gewesen war, dass er mit ihm darüber diskutieren musste?

10. Bibliothek

Ihr Flieger landete am späten Nachmittag in Aberdeen. Auf ihren zahlreichen Dienstreisen war Gigi schon mehrfach in Großbritannien gewesen, aber in diese Stadt hatte sie ihre Arbeit noch nicht geführt. Achilleas hatte ihr mitgeteilt, dass er selbst noch auf dem Rückweg aus Paris war und sie von einem seiner Leibwächter abgeholt werden würde. Sobald sie das Gate passiert hatte, entdeckte sie Batiste. Der Vampir stand mit verschränkten Armen mitten in der Halle wie eine Marmorstatue. Er blinzelte nicht einmal, während sie auf ihn zu ging. Immerhin hatte er einen Regenschirm dabei, was ihn etwas mehr wie einen Menschen wirken ließ.

„Hallo, wie geht's?", fragte sie mit einem Lächeln. Batiste begrüßte sie nur einsilbig und wies mit starrer Miene zum Ausgang. War er aus irgendeinem Grund nervös? Gigi streifte die Kapuze ihres Mantels über, da es regnete. Obwohl es nur feiner Nieselregen war, öffnete Batiste zusätzlich den schwarzen Regenschirm über ihr. Er selbst wurde auf dem Weg zum Auto nass, aber das schien ihn nicht zu kümmern. Während der Fahrt sprach er kein Wort. Gigi beschloss, es auf sich beruhen zu lassen, und schaute aus dem Fenster. Wegen der dichten Wolkendecke war es schon recht dunkel. Jenseits des Flughafens passierten sie zwei Ortschaften, nun wurde die Gegend zunehmend einsam und trostlos. Weitere zwanzig Minuten später bogen sie von der Hauptstraße auf einen Privatweg ab. Bereits das Schild an der Gabelung verbot jeglichen Zutritt. Ob sich die Menschen in der Gegend tatsächlich daran hielten? Die hohen Mauern der Festung, die sich gerade noch gegen den dunklen Himmel abhoben, waren jedenfalls ehrfurchtgebietend. Achilleas hatte nicht übertrieben. Auf dem Wehrgang schien für wesentlich mehr

Soldaten Platz zu sein, als ihnen Vampire im Inneren der Festung begegneten. Ihr Weg führte sie an einer ganzen Reihe von Türen vorbei. Hinter einer, die halb offen stand, konnte Gigi säuberlich aufgereihte Schwerter und Speere ausmachen. Hoffentlich würde Achilleas sich ein wenig mehr Zeit für eine Führung nehmen als Batiste. Der Leibwächter schien es sehr eilig zu haben. Als sie eine recht lange Treppe emporstiegen, nahm er mindestens zwei Stufen auf einmal. Schon allein weil sie Gepäck für eine Woche dabei hatte, ließ die Agentin sich mehr Zeit. Der Vampir wartete reglos am oberen Ende der Treppe, bis sie zu ihm aufgeschlossen hatte. An der Wand rechts von ihnen hing ein mehrere Quadratmeter großer Wandteppich mit einem aufwändigen, wunderschönen Muster. Obwohl es sich zweifellos um unbezahlbare Handarbeit handelte, konnte Gigi nicht umhin, die fein gewebten Fasern wenigstens kurz zu berühren. Batiste räusperte sich deutlich vernehmbar, damit sie aufhörte, zu trödeln. Als sie ihm einen etwas entnervten Blick zuwarf, entdeckte sie auch eine bleiche Frau auf dem Korridor. Es handelte sich um die Vampirin Elvera, der sie bisher nur einmal in Miras Haus begegnet war. Sie schloss gerade eine Tür hinter sich. Als sie an Gigi vorbeiging, nickte sie ihr mit einem Lächeln zu. Damit war Elvera die Erste, die ihr innerhalb dieser finsteren Mauern ein wenig Freundlichkeit entgegenbrachte. Batiste öffnete die nächste Tür auf der linken Seite des Gangs und wies hindurch.

„Bitte", sagte er, wobei ihm die Erleichterung anzuhören war. Vermutlich hatte er seinen Auftrag, sie abzuholen, nun erfüllt und brauchte sich nicht mehr um sie zu kümmern. Er schloss sogar die knarzende Tür hinter ihr. Gigi durchschritt den kargen Vorraum, stellte ihre Tasche neben dem Durchgang ab, zog den Mantel aus und sah sich um. Zu ihrer

Rechten befand sich ein Kamin, in dem frische Holzscheite aufgeschichtet waren. An der Wand daneben lehnten zwei Speere. An einem massiv wirkenden Tisch standen zwei Stühle. Darauf lagen nur ein paar verstaubte Bücher. Im Nebenraum befanden sich ein Kleiderschrank und ein großes Bett, das weiß bezogen war und keine Staubschicht aufwies. Im angeschlossenen Bad stand eine Wanne, in der sie mühelos zu zweit sitzen konnten. Im Vergleich zu seiner kargen Einrichtung wirkte sie modern und einladend. Einen Augenblick spielte Gigi mit dem Gedanken, ein Bad zu nehmen, solange sie auf Achilleas wartete, aber so weit waren sie in ihrer Beziehung wohl noch nicht. Ein wenig gelangweilt kehrte sie in den Wohnraum zurück und kramte in ihrer Tasche nach dem Buch, das sie schon im letzten Urlaub nicht zu Ende gelesen hatte. Ihre Mutter hatte es ihr zu Weihnachten geschenkt, in der Auffassung, sie sollte einmal eine hübsche Liebesgeschichte lesen, statt immer nur Berichte über Mord und Totschlag. Mit einem Schnauben warf sie es zu den verstaubten Exemplaren auf den Tisch, dann verließ sie Achilleas' Wohnzimmer. Die Gänge der Festung waren zugegebenermaßen zahlreich und verzweigt, aber irgendwie würde sie schon zurückfinden. Nach der Treppe, die sie in den Wohnflügel geführt hatte, bog Gigi nach links ab. Auf diesem Korridor hingen immerhin ein paar Ölgemälde und Kupferstiche, auf denen Landschaften und Menschen abgebildet waren. An der nächsten Gabelung fand sie ein Bild, das eine Stadt zeigte. Bei genauerem Hinsehen entdeckte sie im hinteren rechten Teil des Gemäldes den Triumphbogen, der sich noch im Bau befand. Folglich handelte es sich um Paris ab 1806. Zu ihrer Rechten zierten weitere Bilder die Wände, die allesamt Zeitzeugnisse darstellten. Fasziniert schlenderte Gigi weiter über den Korridor, bis ihr an der

Wand links von ihr etwas auffiel. Die glatten Steine standen auf einer rechteckigen Fläche leicht schräg zu denen, die sie umgaben. Als sie näher trat, entdeckte die Agentin eine Tür, die einen winzigen Spalt breit offenstand. Wäre sie geschlossen gewesen, wäre sie unsichtbar geblieben. Gigi warf einen Blick über die Schulter. Falls die Leibwächter sie an einer Geheimtür entdeckten, würden sie wohl kaum begeistert sein. Niemand war zu sehen. Neugierig schlüpfte die Agentin hindurch und fand sich in einem recht dunklen kleinen Raum wieder. Wenn sie nicht alles täuschte, hörte sie das Surren einer Belüftungsanlage. Sie öffnete die nächste Tür. Dahinter lag eine Bibliothek. Es roch nach Papier und Holz, kein bisschen muffig. Gigi ging an etlichen verschieden großen Kästen vorbei, die vermutlich Pergamentrollen enthielten. Es folgten Regale voller Lederbände, unter die sich nach und nach auch modernere Bücher mischten. Insgesamt befanden sich in dieser Bibliothek vermutlich unschätzbare Werte. Im Regal rechts von ihr entdeckte sie den Gedichtband „Les Chants du Crépuscule" von Victor Hugo. Als sie ihn aufschlug, stellte sie überrascht fest, dass es sich um eine handgeschriebene und signierte Ausgabe von 1835 handelte. „Hallo, Gigi", sagte eine weibliche Stimme. Sie stellte die Gedichte behutsam zurück an ihren Platz und ging zum Ende der Regalreihe. Hier lag offenbar das Zentrum der Bibliothek. Ein großes Rechteck war zwischen den Regalen freigelassen worden, um Platz für einen runden Lesetisch mit sechs Stühlen zu schaffen. Auf einem der mit Schnitzereien verzierten Stühle saß Mira und schaute sie interessiert über einen in Leder eingeschlagenen Band an. Vor ihr auf dem Tisch stapelten sich etliche weitere Exemplare um einen kleinen Notizblock.

„Hallo", erwiderte die Agentin und näherte sich ihr. „Das sieht nicht gerade nach Vergnügen aus. Du recherchierst?"

„Korrekt. Wenn du die Wahrheit über uns suchst, vergiss das Internet." Die Vampirin lächelte ein wenig erschöpft und legte das Buch ab. Gigi glaubte, dabei eine kleine Staubwolke hervortreten zu sehen. Sie setzte sich auf den Stuhl neben ihr. „Sind ein paar davon von Vampiren verfasst worden?"

„Einige sogar. Warum auch nicht, wenn man Jahrhunderte Zeit hat." Sie rieb sich die Augen.

„Sind sie dann nicht auch in veralteten Sprachen niedergeschrieben?"

„Oh ja… Mein Latein wird immer besser."

Angesichts ihrer offensichtlichen Abneigung konnte Gigi sich ein kleines Grinsen nicht verkneifen. Sie selbst hatte keinen Lateinkurs in der Schule belegt und es nie auch nur im Geringsten bereut.

„Wonach suchst du?"

„Nach Details, die leider niemand zu kennen scheint", antwortete die Vampirin ausweichend. Gigi streckte die Hand nach dem Band aus, in dem sie zuletzt gelesen hatte. Es handelte sich erneut um ein handgeschriebenes Exemplar, dessen brüchige Seiten allerdings bei jeder Bewegung bedrohlich knisterten. Die Schrift war ihr völlig unbekannt.

„Ist es als Vampir leichter, neue Sprachen zu lernen?"

„Ungemein. Unser Gedächtnis lässt uns äußerst selten im Stich."

„Was ist das hier?", fragte Gigi.

„Ich weiß es nicht, aber zum Glück kann ich ihn fragen." Mira wies über ihre Schulter in einen der Gänge auf der anderen Seite der Bibliothek. Im Stillen hoffte die Agentin darauf, dass Achilleas endlich eingetroffen war. Stattdessen trat Asheroth aus dem Schatten der Regale.

„Wer hat euch erlaubt, euch hier aufzuhalten?", fragte er streng.

„Ich habe meine Erlaubnis von Commodus und Gigi liest hier drin nichts." Mira nahm ihr den Band ab und warf ihr einen drängenden Blick zu, ihr nicht zu widersprechen. Die Agentin war daran gewöhnt, dass viele der Menschen, mit denen sie zu tun hatte, nichts offenbaren wollten. Trotzdem überraschte sie ihr Verhalten. Offenbar wurde jegliches Wissen unter den Vampiren streng behütet, nicht nur persönliche Geschichten.

„Mir war nicht bewusst, dass mir der Zutritt untersagt ist", merkte sie an und versuchte, Asheroth nicht zu herausfordernd anzusehen. Seiner Miene nach war er ihr immer noch nicht freundlich gesinnt.

„Und doch bist du hier, obwohl beide Zugänge zu diesem Ort so gut versteckt sind, dass die Hybriden sie nicht finden konnten", gab er eisig zurück. Mira verzog das Gesicht. „Ich habe wohl die Tür nicht ganz zu gezogen. Es wird nicht wieder vorkommen."

„Ich nehme dich beim Wort", sagte er, wobei eine klare Drohung in seiner Stimme lag. Dann warf er einen Blick auf das Buch, das sie immer noch in der Hand hielt. „Was willst du denn damit?"

„Meine Reise durch die andere Dimension lässt mich einfach nicht los, daher suche ich nach Hinweisen, ob es noch mehr Menschen dorthin geschafft haben. Der Anfang dieses Buchs ist auf Griechisch und es klingt, als ginge es darum. Aber ab Seite fünf wechselt die Sprache."

Er nahm es an sich und blätterte an die besagte Stelle.

„Weißt du, was das ist und kannst es lesen? Oder noch besser, ist es von dir und du erinnerst dich?"

Es klang ein wenig ungeduldig, als würde sie schon länger nach diesen Informationen suchen und die Hoffnung langsam aufgeben.

„Es ist von Horatio", sagte Asheroth und gab ihr den Band zurück. Miras Miene verfinsterte sich schlagartig.

„Daher gehe ich davon aus, dass es Sogdisch ist. Er war der einzige von uns, der in dieser Sprache schreiben konnte." Der Vampir bewegte sich lautlos weiter durch den Raum, ging aber nur so weit weg, dass Gigi ihn noch sehen konnte.

„Wer war Horatio?", fragte sie leise.

„Der älteste aller Vampire. Bis Commodus, Achilleas und Asheroth ihn getötet haben." Mira starrte das Buch an, als würde sie dessen Verfasser immer noch persönlich erwürgen wollen.

„Wie kam es dazu?"

„Frag lieber nicht."

Die Agentin stützte den Ellbogen auf. Ein weiterer Begriff war ihr den Versuch wert. „Was muss ich mir unter der anderen Dimension vorstellen?"

Mira musterte sie einen Augenblick. Sie verstand ihre Neugier durchaus, aber an dieser Stelle musste sie schon wieder eine Grenze ziehen.

„Gigi, sei bitte nicht beleidigt, aber hör auf, so viele Fragen zu stellen. Die Ältesten haben ihre Gründe, manche Dinge geheim zu halten. Selbst vor ihren Leibwächtern. Wenn ein Vampir von einer feindlichen Gruppe gefangen genommen wird, besteht immer die Gefahr, dass über sein Blut seine Erinnerungen geraubt werden. Bei dir geht das nicht so einfach, weil du ein Mensch bist, aber trotzdem; je weniger du weißt, desto weniger kannst du preisgeben."

Ihr Gegenüber neigte den Kopf. Diese Aussage schien sie zu verärgern, aber auch nicht völlig neu zu sein. Mira atmete kurz durch, bevor sie weiter sprach. „Manche Dinge nicht zu wissen, bedeutet Sicherheit für dich."

„Tatsächlich? Gilt das auch für dich?"

„Zumindest hat es das früher." Die Tageswandlerin warf Asheroth einen bedächtigen Blick zu. Es waren beinahe genau die Worte, die er einmal zu ihr gesagt hatte, bevor Horatio ihm seine Geheimnisse gestohlen hatte. Daraufhin hatte der Älteste Achilleas aus dem Eis zurückgeholt und Anzherus Siegel zerstören lassen. Asheroth stand an einem der Regale ihr gegenüber und erwiderte ihren Blick über seine Schulter.

„Sogdisch wurde bis ins 10. Jahrhundert nach Christus entlang eines beachtlichen Abschnitts der Seidenstraße gesprochen. Ich könnte mir vorstellen, dass es Menschen gibt, die es erforschen."

„Und da ihr keinen Fotokopierer besitzt, habe ich deine Erlaubnis, dieses Buch eine Weile auszuleihen?", fragte Mira verblüfft über seine Anmerkung. Es war unwahrscheinlich, dass Horatio mehr über die andere Dimension gewusst hatte als die anderen Ältesten, da Hector ihnen nichts verraten hatte. Aber was, wenn doch? Wenn Asheroth ihr die Chance gab, musste sie es wenigstens versuchen. So sehr es sie auch anwiderte, ausgerechnet Horatios Arbeit in den Händen zu halten. Tatsächlich nickte ihr Schwiegervater kaum merklich. „Aber transportiere es nur in einer der Kisten, die wir am Eingang zur Bibliothek aufbewahren. Sonst zerfällt es."

„Natürlich." Beschwingt stand sie auf und begann, die anderen Bücher an ihre Plätze zurück zu stellen. Gigi zog derweil ihr Handy hervor und tippte nur wenige Worte. Die Vampirin konnte hören, wie ihre Fingernägel auf dem Display klackten.

„An der Universität von London gibt es einen Historiker, der sich angeblich sehr intensiv mit den Sogden beschäftigt", sagte sie, als Mira aufgeräumt hatte und Horatios Buch wie gewünscht in eine Transportkiste packte.

„Wie heißt er?", fragte sie.

„Professor Thornton. Er hat sogar schon mehrere Bücher über dieses Volk und ihre Kultur verfasst."

Das klang durchaus vielversprechend. Ihr Weg führte offenbar noch nicht nach Hause.

„Danke, Gigi! Jetzt komm mit. Wir wollen Asheroth nicht länger stören."

Die Agentin warf dem Ältesten einen letzten Blick zu, auf den er nicht reagierte. Anschließend verließen sie die Bibliothek. Mira begleitete sie zu Achilleas' Quartier zurück und verabschiedete sich. Wie es zwischen ihm und Gigi stand, brauchte sie nicht zu erfragen. Da er sie nach Aberdeen eingeladen hatte, war ihr gegenseitiges Vertrauen offenbar schon beträchtlich gewachsen. Auf dem Weg in die große Eingangshalle wählte Mira die Nummer ihres Gefährten. Anzheru würde über ihren Plan bestimmt nicht erfreut sein, also brachte sie es lieber sofort hinter sich. Beim zweiten Freizeichen nahm er ab.

„Sag bitte nicht, dass dein Flug Verspätung hat."

„Ich werde ihn canceln." Sie glaubte zu hören, wie er die Stirn runzelte. Sie erzählte ihm von dem Buch und dass sie nach London fahren würde, um jemanden zu finden, der die altertümliche Sprache darin entziffern konnte.

„Sogdisch?", gab Anzheru skeptisch zurück. „Versprich dir bloß nicht zu viel davon."

„Nein, ich… will es vor allem ausschließen können."

Der Gedanke, dass die Handschrift des Vampirs, den sie am allermeisten gefürchtet hatte, ihr einen entscheidenden Hinweis geben könnte, gefiel ihr überhaupt nicht. Aber ihr blieb keine Wahl.

„Gut. Verlass Aberdeen nicht, bis Gwen und Yvette dich abholen."

Mira verdrehte entnervt die Augen. Manchmal verhielt ihr Gefährte sich schon fast paranoid. Mittlerweile hatte sie die Halle erreicht. Leandros und Marek nickten ihr im Vorbeigehen zu. Achilleas folgte ihnen mit ein paar Schritten Abstand. Er lächelte, dann wurde seine Miene strenger, als hätte er zumindest den letzten Teil ihrer Unterhaltung mit angehört. Offensichtlich stimmte er Anzherus Ansicht zu.

„Marek könnte mich begleiten", schlug sie vor. „Dann brauche ich auf niemanden zu warten und bin schneller wieder zu Hause. Außerdem kennt er sich auf dieser Insel bestimmt besser aus als unsere Vampire."

Der Leibwächter blieb stehen und sah über die Schulter zurück. Achilleas nickte bedächtig, anschließend warf er ihm seinen Autoschlüssel zu. Marek fing ihn auf. Er wirkte nicht sonderlich begeistert.

„Er steht schon neben dir, oder?", fragte Anzheru am Telefon.

„Und wenn ja?", gab Mira zur Antwort.

„Dann spare ich mir jetzt die Geschichte von 1346 in Paris."

Stattdessen wünschte er ihnen eine gute Reise und legte auf. Der Miene des Leibwächters war zu entnehmen, dass er nicht nach besagtem Ereignis in Paris gefragt werden wollte. Da Achilleas es nicht tat, beschloss Mira, frühestens danach zu forschen, wenn Marek sie wohlbehalten am Flughafen ablieferte.

„Willst du direkt los?", fragte er. Sie bejahte. Je schneller sie Horatios Buch zurück in die Bibliothek bringen konnte, desto besser.

„Gib mir eine Minute."

Während er in Richtung des Wohnflügels der Leibwächter davon eilte, wandte Mira sich wieder zu Achilleas um.

„Gigi ist oben und wartet", merkte sie an.

„Ich weiß. Dürfte ich dich um einen Gefallen bitten?" Er ergriff ihre Hand. Seine Haut war kalt wie Eis. Die Tageswandlerin ließ ihre Wärme behutsam auf ihn übergehen, woraufhin er erleichtert aufatmete. Im Grunde war es ein glücklicher Zufall, dass sie einander hier begegnet waren, bevor er Gigi in seinem Quartier traf. Irgendwann musste er seine Agentin wohl oder übel mit seiner normalen Körpertemperatur konfrontieren. Aber daran schien er noch nicht denken zu wollen. Er ließ sich zum Abschied von Mira auf die Wange küssen und stieg die Treppen hinauf.

Als Achilleas sein Quartier erreichte, hielt er mit der Hand auf der Klinke inne. Gigis Herzschlag ging ruhig und gleichmäßig. Den Geräuschen nach schob sie sich einen Stuhl zurecht. Sie saß an seinem Tisch, als er eintrat, und sah ein wenig ungeduldig zu ihm auf. Er schloss die Tür hinter sich und lehnte sich dagegen. In den vergangenen Jahren hatte er keine Sterblichen hergebracht. Bevor er seiner geliebten Marada begegnet war, hatte er von Zeit zu Zeit Blutsklavinnen besessen, aber keine einzige von ihnen hätte es je gewagt, ihn auf diese Weise anzusehen. Achilleas rührte sich nicht, obwohl Gigi aufstand. Sie neigte verwundert den Kopf. „Ist etwas passiert?"

„Nein, ich... lasse nur kurz auf mich wirken, wie es sich anfühlt, einen Menschen hier zu haben."

„Das letzte Mal ist eine Weile her?"

„Eigentlich gab es das noch nie in dieser Form."

Sie wirkte im ersten Moment überrascht, dann lächelte sie.

„Aber deswegen sind doch nicht alle so nervös, oder?"

„Was meinst du?"

„Batiste hat mich hergebracht, will sich aber nicht unterhalten. Mira hat mich aus der Bibliothek geworfen, als wäre sie ein Heiligtum. Asheroth spricht kaum direkt mit mir, was übrigens sehr unhöflich ist." Gigi stemmte die linke Hand in die Hüfte. „Und du küsst mich nicht zur Begrüßung."

Achilleas schlug die Augen nieder, dann löste er sich aus seiner Starre. Ihr erster Eindruck von seinem Zuhause musste noch schlechter sein, als er befürchtet hatte. Trotzdem bereute er nicht im Geringsten, sie eingeladen zu haben. Sie nahm es sichtlich gelassen auf. Er schloss sie in die Arme und küsste sie, bis sie nicht mehr beleidigt tat und seine Umarmung endlich erwiderte. Ihr Haar roch nach dem blumigen Shampoo, das sie immer benutzte, ihre Kleider nach einem Restaurant, in dem sie vor Kurzem gegessen haben musste. Vielleicht am Flughafen auf dem Weg her. Trotz ihres dicken, weichen Pullovers fühlten sich ihre Fingerspitzen kühl an.

„Es ist kalt hier drin, oder?", fragte er leise.

„Ein bisschen." Gigi setzte einen weiteren Kuss knapp unter sein linkes Ohr. „Wie kommt es, dass du plötzlich wieder so warm bist, wie ich?"

„Das habe ich Mira zu verdanken. Sie besitzt eine Gabe."

Sie nickte an seiner Schulter. „Sie erzählte mir davon. Also? Warum verhalten sich alle so seltsam?"

„Bezüglich der Bibliothek muss ich Mira recht geben. Batiste war tatsächlich nervös, weil dir auf dem Weg her nichts geschehen durfte. Und was Asheroth angeht…" Er zögerte.

„Ich kann mich nicht erinnern, dass ich ihm irgendetwas getan hätte", sagte Gigi.

„Das brauchst du nicht, damit er unhöflich ist. Er... kommt mit Menschen allgemein nicht gut zurecht. Bitte nimm es nicht persönlich."

Gigi hob skeptisch die Brauen. Ein leises Knurren aus ihrer Magengegend verriet ihm, dass ihre letzte Mahlzeit doch etwas länger zurückliegen musste. Er schlug vor, ins Stadtzentrum von Aberdeen zu fahren. Manche Läden waren selbst um diese Zeit noch geöffnet.

„Wenn es dort irgendetwas gibt, das nicht zu Tode frittiert wurde", sagte sie mit einem ironischen Unterton.

„Lass uns danach ans Meer fahren. Wir nehmen eine Decke für dich mit." Achilleas nahm ihr Gesicht in beide Hände. Ihre dunklen Augen musterten ihn gespannt. „Einfach nur so?"

„Ich zeige dir, wohin ich gehe, wenn ich nachdenken möchte."

11. Übersetzer

Im Schaukasten vor ihr lagen zwei gut erhaltene Tonkrüge aus dem neunten Jahrhundert. Mira betrachtete den leicht verblichenen Schriftzug auf dem reich verzierten Exemplar genauer. Er ähnelte der Schrift in Horatios Buch, aber ob es tatsächlich die selbe Sprache war, vermochte sie nicht zu sagen. Sie befand sich in einem kleinen Saal des Instituts für Alte Geschichte der Universität von London. Die Servicestelle für private Anfragen hatte ihr den direkten Kontakt mit Professor Thornton ermöglicht. Nach nur einer kurzen Beschreibung des Buches hatte er ihr einen Termin am gleichen Tag gegeben, wobei er schon am Telefon neugierig geklungen hatte. Schritte hallten von den hohen steinernen Wänden wider. Nach Miras Empfinden glich dieser Gebäudetrakt einem verstaubten Museum mit eigener Bibliothek. Der alte, gebrechlich wirkende Mann, der auf sie zu kam, passte bestens ins Bild. Allerdings verrieten ihr seine hellen Augen, dass sein Geist noch überaus wach und aufmerksam war. Nun begrüßte er sie höflich und stellte sich als Jonathan Thornton vor.

„Haben Sie bereits mitgebracht, worum es Ihnen geht?", fragte er, nachdem Mira ihm ihren Namen genannt hatte. Sie wies auf die Transportkiste. „Es handelt sich um ein Erbstück. Man sagte mir, Sie seien ein Experte für die sogdische Sprache."

Der Professor machte eine Bemerkung über seine eher bescheidenen Fähigkeiten, wirkte jedoch begeistert, als er Horatios Buch in seinen behandschuhten Händen hielt. Seine Nachfragen, wie ihre Familie an ein so hervorragend erhaltenes Exemplar gekommen war und ob sie Genaueres über das Alter wusste, beantwortete sie mit einem zaghaften Lächeln und einem Kopfschütteln. Mira hatte sich für die kleine Geschichte mit dem Erbstück entschieden, in der Hoffnung, dass der Professor nicht misstrauisch werden würde.

„Erstaunlich…", murmelte er, nachdem er einige Seiten durchgeblättert hatte.

„Könnten Sie es übersetzen?", fragte die Tageswandlerin und verkniff sich mit aller Macht einen ungeduldigen Unterton.

„Nun, das wäre möglich. Allerdings stecke ich mit meinem Team in einem Großprojekt, das mindestens noch ein halbes Jahr dauert und…"

Etwas auf den vergilbten Seiten ließ ihn stutzen.

„Stimmt etwas nicht, Professor?", fragte Mira gespannt.

„Auf den ersten Blick sehen manche Seiten genau gleich aus."

Nach ihrem Eindruck taten sie das alle, aber diesen Kommentar behielt sie für sich. Der alte Mann runzelte die Stirn, dann sah er sie endlich wieder an.

„Ich würde mich wirklich sehr gern mit Ihrem Erbstück beschäftigen. Schätzungsweise würde ich neben all meinen anderen Tätigkeiten etwa ein Jahr benötigen."

„Ich fürchte, so viel Zeit habe ich nicht", gab sie mit einem gezwungenen Lächeln zurück.

„Diese Schriften sind Jahrhunderte alt. Wozu jetzt noch die Eile?"

Sie nahm ihm seinen kleinen Scherz nicht übel. Natürlich wusste er nicht, was für Mira auf dem Spiel stand, falls Horatio tatsächlich etwas Brauchbares aufgezeichnet hatte.

„Dringende Familienangelegenheit", antwortete sie ausweichend und nahm den Band wieder entgegen. „Sie haben doch bestimmt Fachliteratur hier, mit deren Hilfe ich es selbst übersetzen könnte?"

Thornton bejahte erstaunt und erklärte sich bereit, ihr alles zusammen zu suchen. Seine Bemerkung darüber, dass es schwierig werden und sehr viel Hingabe erfordern würde, quittierte Mira mit einem resignierten Lächeln. Viel schlimmer als Phönizisch konnte es nicht werden. Er stapelte nach und nach vier Bücher neben ihrer Transportkiste. Das Finanzielle würde sie mit dem Assistenten klären, der sie freundlicherweise in den Saal gebracht hatte. Der Professor zog bekümmert die Stirn in Falten, als läge ihm noch etwas auf dem Herzen.

„Möchten Sie vielleicht noch ein weiteres Werk hinzufügen?", fragte Mira sicherheitshalber.

„Nun… Ich sehe, dass es Ihnen sehr ernst ist. Ich könnte Ihnen außer den Büchern die Kontaktdaten eines alten Bekannten geben, der diese Sprache noch wesentlich besser beherrscht als ich. Sein Name ist Samuel Smith."

„Ein Kollege?", fragte sie skeptisch. Bei einem anderen Professor würde sie wohl kaum mehr Glück haben, was den Zeitrahmen für die Übersetzung anging.

„Nein, ich bin ihm auf einer meiner Forschungsreisen begegnet. Dank ihm gelang uns damals ein wahrer Durchbruch, als wir einige Grabinschriften deuten konnten. Man könnte meinen, er hätte Sogdisch gelernt, als es noch gesprochen wurde." Thornton lachte kurz und nervös über diese in seinen Augen unmögliche Vorstellung. „Allerdings ist er kein Wissenschaftler. Er wird wahrscheinlich eine beträchtliche finanzielle Gegenleistung verlangen."

„Das macht nichts. Wie erreiche ich diesen Herrn?", entgegnete Mira interessiert.

„Nun… wie soll ich sagen… Samuel ist…" Er vollführte eine ausladende Geste.

„Dieser Mann ist nicht die Art von Gesellschaft, die Sie normalerweise pflegen", riet die Tageswandlerin. Es war offensichtlich, dass er sich nicht ganz wohl bei dem Gedanken fühlte, mehr über seine Begegnung mit diesem Smith zu erzählen.

„Mir gegenüber brauchen Sie sich nicht zu rechtfertigen, Professor", sagte sie schnell. „Von mir erfährt niemand etwas. Ich brauche nur den Kontakt und Sie können sich sofort wieder Ihren Studien widmen."

Er entschuldigte sich in sein Büro. Nach kaum zwei Minuten kehrte er mit einer Visitenkarte zurück. Außerdem beschrieb er ihr Samuel Smith als sehr schlanken Mann mit dunklem Haar und verschiedenfarbigen Augen.

„Sie können ihn nicht verwechseln."

„Da bin ich sicher." Mira nahm die Karte entgegen. Es handelte sich um eine Adresse in London.

„Er reist sehr viel, aber vielleicht haben Sie Glück und er ist gerade in der Stadt. Wenn nicht, kann man Ihnen dort bestimmt weiterhelfen."

„Ich danke Ihnen, Professor." Sie lächelte ihn höflich an. „Vor allem dafür, dass Sie sich die Zeit genommen haben."

„Ihr Anruf hat mich sehr neugierig gemacht", sagte Thornton und rieb über seinen weißen Bart. „Ich wäre Ihnen sehr verbunden, wenn ich dieses Zeitzeugnis trotzdem untersuchen dürfte, sobald Sie Ihre dringende Familienangelegenheit überstanden haben."

„Ich möchte Ihnen nicht zu viel versprechen. Mein Schwiegervater ist recht eigen, wenn es um seine Bücher geht."

Darüber wirkte er ein wenig enttäuscht, sagte jedoch aus Höflichkeit nichts. Zum Abschied reichte sie ihm die Hand. Anschließend trug sie die Transportkiste und ihre neu erworbene Fachliteratur über die sogdische Sprache aus dem

Saal, bezahlte bei dem Assistenten in bar und verließ das Universitätsgebäude. Marek wartete auf dem Parkplatz auf sie. Im Stillen war Mira froh, dass sie zum einen in Aberdeen eine Blutkonserve zu sich genommen hatte und zum anderen nicht ganz allein unter Menschen war. Jeder Einzelne duftete nach köstlichem Blut und wirkte so wehrlos, wie unwissende Sterbliche eben waren. Während der Fahrt gab sie die Adresse auf ihrem Handy in die Suchmaschine ein und stieß auf ein Hotel. Den Preisen nach zu urteilen stiegen dort tendenziell Hollywood-Stars ab. Besonders die Bar im obersten Stockwerk des Gebäudes wurde mit schillernden Fotos beworben. In den sozialen Medien gab es zahlreiche Einträge über Partys, die dort gefeiert wurden. Marek wollte selbstverständlich wissen, was sie dort vorhatte. Mira erklärte ihm, wonach sie Samuel Smith fragen würde, falls sie ihn im Hotel antraf, und erwähnte auch Thorntons Bemerkung über seine Sprachkenntnisse.

„Er könnte einer von uns sein, auch wenn er rege Kontakte zu Menschen pflegt."

„Das macht ihn nicht weniger gefährlich", gab der Leibwächter streng zurück. „Einzelgänger, die lieber unter Menschen leben, nutzen meist Aliasse und werden nicht gern von fremden Vampiren aufgesucht."

„Das mag sein, aber ich will ihn nicht bedrohen. Ich will nur etwas fragen."

Marek atmete angestrengt aus.

„Du weißt, warum ich es versuchen muss", fügte Mira leise hinzu. Er umklammerte das Lenkrad fester, obwohl er eine Kurve nehmen musste. Abgesehen von Freya war er der Einzige, der von ihrem Problem mit Shaun und dem Schatten wusste. Darüber wollte der Leibwächter offenbar nicht diskutieren. Stattdessen fuhr er sie mit finsterer Miene weiter durch die Stadt. Als sie an dem Hotel vorbeikamen, war es später Nachmittag. Mira entschied, es erst am Abend in der Bar zu versuchen und die Zeit bis dahin zu nutzen, um sich etwas Angemessenes zum Anziehen zu besorgen. In der Strickjacke, die sich mittlerweile so staubig wie alte Bücher anfühlte, würde man sie womöglich nicht hereinlassen.

Vorsichtshalber hatte Marek sie in einer Unterkunft einquartiert, die einige Straßen von ihrem eigentlichen Ziel entfernt lag. Mira hatte sich abgeduscht, nun zog sie das petrolblaue Kleid an, das sie erstanden hatte, und steckte ihre Haare hoch. So würde sie hoffentlich Zutritt zu der angeblich so angesagten Bar erhalten. Als sie das kleine Bad verließ, sah Marek skeptisch an ihr herunter.

„So willst du gehen?"

„Mein Aussehen ist nicht der größte Risikofaktor", entgegnete sie gelassen. „Das übernimmt mein Geruch, nicht wahr?"

„Korrekt." Er verschränkte die Arme. „Mir gefällt diese Sache nicht."

„Das hast du mir bereits hinreichend mitgeteilt." Sie rieb sich sacht über die Stirn. „Ein Vorschlag. Du kommst mit und wartest auf der anderen Straßenseite. Wenn ich nach 30 Minuten nicht zurück bin, siehst du nach mir."

„In 30 Minuten kannst du blutleer, durch die Hintertür weggeschafft und an der Stadtgrenze sein."

„Bei dem Verkehr?" Sie hob skeptisch die Brauen. Der Leibwächter richtete sich drohend zu seiner vollen Größe auf. Mira hob beschwichtigend die Arme. „Marek, in einer halben Stunde kann ich genauso gut 100 Vampire verbrennen, das weißt du."

„Dann musst du übrigens die Zeugen beseitigen und am besten noch Feuer legen. Kannst du das?" Er lehnte sich vor. „Wie viele unschuldige Menschen befinden sich wohl in dieser Bar?"

Sie seufzte resigniert. Das würde sie nie über sich bringen.

„Lass mich darauf hoffen, dass dieser *Samuel Smith* so vernünftig ist, uns nicht in der Öffentlichkeit bloßzustellen. Wenn er alt genug ist, um diese komische Sprache zu sprechen, sollte er sich unter Kontrolle haben."

„Vielleicht."

„Wenn er ein Blutjäger wäre, hätte Asheroth ihn längst aufgespürt und umgebracht", fügte sie schon zuversichtlicher hinzu. Auf den Vater ihres Gefährten war Verlass. Das sah selbst Marek ein. Mira packte ihre Tasche und sie machten sich auf den Weg. Der Leibwächter parkte den Wagen etwa 50 Meter entfernt vom Hotel und löste ein Ticket. Während der Automat das Wechselgeld auswarf, schaute er sie fragend an. „Die Zeit läuft."

„Du bist noch anstrengender als mein Gefährte", sagte Mira missmutig und wandte sich zum Gehen.

„Anzheru wird auch nicht von Achilleas geköpft, wenn er dich verliert."

Darauf wollte sie nichts mehr erwidern. Ihr war nicht richtig bewusst gewesen, welchem Druck sie Marek aussetzte. Das Buch hatte sie dieses Mal im Auto gelassen. Sie musste sich ein wenig zusammenreißen, um sich dem Hotel so langsam wie ein Mensch zu nähern. Die Fahrstuhlfahrt ins oberste Geschoss kam ihr wie eine Ewigkeit vor. Als sie endlich ausstieg, waren aus der Bar heitere Gespräche zu hören. Man nahm ihr den Mantel ab und wies ihr mit einem höflichen Nicken den Weg. Mira betrat den Raum und ließ den Blick kurz über die Gäste schweifen, während sie zum Tresen ging.

An den meisten Tischen saßen nur zwei Personen. Einzelne hoben den Kopf, um sie anzusehen, doch niemand passte auf Thorntons Beschreibung. In der Mitte der Bar befand sich eine Gruppe. Zwei Männer und drei Frauen stießen gerade auf ihr Zusammentreffen an. Der Mann, der mit dem Gesicht zur Tür saß, trank und sah wohl nicht ganz zufällig in ihre Richtung. Sein linkes Auge war hell, das rechte dunkel. Ihre Blicke trafen sich für eine Sekunde, in der sie einander als Vampire erkannten. Er schien sich weder bedroht, noch übermäßig durstig zu fühlen, was Mira in ihrem Vorhaben ungemein bestärkte. Außerdem hatte er vermutlich schon verstanden, dass sie ihn sprechen wollte. Sie setzte sich auf einen Hocker am Tresen und bestellte einen Whisky. Eine der Frauen an seinem Tisch erzählte, wie sie heute beim Golf gewonnen hatte. Als die anderen ihrerseits mit irgendwelchen Geschichten anfingen, entschuldigte sich der Vampir kurz und kam zum Tresen. Er stützte die Ellbogen neben ihr auf und wartete geduldig, bis der Barkeeper ihm Aufmerksamkeit schenkte. Er bestellte Cocktails für die Damen an seinem Tisch und zwei doppelte Whiskys.

„Ich vermute, du bist Mira vom Nördlichen Clan", sagte er leise im Anschluss. Er sprach mit einem leichten amerikanischen Akzent, aber das musste bei einem Vampir nicht viel mehr bedeuten, als dass er zuletzt eine Weile in den USA gelebt hatte. Sein Gesicht war ähnlich jung wie ihr eigenes. Seinem Geruch nach besaß er jedoch ein wesentlich höheres Alter.

„Du hast von mir gehört", stellte sie fest.

„Seit du Cinric verbrannt hast, war es schwierig, nicht von dir zu hören", gab er ironisch zurück. Mira schlug die Augen nieder. „Dann muss ich wohl nicht erklären, wie das passiert ist."

Er schüttelte kaum merklich den Kopf.

„Wie kommt es, dass ich noch nie von dir gehört habe? Du besitzt eine recht auffällige Erscheinung." Mira wollte ihm auf den Zahn fühlen, bevor sie zum Punkt kam. Mareks Bedenken gegenüber Einzelgängern hatten mit Sicherheit ihre Berechtigung. Der fremde Vampir hob interessiert die Brauen. „Findest du?"

„Nicht jeder hat verschiedenfarbige Augen."

„Iris-Heterochromie nennen die Menschen das heute", gab er abfällig zurück. Sie hatte allerdings nicht das Gefühl, dass sich sein Ärger gegen sie richtete.

„Wie haben sie es früher genannt?"

„Besessenheit. Unter anderem."

Sie nickte und trank einen Schluck von ihrem Whisky. Vermutlich hatte er einige schlechte Erfahrungen in seinem früheren Leben gemacht. Ihrer Frage war er jedoch ausgewichen.

„Irgendetwas sagt mir, dass Samuel Smith nur eine Scheinidentität ist, die dir das Leben unter den Sterblichen ermöglicht. Also, wer bist du eigentlich?"

„Warum willst du das so dringend wissen?" Der Vampir lächelte. Noch schien er sich nicht bedroht zu fühlen. Der erste Cocktail war fertig.

„Ich versuche herauszufinden, ob ich dir trauen kann."

„Verrate du mir, wonach du suchst, dann verrate ich dir, was ich ehrlicherweise davon halte." Er drehte sich ganz zu ihr um und stützte sich nur noch auf seinen linken Ellbogen. Ein kurzer Blick über die Schulter bestätigte Mira, dass seine Begleitung langsam eifersüchtig wurde.

„Wenn du nur durstig bist, können wir sie uns teilen", fügte er amüsiert hinzu. Nahm er ihre Unterhaltung wirklich ernst?

„Nein, darum geht es nicht", sagte sie schnell. „Ich suche jemanden, der Sogdisch lesen und übersetzen kann."

„Ouh." Er verzog gelangweilt das Gesicht. „Das klingt nicht gerade nach Spaß, aber ich kann dir die Kontaktdaten eines Professors an der Universität dieser wundervollen Stadt geben."

„Thornton hat mich hergeschickt", entgegnete sie. „Für die etwa 142 Seiten, um die es mir geht, würde er ein Jahr brauchen. So viel Zeit habe ich nicht."

„Wenn du das sagst." Er zuckte mit den Schultern, wies sie aber noch nicht endgültig ab.

„Wie soll ich dich nennen?", fragte Mira.

„Sa-am", rief seine Begleitung vom Tisch, wobei sie versuchte, verführerisch zu klingen.

„Falls ich dir meinen richtigen Namen verrate, erfährst du ihn immer noch vor ihr." Er zwinkerte, aber mehr würde er wohl nicht preisgeben. Seine Bestellung war fast fertig.

„Weißt du, wer das Buch geschrieben hat?", wollte er wissen.

„Ja."

„Warum fragst du dann nicht ihn oder sie?"

„Weil er seit acht Jahren tot ist."

„Ungünstig. Bin ich deine einzige Option?"

Mira hob die Schultern. „Die Einzige, von der ich bisher weiß."

„Dabei pflegst du doch gute Beziehungen zu den Ältesten, heißt es. Besonders zu Achilleas."

Wer redete bloß so viel über sie? Langsam ärgerte sie sich über seinen Wissensvorsprung. Und das schien ihm zu gefallen.

„Na schön, ich will nicht so sein. Von wem ist es?", fragte der Vampir belustigt.

„Ist das wichtig?"

„Ja. Wenn es von Horatio ist, will ich nichts mit der Sache zu tun haben."

Mira biss die Zähne zusammen.

„Entschuldige, Vögelchen." Er bedeutete dem Barkeeper, ihr Glas auf seine Rechnung nachzufüllen. „Er hat auf Sogdisch geschrieben, weil er wusste, dass die anderen Ältesten es nicht lesen würden. Und du wirst von der offiziellen Nummer Zwei der Gardekämpfer durch die Stadt begleitet. Die Vermutung lag irgendwie nahe, dass es einen Zusammenhang zwischen deinem Buch und den Ältesten gibt. Nicht einmal für dein Blut würde ich auch nur einen Blick hinein werfen."

Als er sich abwenden wollte, packte Mira ihn am Oberarm.

„Du weißt verdammt viel über Horatio."

„Mehr, als mir lieb ist. Niemand ist glücklicher über sein Ableben als ich. Das kannst du mir glauben."

Jedes Lächeln war verschwunden. Sein Blick wurde eisig kalt. Mit einem Ruck befreite er seinen Arm. Anschließend schlenderte er zu seinem Tisch zurück und entschuldigte sich für die Szene, die Mira ihm gemacht hatte. Sie trank ihren Whisky in einem Zug aus, legte dem Barkeeper mehr als genügend Geld für ihre beiden Drinks hin und verschwand aus der Bar. Auf dem Weg nach draußen sah sie sich aufmerksam um, doch niemand in der Eingangshalle des Hotels war ein Unsterblicher. Marek stand einer Säule gleich auf der anderen Straßenseite und bewegte sich erst, als sie mit dem Kopf ruckartig zum Auto wies.

„Es ist nicht so gelaufen, wie erwartet?", fragte der Leibwächter, als sie schon ein paar Schritte zurückgelegt hatten.

„Er weiß, dass du hier bist. Er muss irgendwo Späher postiert haben. Vielleicht in der ganzen Stadt."

„Also doch kein Einzelgänger. Es gibt eine Gruppe von vier oder fünf Vampiren, die nahe Westminster Abbey hausen. Gehört er zu ihnen?"

Sie erreichten das Auto und stiegen ein. Marek fuhr sofort los.

„Ich habe keine Ahnung. Er hat nicht mal seinen richtigen Namen preisgegeben. Er behauptet zwar, er wolle nichts mit diesem Buch zu tun haben, aber ich glaube ihm nicht. Wir gehen auf keinen Fall das Risiko ein, dass er es sich holt."

Während der Fahrt war Mira eingenickt. Sie wachte erst auf, als Marek den Wagen parkte. Mit der Transportbox für das Buch unter dem Arm stieg sie aus und betrat die Festung. Es war Mittag und daher recht still innerhalb des alten Gemäuers. Leyth kam ihr in der Eingangshalle entgegen.

„Wo finde ich Asheroth?", fragte Mira.

„In seinem Quartier, denke ich." Der Hauptmann der Garde senkte die Stimme. „Er hat aus irgendeinem Grund schlechte Laune."

„Das hält mich nicht auf", gab sie trocken zurück. Ihre Fragen an ihn waren zu wichtig, um sie aufzuschieben. Leyth nickte ihr zu, streifte seine Kapuze über und ging nach draußen. Mira stieg die vielen Stufen in den Wohnflügel der Ältesten hinauf. Aus Achilleas' Räumen drang kein Geräusch, nicht einmal ein Knistern aus dem Kamin. Bestimmt war er mit Gigi unterwegs. Sie erreichte Asheroths Tür. Das letzte Mal war sie hier gewesen, um Letizia abzuholen. Als sie die Hand hob, um anzuklopfen, rief er sie schon herein. Er saß mit seinem Laptop auf einer der tiefen Fensterbänke. Gerade runzelte er die Stirn, als wollte er nicht glauben, was er las.

„Ich grüße dich", sagte Mira.

„Was willst du?", gab er kurz angebunden zurück.

„Ich muss Horatios Buch länger ausleihen. Der Übersetzer in London würde zu lange brauchen und wahrscheinlich zu viele Fragen stellen. Das schaffe ich mit den richtigen Büchern auch selbst. Bist du einverstanden?"

Asheroth warf ihr einen skeptischen Blick zu. „Wenn du meinst."

„Danke." Sie biss sich kurz auf die Unterlippe. Sie konnte sich vorstellen, wie wenig er von ihrer Begegnung mit dem fremden Vampir halten würde.

„Kennst du einen Mann mit verschiedenfarbigen Augen? Etwas kleiner als ich, dunkles Haar und ziemlich schlank."

Ihr Schwiegervater verneinte. „Wer soll das sein?"

„Das wüsste ich auch gern. Ich bin ihm begegnet, weil er Sogdisch beherrscht. Darf ich ihn dir zeigen?" Sie ging noch ein paar Schritte auf ihn zu und hielt ihm ihr Handgelenk hin.

Asheroth zögerte. Schließlich gefiel ihm nicht, dass sie einen Einblick in seine Gedanken erhalten würde.

„Ich würde dich nicht darum bitten, wenn es nicht wichtig wäre", sagte Mira nachdrücklich. „Er könnte eine Gefahr sein."

„Na schön."

Er ergriff ihr Handgelenk und biss zu. Sie konzentrierte sich darauf, ihm *Samuel Smith* in dem Augenblick zu zeigen, in dem er sich über Horatios Tod geäußert hatte. Den Rest ihres Gesprächs verbarg sie sorgsam vor ihm. Allerdings konnte Mira sich nicht ganz dagegen wehren, Asheroths Wut zu spüren. Es verärgerte ihn ungemein, dass Achilleas mit Gigi die Festung verlassen und ihm kein Wort darüber gesagt hatte. Er ließ von ihr ab.

„Ich habe vielleicht schon von diesem Mann gehört", sagte er nachdenklich. „Ein paar Vampire, die ich hingerichtet habe, wollten mir vorher weismachen, dass ein Mann mit seinem Aussehen an ihren Verbrechen mit schuld sei."

„Und dann ist er noch am Leben?", fragte Mira.

„Soweit ich diesen Verurteilten glauben kann, hat er ihnen gegen Bezahlung Blut, Gift oder Informationen beschafft. Er selbst hat aber nie mit ihnen gekämpft, geschweige denn, dass ich ihn je zu Gesicht bekommen habe. Er verwischt seine Spuren."

Wenn Asheroth das sagte, musste dieser *Samuel Smith* ein wahrer Meister der Tarnung sein, sofern er denn der Vampir aus den Beteuerungen der Verurteilten war. Im Stillen war Mira froh, sich nicht weiter auf ihn eingelassen zu haben. Sie verabschiedete sich. In wenigen Stunden würde ihr Flug nach Hause gehen. Marek wartete im Wagen auf sie.

12. Versammlung

Mit einem leisen Seufzen packte Igor den traditionellen Umhang, den er auf der anstehenden Versammlung würde tragen
müssen, in seine Tasche. Es handelte sich um einen recht
dünnen, hellen Stoff, in den das Zeichen seines Clans ein-
gewebt war. Zwei gekreuzte Äxte würden auf seinem Rücken zu sehen sein. Nach seinem Empfinden handelte es sich
um ein sehr martialisches Symbol. Es ging auf die beiden
Halbbrüder zurück, die den Asiatischen Gestaltwandler-Clan
vor über 1800 Jahren gegründet hatten. Sie waren ein Löwe
und ein Bär gewesen. Nur durch ihren unbändigen Willen
und ihre ungewöhnliche Waffenwahl hatten sie einander ge-
glichen. Zumindest hieß es so in den Legenden über sie. Kein
Clan-Mitglied war alt genug, um sie persönlich gekannt zu
haben. Trotzdem dachte niemand laut darüber nach, ob man
Symbole wie diese irgendwann einmal ändern könnte, also
sprach Igor es nicht an. Wenn er während der Versammlung
Gehör finden wollte, musste er sich dieser Tradition eben
beugen. Nachdem sie den Angriff als Tagesordnungspunkt
gemeldet hatten, in den auch Shaquans Antilopenmänner
involviert gewesen waren, hatte Solrik aus Nordafrika sofort
einen Termin angesetzt. Seit dem Überfall vor drei Tagen
herrschte Stille im Haus. Sie hatten Sergej bestattet und ge-
trauert. Charlotte saß nach wie vor in ihrer Zelle. Igor brachte
es einfach noch nicht über sich, ein Urteil zu sprechen. Die
Hin- und Rückreise und die Gespräche mit den Oberhäuptern
der anderen großen Clans würden insgesamt mindestens
zwei Tage dauern. Solange konnte er seine Entscheidung
noch aufschieben. Er zog den Reißverschluss seiner Tasche
im Gehen zu und verließ sein Zimmer. Katinka, Jason und
Timur erwarteten ihn in der Eingangshalle. Fjodor sollte sie

ebenfalls begleiten, ließ aber noch auf sich warten. Er und Timur besaßen Erfahrung mit großen Verhandlungen dieser Art, daher war es Igor wichtig, sie dabei zu haben. Jason und Katinka hatten ihnen versprochen, sich im Hintergrund zu halten.

„Wo bleibt er?", fragte die Bärenfrau ungeduldig. Jason wies mit dem Kopf zu dem Korridor, der zur Kellertreppe führte. Igor schulterte seine Tasche. Er würde seinen Onkel nicht zur Eile drängen, wenn es um Charlotte ging. Zwischen ihnen war schließlich mehr gewesen als nur ein bisschen Sympathie. Nach einer halben Minute erschien Fjodor auf der Treppe. Er murmelte eine Entschuldigung und ging mit ihnen hinaus zu den Autos. Während der Fahrt zum Flughafen sprach er kein Wort. Als sie nahe Kiew landeten, hatte sich seine Laune immer noch nicht gebessert. Sie begaben sich zuerst zu ihrem Hotel. Zum einen waren sie zu früh eingetroffen, zum anderen wollte Timur ihre Unterkunft sehen. Es konnte durchaus passieren, dass sich die Gespräche in die Länge zogen. Höchstwahrscheinlich waren alle Teilnehmer der Versammlung zwar alt genug, um nicht schlafen zu müssen, aber Pausen wurden trotzdem manchmal notwendig und der Hundemann wollte sichergehen, dass er sie gut einquartiert hatte. Nachdem er festgestellt hatte, dass sie nicht in ein anderes Hotel wechseln mussten, waren immer noch etwas mehr als drei Stunden zu überbrücken. Jason besorgte ihnen Essen, Katinka erklärte Timur ein Kartenspiel, das sie aus Südamerika kannte, und Igor blätterte durch den Stadtführer, der im Hotel auslag. Fjodor saß die ganze Zeit über still am Fenster und starrte hinaus. Als sie aufbrachen, hielt Igor seinen Onkel zurück, bis die anderen ein wenig Vorsprung hatten.

„Bei allem Verständnis für deine Lage, ich brauche dich jetzt bei voller Konzentration", sagte er leise.

„Natürlich. Verzeih, Neffe." Er zupfte den Umhang um seine Schultern zurecht. „Er ist dir zu groß."

„Und er riecht ein wenig muffig", ergänzte Igor ironisch. Als ob das jetzt ihre größte Sorge wäre.

„Ich werde dir einen neuen weben", gab Fjodor mit dem gleichen Unterton zurück.

„Du kannst weben?"

„Ich habe es lange nicht geübt, aber das ist mir die Mühe wert." Er zwang sich zu einem Lächeln.

„Vor allem, weil noch nie jemand aus unserer Familie Oberhaupt war, oder?"

„Korrekt. Wenn wir irgendwann Zeit für die Vergangenheit haben, erzähle ich dir die Geschichte deines Urgroßvaters und wie er in den Clan aufgenommen wurde."

Igor lehnte die Stirn gegen seine. „Ich freue mich darauf. Bringen wir diese Versammlung hinter uns."

„Jawohl, Neffe."

Eilig schlossen sie zu den anderen auf. Der Konferenzsaal lag mitten im Stadtzentrum von Kiew. Die Menschen auf den Straßen warfen ihnen nur kurze Blicke zu oder ignorierten sie ganz. Als Igor erfahren hatte, dass die Clans sich hier treffen würden, war er im ersten Moment überrascht gewesen. Allerdings stellte eine Stadt voller Sterblicher außerhalb der Clan-Gebiete für alle Beteiligten neutralen Boden dar. Vermutlich hatte Solrik, das Oberhaupt des Nordafrikanischen Clans, sich deshalb für Kiew entschieden. Da er die Einladung ausgesprochen hatte, würde er die Versammlung moderieren. Seine Männer empfingen sie am Eingang des Gebäudes und geleiteten sie bis zu den Türen des Saals. Als sie dort eintrafen, sagten sie den Angestellten des Konferenzzentrums, dass sie ihre Dienste nicht mehr benötigten und nun alle nach Hause gehen durften. Die Sterblichen tauschten verwunderte Blicke aus, stellten aber keine Fragen, weil sie ihre Bezahlung trotzdem erhielten. Igor straffte die Schultern und ging voran. Neun Stühle waren für die Oberhäupter in einem weitläufigen Kreis angeordnet worden. Vor den Türen klaffte die einzige Lücke. Mit ein wenig Abstand standen hinter jedem Stuhl vier weitere für die Leibwachen. Da nur noch ein Sitz frei war, brauchte er nicht zu fragen, welcher Platz ihm zugedacht war. Er spürte, wie ihm neugierige und misstrauische Blicke durch den Raum folgten. Wenigstens Darius nickte ihm zu, bevor er sich setzte. Erst jetzt sah Igor sich die anderen Teilnehmer genauer an. Mit der Einladung hatten sie auch die Gästeliste erhalten. Drei von vier afrikanischen Clans saßen links von ihm. Die Äthiopier waren nicht zugegen. Shaquan mied seinen Blick und wirkte angespannter, als er ihn je zuvor erlebt hatte. Rechts von ihm saß an erster Stelle ein hünenhafter Mann mit ernstem Gesicht. Sein Name war Rüdiger und er führte die Gruppe, die nördlich des Polarkreises Asiens lebte. Seine Begleiter waren ihren menschlichen Staturen nach allesamt Bären und es hieß, dass sie weißes Fell besaßen. Darauf folgte der Clan aus Indien, zu dem sie keine gute Beziehung pflegten, dann Darius. Gegenüber saßen die Gäste mit der weitesten Anreise. Eine Anführerin aus Südamerika namens Ella, von der es hieß, sie sei ein Jaguar, und eine weitere Frau, die mit ihren Begleitern aus Australien angereist war. Laut Fjodor nahm auch sie zum ersten Mal an einem Treffen der Clans teil. Solrik schloss persönlich die Türen zum Saal und trat in ihre Mitte, um sie offiziell zu begrüßen. Sein erster Punkt bestand in der Frage, ob die Verräterin Soraya gesichtet worden war, was niemand bejahen konnte. Anschließend bat er um einen

Moment der Stille, um derer zu gedenken, die im Kampf gegen die Firma ihr Leben gelassen hatten. Die Anwesenden senkten sogar leicht die Köpfe. Sobald Solrik sich wieder aufrichtete, ergriff das Oberhaupt aus Australien das Wort.

„Uns konnten sie nicht aufspüren, daher blieben wir verschont. Aber bitte seid euch unserer Anteilnahme gewiss."

„Dies gilt auch von unserer Seite", sagte der Eisbär rechts neben Igor. Solrik dankte den beiden. Dann bat er die Australierin, sich zu erheben, um sich vorzustellen. Ihr Name war Cosima. Als sie ihre zweite Gestalt annahm, kam ein schlanker Hund mit rötlichem Fell, großen Ohren und langer Schnauze zum Vorschein.

„Die Sterblichen nennen diesen Hund Dingo", erklärte sie bereitwillig und verwandelte sich wieder zurück.

„Unter welchen Umständen bist du Oberhaupt geworden?", fragte Solrik. Während Cosima ihm erklärte, dass ihr Vorgänger bei einem Flugzeugabsturz umgekommen war und sie sich im Kampf gegen ihre internen Konkurrenten durchgesetzt hatte, warf Igor seinem Onkel einen kurzen Blick zu. Er nickte zuversichtlich. Selbstverständlich hatten sie sich darauf vorbereitet, dass er diese Art der Vorstellung über sich ergehen lassen musste.

„Nun", sagte das Oberhaupt des Nordafrikanischen Clans. „Wie ich die Sache sehe, gibt es keine Einwände gegen deinen Herrschaftsanspruch. Möchte sich einer der Anwesenden gegenteilig äußern?"

Er sah jeden anderen Anführer kurz an, um ihm oder ihr die Gelegenheit zu sprechen zu geben. Igor schüttelte nur den Kopf. Er hatte Australien früher zwar bereist, aber nie den Kontakt zu den ansässigen Gestaltwandlern gesucht. Er sah keinen Grund, sich Cosima zur Feindin zu machen. Nachdem sie sich sichtlich erleichtert wieder gesetzt hatte, wandte Solrik sich zu ihm um.

„Für diejenigen, die dir noch nicht begegnet sind, bitte ich auch dich, dich zu erkennen zu geben." Er machte einen Schritt zurück, hin zu seinem Sitzplatz. Igor stand auf, wobei er das Gefühl hatte, dass die Spannung im Raum weiter stieg. Trotzdem nahm er sich die Zeit, kurz durchzuatmen. Seine Hyänengestalt war schließlich nicht das Entscheidende. Sobald seine Verwandlung einsetzte, ging ein leises Raunen durch den Raum. Jeder von ihnen spürte die Schwingungen der anderen Dimension, die in diesem Moment von ihm ausgingen. Haroon, das Oberhaupt der Inder, zischte den Befehl, sofort still zu sein, als einer seiner Männer etwas sagen wollte. Shaquan ballte die Hände deutlich sichtbar zu Fäusten.

„Was bist du denn?", fragte die Jaguarfrau Ella. Erst dann fiel ihr auf, dass ihr ungläubiger Ton auch ein wenig unhöflich gewesen war. Igor nahm es ihr nicht übel und verwandelte sich zurück. Im Grunde war er Ella dankbar, denn so konnte er sich auf ihr Gesicht konzentrieren, während er erklärte, dass er vor über drei Monaten durch die andere Dimension gereist war.

„Ich nehme an, du hattest Unterstützung?", fragte Cosima.

„Es heißt, der Weg dorthin sei sehr schwierig."

„Eine Ursprüngliche aus dem Ersten Clan hat es mir ermöglicht."

Wieder wurde hastig in zahlreichen Sprachen geflüstert, bis Solrik um Ruhe bat.

„Wer ist diese Frau?", wollte er wissen.

„Sie hat ihre Gründe, nicht unter uns zu sein. Bitte habt Verständnis, dass ich nicht ohne ihr Wissen über sie spreche."

Seine ausweichende Antwort rief einige Enttäuschung hervor. Haroon gab sich nicht die geringste Mühe, sein Misstrauen zu verbergen. Cosima und Ella hingegen schienen diese Sache gelassener zu sehen. Die Jaguarfrau erweckte eher den Eindruck, neugierig geworden zu sein, schwieg jedoch. Überraschenderweise stellte niemand weitere Fragen zu diesem Thema. Solrik trat ihm gegenüber „Dann kläre uns auf, wie du Oberhaupt geworden bist."

„Sie haben mich gewählt", sagte Igor schlicht.

„Das ist nicht dein Ernst", mischte der Anführer der Inder sich ein. Fjodor erhob sich und trat einen Schritt von seinem Stuhl vor. „Du erlaubst?"

Solrik erteilte ihm das Wort.

„Unser Leitlöwe wurde von der Firma gefangen genommen und getötet. Igor führte uns, als sonst niemand zur Stelle war."

„Weil du es wohl nicht konntest", kommentierte Haroon seine Aussage ungefragt, aber Fjodor ließ sich nicht beirren. „Und er ist ein Sohn des Clans."

„Der Sohn deines Bruders", ergänzte Darius.

„Auch das. Er hatte die Größe, zu uns zurückzukehren, obwohl sein Vorgänger ihn tot sehen wollte." Er setzte sich wieder. Igor hatte die ganze Zeit über Solriks Blick standgehalten. Er war ein Löwe und älter als der Hyänenmann. Dennoch lag etwas sehr Ungewohntes in seinem Blick. Verunsicherung.

„Es heißt, du hättest gemeinsam mit den Vampiren gekämpft", sagte er. „Unterhältst du noch Beziehungen zu ihnen?"

„Um den Frieden mit ihnen zu halten, tue ich das."

„Du hast Abtrünnigen Zutritt zu deinem Haus gewährt?"

Igor neigte den Kopf. „Wir kämpften gemeinsam gegen die Firma, weil wir keine andere Wahl hatten, aber es schweißte uns zusammen. Danach sah ich keinen Grund, jemanden aus meinem Haus zu werfen, nur weil er nicht darin geboren wurde. Dazu werde ich stehen, wie auch immer deine nächste Frage lautet."

Solrik wandte kurz den Blick ab, um Jason und Katinka zu mustern.

„Ich verstehe deine Wahl. Und ich entdecke keine unlauteren Mittel in deiner Erklärung."

„Ich widerspreche seinem Herrschaftsanspruch", sagte Haroon laut und deutlich. „Er ist ein Verräter und er wird sich wieder mit den Blutessern verbünden! Es steht ihm nicht zu, diesen Umhang zu tragen!"

„Ich werde meine Verbindungen nicht nutzen, um dir und deinem Clan zu schaden, Haroon", gab Igor unbeeindruckt zurück. „Soweit ich weiß, begründet sich der Konflikt zwischen uns auf einem Streit zwischen deinem und meinem Vorvorgänger. Lass es mich wissen, wenn du bereit bist, diesen überholten Streit beizulegen."

Das Oberhaupt des Indischen Clans schnaubte abfällig, sagte jedoch nichts weiter. Solrik wandte sich erneut an die anderen. „Hat noch jemand Bedenken?"

Darius verneinte. „Ich möchte Igor an dieser Stelle unterstützen."

Ella und Cosima schlossen sich dieser Meinung an. Rüdiger sah die Sache ähnlich wie Haroon, drückte sich jedoch wesentlich neutraler aus. Die Südafrikaner unter Bijan enthielten sich. Shaquan war der letzte, den Solrik fragend ansah.

„Keine Bedenken", sagte er nach zwei tiefen Atemzügen. Mit dieser Antwort hatte Igor nicht unbedingt gerechnet, denn nun hatte er eine klare Mehrheit auf seiner Seite. Was mochte dahinter stecken? Das Oberhaupt der Nordafrikaner nickte zufrieden und fuhr mit seiner Tagesordnung fort. Zuerst zeigte er ihnen mit Hilfe eines Beamers Bilder von

Gestaltwandlern, die immer noch vermisst wurden. Da Igor die Akten der Firma aus Jasminas Schloss und ihrem letzten Stützpunkt kannte, hatte er keine Bilder geschickt. Allerdings bestätigte er in fünf Fällen den Tod des jeweiligen Clan-Mitglieds. Solrik war ihm dankbar für die Gewissheit, Haroons Laune verschlechterte sich nur. Unter den Vermissten und Toten befanden sich in der Mehrheit Frauen. Rüdiger warf die Frage auf, wie viele Frauen die Clans überhaupt noch besaßen. Die Afrikaner antworteten, Cosima und Ella missfiel die Art, wie er danach fragte, aber auch sie gaben eine Antwort. Die höchste Zahl, die genannt wurde, lautete vier für den Clan aus Indien. Solrik sah Igor fordernd an, da er sich noch nicht geäußert hatte.

„Sechs", sagte er zögerlich. „Und das Kind einer Begabten, das noch heranwächst."

„Welch Segen", brummte der Eisbär zu seiner Rechten. Igor erwiderte nichts darauf und hoffte im Stillen, dass ihm sein Unbehagen nicht anzusehen war. Ihm war nicht bewusst gewesen, wie viel Neid die Vielzahl der weiblichen Mitglieder seines Clans hervorrufen würde. Anschließend ging es um Gebietsstreitigkeiten unter den afrikanischen Clans, obwohl die Ostafrikaner nicht persönlich anwesend waren. Bijan aus dem Süden war von ihrem Oberhaupt im Vorfeld gebeten worden, ihre Interessen mit zu vertreten, was er auch gewissenhaft tat. Eine Lösung zu finden, kostete sie mehr als zwei Stunden, aber immerhin einigten sie sich friedlich. Igor hörte konzentriert zu, erhielt jedoch den Eindruck, dass meist persönliche Beziehungen und angemessene Preise ausschlaggebend waren. Danach setzte Solrik die erste Pause von vier Stunden an.

Zurück im Hotel ließ Jason sich auf sein Bett fallen und rieb sich die Stirn. „Dauert das immer so lange?"

„Ich fürchte, ja", gab Timur müde zurück. „Wir müssen anwesend sein. Ob uns die zu besprechenden Punkte betreffen, oder nicht."

„Reißt euch zusammen", ermahnte Fjodor die beiden. „Manchmal gibt es Verhandlungen abseits der Verhandlungen."

„Wie bitte?", fragte Jason.

„Du wirst sehen."

Was er damit meinte, sollte sich nach kaum einer Stunde zeigen. Es klopfte an der Tür zu ihrem Hotelzimmer. Das Oberhaupt der Südafrikaner hatte einen Vertreter geschickt. Bijan bot ihnen ein Bündnis gegen Shaquan im Austausch für eine ihrer Frauen, vorzugsweise Katinka. Igor lehnte ab.

„Richte deinem Oberhaupt aus, dass die Frauen meines Clans selbst entscheiden, wohin sie gehen und an wen sie sich binden. Unsere diplomatischen Beziehungen sollten wir nicht an solche Vereinbarungen knüpfen."

Nach Fjodors und Timurs Erfahrung waren sie ohnehin meist nur kurzfristige Lösungen. Der Vertreter musterte ihn noch einen Augenblick irritiert, dann verließ er ihr Hotelzimmer. Katinka lehnte mit verschränkten Armen neben dem Fenster.

„Wahrscheinlich könntest du sogar mehr als ein bisschen Beistand gegen Shaquan für mich verlangen", sagte sie trocken.

„Bring mich nicht auf dumme Gedanken", gab Igor prompt zurück. Sie lachte, dann wurde ihre Miene wieder ernster. „Wie kommst du eigentlich auf sechs und unsere kleine Olga?"

Dieses Mal zögerte er mit der Antwort. Natürlich kam Katinka auf fünf, wenn sie die begabten Cousinen, Timurs Gefährtin Rebecca, die Rabenfrau Felicia und sich selbst zählte. Igor hatte jedoch Charlotte mit eingerechnet, obwohl sie im Kerker saß.

„Du willst dieser Waschbärin noch eine Chance geben, oder?", fragte Jason, womit er Katinkas Frage im Grunde beantwortete. Er hob ratlos die Schultern. Ihm wurde erst jetzt bewusst, dass er sich entschieden hatte.

„Ich verstehe eure Wut, aber sie hat sich für uns entschieden. Hätte sie uns nicht gewarnt, hätten wir wahrscheinlich noch mehr verloren als Sergej. Auch ohne das Gift."

Igor warf seinem Onkel einen fragenden Blick zu, aber er wich ihm aus. Was auch immer er vor ihrer Abreise mit Charlotte besprochen hatte, wühlte ihn immer noch auf. Jason und Timur nickten bedächtig. Ein wenig Zeit vergehen zu lassen, bis sich der erste Zorn auf die Waschbärin gelegt hatte, war gar nicht so falsch gewesen. So hatten sie ihre Position überdenken können.

„Also gibst du auch sie nicht für das nächste unmoralische Angebot weg", stellte Katinka zufrieden fest.

„Auf keinen Fall."

Im Stillen hoffte er inständig, dass er nicht jedem Versammlungsteilnehmer seinen Standpunkt diesbezüglich erläutern musste. Zu seiner Erleichterung blieben weitere Besuche aus. Als sie sich wieder auf den Weg machen wollten, wurden sie vor ihrem Hotel von Ella und ihren Leibwachen erwartet.

„Wir haben uns nur eine Straße weiter einquartiert." Die Jaguarfrau wies über ihre Schulter in Richtung der nächsten Kreuzung. „Ich dachte, vielleicht gehen wir gemeinsam zurück."

Sie schenkte ihm ein einnehmendes Lächeln. Es kam nicht in Frage, abzulehnen. Die beiden Oberhäupter gingen ein paar Schritte voraus, bevor sich die Leibwachen in Bewegung setzten. Igor war dennoch nicht entgangen, dass sie einander argwöhnisch beäugten. Wegen der zahllosen Gerüche im Konferenzsaal war er sich nicht einmal sicher, welche Gestalten Ellas Leibwachen haben mochten.

„Ich würde gern auf deine Reise durch die andere Dimension zurückkommen", sagte sie leise. „Ich habe von meinem Urgroßvater nur eine Legende erzählt bekommen. Seine Großmutter stammte aus dem Ersten Clan."

„Was möchtest du denn wissen?"

„Besitzt du seit deiner Reise neue Fähigkeiten?" Sie musterte ihn neugierig von der Seite. Ihre Augen waren fast so dunkel wie ihr schwarzes Haar.

„Du kommst schnell zum Punkt", gab Igor zurück.

„Dafür schätzen mich meine Männer. Sie wären fast durchgedreht, als Solrik und Shaquan eine halbe Stunde ohne Pause oder Ergebnis geredet haben."

Er warf einen Blick über die Schulter. Ihre Leibwächter waren weder besonders groß, noch besaßen sie nennenswert breite Schultern. Sie waren eher von drahtiger Statur wie er selbst.

„Glaube bitte nicht, sie könnten es nicht mit Bären aufnehmen", flüsterte Ella.

„Ich werde mich hüten."

Sie mussten an einer Ampel warten. Zwei Männer auf der anderen Straßenseite schauten die Jaguarfrau in ihrem hellen, taillierten Mantel und den hohen Stiefeln interessiert an.

Sie neigte den Kopf. „Das sollte keine Drohung sein."

„Ich habe es auch nicht als solche aufgefasst."

„Also? Du hast meine Frage nicht beantwortet."

Igor rieb die Hände an seiner Hose ab. „Angenommen, ich hätte mich durch meine Reise verändert, würde das etwas ändern?"

„Soweit ich weiß, sehr viel." Ihre dunklen Augen funkelten verschwörerisch. „Verrätst du es mir, oder möchtest du es lieber vor versammelter Mannschaft beichten?"

Auf ihre Neugier war er vorbereitet gewesen, hierauf nicht.

„Also habe ich die Wahl, ob ich ausschließlich dir etwas gegen mich in die Hand gebe oder in der Versammlung von dir bloßgestellt werde?"

„Ich will dir nicht schaden, aber ich will, dass du dein Wissen mit mir teilst", gab sie unumwunden zurück. „Außerdem wirst du es nicht ewig geheim halten können. Manche von uns besitzen alte Schriften, für die sich bisher bloß niemand interessiert hat. Ich gehe jede Wette ein, dass die anderen die Pause genutzt haben, um ihre Gefolgsleute zu Hause in ihren Bibliotheken recherchieren zu lassen."

Da musste er ihr wohl oder übel recht geben. Das Schweigen nach seiner Bemerkung über Freya hatte ihn sehr verwundert und letztendlich nichts Gutes bedeutet. Die Ampel schaltete auf Grün, weshalb sie sich wieder in Bewegung setzten. Igor sah über die Schulter zurück zu seinem Onkel. Seine Anspannung stand ihm ins Gesicht geschrieben.

„Ich werde darüber nachdenken", sagte der Hyänenmann schließlich. „Wir werden bestimmt einmal die Gelegenheit haben, uns allein zu unterhalten."

Auf diesem Weg bestand die Chance, dass Ella sich fürs Erste zufriedengab und ihn auf der Versammlung nicht noch einmal auf seine Reise ansprach. Sie bleckte die Zähne. „Ich nehme dich beim Wort."

Das Konferenzzentrum kam in Sicht. Rüdiger und Haroon betraten gerade mit ihren Leibwachen das Gebäude.

„Deine stoische Ruhe ist bemerkenswert", fügte die Jaguarfrau hinzu. „Ich freue mich auf unser privates Gespräch."

Allzu lange würde sie nicht darauf warten wollen, so viel stand fest. Igor beschloss im Stillen, bis dahin sein Spanisch aufzubessern. Es konnte nie schaden, zu verstehen, was sie mit ihren Leibwächtern besprach.

Gemeinsam erreichten sie den Saal. Nachdem alle ihre Plätze wieder eingenommen hatten, stand Solrik auf und ergriff das Wort.

„Wir wenden uns nun dem Punkt zu, den Igor angemeldet hat", sagte er. „Du behauptest, dein Clan wäre von einer Splittergruppe angegriffen und dabei von drei Kriegern aus Shaquans Clan unterstützt worden. Kläre uns über die Hintergründe auf."

Igor erhob sich ebenfalls. „Shaquan hat mich vor Kurzem besucht, um über diplomatische Dinge zu sprechen. Dabei ist seinen Leibwächtern einer meiner Hundemänner aufgefallen, der der Sohn eines Verräters aus ihrem Clan ist. Ich denke, ihr Ziel war es, ihn zu töten und deshalb haben sie sich dem Überfall auf uns angeschlossen."

Ob ein Sohn für die Verbrechen seines Vaters bestraft werden durfte, stand nicht zur Diskussion. Nach Fjodors Erfahrung handhabe jedes Oberhaupt solche Angelegenheiten nach eigenem Ermessen und auf Versammlungen wurde darüber an sich nicht gestritten.

„Zwei der Oryxe sind tot, der dritte ist geflohen", fügte Igor hinzu.

„Woher willst du wissen, dass diese Männer zu mir gehörten?", wandte Shaquan ein, wobei er sich betont gelassen gab. „Es ist gut möglich, dass eine Begabte außerhalb meines Clans Söhne mit unserer Gestalt zur Welt gebracht hat."

Dass Okon den Mann wiedererkannt hatte, spielte keine Rolle. Es stand Wort gegen Wort. Wenig beeindruckt zog der Hyänenmann die Fotos hervor, die Melissa von den beiden Toten gemacht hatte. Zuerst zeigte er sie Shaquan, der nur mit den Schultern zuckte. Dann ging er weiter zu Solrik und dem Oberhaupt der Südafrikaner, da sie den Oryxclan am besten kannten. Bijan hob unschlüssig die Arme. Natürlich versagte er Igor nun seine Unterstützung, da er das Angebot für Katinka nicht angenommen hatte. Solrik enthielt sich als Moderator vorerst.

„Lass mich das bitte sehen", sagte Darius. Er betrachtete die Fotos eingehend, war sich seiner Miene nach jedoch nicht sicher. Zu Igors Überraschung ließ auch Rüdiger sich die Bilder von ihm zeigen. Nach kaum zwei Atemzügen schnaubte er abfällig. „Ich bitte dich, Shaquan. Leugne es nicht, das ist beschämend."

Selbst als Igor sich umwandte, starrte das Oberhaupt der Westafrikaner sie beide noch feindselig an. Mit zusammen-gebissenen Zähnen gestand er, dass die drei Männer zu ihm gehörten. „Aber ich habe ihnen diesen Angriff nicht be-fohlen!"

„Hast du es ihnen verboten?", warf Ella ein und lehnte sich angriffslustig auf ihrem Stuhl nach vorn. „Ich kann mir nicht vorstellen, dass sie sich ohne dein Wissen tausende Kilome-ter von eurem Zuhause entfernt aufhalten."

„Halt du dich da raus!"

Ihre Einmischung brachte Shaquan dazu, von seinem Stuhl aufzuspringen. „Ich habe Vertrauen in meine Männer und kontrolliere nicht jeden ihrer Schritte. Dazu stehe ich!"

„Igor hat also zwei deiner Männer auf seinem Land getötet?" Haroons Zwischenruf klang mehr wie eine Feststellung als eine Frage. „Ich frage mich, ob der Asiatische Clan sich tatsächlich nur verteidigt hat, oder ob sie den Kampf nicht viel mehr gesucht haben."

„RUHE!", forderte Solrik mit einem löwenhaften Grollen und befahl allen, sich wieder hinzusetzen. Igor kam dem sofort nach. Er wünschte sich, Achilleas wäre anwesend, um Wahrheit und Lüge einwandfrei zu bestätigen.

„Ich meine ja nur", fuhr Haroon mit einem falschen entschuldigenden Lächeln in Solriks Richtung fort. „Warum sollten ein paar wenige Männer überhaupt so dumm sein, Igors Clan anzugreifen, wo sie doch so viele sind?"

„Bessere Chancen auf den Sieg versprachen sie sich hiervon." Der Hyänenmann hielt die Phiole hoch, die sein Onkel Charlotte abgenommen hatte. In wenigen Sätzen klärte er die Anwesenden darüber auf, um welches Gift es sich handelte und dass zuvor eine Spionin bei ihm eingeschleust worden war. Die Tatsache, dass Charlotte ihre Gruppe verraten hatte, ließ er zu ihrem Schutz aus. Im Moment genügte es, wenn die anderen glaubten, er hätte die Spionin enttarnt.

„Unter anderen Umständen hätten sie es wohl kaum gewagt, aber die Oryxe boten ihnen eine ungeahnte Möglichkeit, indem sie dieses Gift mitbrachten." Igor wandte sich auf seinem Stuhl nach links, um Shaquan wieder direkt anzusehen. „Wenn du immer noch zum Handeln deiner Männer stehst, zwingst du mich, dies als kriegerischen Akt zu werten."

Absolute Stille trat ein. An den Gesichtern der Oberhäupter und vieler ihrer Leibwachen konnte er ablesen, dass ihre Meinung über Shaquan gerade massiv gelitten hatte. Ella, Cosima, Darius und die anderen afrikanischen Clans hatte Igor offenbar auf seiner Seite. Haroon wirkte nur verärgert darüber, dass er ihm keine Steine mehr in den Weg legen konnte. Rüdiger starrte den Antilopenmann finster an.

„Triff eine Entscheidung, wenn du dein Gesicht wahren willst", grollte er leise. Shaquan atmete hörbar aus. „Der Mann, der übrig ist, heißt Cameron. Ich verstoße ihn hiermit aus meinem Clan. Sollte er je wieder wagen, mein Land zu betreten, wird er sterben."

Dieser Schritt war ihm als einzige Möglichkeit geblieben, wenn er dem Asiatischen Clan nicht den Krieg erklären wollte. Igor nickte ihm zu. Am liebsten wäre er seinen Leibwachen vor Erleichterung um den Hals gefallen, aber das musste warten.

„Ich hätte noch eine Frage zu diesem Vorfall", meldete Haroon sich wieder zu Wort. „Was war das Motiv dieser Splittergruppe, dich anzugreifen? Sind noch welche übrig?"

„Über ihre Gründe kann ich nur mutmaßen. Wir haben sie in keiner Form bedroht. Zwei von acht Männern sind geflohen. Wohin, weiß ich nicht."

Das Oberhaupt der Inder schnaubte abfällig. „Tu nicht so unschuldig. Ihre Spionin hat ihnen doch bestimmt berichtet, was aus dir seit deiner *Reise* geworden ist."

„Das würde mich auch interessieren", sagte das Oberhaupt der Südafrikaner. „Gibt es da etwas, das du uns allen mitteilen solltest?"

Ella schaute Igor mit leichter Besorgnis an, in Schutz nehmen konnte sie ihn jedoch nicht. Sie hatte mit ihrer Vermutung richtig gelegen. Die anderen Oberhäupter hatten nur auf die Gelegenheit gewartet, ihn öffentlich auf seine Reise anzusprechen, statt es wie sie etwas diskreter anzugehen. Igor atmete tief durch. „Mein Gespür für den Geist anderer hat sich grundlegend verändert. Ich nehme es nicht mehr wahr, wenn ihr euch verwandelt."

„Stattdessen?", hakte Haroon ungeduldig nach.

„Ich bin in der Lage, immer wieder in die andere Dimension zu gehen und dabei den Geist eines anderen mitzunehmen." Verständnislose Blicke wurden ausgetauscht, bis Solrik einen Schritt auf ihn zu trat.

„Nützt dir diese Fähigkeit im Kampf?"

„Gegen die Hybridwölfe hat es mir einen Vorteil verschafft, da es sie sehr verwirrt und damit angreifbar gemacht hat. Aber ich versichere dir, dass diese Fähigkeit allein sie nicht töten konnte."

Damit gab sich das Oberhaupt der Nordafrikaner leider noch nicht zufrieden. „Aber es hat ihnen in irgendeiner Form geschadet."

„Das lag vor allem daran, dass sie unvorbereitet waren."

Außerdem hatte Igor Okon verletzt, als dieser ihm und seinem Gegner im Kampf zu nahe gekommen war. Aber da sein Geist seine Verankerung in der realen Welt von allein wiedergefunden hatte, verschwieg er diese Tatsache.

„Du willst uns also erzählen, dass du es kontrollieren kannst und für niemanden eine Gefahr darstellst", folgerte Haroon sarkastisch. „Das glaube ich erst, wenn ich es sehe."

Trotz der klaren Erwartung aller, dazu Stellung zu nehmen, dachte der Hyänenmann gründlich über seine nächste Antwort nach.

„Ich kann es dir nicht genauer sagen. Die andere Dimension an sich birgt zahlreiche Gefahren und ich habe mit keinem meiner Gestaltwandler herum experimentiert, nur um meine Fähigkeiten auszubauen."

„Eine Demonstration wäre überaus hilfreich, um zu verstehen, wovon du redest", knurrte Rüdiger, womit er sich wieder auf Haroons Seite stellte. Offenbar hatte er die Diskussion über Shaquans Verfehlungen nur genutzt, um seine Abneigung gegen den Antilopenmann zum Ausdruck zu bringen, nicht um für Igor Partei zu ergreifen.

„Vielleicht meldet sich ja einer deiner Männer jetzt freiwillig", ergänzte Haroon mit einem gehässigen Unterton. Um den Frieden zu wahren, würde sein Onkel dies bestimmt übernehmen, aber Igor wollte sich noch nicht zu ihm umdrehen. Stattdessen warf er Ella einen fragenden Blick zu. Im ersten Moment wirkte sie überrascht, aber sie erhob sich trotz des einsetzenden Gemurmels und trat mit ihm in die Mitte des Saals. Igor rieb konzentriert die Handflächen aneinander. Dann streckte er die linke Hand nach ihrem Kopf aus. Ihre Verbindung zur anderen Dimension fächerte sich augenblicklich kristallklar vor ihm auf. Im Gegensatz zu Okon befand sich Ella im vollkommenen Einklang mit ihrer Jaguargestalt. Die gefleckte Katze funkelte Igor aus der Dunkelheit an, als hätte sie ihn längst bemerkt. Es wäre ein Leichtes gewesen, mit ihr die Grenze zu überwinden. Da er sie auf keinen Fall verletzen wollte, bewegte Igor ihre Geister dennoch so langsam wie möglich. Um sie herum schimmerte dichter Dschungel, der Teil ihrer Erinnerungen war. Ella öffnete den Mund, ohne etwas zu sagen. Dann kippte sie nach vorn. Igor fing ihren Körper auf, womit er auch den Übergang abbrach. Erst jetzt bemerkte er, wie nahe ihre Leibwächter gekommen waren. Ein Mann, der eine gewisse familiäre Ähnlichkeit zu Ella besaß, starrte ihn aus nur noch wenigen Schritten Entfernung misstrauisch an. Sein Atem ging flach. Es musste Fjodor und die anderen immense Mühe kosten, Ruhe zu bewahren und sitzen zu bleiben. Zum Glück fing sich die Jaguarfrau innerhalb eines Atemzugs und richtete sich wieder zu ihrer vollen Größe auf.

„Es geht mir gut", sagte sie deutlich vernehmbar. Ihre Leibwächter wichen erleichtert zurück. Sämtliche Oberhäupter hatten sich auf ihren Stühlen nach vorn gelehnt, um zu beobachten, was geschehen würde. Igor war sich jedoch sicher, dass sie außer Ellas leicht erhöhtem Herzschlag nichts wahrgenommen hatten. Dieser winzige Ausschnitt aus der anderen Dimension war nur für die Jaguarfrau bestimmt und niemandem sonst zugänglich. Sie beschrieb ihnen unaufgefordert und voller Faszination, was sie in dem kurzen Augenblick gesehen hatte.

„Ich erinnere mich an diesen Ort. Warum waren wir ausgerechnet dort?"

„Um das herauszufinden, müsstest du ganz hinüber gehen. Die andere Dimension verlangt von uns, auf der Reise Entscheidungen zu treffen oder Dinge zu erkennen, wie sie sind."

„Und hast du Einfluss auf diese Reise?", fragte Haroon ungeduldig. Igor schüttelte entschieden den Kopf. Durch diesen sehr kurzen aber kontrollierten Übergang mit Ella hatte er die Erkenntnis erlangt, dass er selbst keine Rolle auf der Reise eines anderen spielen würde.

„Ich würde nur daneben stehen", sagte er gelassen. Die Jaguarfrau nickte ihm dankbar zu und zog sich auf ihren Platz zurück.

„Wofür ist diese Fähigkeit dann gut?", fragte Solrik. „Sie scheint dich nicht bedeutend stärker zu machen."

„Außer er schickt seine Gestaltwandler auf die Reise und auch sie erlangen neue Fähigkeiten", grollte Rüdiger leise.

„Das ist nicht meine Absicht!" Igor wandte sich ganz zu ihm um. „Und das ist auch nicht der Sinn der Reise. Man tritt sie an, um sich selbst zu erkennen, nicht um stärker zu werden." Bei dieser Erklärung verkniff er sich die Ergänzung, dass dies ein Verrat an der anderen Dimension wäre, wie Jala ihn einst begangen hatte. Allerdings hielt längst nicht jeder die

169

Urmutter der Gestaltwandler für eine Verbrecherin. Einen Disput über ihre Taten wollte er daher nicht heraufbeschwören. Solrik musterte ihn noch einen Moment eindringlich. Schließlich nickte er ihm respektvoll zu. „Sollten wir feststellen, dass du dich nicht an deinen eigenen Vorsatz hältst, wird das Konsequenzen haben."

„Ich verstehe." Igor setzte sich wieder auf seinen Platz, wobei er sich bemühte, Haltung zu bewahren. Allmählich fühlte er sich erschöpft, aber das sollte vor allem Haroon ihm nicht anmerken.

„Wir kommen zum letzten Teil unserer Verhandlung", kündigte Solrik an. Seine Männer stellten einen weiteren Stuhl am Ende des Saals auf, der den Kreis schloss. Die Anwesenden horchten merklich auf, da sich bereits Schritte über den Korridor näherten. Es handelte sich um drei Personen.

„Grundgütiger." Rüdiger rieb sich die Stirn. „Er hat die Blutsauger eingeladen."

Auf der Gästeliste hatte kein Vampir gestanden. Ein paar der Leibwächter erweckten den Eindruck, sofort aufspringen zu wollen. Igor sah den Neuankömmlingen entspannt entgegen. Die Türen zum Saal wurden geöffnet. Commodus trat als Erster ein. Hinter ihm folgten Leyth und Onur. Sie bezogen mit verschränkten Armen zu seinen Seiten Position, sobald er auf dem ihm zugedachten Stuhl Platz genommen hatte. Während Solrik ihn förmlich begrüßte, sah er kurz zu Igor. Der Hyänenmann vermochte nicht recht zu sagen, was der Älteste davon hielt, ihn hier zu treffen, es überraschte ihn jedenfalls nicht. Nachdem ihm Cosima offiziell vorgestellt worden war, fragte Solrik, ob ihm sonst jemand noch nicht bekannt war. Haroon schnaubte leise, als Commodus verneinte.

„Ich darf dir im Namen aller Anwesenden dafür danken, dass du es so kurzfristig einrichten konntest", fuhr das Oberhaupt der Nordafrikaner unbeirrt fort.

„Komm zum Punkt", forderte Rüdiger. „Warum hast du ihn hergebeten?"

Solrik warf ihm einen sehr undankbaren Blick über die Schulter zu. Commodus äußerte sich in keiner Form zu diesem Zwischenruf. Ihm war offenbar daran gelegen, neutral aufzutreten. Seine Gelassenheit war beneidenswert.

„Nun, zuerst möchte ich dich fragen, wie ihr im Moment mit übrig gebliebenen Hybriden umgeht. Werdet ihr sie vernichten wie die geborenen Abscheulichkeiten, die es trotz der Differenzen zwischen Schattenwandlern und Gestaltwandlern früher einmal gab?", fragte das Oberhaupt der Nordafrikaner.

„Meine Brüder und ich haben uns dazu entschieden, jene zu jagen, die zu viel Aufsehen unter den Menschen erregen. Eure Unterstützung in dieser Sache würden wir sehr schätzen."

„Aber ihr lasst diejenigen gewähren, die sich den Gesetzen unserer Welt anpassen", folgerte Ella.

„Korrekt. Einzelne von ihnen haben sich sogar in unsere Reihen integriert."

„Und wenn sie anfangen, sich zu vermehren?", fragte Haroon. „Irgendwann sind es so viele, dass sie Gebiete beanspruchen."

„Dazu sind sie nicht in der Lage", entgegnete Commodus.

„Bist du sicher?", hakte Solrik nach.

„Asheroth irrt sich nicht in diesen Dingen."

Dem wollte niemand mehr widersprechen. Trotz der Erleichterung über die Erkenntnis, dass Hybriden keine Abkömmlinge erzeugen konnten, wirkten ein paar der Anwesenden bei der bloßen Erwähnung dieses Namens noch nervöser als zuvor. Sie hatten ihn kennengelernt, als er noch im Besitz seiner Aura gewesen war.

„Wie steht es um die Firma?", fragte Ella. „Gibt es noch Überreste, die eine Bedrohung darstellen?"

„Wir sind dabei, die übrigen Sterblichen aufzuspüren, die zu viel über uns wissen. Der Mann, der die Finanzen der Firma geregelt hat, ist nach Südamerika geflohen. Achilleas geht dem nach."

Die Jaguarfrau neigte den Kopf. „Richte ihm bitte aus, dass er meine Zustimmung hat, falls er zu diesem Zweck mein Hoheitsgebiet betreten muss."

„Ich danke dir." Der Älteste erwiderte ihre Geste. Solrik trat wieder in die Mitte ihres Kreises. Offenbar wollte er zum nächsten Thema überleiten.

„Nun, wie dir und deinem Rat sicher nicht entgangen ist, besitzt eines unserer neuen Oberhäupter... *außergewöhnliche* Fähigkeiten."

Wie er es aussprach, ließ deutlich erkennen, dass ihm Igors Verbindung zur anderen Dimension trotz aller Erklärungen absolut nicht geheuer war. Der Hyänenmann bemerkte, dass seine Begleiter den Atem anhielten. Er selbst konzentrierte sich darauf, Commodus' unergründlichen Blick zu erwidern. Das erschien ihm im Moment wesentlich angenehmer, als die abweisende Mimik der anderen zu ertragen.

„Ich sehe, was Igor von euch unterscheidet", gab der Älteste zur Antwort.

„Tatsächlich?", grollte Haroon leise, aber immer noch hörbar. Solrik reagierte nicht auf ihn, allerdings sah er Igor kurz an, um zu suchen, was Commodus meinte. Da er auch jetzt nichts entdecken konnte, wandte er sich wieder um. „Wie dem auch sei. Da er ein Gestaltwandler ist, ist das allein unsere Angelegenheit. Ich bitte den Ältestenrat der Schatten-wandler dringend darum, nicht auf ihn zu reagieren."

Der Älteste dachte einen Moment darüber nach. Igor hörte, dass sein Onkel unruhig mit dem Fuß scharrte. Verdenken konnte er es ihm nicht. Diese Verhandlung war ohnehin nervenaufreibend gewesen und nun stellte das Nordafrika-nische Oberhaupt diese seltsame Forderung, die für einen Abtrünnigen niemals zur Debatte gestanden hätte.

„Ich werde mich mit meinen Brüdern beraten", sagte Com-modus schließlich.

„Wenn du das für nötig hältst", gab Solrik zurück, wobei seine Höflichkeit ein wenig erzwungen klang. „Möchtest du von deiner Seite noch etwas beitragen?"

„Nur einen Punkt. Vincent hat mich in sein Haus eingeladen, um nach all diesen Jahren einen Friedensvertrag auszu-handeln."

Seine letzten Worte wurden bereits von mehrsprachigem Ge-murmel begleitet. Niemand außer Igor und seinen Begleitern konnte glauben, was der Vampir da sagte. Auch die Gestalt-wandler hatten entsetzliche Konflikte mit den Werwölfen ausgetragen. Friedliches Miteinander schien seit Jahrhun-derten unmöglich.

„Ich möchte offen sein", fuhr Commodus fort. „Ich kann nur vermuten, wie erfolgreich meine Gespräche mit ihm ver-laufen werden. Falls tatsächlich ein Vertrag zustande kommt, der über den jetzigen Waffenstillstand hinausgeht, werden wir euch selbstverständlich einbeziehen."

„Ich werde erreichbar sein", sagte Darius, der sich als erster wieder gefangen hatte. Seine Zusage wunderte Igor nicht im Geringsten, schließlich lag sein Land am nächsten am Gebiet der Werwölfe. Er bot an, sich ebenfalls zu beteiligen, was der Vampirälteste mit einem dankbaren Nicken quittierte.

„Was hat Vincent zu diesem Angebot bewegt, wenn ich fragen darf?" Solrik verschränkte die Hände hinter seinem Rücken.

„Der Angriff der Firma hat sein Rudel um mehr als die Hälfte dezimiert."

„Dem kann er schnell Abhilfe schaffen", merkte Rüdiger abfällig an. Der Älteste hob die Schultern. „Ich fürchte, mehr kann ich dazu nicht sagen. Soweit wir wissen, hat er seitdem niemanden verwandelt."

Seine Aussage minderte die Verwunderung der Anwesenden nicht, aber weitere Fragen kamen nicht auf. Igor vermutete, dass der Ausgleich mit Marcus Vincents Wesen grundlegend verändert hatte, da ihn dieser von seinem Wahn befreit hatte. Allerdings hatte der Panthermann ihm davon im Vertrauen erzählt. Hier würde er diese Information über den Obersten der Werwölfe sicher nicht preisgeben. Solrik dankte allen für ihre Teilnahme und schloss die Versammlung. Während sich die anderen erhoben, warf Commodus Igor einen kurzen Blick zu. Offenbar wollte er ihn noch allein sprechen. Die Vampire verließen den Saal als erste. Dennoch blieb der Hyänenmann an seinem Platz. Niemand brauchte zu wissen, dass sie einander mehr zu sagen hatten. Ella nickte ihm mit einem Lächeln zu, bevor sie mit ihren Begleitern aufbrach. Wahrscheinlich würde er sehr bald wieder von ihr hören. Haroon und Rüdiger gingen gemeinsam und versäumten es nicht, ihn noch einmal geringschätzig anzusehen. Igor ließ ihnen noch ein wenig Vorsprung, dann stand er auf und zog den muffigen Umhang aus.

„In drei Stunden geht noch ein Flieger nach Krasnojarsk", sagte Jason und schaute von seinem Handy auf. „Schaffen wir das?"

„Ja, werden wir", gab Fjodor zurück. Der Hundemann wirkte
überaus erleichtert darüber, dass sie es nun endlich überstanden hatten, und tippte im Gehen weiter auf seinem Display,
um Plätze für sie zu buchen. Als sie den Ausgang des Konferenzzentrums erreichten, sah Igor sich um. Wie erwartet
stand Leyth an der Straßenecke rechts von ihnen.

„Was wollen die noch?", fragte Katinka leise und argwöhnisch.

„Das finde ich gleich heraus. Geht ruhig schon vor zum
Hotel."

„Es kommt nicht in Frage, dass du allein mit ihm redest."
Fjodor bedeutete den anderen, dass sie weiter gehen sollten.
Er selbst blieb beharrlich an Igors Seite, während sie dem
Leibwächter zu einem nahen Hotel folgten. Commodus er-
wartete sie in einer Sitzecke im hintersten Teil der Lobby.
Seine Stirn lag in tiefen Sorgenfalten, als sie ihm gegenüber
Platz nahmen.

„Sie fürchten dich wesentlich mehr, als ich angenommen
hatte", sagte er ohne erneute Begrüßung. „Diese Art von Forderung habe ich leider nicht kommen sehen."

„Ich bin mir ehrlich gesagt nicht ganz sicher, was Solrik
damit bezweckt", gestand Igor.

„Ich denke, er will dich isolieren. Hätte ich sofort abgelehnt,
hätte ich damit offenbart, dass wir in Verbindung stehen."
Der Älteste lehnte sich ein wenig zurück. „Und ich wollte dir
nicht noch mehr Feinde in diesem Saal schaffen."

„Dafür sind wir sehr dankbar", sagte Fjodor. „Letzten Endes
werdet ihr zustimmen müssen, nicht wahr?"

Igor dämmerte mittlerweile, dass die Vampire dies tun mussten, wenn sie sich aus einem Konflikt wegen seiner Fähigkeiten heraushalten wollten. Was würde Jasmina wohl davon
halten?

„Asheroth wird es vermutlich so sehen, Achilleas' Meinung ist weniger berechenbar. Ich werde Solrik mitteilen, dass wir erst bei der nächsten Versammlung, an der wir teilnehmen, Stellung beziehen werden. Das verschafft dir hoffentlich noch etwas Zeit, wenigstens deine direkten Nachbarn von dir zu überzeugen."

„Danke, Commodus. Das weiß ich zu schätzen."

13. Rückkehr

Einige Stunden später betraten sie kurz vor dem Morgengrauen ihr Quartier. Mehr als die Hälfte des Clans kam ihnen in der Eingangshalle entgegen, um zu erfahren, wie die Verhandlungen bezüglich Shaquan gelaufen waren. Okon befand sich überraschenderweise nicht unter ihnen. Nachdem Timur berichtet hatte, herrschte Erleichterung aber auch ein wenig Skepsis, ob die Antilopenmänner sich an ihre Zusage halten würden.

„Er wird es nicht wagen", sagte Fjodor mit einem Kopfschütteln und hängte seinen Mantel auf. „Er würde den erbärmlichen Rest seines Ansehens auf vier Kontinenten verlieren und selbst Rüdiger und sein Polar-Clan wären ausnahmsweise auf unserer Seite."

Dem konnte Igor nur beipflichten. Im Stillen entschied er, den Clan noch nicht über Solriks Forderungen ihm und Commodus gegenüber aufzuklären. Über diese Dinge wollte er erst noch ein wenig nachdenken, nachdem er sich mit Charlotte auseinandergesetzt hatte. Den meisten genügte Timurs Bericht ohnehin und sie verließen die Halle oder bereiteten ihre nächste Patrouille vor. Katinka ging auf Felicia und Rebecca zu, um ihnen von dem in ihren Augen absurden Angebot der Südafrikaner zu erzählen. Valeska gesellte sich ebenfalls zu ihnen.

„Wäre ich an deiner Stelle dabei gewesen, hätten sie bestimmt nicht gefragt", sagte die Rabenfrau und bleckte die Zähne. „Krieger will jeder, Späher sind eher verzichtbar."

„Ich fürchte, sie hätten jede von uns als Bezahlung für dieses Bündnis angenommen", gab Katinka zurück. „Es herrscht Frauenmangel in den Clans."

Valeska schüttelte sich angewidert, woraufhin Jason sie von hinten umarmte und sein Kinn auf ihrer Schulter ablegte. „Keine Sorge, dich gebe ich nie wieder her."

„Du alter Romantiker", feixte Felicia. „Aber je mehr von uns gebunden sind, desto weniger dubiose Angebote wird Igor sich anhören müssen. Egal, wie hoch der Mangel in anderen Clans sein mag."

„Warum schließen sich ihnen bloß keine Einzelgängerinnen an, wenn sie in ihnen ausschließlich eine Quelle für Kinder und somit mehr Macht für den Clan sehen", merkte Rebecca sarkastisch an. Dann strich sie mit den Fingerspitzen über ihre Bauchdecke. Igor sah ihre Geste nur im Augenwinkel, da er sich schon beinahe auf dem Korridor zum Keller befand. Nun wandte er sich noch einmal um, was der Hundefrau natürlich nicht entging. Sie warf ihm einen sehr angespannten Blick zu, doch bevor sie etwas sagte, legte Timur die Arme um sie und küsste sie auf den Haaransatz.

„Du konntest es schon riechen, bevor ihr euren Ausflug nach Kiew angetreten habt, oder?", fragte Rebecca. Ihr Gefährte bejahte. „Ich dachte es mir, wollte dich aber nicht bedrängen."

Igor näherte sich ihnen behutsam. Obwohl sie sich aus freien Stücken für Timur entschieden hatte, schien der ehemals abtrünnigen Hundefrau nicht ganz wohl bei dem Gedanken zu sein, innerhalb des Clans ein Kind zu bekommen. Je näher er ihr kam, desto deutlicher nahm er ihren veränderten Geruch wahr. Tatsächlich schien sie nicht die einzige Quelle zu sein, dafür war der Duft ein wenig zu stark.

„Du hast überlegt, ob du uns verlässt, nicht wahr?", fragte er. Sie presste die Lippen aufeinander und nickte ruckartig. Ihr Gefährte hielt vor Entsetzen den Atem an. Valeska schaute verständnislos von einem zum anderen, Katinka und Felicia wirkten besorgt.

„Er oder sie wird wie ich ein Hund sein. Ein treuer Wächter", sagte Rebecca.

„Es hängt wohl auch davon ab, wie ihr euer Kind erzieht. Mir wäre es in jedem Fall lieber, wenn ihr bleibt."

Alles andere würde Timur innerlich zerreißen, aber das brauchte Igor seiner Gefährtin wohl kaum zu erklären. Rebecca musterte ihn einen Moment, dann ergriff sie Timurs Hand und setzte sich mit ihm in Bewegung. Offenbar würde sie ihm ihre endgültige Entscheidung später mitteilen.

„Das gilt natürlich auch für euch beide", sagte Igor an Valeska und Jason gewandt. „Solange ihr bleibt, kann der Clan euch beschützen."

Die Begabte sah ihn verwirrt an. „Was?"

„Du riechst weniger stark danach als Rebecca, aber vermutlich bist du *schon ein paar Tage drüber*, wie die Menschen heute dazu sagen", antwortete Felicia an Igors Stelle, wofür er ihr dankbar war. Ihm wäre diese passende Antwort nicht sofort eingefallen.

„Das kann auch so mal vorkommen, das heißt gar nichts!" Valeska schob Jason von sich und marschierte zur Treppe. Er sah ihr besorgt nach.

„Es tut mir leid, wenn ich ihr zu nahe getreten bin, aber es ist schon recht eindeutig, oder?", fragte die Rabenfrau leise. Jason schob die Hände in die Hosentaschen. „Nun… zuerst musste sie sich von der Firma und ihren Experimenten erholen, sie hat sich gerade bei uns eingelebt und sie ist erst 21… Ich glaube, sie will noch nicht an ein Baby denken."

„Dann solltest du jetzt dringend mit ihr reden", sagte Katinka.

„Ja, du hast recht."

Trotzdem stieg Jason die Treppe nur langsam hinauf, als müsste er noch sehr gründlich über seine Worte nachdenken. Igor konnte es ihm nicht verübeln.

„Wenn ein Kind einfach mal nur ein Grund zur Freude ist, sollten wir das gebührend feiern", murmelte Felicia, sodass nur Katinka und Igor es hören konnten.

„Da stimme ich dir voll und ganz zu", sagte der Hyänenmann. Am liebsten hätte er Rebecca und Valeska von Herzen gratuliert, aber in beiden Fällen war dies zum jetzigen Zeitpunkt nicht angemessen, wenn auch aus verschiedenen Gründen.

„Du warst eigentlich auf dem Weg zu Charlotte, richtig?" Katinkas Stimme riss ihn aus seinen Gedanken. Er bejahte und setzte sich wieder in Bewegung. Die Schlüssel für die Zellentüren und Ketten wurden in einem schmiedeeisernen Kasten neben der Kellertreppe aufbewahrt. Als Igor zum ersten Mal einen Blick hinein geworfen hatte, hatte er weniger Staub und Rost als erwartet vorgefunden. In der Hoffnung, ihn so schnell nicht noch einmal benutzen zu müssen, nahm er den passenden Schlüsselbund heraus. Katinka und Felicia folgten ihm mit ein paar Schritten Abstand in den Keller und schließlich auf den hintersten Korridor, der zu den Verliesen führte. Charlotte lag auf dem nackten Steinboden auf der Seite und schlief. Erst als Igor sich geräuschvoll räusperte, schlug sie die geröteten Augen auf. Noch fand sie nicht den Elan, sich aufzusetzen.

„Ich habe entschieden, dich frei zu lassen. Du darfst bleiben."

Sie starrte ihn an, als traute sie ihren Ohren nicht. Igor öffnete die Zellentür. „Auf der Versammlung musste ich von dem Gift erzählen. Außerhalb des Clans weiß niemand, dass du die Spionin warst und es uns ausgehändigt hast. Sorg in

180

deinem eigenen Interesse dafür, dass es so bleibt. Shaquan musste wegen dieser Sache einen seiner Männer verstoßen." Charlotte nickte stumm und hielt ihm nacheinander ihre Handgelenke hin, damit er sie von den Ketten befreien konnte. Anschließend zog er sie auf die Füße. Sie schwankte ein wenig, während sie auf den Korridor hinaustrat. Katinka verschränkte die Arme vor der Brust. „Ich bin froh über seine Entscheidung, aber ich werde dich im Auge behalten."

„Klingt fair", gab Charlotte zurück und wischte eine Träne mit dem Handrücken fort. Felicia berührte sie am Arm. „Erst einmal brauchst du ein warmes Bad. Komm mit."

Ihre Antwort ging in einem heiseren Schluchzen unter. Zu viert verließen sie den eisig kalten Keller. In der Eingangshalle trafen sie auf Fjodor. Er würdigte Charlotte keines Blicks, während die Frauen an ihm vorbeigingen. Bis er über seine Enttäuschung und seine Wut hinweg war, würde es wohl noch eine ganze Weile dauern. Igor hatte entschieden, sich nicht einzumischen. Ihre Beziehung ging ihn nichts an.

„Hast du mittlerweile Okon gesehen?", fragte er seinen Onkel stattdessen. „Ich hätte erwartet, dass ihn unsere Rückkehr interessiert."

„Nein, er ist hier nirgendwo."

Der Hyänenmann lauschte konzentriert, doch er konnte lediglich Melissas Stimme in der ersten Etage ausmachen, ihren Gefährten nicht. Allerdings nahm er etwas anderes wahr, nun da seine Gestaltwandler ihn weit weniger direkt umgaben. Es handelte sich um eine Art Präsenz, die er zuvor noch nie gespürt hatte.

„Stimmt etwas nicht, Neffe?"

„Ich weiß nicht…" Igor durchquerte die Halle und stieg die Treppe hinauf. Fjodor folgte ihm, bis sie Okons und Melissas Zimmer erreichten. Dieses Mal öffnete er die Tür, ohne zu klopfen. Melissa sah erschrocken zu ihm auf. Sie saß gerade mit Olga auf dem Bett und kämmte ihre wilden Locken aus.

„Was hat Okon gesagt, bevor er gegangen ist?", fragte Igor.

„Ich, ehm…", sagte die Begabte stockend.

„Wenn er dich gebeten hat, nichts zu verraten, vergiss es! Er könnte gerade in höchster Gefahr schweben!"

Sie biss sich kurz auf die Unterlippe. „Er wollte den nördlichen Patrouillenpfad nehmen und meinte, es könnte länger dauern als üblich. Ich solle mir keine Sorgen machen."

„Ist er allein?", fragte Igor, wobei es ihm nicht gelang, seine Anspannung zu verbergen. Die seltsame Präsenz schien an Stärke zu gewinnen.

„Quentin hat ihn begleitet, soweit ich weiß." Melissa legte den Kamm weg. „In welchen Schwierigkeiten stecken sie jetzt schon wieder?"

„Wenn ich es bloß benennen könnte." Er machte auf dem Absatz kehrt und verließ das Quartier. Sein Onkel blieb nach wie vor an seiner Seite. Erst als sie den Vorplatz hinter sich gelassen hatten, fragte Fjodor, was geschehen war.

„Wie soll ich es dir beschreiben?", setzte Igor unschlüssig an. „Es fühlt sich an, als wäre uns die andere Dimension gerade ein wenig näher als sonst."

„Wie ist das möglich?"

„Wir müssen es herausfinden. Wenn ich sage, zieh dich zurück, tust du es!"

Trotz des Nachdrucks in seiner Stimme bejahte sein Onkel dies nur zögerlich. Sie liefen den Patrouillenpfad nach Norden ab, wobei Fjodor vorausging. Dichte Wolken schoben sich vor die aufgehende Sonne. Es roch, als würde es bald wieder schneien. Igor erschauderte, als sie ein kalter Windstoß erfasste. Okon musste hier draußen ebenso frieren. Vermutlich hatten er und Quentin irgendwo Schutz gesucht.

Fjodor nahm seine Hundegestalt an, um nach Spuren zu suchen. Sie waren bereits einige Kilometer vom Quartier entfernt, als sie vom Patrouillenpfad abwichen. Den Geräuschen nach mussten sich irgendwo in der Nähe Bahngleise befinden. Ein scheinbar verlassenes Bahnhofsgebäude kam in Sicht. Die Tür des angebauten Schuppens war nur angelehnt. Sie knarrte bedenklich, als Igor sie aufschob. Die ohnehin schwache Glühbirne unter der Decke des Schuppens flackerte. Quentin schaute ihn aus dem Halbdunkeln verunsichert an. Er saß auf einem Hocker neben einer Pritsche. Darauf lag Okon. Er atmete extrem flach, aber gleichmäßig. Sein Puls ging langsamer als gewöhnlich.

„Wie lange geht das schon so?", wollte Igor wissen. Der Bärenmann hob unschlüssig die Arme. „Wir sind seit zwei Tagen hier, erst hat er nur ruhig da gesessen. Irgendwann vorgestern Abend bin ich kurz draußen gewesen und als ich zurückkam, war er wie weggetreten."

„Also ist er tatsächlich in der anderen Dimension?", fragte Fjodor. „Wie hat er das ganz allein geschafft?"

Igor rieb die Hände an seiner Hose ab. Dann ging er nahe genug an Okon heran, um seine Schläfe mit den Fingerspitzen zu berühren. Die Schwingungen zwischen den Dimensionen, die er als Präsenz wahrgenommen hatte, beruhigten sich langsam. Okons Geist fühlte sich um einiges stabiler an, als nach dem Kampf gegen Charlottes alte Gruppe und die Oryxe. Allerdings war er noch ein Stück von der realen Welt entfernt und schien sich gerade nicht zu bewegen. Wie weit sein Weg noch war, vermochte Igor nicht zu sagen. In den letzten drei Monaten hatte er hin und wieder den Eindruck gehabt, dass der Hundemann sich veränderte. Er hatte es darauf geschoben, dass sich Okons Persönlichkeit in der Gruppe weiterentwickelte und er seine zweite Gestalt mehr nutzte, als je zuvor in seinem Leben. Aber da hatte Igor sich wohl geirrt. Indem er ihn während der letzten Schlacht gegen die Firma versehentlich mit über die Dimensionsgrenzen gezerrt hatte, hatte er Okon den Weg geebnet. Danach war vor allem Willenskraft von Nöten gewesen, um die andere Dimension zu erreichen. Anders konnte er es sich nicht erklären.

„Neffe?", fragte Fjodor, da er immer noch nicht geantwortet hatte.

„Ich fürchte, ich habe meinen Anteil daran", gab Igor leise zurück und erzählte von dem Unfall. „Ich habe gehofft, dass es keine Konsequenzen für Okon geben würde."

„Auch wenn du es nicht mit Absicht getan hast, könnte das nach deinem Versprechen auf der Versammlung zum Problem werden", merkte sein Onkel an.

„Denkst du, das weiß ich nicht?"

Aufgrund seines gereizten Tonfalls hob Fjodor entschuldigend die Arme. Quentin schienen schon die ganze Zeit zahllose Fragen auf der Zunge zu liegen, aber er mischte sich nicht in ihr Gespräch ein. Igor atmete tief durch und streckte erneut die Hand nach Okons Kopf aus. Trotz des Argwohns der anderen Oberhäupter hoffte er inständig, dass sein Freund es überleben würde. Offenbar setzte er seine Reise fort. Nun war er so nah, dass Igor eine Art Echo von dem wahrnahm, was Okon gerade vor sich sah. Zuerst nur einen Umriss, dann ein Gesicht. Da es sich vermutlich um Melissa handelte, zog er seine Hand zurück.

„Was spürst du?", fragte Quentin vorsichtig aber auch fasziniert.

„Er bewegt sich wieder auf uns zu."

„Das ist doch gut, oder?", hakte der Bärenmann nach. Igor bejahte, trat ein paar Schritte zurück und lehnte sich gegen den Tisch, auf dem ein paar verstaubte Notizbücher und ein rostiger Metallbecher standen. Einige Minuten herrschte Stille, bis ein Zug auf den nahen Gleisen vorbeidonnerte. Nachdem die leichten Erschütterungen des Bodens nachgelassen hatten, überkam den Hyänenmann erneut das Gefühl, dass unregelmäßige Schwingungen von der anderen Dimension ausgingen. Dieses Mal reichten sie allerdings kaum bis zu ihm, obwohl er nur wenige Meter von Okon entfernt war. Plötzlich verschwanden sie völlig. Darauf folgte ein Impuls, bei dem sich die feinen Härchen auf seiner Haut aufstellten.

„Ist etwas passiert? Er atmet anders." Quentin streckte die Hand nach Okons Arm aus.

„Fass ihn noch nicht an", sagte Igor. Die Rückkehr in die reale Welt war auch dann schwierig genug, wenn einem erst Zeit blieb, sich zu orientieren. Der Hundemann schnappte nach Luft und begann, zu husten. Mühsam rollte er sich auf die Seite und fiel dabei fast von der Pritsche. Quentin wollte ihn nur auffangen, doch Okon schlug panisch nach ihm, sobald er ihn berührte. Unverständliche Laute drangen aus seiner Kehle. Der Bärenmann war gezwungen, seine Handgelenke festzuhalten, um ihn zu bändigen. Es dauerte noch einige Sekunden, bis Okon ihn wiedererkannte und seinen Widerstand aufgab.

„Alles in Ordnung, mein Freund?", fragte Quentin.

Statt zu antworten, sah der Hundemann zu Igor. Er konnte seine Miene nicht recht deuten, nur eins stand fest. Okon bereute nicht im Geringsten, entgegen seiner dringenden Empfehlung die Reise gemacht zu haben.

„Ja, es geht schon. Entschuldige, ich wollte dich nicht verletzen", sagte er mit heiserer Stimme und setzte sich auf.

„Ist nur ein Kratzer." Der Bärenmann winkte gelassen ab. „Ich bin nur froh, dass du endlich wach bist. Je länger dieser komaartige Schlaf angehalten hat, desto unheimlicher wurde es."

„Wie lange war ich weggetreten?", fragte Okon. Er fühlte sich immer noch etwas benebelt, wenigstens konnte er mittlerweile wieder scharf sehen.

„Etwa 36 Stunden."

Quentin half ihm bereitwillig auf und trat anschließend zur Seite, als wollte er Igor Platz machen. Doch ihr Oberhaupt lehnte immer noch mit verschränkten Armen an dem alten Tisch und musterte ihn eindringlich.

„Meinst du, es hat eine Bedeutung, wie lange es dauert?", fragte der Hundemann und versuchte, einen unverfänglichen Ton zu treffen. Irgendetwas schien Igor sehr zu beunruhigen. Er zuckte mit den Schultern. „Je länger, desto höher die Wahrscheinlichkeit, dass der Reisende nie zurückkehrt. Fühlst du dich schon so gut, dass ich... mir den Zustand deines Geists näher ansehen kann?"

Okon trat ihm zuversichtlich gegenüber. Wie beim letzten Mal verstand er nicht genau, was Igor tat, wenn er die Hand nach seinem Kopf ausstreckte. Allerdings spürte er seine Gegenwart deutlicher als je zuvor. Nach wenigen Sekunden atmete sein Oberhaupt erleichtert auf. „Bist du erschöpft?"

„Ja... und das obwohl ich so lange geschlafen habe."

„Eine Verletzung kann ich zum Glück nicht feststellen. Aber wir sollten das im Auge behalten."

Der Hundemann nickte. „Wenn du das sagst."

„Lasst uns jetzt nach Hause gehen. Melissa macht sich bestimmt Sorgen, seit ich sie wegen deiner Abwesenheit ausgefragt habe", sagte Igor und gab Fjodor einen Wink, als wollte er, dass sein Onkel und Quentin ein Stück voraus gingen. Er hatte die ganze Zeit über stumm neben der Tür gelehnt und sie angestarrt. Auch ihn beschäftigte offenbar etwas. Quentin wirkte wenig begeistert, als auch ihm klar wurde, dass Igor ihn bei dem folgenden Gespräch nicht dabei haben wollte, doch er fügte sich.

„Haben wir meinetwegen Krieg mit Shaquan?", fragte Okon leise, als die beiden einige hundert Schritte vor ihnen durch den Schnee stapften.

„Nein, das nicht." Sein Oberhaupt fasste für ihn zusammen, wie Shaquan sich entschieden hatte.

„Was haben wir dann für ein Problem?"

„Die meisten, die auf dieser Versammlung waren, fürchten sich jetzt vor mir, weil sie nicht wissen, wozu meine Fähigkeiten gut sind. Deshalb haben sie mir verboten, meinen Clan-Mitgliedern die Reise zu ermöglichen. Dass du sie angetreten hast, könnte zu einem neuen Konflikt führen."

„Aber du hast mich nicht geschickt, ich habe es allein über die Grenze geschafft", hielt Okon dagegen. „Hin und zurück."

„Das weiß ich, aber Haroon und Rüdiger würden mir das nie glauben." Igor fuhr sich unwirsch durchs Haar. „So, wie sie sich auf der Versammlung benommen haben, suchen sie nur nach einem Vorwand, um uns anzugreifen. Bis sich unsere Beziehungen entspannt haben, werden wir deine Reise geheim halten müssen. Mindestens."

„Was bedeutet das konkret für mich?", fragte Okon entsetzt. „Stehe ich unter Hausarrest?"

Sein Oberhaupt schüttelte den Kopf. „Das wäre wiederum übertrieben. Aber ich werde dich nicht zu diplomatischen Gesprächen mitnehmen können. Im Grunde, egal mit wem. Und wenn wir Gäste empfangen, bist du idealerweise nicht im Haus. Niemand darf spüren, dass du jetzt anders bist."

Der Hundemann schob die Hände in die Taschen. Seit Sergejs Tod hatte er sich nichts mehr gewünscht, als seinen Platz im Clan zu verstehen und ihm gerecht werden zu können. Während seiner Reise war er zu der Erkenntnis gelangt, dass auch er ein Beschützer und somit ein Wächter war, aber nun gefährdete er seine Freunde durch eben jene Reise. Das ergab keinen Sinn.

„Tut mir leid", sagte Igor und riss ihn damit aus seinen Gedanken.

„Ich wünschte, ich könnte einfach nur froh darüber sein, dass du es überlebt hast, aber unsere Welt ist nun einmal komplizierter."

„Mir tut es auch leid. Ich hatte keine Ahnung, in welche Schwierigkeiten ich uns damit bringe."

„Sag mir, wenn sich dein Gespür für den Geist ändert. Ich kann dir noch nicht sagen, was mit dir passiert, aber es wird anders sein als bei mir. Da bin ich sicher."

„Ja, klar", versprach Okon.

Am Abend betrat Igor die Bibliothek und schloss die Tür hinter sich. Er hatte den Tag abgewartet, bis alle ausgeschlafen hatten, und sie erst dann über die neue Situation aufgeklärt. Die Tatsache, dass Okon die Reise ohne ihn gelungen war, hatte für einige Überraschung im Clan gesorgt. Solriks Drohung gegenüber Igor hatten seine Gestaltwandler hingegen recht gefasst aufgenommen. Als hätten sie früher oder später mit einer solchen Entwicklung gerechnet, seit sie ihn zum Oberhaupt gewählt hatten. Während ihrer kurzen Versammlung im Saal hatte niemand offene Vorwürfe gegen Okon geäußert, aber diese würden sehr wahrscheinlich noch kommen, falls die von Solrik genannten Konsequenzen näher rückten. Igor setzte sich mit einem müden Seufzen auf die Lesecouch. Zumindest herrschte Einstimmigkeit darüber, dass sie Okons Reise so lange wie nur irgend möglich geheim halten würden. In einer einzigen Sache wollte er allerdings mit offenen Karten spielen. Er zog sein Handy hervor und tippte die Telefonnummer ein, die sie vom Südamerikanischen Clan hatten. Es dauerte eine Weile, aber schließlich fragte ihn eine männliche Stimme auf Spanisch, wer er war. Nachdem er geantwortet und darum gebeten hatte, mit Ella zu sprechen, legte der Gestaltwandler auf. Irritiert sah der Hyänenmann auf das Display. Auch wenn sie ihm nicht entgegenkamen, konnte er doch mit ein wenig mehr Höflichkeit rechnen. Kaum eine halbe Minute später wurde Igor von einer Handynummer zurückgerufen.

„Hallo", sagte er schlicht.

„Hier ist Ella. Entschuldige, meine Leibwächter sind manchmal etwas schroff, wenn jemand am späten Morgen anruft und damit die jüngeren weckt."

Ihm wurde erst jetzt bewusst, dass sie eine immense Zeitverschiebung voneinander trennte. Es mussten elf oder sogar zwölf Stunden sein, je nachdem wo sich ihr Hauptquartier befand.

„Aber jetzt bin ich außer Hörweite", fuhr die Jaguarfrau munter fort. Im Hintergrund war das Geschrei von Vögeln zu hören, die mit Sicherheit nur in ihrem Dschungel vorkamen.

„Was verschafft mir die Ehre?"

„Ich hatte auf der Versammlung nicht die Gelegenheit, dir noch etwas mitzuteilen."

Hoffentlich merkte sie ihm nicht an, dass er bis zum vergangenen Morgen selbst noch nicht geahnt hatte, was er mit einem Übergang in die andere Dimension anstoßen konnte, und gerade ein wenig log, um Okon zu schützen.

„Mach es nicht so spannend", forderte Ella mit einem ironischen Unterton.

„Wie soll ich es ausdrücken… Da dein Geist schon einmal in der anderen Dimension war, wäre der Weg dorthin jetzt leichter zu finden und du könntest die Reise aus eigener Kraft antreten."

„Diese halbe Sekunde soll dafür gereicht haben?", gab sie skeptisch zurück.

„Ja, bitte verzeih. Ich hätte dich warnen sollen."

Wenn er es bloß schon gewusst hätte. Vielleicht hätte dies die Forderung nach einer Demonstration seiner Fähigkeiten abgeschwächt. Einen Augenblick herrschte Schweigen, abgesehen von den zahlreichen Vogelstimmen an ihrem Ende der Leitung.

„Halb so wild", sagte Ella schließlich. „Jetzt weiß ich es ja und aus Versehen wird mir das nicht passieren, oder?"

„Nein, das ganz sicher nicht." Igor schüttelte sogar den Kopf, obwohl sie ihn nicht sehen konnte.

„Falls du dir Sorgen um mich machst, kann ich dir verraten, dass ich es nicht ausprobieren werde."

„Was macht dich so sicher?"

Ihr Tonfall ließ im Grunde keine Zweifel zu, dennoch wollte er nachhaken.

„Die andere Dimension braucht mir nicht zu zeigen, wer ich bin. Das weiß ich auch so", sagte sie freimütig. „Außerdem bin ich von Splittergruppen umzingelt, die mich nur deshalb nicht gemeinsam angreifen, weil sie untereinander verfeindet sind. Wenn sie mich dermaßen fürchten, wie Haroon und Rüdiger dich fürchten, schließen sie sich zusammen. Nichts für ungut, aber das würde ich doch gern vermeiden."

Obwohl auch sie ernsten Bedrohungen gegenüberstand, schien Ella nicht allzu schnell ihren Sinn für Humor zu verlieren. Igor lehnte sich erleichtert auf dem Sofa zurück.

„Du hast mich überzeugt."

„Gut. Ich melde mich wieder, wenn meine Lage etwas sicherer ist. Dann unterhalten wir uns nochmal persönlich."

„Wie du wünschst."

14. Finanzier

Achilleas stieg aus dem Auto. Er war vom Flughafen von Bogota aus gute zwei Stunden zu den Koordinaten gefahren, die Batiste ihm geschickt hatte. In dieser kolumbianischen Kleinstadt hatte Hugh den Mann aufgespürt, der die Gelder der Firma koordiniert hatte. Sein Leibwächter erwartete ihn an der nächsten Straßenecke. Gemeinsam betraten sie eins der einfachen Lehmhäuser des Viertels, das bis auf ein paar verfallene Regale leer stand. Hugh saß mit seinem Laptop neben der Leiter, die aufs Dach führte.

„Er hat sich Zugriff auf die Überwachungskameras unseres Freundes verschafft", erklärte Batiste. „Keith ist oben und beobachtet das Haus."

„Was kannst du sehen?", wollte der Älteste wissen.

„Nur ein Tor in der Mauer, die das Anwesen umgibt, zwei Zugänge zum Haus, wenn wir von den Fenstern absehen, bis jetzt dreizehn Wachen mit vollautomatischen Waffen und vier Hunde, die mit Sicherheit abgerichtet sind." Er sah von seinem Bildschirm auf. „Ich würde auf professionelle Söldner tippen, aber keine Hybriden."

„Das kannst du beurteilen, ohne sie zu hören oder zu riechen?", gab Batiste skeptisch zurück.

„Es ist die Art, wie sie sich bewegen." Hugh zuckte mit den Schultern. „Wir haben übrigens Besuch bekommen."

Das hatte Achilleas trotz des Lärms, den die Sterblichen selbst mitten in der Nacht verursachten, bereits wahrgenommen. Er stieg gefolgt von Batiste über die Leiter aufs Dach. Von hier konnte man ungehindert zu dem kleinen Anwesen des Finanziers hinauf sehen. Im Gegensatz zu den meisten Häusern in der Umgebung bestand es aus massivem Stein. An der linken Seite schloss sich ein Turm an das Wohnhaus an. In den vergitterten Fenstern hingen Vorhänge, sodass kaum Licht nach außen drang. Die Wachen patrouillierten in Zweierteams mit Taschenlampen und Hunden um die Außenmauer. Das einzige Tor lag auf der ihnen zugewandten Seite.

„Ich grüße euch", sagte Ravenna leise und nickte dem Ältesten respektvoll zu. Er erwiderte ihre Geste, woraufhin sie neben Keith in die Hocke ging und interessiert seiner Blickrichtung folgte.

„Sind wir sicher, dass er zu Hause ist?", fragte Achilleas.

„Sofern er keinen geheimen Tunnel nach draußen besitzt, ja", antwortete Keith. Der Scharfschütze lag mit seinem Gewehr so nah am Rand des flachen Dachs, wie nur möglich, ohne von der Straße aus gesehen zu werden.

„Nach menschlichen Maßstäben sind sie vorbereitet, wenn man von der mangelnden Ausleuchtung des Anwesens absieht", ergänzte Batiste. „Und sie sind nervös. Sie lassen ihren Boss und seine Gefährtin vom Haus zum gepanzerten Auto und wieder zurückgehen, ansonsten bekommt man ihn nicht zu Gesicht."

Achilleas nickte bedächtig. Dann zog er sein Handy aus der Jackentasche, da er während der Fahrt neue Nachrichten empfangen hatte.

„Kein Licht!", zischte Keith.

„Können sie uns im nächtlichen Treiben der Stadt etwa sehen?", fragte der Älteste skeptisch.

„Die normalen Wachen nicht, aber ich bin mir relativ sicher, dass sich ein Schütze auf dem Turm befindet, der permanent die Umgebung absucht. Wenn ich recht habe, hat er uns nur noch nicht entdeckt, weil es in diesem Straßenabschnitt keine funktionierenden Laternen gibt."

„Verstanden." Er schob das Gerät zurück in seine Tasche. „Kannst du ihn von hier erwischen?"

„Leider nein, dafür ist er zu gut abgeschirmt. Ich sehe nur hin und wieder eine Reflexion in seinem Visier."

Achilleas suchte die oberste Plattform des Turms angestrengt mit den Augen ab. Er entdeckte den Schützen erst, als dieser sich bewegte und besagte Reflexion für einen Wimpernschlag aufblitzte. In seinem Schutzwall gab es im Grunde nur Aussparungen für sein Gewehr.

„Wie werden wir ihn los, wenn wir das Überraschungsmoment auf unserer Seite behalten wollen, Herr Experte?", fragte Batiste ungeduldig.

„Mit einem Angriff von oben wird er nicht rechnen, oder?", fragte Ravenna. Keith wandte ihr überrascht das Gesicht zu. „Sehr unwahrscheinlich."

„Dann gebt mir ein paar Minuten Vorsprung. Ich werde einen weiten Bogen fliegen, um hoch genug zu kommen."

„Danke, Ravenna." Achilleas machte ihr Platz, damit sie Anlauf nehmen konnte. Die Menschen auf der Straße erschraken vor ihrem Umriss am dunklen Himmel, hatten ihren Gesprächen nach zu urteilen aber nicht erkannt, dass tatsächlich ein Adler über sie hinweg geflogen war. Letztendlich taten sie es als Einbildung ab. Der Älteste und seine beiden Leibwächter warteten trotzdem ab, bis sie weiter gegangen waren, bevor sie das Dach verließen. Gemeinsam mit Hugh machten sie sich auf den Weg zu dem Anwesen, welches auf dem höchsten Punkt der Stadt lag.

„Wie hat die Adlerfrau uns hier überhaupt gefunden?", wollte Achilleas wissen.

„Sie hat mir gestern geschrieben, dass sie eine alte Bekannte in Ecuador besucht." Keith rückte den Gurt seines Gewehrs zurecht. „Ich habe sie nicht direkt eingeladen, nur geantwortet, dass wir gar nicht so weit weg sind."

„Und wo genau", ergänzte Batiste.

„Hätte ich das nicht tun sollen?", fragte der Scharfschütze verunsichert. „Davon war während Leyths Ausbildung noch nicht die Rede."

„Da Ravenna vertrauenswürdig ist, sehe ich dieses Mal kein Problem darin. Aber sprich bei der nächsten Gelegenheit mit mir, bevor du unseren Standort preisgibst", sagte Achilleas. Keith nickte gehorsam. Nach wenigen Minuten in menschlichem Tempo erreichten sie die Straße, die zu dem Anwesen hinauf führte, und gingen hinter einem geparkten Lastwagen in Deckung. Der Älteste schloss die Augen, um konzentriert zu lauschen. Hughs Einschätzung über die menschlichen Wachen erwies sich als korrekt. Kein verdächtiger Herzschlag war zu hören. Zwei Männer standen am Tor, vier weitere patrouillierten um die Mauer. Keith behielt von seinem Posten aus den Turm des Anwesens im Auge.

„Da ist sie", flüsterte er. „Schütze erledigt."

„Batiste und ich nehmen den Vordereingang. Ihr übernehmt die vier Männer, die sich außerhalb der Mauern befinden. Verjagt die Hunde einfach, das geht am schnellsten", befahl Achilleas. „Und seid leise."

Die Hybriden verschwanden zwischen den Häusern, um von den Wachen am Tor nicht gesehen zu werden. Er selbst und Batiste marschierten direkt auf die beiden Männer zu. Sobald sie die Vampire sehen konnten, hoben sie ihre Waffen und riefen ihnen Drohungen entgegen. Normalerweise wäre der Älteste nun zum Angriff übergegangen, aber da zahlreiche Menschen in der Nähe waren, griffen sie auf die lähmende Kraft ihrer vampirischen Augen zurück. Die Wachen verstummten und leisteten keinerlei Widerstand, als sie sie rückwärts durch das Tor drängten. Die vier Männer im Innenhof eröffneten das Feuer, ohne Rücksicht darauf, dass Achilleas und Batiste ihre Kameraden als Schutzschilde benutzten. Blitzschnell rammten sie die ersten beiden, die es nicht schafften, hinter den großen Holzkisten in Deckung zu gehen. Obwohl die Vampire sich sofort wieder aus ihrem Sichtfeld entfernten, schossen die übrigen zwei Söldner einfach weiter, bis die Magazine ihrer Waffen leer waren. Der Älteste hockte hinter dem gepanzerten Auto des Finanziers und lauschte. Während sie versuchten, die Magazine zu wechseln, diskutierten die Männer panisch, was da überhaupt auf sie zugekommen war. Ein dumpfes Geräusch wie von einem Aufschlag auf dem gepflasterten Boden ließ sie plötzlich verstummen. Achilleas wagte einen Blick über die Motorhaube. Offenbar hatte Keith eines seiner Opfer in den Hof geworfen. Im nächsten Moment erschien er samt dem zweiten Wachmann über der Schulter auf der drei Meter hohen Mauer. Die Sekunden, die die übrigen Söldner ängstlich zu ihm hinaufstarrten, reichten Batiste völlig, um aus seiner Deckung heraus anzugreifen. Er brach dem Söldner, den er zuerst erreichte, schlicht das Genick. Den letzten erledigte Ravenna erneut aus dem Sturzflug, obwohl sie sich nur vom Turm hatte fallen lassen. Für einen Sterblichen reichte die Wucht ihres Aufschlags. Anschließend erhob sie sich in ihrer menschlichen Gestalt. Achilleas schloss zu ihnen auf. Vor ihnen lag nun die Eingangstür zum Wohnhaus.

„Schnell weiter", flüsterte Keith, während er den leblosen Körper des Söldners zu den anderen legte. „Bei dem Lärm hat garantiert schon jemand die Polizei gerufen."

„Wo bleibt Hugh?", fragte Batiste und hastete am Haus vorbei. Sobald er um die Ecke sehen konnte, schnaubte er verärgert und winkte ihn energisch zu sich heran. Dann wandte er sich wieder ab und kehrte zu Achilleas und den anderen zurück. Hugh lief eilig hinter ihm her, wobei er sich Blut vom Kinn wischte. Es musste von den Wachmännern stammen, die er überwältigt hatte. Keith schüttelte missbilligend den Kopf, weshalb Hugh betreten den Blick senkte. Das würde ein Nachspiel haben, sobald er sich wieder in Aberdeen unter Leyths Aufsicht befand.

„Im Haus höre ich noch sieben Personen", sagte Achilleas ungerührt und wies zu den vergitterten Fenstern rechts über ihnen hinauf. „Ich ziehe ihre Aufmerksamkeit auf die Haustür, ihr sucht euch Fenster und fallt ihnen in den Rücken. Wartet mit den Gittern, bis sie schießen."

Seine Begleiter verschwanden wortlos um die Hausecke rechts von ihm und begannen, zur ersten Etage hinauf zu klettern. Sobald das leise Scharren ihrer Schuhsohlen an der Fassade verstummte, trat der Älteste die Tür ein. Unmittelbar hinter dem dunklen, reich verzierten Hartholz erwartete ihn die nächste Gewehrsalve. Er hechtete nach links in einen Korridor, der von dem großzügigen Eingangsbereich abging. Trotzdem zog er sich ein paar Streifschüsse an Arm und Schulter zu. Die Schützen mussten am oberen Ende der Treppe in den ersten Stock sitzen. Gesehen hatte er sie nicht. Taktisch ergab ihre Position durchaus Sinn, das musste er ihnen lassen. Ihr Atem ging erstaunlich ruhig und gleichmäßig.

„Kommt runter, damit wir das klären können!", rief Achilleas laut und deutlich. Statt einer Antwort ertönte nur ein leises Klicken von einer der Waffen.

„Schön, dann komme ich halt zu euch rauf."

Etwas weiter entfernt in einem der Räume über ihm ertönte wie erwartet ein halb erstickter Schrei. Seine Leibwächter und Ravenna waren ins Innere des Hauses vorgedrungen.

Sobald sie das Treppenhaus erreichten und die Schützen sich gegen sie verteidigen mussten, sprang der Älteste aus seiner Deckung hervor und die Stufen hinauf. Den letzten ihrer Gegner erledigte er eigenhändig per Genickbruch. Batiste und Keith hatten die anderen fünf bereits erwischt. Nun waren nur noch zwei menschliche Herzschläge im Haus übrig. Achilleas betrat das einzige hell erleuchtete Zimmer, in dem er die rasenden Pulse deutlich vernehmen konnte. Ravenna hatte die beiden Sterblichen auf die Knie gezwungen und hielt sie mühelos fest. Es handelte sich um einen Mann um die fünfzig und eine wesentlich jüngere Frau. Sie wehrte sich verbissen gegen den eisernen Griff der Adlerfrau, aber sie verdrehte ihr den Arm nur noch weiter. Hugh saß weiter hinten in dem geschmackvoll eingerichteten Raum an einem Computer und tippte geschäftig auf der Tastatur herum.

„Bitte lasst uns gehen", flehte der Sterbliche. „Wir waren nur… Dienstleister der Firma, wir haben keinem von euch geschadet!"

„Ihr habt geholfen", gab Achilleas kühl zurück. Sie hatten also ganz genau gewusst, vor wem sie sich die letzten Monate versteckt hatten. „Was für Leute haben in die Firma investiert?"

„Waffenschieber, Warlords, denen Supersoldaten versprochen wurden, Mafiagruppierungen, ein paar Privatpersonen, alle möglichen Leute", antwortete der Mann mit bebender Stimme, allerdings war das noch nicht alles. Der Älteste ließ drohend seine Augen aufglühen, woraufhin sein Gegenüber panisch einen Fluchtversuch unternahm, den Ravenna im Keim erstickte.

„Bitte!", wimmerte er schmerzerfüllt. Die Frau neben ihm wirkte mittlerweile gefasster. Sie wagte sogar, Achilleas direkt anzusehen.

„Möchtest du etwas ergänzen?", fragte er.

„Sei bloß still!", zischte der Sterbliche. Trotzdem zählte sie exakt auf, welche Menschen in die Zahlungen involviert gewesen waren. Auch zwei Regierungen hatten auf ihrer Liste gestanden.

„Schön. Wie vielen dieser Menschen wurde bewiesen, dass es die Unsterblichen gibt?"

„Keinem, soweit ich weiß. Ich habe es auch nur erfahren, weil ich zufällig in einem Firmenstützpunkt war, als einer von euch ausgerastet ist. Bestimmt haben sie überlegt, ob sie mich liquidieren müssen, aber dafür war ich zu wertvoll", antwortete die Frau. Sie wies mit dem Kopf zum Finanzier hinüber. „Zuerst wollte er mir nicht glauben."

Achilleas musterte sie eindringlich. Sie sagte die Wahrheit und doch schien ihm etwas zu entgehen.

„Wie konnten all diese Leute so viel investieren, wenn sie keinen Beweis für *Supersoldaten* gezeigt bekommen haben?", fragte Batiste ungläubig.

„Die Firma hatte sich eine Geschichte aus Genmanipulation und künstlichen Proteinen zurechtgelegt, das war glaubhafter. Wollt ihr sie hören?"

„Halt endlich dein verdammtes Maul!", fuhr der Finanzier sie an. Ravenna kugelte ihm vollends den Arm aus, damit er nicht mehr dazwischen redete. Anschließend konnte sie ihn getrost loslassen. Er wand sich wimmernd und stammelnd auf dem Boden. Obwohl die Frau das Knirschen in seinem Gelenk und vielleicht auch das Brechen seines Oberarmknochens gehört hatte, blieb sie recht kühl. Sie schien nicht allzu sehr an diesem Mann zu hängen.

„Wer von euch beiden hat hier eigentlich das Sagen?", fragte der Älteste.

„Ich habe den Überblick über die Zahlen, dazu fehlt ihm der Grips. Ihn gibt es nur, damit ich ihn bei unliebsamen Treffen vorwegschicken kann", antwortete die Frau. Ihr Geschäftspartner beschimpfte sie trotz seiner Schmerzen, aber das schien sie nicht zu kümmern. Hugh pfiff anerkennend durch die Zähne. „Wenn ich nur überschlage, komme ich auf eine neunstellige Summe, mit der du in den letzten zwei Jahren jongliert hast."

„Meinen Job macht man im großen Stil oder gar nicht." Die Finanzierin neigte den Kopf zur Seite. „Ich war kooperativ. Vielleicht können wir uns irgendwie einigen?"

Achilleas bedeutete Ravenna, sie aufstehen zu lassen. Da sie nur unwesentlich größer als die Adlerfrau war, musste sie immer noch zu ihm aufsehen. Dennoch erschien es ihm angemessen.

„Was schwebt dir vor?"

Sie rieb sich die Schulter. „Falls ihr Vermögen habt, könnt ihr es sicher bei mir anlegen. Ich würde ausnahmsweise auf meine Provision verzichten und ich irre mich äußerst selten."

„Sie irrt sich nie, wenn es um steigende Kurse geht!", ergänzte ihr Geschäftspartner, der offenbar seine Chance auf Rettung witterte. „Ist sowas wie 'ne Krankheit, dass sie das im Kopf berechnen kann, aber darum braucht ihr euch nicht zu kümmern."

Die Finanzierin verdrehte die Augen. „Wir verhandeln um mein Leben, nicht seins."

Der Älteste schüttelte sacht den Kopf. „So oder so habe ich kein Interesse an deinem Angebot. Das Beste, das ich dir anbieten kann, ist ein schmerzloser Tod."

„Wie enttäuschend."

An ihrem kalten, berechnenden Tonfall änderte sich nichts, während ihr mehr oder weniger bedeutungsloser Geschäftspartner erneut um Gnade flehte. In der Ferne konnte Achilleas mittlerweile Polizeisirenen hören. Die Anwohner mussten sie aufgrund der Schießerei gerufen haben. Hugh zog das Verbindungskabel seines Laptops vom Computer ab und begann, seine Sachen einzupacken.

„Wer ist *der Vermittler* in deinen Überweisungsdaten?", fragte er währenddessen. „Er hat zumindest im ersten Jahr der Firma beträchtliche Zahlungen erhalten."

Die Finanzierin hob fordernd die Brauen, als wollte sie ab jetzt Gegenleistungen für jede Antwort. Achilleas bedeutete Batiste, zuerst ihren Partner zu töten. Sein Leibwächter zerrte ihn vom Boden hoch und schlug die Zähne so grob in seinen Hals, dass Blut hervorspritzte. Erstaunlicherweise verzog sie keine Miene, sondern schlenderte zu einem kleinen Tisch hinüber, auf dem eine Flasche Brandy und Gläser standen. Als sie die Flasche öffnete, wollte Ravenna eingreifen.

„Lass sie", sagte der Älteste schlicht. Die Adlerfrau warf ihm einen irritierten Blick zu und wies zum Fenster hinaus, da auch sie die Sirenen der herannahenden Autos wahrnehmen konnte. Noch hatten sie genug Zeit, um ungesehen in der Dunkelheit zu verschwinden, daher wartete Achilleas ab. Nachdem die Finanzierin einen großzügigen Schluck getrunken hatte, wandte sie ihm wieder das Gesicht zu. Ihr Partner hatte inzwischen jeglichen Widerstand aufgegeben und tat seine letzten Atemzüge.

„Das will ich wenigstens nicht nüchtern ertragen müssen", sagte sie angewidert. „Der Vermittler war für die Anwerbung der Söldner zuständig, bis er plötzlich den Kontakt abgebrochen hat und sie sich einen anderen gesucht haben."

„Also auch ein Dienstleister", folgerte der Älteste.

„Exakt. Ich habe keine Ahnung, wie viel er wissen könnte. Er hat sich die ganze Zeit über sehr bedeckt gehalten." Sie leerte ihr Glas. Auch dieses Mal hatte sie die Wahrheit gesagt. Achilleas näherte sich ihr und nutzte die lähmende Kraft seiner Augen, bis sie ohnmächtig wurde und ihm in die Arme fiel. Erst dann brach er ihr das Genick. Anschließend verließen sie das Anwesen über die rückseitige Mauer, bevor sich die Polizisten durch das Tor wagten.

Okon beobachtete Igor auf dem Trainingsplatz aus einiger
Entfernung. Sein Oberhaupt ließ gerade eine Reihe von An-
griffen über sich ergehen, damit Jurij seine Hörner in jedem
erdenklichen Winkel gegen ihn richten konnte. Die immer
weiter sinkenden Temperaturen schienen sie nicht zu stören.
Der Atem des Hundemanns dampfte regelrecht in der Nacht-
luft. Seit seiner Rückkehr aus der anderen Dimension hatte
er sich nicht mehr am Kampftraining beteiligt. Wie gewünscht hatte er auch vermieden, über seine Reise zu sprechen, obwohl er besonders Quentin gern Genaueres erzählt
hätte. Der Bärenmann hatte ihm noch am Tag seiner Rückkehr vertrauensvoll erlaubt, nach seinem Geist zu tasten. Er
verließ gerade ebenfalls das Haus und gesellte sich zu ihm.
Gemeinsam schauten sie Jurij und Igor zu, bis drei weitere
Clan-Mitglieder an ihnen vorbei gingen.
„Willst du dich uns nicht doch einmal anschließen?", fragte
Timur an Quentin gewandt. Der Bärenmann sah ihn betreten
an. Seit er beim Angriff auf das Quartier zwei ihrer Feinde
erfolgreich aufgehalten und einen von ihnen sogar getötet
hatte, waren einige zu der Auffassung gekommen, dass er
sich sehr wohl als Krieger eignen würde, und luden ihn immer wieder zum Kampftraining ein.
„Nein, ich muss gleich wieder rein und mich um die Brot-
laibe im Ofen kümmern", sagte er ausweichend. Timur
wandte sich ab und schüttelte den Kopf. Mehr brauchte er
nicht zu tun, um sein Unverständnis auszudrücken. Quentin
schob die Hände in die Jackentaschen, wobei seine imposante Gestalt in sich zusammensank. Bisher hielt er dem Druck
des Clans stand und weigerte sich, sich seiner zweiten
Gestalt entsprechend zu verhalten. Aber leicht fiel es ihm

offensichtlich nicht. Er war der Einzige, der in seinem Wesen so deutlich von den ihm unterstellten Charakterzügen abwich. Charlotte und die Steinbock-Geschwister hatten weniger mit den Vorstellungen der anderen zu kämpfen, da ihren Gestalten keine festen Rollen zugesprochen wurden. Okon fielen keine tröstenden Worte ein. Da sich Timur und die anderen in Hörweite befanden, war es auch nicht angemessen, jetzt darüber zu sprechen. Wenige Atemzüge später verabschiedete sich der Bärenmann und ging wie angekündigt wieder ins Haus. Als Okon ihm über die Schulter nachsah, hielt er gerade die schwere Tür für Melissa auf. Sie lächelte ihn dankbar an und schlug den Kragen ihrer Jacke hoch. Sobald sie Okon erreichte, schlang sie von hinten die Arme um ihn und legte das Kinn auf seiner Schulter ab. „Wie fühlst du dich?"

„Gut."

„Ja? Igor meinte, du könntest dich verletzt haben und es erst später bemerken", fügte sie besorgt hinzu.

„Es geht mir bestens. Mach dir keine Sorgen." Er nahm ihre linke Hand, um sie zu küssen. Im Moment machte ihm viel mehr zu schaffen, dass er nichts spürte, wenn Jurij die Gestalt wechselte. Welche Fähigkeit würde sich stattdessen bei ihm ausprägen und wie würde Igor reagieren?

„Aber du bist viel stiller als sonst", sagte seine Geliebte leise.

„Ich muss nur über ein paar Dinge nachdenken. Und wenn es sich gegeben hat, sagst du mir, ich rede zu viel."

„Stimmt ja gar nicht." Melissa knuffte ihn in die Seite. „Was hast du alles gesehen?"

„Vieles…" Okon ging die Erinnerung an die Ermordung seiner Mutter noch einmal in Gedanken durch. Die andere Dimension hatte ihm gezeigt, dass er aus seiner totalen Ohnmacht in jener Zeit gelernt hatte, wieder aufzustehen, statt nur zu fliehen. Aber darüber wollte er seiner Gefährtin nichts erzählen. Sie wirkte aufgewühlt genug, seit Igor den Clan vor drei Tagen über die möglichen Konsequenzen seiner Reise aufgeklärt hatte. Er löste sich aus ihren Armen, um sich ganz zu ihr umzudrehen.

„Auch dich", sagte er.

„Ach ja?" Nun schien sie neugierig.

„Ich habe mich gefragt, ob ich all das hier und dich überhaupt verdiene."

Melissa lächelte ein wenig geschmeichelt.

„Vielleicht tue ich das noch nicht", fuhr Okon fort. „Aber ich kann es versuchen. Jeden Tag aufs Neue."

„Manchmal klingst du schon fast poetisch."

Sie lachte, doch die Sorge überschattete ihr Gesicht schnell wieder. So wohltuend ihre Nähe war, um über Igors Worte nachzudenken, wollte Okon lieber ein wenig allein sein. Er umarmte Melissa und sagte ihr noch einmal, dass sie keine Angst um seine Gesundheit zu haben brauchte. Anschließend begab er sich auf den Patrouillenpfad, der nach Süd-Westen führte. Mittlerweile kannte er die Route gut genug, um sich in der endlosen Wildnis zurechtzufinden. Es gab keinen Grund zur Eile, daher nahm er sich hin und wieder die Zeit, dem Geräusch des Windes oder dem Scharren kleiner Tiere zu lauschen. Normalerweise hätte er diese Wanderung genutzt, um auf seinen vier Pfoten zu laufen, aber selbst das vermied er seit seiner Reise. Denn wenn er sich in Gegenwart der anderen verwandelte, sahen ihn einzelne aus dem Clan vorwurfsvoll an. Auf der einen Seite konnte er ihre Angst verstehen, auf der anderen schmerzte es entsetzlich, dass sie nicht alle zu ihm hielten. Im ersten Moment war auch er entsetzt darüber gewesen, dass Solrik Igor in Gegenwart der Oberhäupter gedroht hatte. Warum hatte ihm bloß niemand widersprochen? Je länger Okon darüber nachdachte, desto ungerechter erschien ihm die Situation. Außerdem hatte Igor versprochen, immer zu seiner Linie zu stehen und jedem im Clan zu erlauben, sich selbst zu erkennen. Aus welchem Grund war er auf der Versammlung nicht vehementer dafür eingetreten? Als der Hundemann sich einem mehr als mannshohen Felsen näherte, sah er eher zufällig nach links. Eine kleine Gruppe Saiga-Antilopen schaute beunruhigt in seine Richtung, nach einem Warnruf liefen sie davon. Okon blieb stehen. Irgendetwas stimmte nicht. Ein vager Umriss sprang hinter den Felsen hervor und auf ihn zu. Im letzten Moment wich er den mächtigen Hörnern aus, die ihn mit voller Wucht getroffen hätten. Sein Angreifer wirbelte herum und setzte sofort nach. Wieder wich er aus, aber dieses Mal gelang es ihm, das Hinterbein der großen Antilope zu packen und seinen Gegner damit zu Fall zu bringen. Im nächsten Moment entglitt ihm ein menschlicher Fuß.

„Dieses Mal entkommst du mir nicht, du räudiger Köter!", grollte der Mann, der Sergej getötet hatte. Er musste dieser Cameron sein. Okon fing seinen nächsten mächtigen Faustschlag ab und verpasste ihm einen Kniestoß gegen die kurzen Rippen, aber es zeigte kaum Wirkung. Wie von Sinnen hieb der Antilopenmann weiter auf ihn ein. Okon machte einen Satz nach hinten, um aus seiner direkten Reichweite zu entkommen. Blitzschnell verwandelte sich Cameron und rammte ihn mit der Stirn voran. Seine Hörner durchbohrten ihn zwar nicht, aber der Zusammenprall warf den Hundemann zu Boden. Sofort stürzte sein Gegner sich wieder in seiner menschlichen Gestalt auf ihn. Seine riesigen Hände schlossen sich um Okons Kehle. Er wehrte sich mit aller Kraft, aber das hielt den Oryx nicht auf. Sein Knie auf seinem Brustbein presste Okon die Luft aus den Lungen. Stechende Schmerzen breiteten sich in seinem Hals aus. Dann in seinem Kopf. Ein unerträgliches Rauschen erfasste seine Ohren. Langsam konnte er nicht mehr ganz scharf sehen. Verzweifelt griff Okon nach Camerons Gesicht. Als er seine Augen erreichte, drehte der Antilopenmann den Kopf zur Seite. Dort fand er etwas wie ein Band und riss mit letzter Kraft daran. Sein Gegner schrie laut auf und ließ ihn los. Nicht nur das, er taumelte rückwärts von ihm weg und hielt sich den Kopf. Der Hundemann rappelte sich, so schnell er konnte, vom Boden auf und hustete gegen die Schmerzen an. Woran hatte er bloß gerissen? Sein Gegner besaß weder Haare noch irgendeine Kopfbedeckung.

„WAS HAST DU MIT MIR GEMACHT?", brüllte Cameron. Das war sicher nur eine Ablenkung. Okon griff in seiner Hundegestalt an und verbiss sich in seinem Unterarm. Seltsamerweise wehrte sein Gegner sich kaum. Selbst dann nicht, als er ihm die Elle brach. Er winselte bloß vor Schmerzen.

„Sie ist nicht mehr da! Was hast du gemacht?", stammelte er. Okon hielt inne. „Was ist nicht mehr da?"

„Meine Gestalt. Ich kann mich nicht verwandeln."

Der Hundemann trat zurück. Cameron versuchte nicht, ihn abzulenken. Er saß im Schnee und tastete mit seinem unverletzten Arm um sich, als hätte er plötzlich die Orientierung verloren. Okon verwandelte sich in einen Menschen zurück, doch sein Gegner schien den Unterschied zu einem gewöhnlichen Gestaltwandler nicht zu spüren. Jedenfalls sah er nicht erschrocken zu ihm auf, wie Olga es neulich getan hatte.

„Wie kann das sein?", fragte der Antilopenmann verzweifelt.

„Ich weiß es nicht!" Okon fuhr sich unwirsch mit dem Handrücken durchs Gesicht. Erst jetzt bemerkte er das viele Blut, das aus der Bisswunde ausgetreten war. Einer Intuition folgend streckte er die Hand nach Camerons Kopf aus. Bei Quentin hatte er auf diesem Weg eine Art Präsenz wahrgenommen, diese aber nicht als physisch greifbares Band. Sein Gespür für den Geist musste sich seitdem sprunghaft weiterentwickelt haben, denn jetzt spürte er deutlich den Rest des Bands, das er zerstört hatte. Wie ein schwaches Echo, welches im Nichts endete. Offenbar hatte er dem Oryx seine Verbindung zur anderen Dimension genommen.

„Bitte! Mach das rückgängig!", flehte er. „Ich werde von diesem Kontinent verschwinden. Ich werde dich und deinen Clan nie wieder belästigen und nie wieder auch nur ein Wort über deinen Vater verlieren. Ich schwöre es!"

Einen Augenblick dachte Okon über sein Angebot nach. Er schien es wirklich ernst zu meinen. Allerdings wusste Cameron nun, dass der Hundemann eine Fähigkeit hatte, die sonst niemand besaß. Sein Wissen machte ihn zur Gefahr für Igor und den Clan. Außerdem handelte es sich immer noch um den Mann, der Sergej getötet hatte. Und auch seine Mutter. Damals hatte Okon sein Gesicht zwar nicht genau genug sehen können, da er Hals über Kopf geflüchtet war, aber Charlotte hatte es ihm bestätigt, als er neulich mit Melissa zu ihrer Zelle gegangen war.

„Ich werde dich nicht gehen lassen." Er packte ihn am Kragen. „Du hast mich auf dem Boden meines Clans angegriffen. Mein Oberhaupt wird entscheiden, was mit dir geschieht."

„Dazu hat dieser Mann kein recht." Cameron umgriff sein Handgelenk. Langsam schien er sich vom ersten Schock über seinen Verlust zu erholen.

„Weder dazu, Oberhaupt zu sein, noch über mich zu richten. Er sollte nicht einmal existieren."

„Ach ja?", gab Okon abfällig zurück. „Sagt wer?"

„Soraya! Und bevor du antwortest, bedenke, dass sie eine Tochter von Jala ist, unserer Urmutter und rechtmäßigen Herrscherin."

Der Hundemann traute seinen Ohren nicht. „Sie wollte, dass die Firma uns alle abschlachtet! Wie kannst du dieser Verräterin auch nur ein Wort glauben und sie verteidigen?"

„Das ist eine Lüge!", hielt Cameron dagegen. „Die Übrigen hätten zu ihr kommen und einen Neuanfang beginnen dürfen. Aber diese Chance ist vertan. Stattdessen führt dieser Igor euch nur immer weiter vom rechten Weg ab. Er ist eine Gefahr für alle Gestaltwandler!"

Okon schüttelte voller Entsetzen den Kopf. Igor hatte ihm und ein paar anderen erzählt, was eine gewisse Tove über ihre Begegnung mit der Verräterin im Labor der Firma berichtet hatte. Freya hatte vor ihrer vermeintlich vertrauenerweckenden, einnehmenden Art gewarnt. Cameron musste ihr irgendwann in den vergangenen Wochen begegnet sein. Ob Shaquan davon wusste, stand in den Sternen.

„Es war ihr Ziel, *die Welt von diesem Wahnsinn zu reinigen*. Das waren ihre Worte, als sie noch glaubte, ihr Plan würde aufgehen. Du bist auf sie hereingefallen."

„Bist es nicht viel mehr du, der auf Igor hereinfällt?"

Cameron machte Anstalten, aufzustehen, aber Okon hielt ihn mit aller Gewalt am Boden.

„Siehst du nicht, was er aus dir gemacht hat?", bohrte der Antilopenmann weiter. „Du hast meine Gestalt zerstört und weißt nicht mal wie!"

„Doch, dank dir weiß ich es jetzt", gab er kühl zurück. „Und ich habe die Reise durch die andere Dimension allein angetreten. Igors Führung habe ich nicht gebraucht."

Die Augen seines Gegenübers weiteten sich vor Erstaunen. Ein paar Atemzüge lang starrten sie einander stumm an.

„Wenn das so ist… Bist du vielleicht mächtig genug, um es rückgängig zu machen?", fragte Cameron. Seine Verzweiflung musste wirklich groß sein. Er war hergekommen, um den Hundemann zu töten. Seit er stattdessen seine Antilopengestalt verloren hatte, versuchte er mit allen Mitteln, sich heraus zu reden und ihn sogar gegen sein Oberhaupt aufzuhetzen. Okon konnte sich nicht erinnern, jemals so tiefe Verachtung für ein anderes Geschöpf empfunden zu haben.

„Halt mal still", sagte er sarkastisch und streckte erneut die Hand nach Camerons Kopf aus. Nur interessehalber wollte er noch einmal nach dem zerrissenen Band tasten, um herauszufinden, ob es sich von allein wieder herstellen konnte. Der bloße Gedanke widerte ihn in diesem Fall an. Es zu finden, fiel ihm dieses Mal schon etwas leichter. Der Geist des Antilopenmanns befand sich absolut bewegungslos darunter. Sobald Okon an den kläglichen Überresten des Bands zog, folgte ihm Camerons Geist wie eine Puppe, die an Fäden gezogen wurde. Plötzlich sah er den Spiegel, der die Grenze zur anderen Dimension markierte, an sich vorbei ziehen. Erschrocken ließ er los und suchte den schnellsten Weg zurück in die reale Welt. Okon taumelte schwer atmend ein paar Schritte rückwärts. So weit hatte er überhaupt nicht gehen wollen, es war ein Versehen gewesen. Cameron sah ihn noch für einen Atemzug an, dann fielen seine Augen zu und er sank in sich zusammen. Sein Herzschlag verstummte. Der Hundemann stolperte über einen Stein und landete im Schnee.

Er hatte ihn getötet.

Fassungslos betrachtete er, was er angerichtet hatte. Um Cameron selbst tat es Okon nicht sonderlich leid, aber die Art, wie er ihn umgebracht hatte, erschreckte ihn zutiefst. Was würden die anderen bloß denken, wenn sie es erfuhren? Melissa würde es bestimmt große Angst machen, Quentin vielleicht auch und Igor... Er wollte sich gar nicht vorstellen, was sein Oberhaupt davon halten würde, dass er völlig gedankenlos einen fremden Geist an der Grenze zur anderen Dimension zerbrochen hatte. Okon schlang die Arme um seine angezogenen Knie. Ihm war entsetzlich kalt. Er fand keine vernünftigen Worte für das, wozu er in der Lage war. Eine bittere Erkenntnis schlich sich in seine Gedanken. Er konnte Igor nicht von seinem Gespür für den Geist berichten, wie er es ihm versprochen hatte, ohne Cameron zu erwähnen. Okon fuhr sich mit beiden Händen durch das beinahe weiße Haar. Er musste eine Entscheidung treffen. Entweder gestand er seinem Oberhaupt bei seiner Rückkehr sofort alles oder er verheimlichte diesen Zwischenfall, solange er konnte. Vielleicht würde Camerons Tod zu einem späteren Zeitpunkt weniger dramatisch erscheinen. Als er die Unterarme wieder auf seinen Knien ablegte, sah er erneut das Blut, das aus den Wunden des Antilopenmanns stammte. Es stank jetzt schon. Okon rappelte sich auf. Er war nicht dazu bereit, sein neues Leben mit Melissa und dem Clan aufs Spiel zu setzen. Zuerst packte er Camerons Leiche an den Füßen. Er würde sie irgendwo weit entfernt vom Patrouillenpfad verscharren oder den Tieren überlassen. Danach musste er die Blutspuren auf seinem Gesicht, seinen Händen und seiner Jacke beseitigen. Nichts durfte Verdacht erregen.

16. Eltern

Achilleas nahm seine Reisetasche vom Gepäckband. Mittlerweile fand er sich auf dem Flughafen von Lyon so gut zurecht, dass er auf keines der Schilder zu schauen brauchte, um den direkten Weg zu finden. Er schaltete sein Handy ein, woraufhin mehrere Nachrichten eingingen. In der obersten teilte Gigi ihm mit, dass sie sich auf dem Rückweg aus Paris befand und ihn sehr gern sehen würde, sobald er wieder in der Nähe war. Die Nachricht war bereits drei Stunden alt. Beschwingt trat Achilleas aus dem Flughafengebäude. Er würde einfach zu ihrem Haus fahren und gegebenenfalls auf sie warten. Dort angekommen hörte er neben den zahlreichen Sterblichen auch einen vampirischen Herzschlag. Da die Straße an diesem Nachmittag sehr belebt war, ging er zur Rückseite des Gebäudes, passte einen Moment ab, in dem ihn niemand sah, und kletterte auf das Dach des Mietshauses. Sofort entdeckte er Marek. Der Leibwächter saß im Schatten eines breiten Schornsteins oberhalb von Gigis Wohnung.

„Sie ist vor zehn Minuten eingetroffen", sagte er und zog die große Kapuze seiner Jacke über. Dann erhob er sich. Der Älteste nickte ihm dankbar zu. „Weißt du, was sie in Paris erledigen musste?"

„Es klang nach einem Kongress über die Vernetzung von Menschenhändlerringen in Osteuropa. Mehr konnte ich nicht herausfinden, ohne ihr zu nahe zu kommen."

„Ist es schwierig, nicht in ihr Blickfeld zu geraten?"

Marek nickte zögerlich. „Wenige Menschen sind so aufmerksam wie sie."

„Ich bin dankbar, dass du diese Aufgabe trotzdem auf dich nimmst."

„Es ist mir eine Ehre."

Darauf erwiderte Achilleas noch nichts. Es hatte ihn im Stillen gewundert, dass seine beiden Leibwächter seine Bitte wie selbstverständlich hinnahmen und eine Sterbliche beschützten, wenn er selbst keine Zeit dazu hatte. Einer ging mit ihm, der andere blieb in Gigis Nähe, wobei sie einander abwechselten. So lautete ihre Einigung. Über das Ergebnis ihrer kurzen Jagd in Kolumbien war Marek bereits informiert. Sie sprangen ungesehen vom Dach. Dann verabschiedete sich sein Leibwächter mit einem ergebenen Nicken. Achilleas kehrte zur Front des Hauses zurück und drückte auf Gigis Klingel. Nach wenigen Sekunden ertönte das Surren des Türöffners.

Gigi band in Windeseile ihre Haare zusammen. Sie hatte kaum Zeit gehabt, sich nach der langen Autofahrt ein wenig frisch zu machen, und schon stand Achilleas mit einem Lächeln vor ihrer Tür. Bevor sie auch nur ein Wort wechselten, tauschten sie einen innigen Kuss aus. Ihr Ausflug zum Meer und die anschließende Rundfahrt durch die schottischen Highlands lagen noch keine Woche zurück und trotzdem hatte sie ihn fürchterlich vermisst. Während des Kongresses in Paris war die Agentin in Gedanken hin und wieder abgeschweift. Dabei war noch gar nicht mehr zwischen ihnen geschehen als das, was sie gerade taten. Oder vielleicht gerade deshalb? Achilleas blieb in dieser Hinsicht bisher recht zurückhaltend. Leider standen auch jetzt noch andere Dinge an.

„Ehrlich gesagt hatte ich nicht so schnell mit dir gerechnet", gestand Gigi und lehnte sich in seiner Umarmung zurück. „Ich habe kaum noch etwas im Haus und müsste einkaufen gehen."

„Dann nehmen wir das in Angriff", sagte er und stellte erst jetzt sein Reisegepäck im Flur ab. Es war das erste Mal, dass er mehr dabei hatte als den Inhalt seiner Jackentaschen. Die Agentin zog ihren Trenchcoat an und griff sich schnell ihre Einkaufstasche. Unterwegs berichtete ihr der Vampir von dem dubiosen Duo, das sie in Kolumbien aufgespürt hatten und welche Hinweise die Finanzierin ihnen hatte geben können.

„Lässt sich irgendwie nachvollziehen, ob die Firma sonst jemanden eingeweiht hat?", fragte Gigi. „Wenn auch nicht mit Absicht."

„Leider nein. Wir werden diese Personen zur Sicherheit überprüfen müssen. Hugh hat bereits ein paar E-Mail-Adressen, die er zurückverfolgen kann. Ich werde mir zuerst diesen Vermittler ansehen, sobald er ihn gefunden hat. Dieser Mann hat letztendlich als einziger von der Firma profitiert."

Sie erreichten den Supermarkt. Achilleas ließ ihr den Vortritt. Gigi nahm sich am Eingang einen Korb und ging in Gedanken durch, was sich überhaupt noch in ihrer Küche befand. Allerdings ließ sie dieser Vermittler noch nicht los.

„Vielleicht besitzt er eine Datenbank", sagte die Agentin mehr zu sich selbst, während sie Zucchini aussuchte.

„Wozu das?", fragte der Vampir interessiert.

„Na ja… Wenn er dieses Geschäft im großen Stil betreibt, kann er sich wohl kaum die Datensätze von hunderten Söldnern merken, die über ihn einen Job suchen. Entweder erhält er die Anfragen in Papier oder digital."

„Darauf werde ich achten. Wenn wir etwas finden, kann Hugh die Daten mit den Subjektdateien der Firma abgleichen. Dann erfahren wir mehr über die Hybriden, die sich aus dem Staub gemacht haben, als ihnen klar wurde, dass die

Firma sie irgendwann ausschaltet. Vielleicht finden wir sie sogar."

Gigi spürte seine Hand unterhalb ihres linken Schulterblatts, dann einen Kuss auf ihrem Haar. Obwohl sie von zahlreichen Leuten umgeben waren, wünschte sie sich, er würde noch nicht wieder loslassen.

„Ich bin froh, dass ich mit dir über diese Dinge sprechen kann und sie dir keine Angst machen."

Ihr fiel nicht direkt eine passende Antwort ein. Während sie zum Kühlregal gingen, hielt Achilleas ihre Hand. Er war immer noch warm wie ein Mensch. Gigi betrachtete die Joghurt- und Quarkauswahl einen Moment, obwohl sie genau wusste, was und wie viel sie aus dem Regal nehmen würde.

„Ich glaube, ich muss mich immer noch daran gewöhnen, dass du schon Schlimmeres gesehen hast als ich, obwohl du nicht in meiner Branche arbeitest", sagte sie nachdenklich. Er hob die Brauen. „Warum ist das wichtig?"

„Ich hatte noch nie jemanden, der mich auf diese Art verstehen kann."

Sie spürte, dass er ihre Hand ein wenig fester hielt, bis sie eine vom Alter gebeugte Frau lautstark aufforderte, woanders verliebt zu sein und den Weg zum Regal freizumachen. Gigi schob Achilleas einen Schritt zur Seite, damit die Alte an ihnen vorbei konnte. Er sah ihr ungläubig nach, während die Agentin zwei Joghurtbecher und Butter in ihren Korb packte. Bevor sie zur Kasse gingen, fragte der Vampir, welchen Wein er mitnehmen sollte. „Ich habe das Gefühl, ich habe deinen Vorrat drastisch reduziert."

Nachdem sie ihm mit einem amüsierten Lächeln ihre Lieblingsmarke genannt hatte, nahm er gleich einen Karton aus dem Regal statt ein oder zwei Flaschen. War er nach seiner

Aktion in Kolumbien besonders durstig geworden oder wollte er schlicht ein wenig Vorrat anlegen, weil er dieses Mal länger in der Stadt blieb? Gigi beschloss, ihn erst zu Hause danach zu fragen. Gemeinsam stellten sie sich in der kurzen Schlange an. Die Alte, die sie vor wenigen Minuten angekeift hatte, erschien ironischerweise hinter ihnen, während sie ihre Artikel aufs Band legten. Als sie den Laden verließen, bot Achilleas an, alles zu tragen, aber Gigi lehnte dankend ab.

„Das ist Arbeit, die wir uns teilen können."

„Wie du meinst." Er rückte den Karton unter seinem Arm zurecht. „Es ist erst früher Abend. Wollen wir heute noch etwas unternehmen?"

„Ich hätte eher Lust zu kochen. Das habe ich mal wieder viel zu lange nicht und meine Quiche ist wirklich gut." Sie strich ihre Haare zurück. „Aber bei dir fällt Essen an sich ja weg."

„Das macht nichts, koch dir bitte deine Quiche. Ich habe gelesen, dass dieses schnell und unterwegs Essen auf die Dauer nicht gut ist." Er lächelte sie aufmunternd an. „Ich bin bestens versorgt und kann dir helfen. Auch wenn manche Lebensmittel für mich etwas seltsam riechen."

Seiner Mimik nach war *seltsamer Geruch* noch eine maßlose Untertreibung. Gigi lachte. „Was du nicht alles über Menschen liest. Also gut, lass uns gemeinsam kochen."

Sie bogen in die Straße ein, in der ihr Mietshaus lag. Als die Agentin erkannte, wer da gerade nahe ihrer Tür aus dem Auto stieg, hielt sie erschrocken inne.

„Was ist?", fragte der Vampir an ihrer Seite ernst.

„Ich habe ganz vergessen, dass meine Eltern heute zu Besuch kommen!" Sie wies auf das ältere Paar, das sie und ihren Begleiter mittlerweile auch entdeckt hatte. Sie wirkten überrascht, winkten jedoch sofort.

„Sie haben dich gesehen, jetzt müssen wir da durch", brummte Gigi leise. Ihren Plan für den Abend konnten sie aufgeben.

„Aber gern." Achilleas schien sich wirklich zu freuen. Er konnte ja nicht ahnen, wie akribisch ihr Vater ihn unter die Lupe nehmen würde. Ihre ersten Freunde hatte er damals regelmäßig eingeschüchtert oder sogar ganz vergrault, als sie noch bei ihren Eltern gewohnt hatte. Die militärisch akkurate Haltung ihres Vaters und seine Körpergröße von etwas mehr als 1,90 Metern hatten ihr übriges getan. Gigi umarmte die beiden zur Begrüßung und erwiderte sämtliche Küsse, dann gab sie sich alle Mühe, nicht zu verkrampft zu wirken.

„Willst du uns denn nicht vorstellen?", fragte ihre Mutter. Der Glanz in ihren Augen verriet jetzt schon, wie sehr ihr die Neugier unter den Nägeln brannte. Die Agentin hatte schließlich lange keine Beziehung mehr gehabt.

„Maman, Papa, das ist Achilleas. Achilleas, mein Papa Jaques und meine Maman Malou."

„Freut mich sehr." Ihr Vater schüttelte ihm die Hand. „Einen ordentlichen Händedruck hat er."

„Papa, bitte." Und schon ging es los.

„Ganz meinerseits." Der Vampir blieb gelassen. Als sie die Wohnung betraten, hob er seine Reisetasche auf, die im Flur vor der Wohnzimmertür lag, und stellte sie ins Schlafzimmer. Ihre Mutter hob interessiert die Brauen, verkniff sich ihren Kommentar jedoch, da sie Gigi ihre Anspannung ansehen konnte. Zum Glück war sie etwas diskreter als ihr Mann, wenn es um Gigis Beziehungen ging. Sie würde erst loslegen, wenn sie Achilleas außer Hörweite glaubte.

„Setzt euch doch ins Wohnzimmer. Wir wollten direkt anfangen, zu kochen." Die Agentin zwang sich zu einem Lächeln, doch ihre Mutter schüttelte vehement den Kopf. „Ich helfe dir."

„Dann unterhalten wir uns, junger Mann." Jaques war in bester Laune. Achilleas ließ ihm den Vortritt ins Wohnzimmer und lächelte Gigi erneut aufmunternd zu, bevor er ihm folgte. Wider Erwarten hatte er auf die Anrede *junger Mann* nicht mit einem belustigten Kommentar über sein wahres Alter reagiert. Außerdem blinzelte er wie ein Mensch, seit sie in der Nähe ihrer Eltern waren. Gigi hätte sich mit der flachen Hand vor die Stirn schlagen können. Natürlich musste es ein Geheimnis bleiben, dass er ein Vampir war. In der Küche suchte sie eilig alles zusammen.

„Keine Hektik, Gigi. Gutes Essen braucht seine Zeit." Ihre Mutter lächelte sie warmherzig an. „Du hast unseren Besuch vergessen, nicht wahr?"

„Ja, es tut mir so leid. Ich bin gerade erst von einem Kongress zurück… Die letzten Wochen hatte ich allgemein unheimlich viel um die Ohren." Das hatte sie schon öfter gesagt, aber es war wenigstens nicht gelogen, wenn sie von ihrem Kurzurlaub in Schottland absah.

„Entspann dich. Wir sind dir nicht böse."

„Danke, Maman."

Die Geduld ihrer Mutter war beneidenswert groß. Gigi atmete erleichtert aus. Außerdem war Achilleas mit Sicherheit erfahren genug, um beim Verhör durch ihren Vater die Nerven zu behalten. Vielleicht würde gerade das einen guten Eindruck hinterlassen.

„Ist Achilleas ein Künstlername?", fragte ihre Mutter.

„Nein, er heißt wirklich so." Jetzt lächelte sie ungezwungen.

„Ungewöhnlich", lautete Malous Kommentar. Sie setzte den Teig für die Quiche an, schließlich war es ihr Rezept.

„Es war nur so eine Idee. Er ist so bleich, als ob er den lieben langen Tag grundsätzlich in einem Atelier oder sowas verbringt."

Dazu brauchte Gigi nichts zu sagen. Auf seine weiße Hautfarbe spielte ihre Mutter damit sowieso nicht an. Sie selbst hatte damals trotz der Einwände ihrer aus Mali stammenden Familie einen weißen Franzosen geheiratet. Nach seinem wahren beruflichen Werdegang würde sie nicht fragen, das übernahm garantiert gerade ihr Mann.

„Wie alt ist er? Er hat so ein Gesicht, das man nicht einschätzen kann."

„Ach, findest du?" Gigi hatte Achilleas nicht gefragt, wie alt er bei seiner Verwandlung gewesen war. Nun sagte sie einfach einunddreißig.

„Dann ist er ja ein bisschen jünger als du", merkte ihre Mutter amüsiert an.

„Das spielt keine Rolle, wir sind nicht sechzehn und zwanzig."

„Wie du meinst."

„Er ist mir übrigens vor ein paar Monaten bei der Arbeit begegnet", nahm Gigi die nächste Frage vorweg. „Ich kann dir nur leider nicht sagen, wobei genau."

„Wie schade."

An dieser Stelle wusste Malou, dass sich weitere Fragen nicht lohnten. Sie hörten die Männer im Wohnzimmer lachen.

„Dein Vater scheint ihn zu mögen." Die Augen ihrer Mutter wurden verschwörerisch schmal. „Wie ernst ist diese Sache denn?"

Gigi trank einen Schluck Wasser, um Zeit zu gewinnen. Mit dieser Frage hatte sie sich noch überhaupt nicht auseinandersetzen wollen. Sie mochte Achilleas sehr mit seiner Direktheit, seiner Aufrichtigkeit und seinem seltsamen Sinn für Humor. Gleichzeitig war seine Art zu leben und zu kämpfen so fremd und manchmal sogar bedrohlich. Seine *Familie* und seine Leibwächter taten ihr Übriges. Den Blutdurst blendete Gigi zeitweise ganz aus, um Achilleas nicht als Monster zu betrachten. Seit er eine ganze Nacht über sie gewacht hatte, als es ihr schlecht gegangen war, fragte sie sich selbst, wie ernst diese Beziehung werden würde. Wahrheitsgemäß hob sie ratlos die Schultern. Ihre Mutter las an ihren Augen ab, wie unsicher Gigi in diesem Moment war, und lächelte verständnisvoll. Ab jetzt würden höchstens noch harmlose Fragen folgen, darauf konnte sich die Agentin verlassen. Wenig später erschien Achilleas in der Küche, um Teller und Besteck zu holen. Für vier Personen selbstverständlich. Obwohl er menschliche Nahrung verabscheute, würde er das Theater zu Ende spielen, um keinen Verdacht zu erregen. Nachdem sie die Quiche in den Ofen geschoben hatten, begaben sich die beiden Frauen ins Wohnzimmer und setzten sich mit an den großen Esstisch. Jaques entkorkte gerade die erste Weinflasche.

„Ich bin ein wenig überrascht", sagte er frei heraus. „Ich hätte nie gedacht, dass du mal mit einem Soldaten zusammen sein würdest."

„Ich auch nicht", gab Gigi unbeholfen zurück. Der Vampir hatte sofort etwas gefunden, das ihn mit ihrem Vater verband. Schon allein deshalb schienen sie sich blendend zu verstehen. Im Stillen schwor sie sich, später aus Achilleas herauszuquetschen, ob er je ein Soldat im eigentlichen Sinne gewesen war. Ob er die Frage ihrer Mutter nach der Ernsthaftigkeit ihrer Beziehung wiederholen würde, schob sie lieber beiseite. Sie stießen an. Wie immer trank der Vampir nur winzige Schlucke von seinem Wein.

„Lebst du hier in Lyon?", fragte ihr Vater.

„Nein, derzeit wohne ich in Schottland."

„Oh." Ihre Mutter hob überrascht die Brauen. „So ein weiter Weg, nur um sich zu sehen?"

„Er ist es wert."

Gigi konnte nicht umhin, ihn mit dem Ellbogen anzustupsen. Auch wenn es der Wahrheit entsprach, klang es furchtbar kitschig. Malou grinste breit.

„Ab jetzt antwortet wohl besser sie", sagte Achilleas, worauf ihre Mutter lachte. Während Gigi sich mit ihren Eltern darüber unterhielt, dass sie tatsächlich schon nach Schottland gereist war, sah der Vampir beiläufig auf sein Handy. Seine Miene wurde schlagartig ernster, was niemandem entging.

„Ist etwas passiert?", fragte ihre Mutter.

„Ich muss leider gehen." Er erhob sich. „Es hat mich sehr gefreut, euch kennen zu lernen. Ich hoffe, wir können das wiederholen, wenn nicht die Pflicht ruft."

„Natürlich", entgegnete Jaques. Gigi folgte Achilleas verwundert in die Diele.

„Was ist?", flüsterte sie.

„Marek ist auf Hybriden gestoßen. Hier in der Stadt!", antwortete er genauso leise und verließ ihre Wohnung. Nicht einmal für einen Abschiedskuss war noch Zeit.

Ihre Eltern waren am späten Abend nach Hause gefahren. Gigi stellte als letztes die gespülten Gläser zurück in den Schrank. Anschließend nahm sie sich eine Wasserflasche und ging zurück ins Wohnzimmer. Bisher war keine neue Nachricht auf ihrem Handy eingegangen. Was trieben Achilleas und seine Leibwächter bloß so lange? Ob sie die Hybriden aus der Stadt gejagt hatten und sie immer noch verfolgten? Es klopfte. Die Agentin fuhr zur Balkontür herum. Dort draußen stand der Vampir und winkte. Sie ging ihm kopf-schüttelnd entgegen. Sobald sie ihn im schwachen Licht etwas besser sehen konnte, entdeckte sie die vielen dunkel-roten Spritzer auf seiner Kleidung und seinem Gesicht. Sie zog die Balkontür auf. „Ist das dein Ernst?"

„Deine Nachbarn sind auch noch auf. Vor der Haustür hätten sie mich sehen können."

Das leuchtete ein. Achilleas fuhr sich mit dem Handrücken über die Wange. Das Blut auf seiner Haut war allerdings schon getrocknet und ließ sich auf diese Weise nicht weg-wischen. Gigi ließ ihn herein. „Es ist trotzdem ziemlich schräg, mitten in der Nacht auf meinem Balkon zu stehen."

„In ein Hotel konnte ich auch nicht wegen des Portiers. Also hätte ich die Stadt verlassen müssen und das wollte ich nicht, ohne mich wenigstens zu verabschieden."

„Verstehe", gab sie kopfschüttelnd zurück. Das hätte sie auch nicht gewollt. Er griff sanft in ihren Nacken und küsste sie. Es war schwierig zu beschreiben, wonach er roch, aber Gigi schob ihn von sich. „Wart ihr in eine Schießerei ver-wickelt?"

„Unter anderem."

„Du solltest dich abduschen. Und gib mir deine Sachen. Ich werfe sie direkt in die Waschmaschine."

„Jawohl, Frau Agentin."

Ihr Befehlston duldete keinen Widerspruch. Einen Augen-blick lang schien sie etwas erwidern zu wollen, doch sie wandte sich um und ging voraus in ihr Badezimmer. Es gefiel Achilleas, dass sie keinen Rückzieher machte. Warum, konnte er selbst nicht sagen. Er zog Schal und Jacke aus und reichte sie ihr. Im Spiegel konnte er sofort sehen, dass auch sein Hemd einige Blutflecke aufwies, von seiner Hose ganz zu schweigen. Immerhin hatten seine Schuhe nur so wenig abbekommen, dass er sie später mit einem Lappen säubern konnte. Als er nur noch in Unterwäsche da stand, stellte Gigi ihre Waschmaschine an. Anschließend reichte sie ihm ein weiches Duschtuch aus dem Schrank, musterte ihn einmal von oben bis unten und verließ den Raum. Sie hatte sich kaum zwei Sekunden genommen, um ihn anzusehen, dabei jedoch in keiner Weise versucht, ihr Verlangen zu verbergen. Achilleas streifte den Rest seiner Kleidung ab und stellte die Dusche an. Es war nicht das erste Mal gewesen, dass sie ihn auf diese Art angesehen hatte. Während ihrer Reise durch die schottischen Highlands war sie ihm bei einigen Gelegenheiten näher gekommen. Bisher riss er sich mit aller Kraft zusammen, weil sie noch nicht wusste, was es bedeutete, seine Gefährtin zu sein. Er wusch sich gründlich das Gesicht, um ja jeden Blutfleck zu erwischen. Dabei stieß er versehentlich so heftig mit dem Ellbogen gegen das kleine Körbchen für ihr Duschgel, dass es sich von seinen Haken löste. Es gelang ihm, alles aufzufangen, bevor die Shampooflaschen einen Heidenlärm verursachten. Behutsam sortierte er alles wieder an seinen Platz, wobei ihm etwas klar wurde. Er befand sich unter der Dusche einer unabhängigen Frau, die ihm jederzeit die Stirn bieten konnte. Sie würde ihr Leben nicht grundlegend verändern, um nur noch seine Gefährtin zu sein. Von diesen antiken Vorstellungen und Regeln konnte sich der Spartaner getrost lösen. Nicht einmal Asheroth hielt sich in Bezug auf Nadja daran. Er drehte das Wasser ab und begann, sich abzutrocknen. Erst jetzt fiel Achilleas auf, dass sich seine sauberen Sachen in seiner Tasche in Gigis Schlafzimmer befanden. Er wickelte das Duschtuch um seine Hüften und verließ das Bad.

Gigi lehnte sich in den Türrahmen ihres Schlafzimmers und beobachtete, wie er in seiner Reisetasche kramte. Vorhin im Bad hatte sie ihn von vorn betrachtet, nun sah sie die vielen feinen Narben zwischen seinen Schulterblättern. Sie brauchte nur wenige Schritte auf ihn zuzugehen, bis sie die Fingerspitzen nach seiner nackten Haut ausstrecken konnte. Obwohl seine Narben bestimmt sehr alt waren, fühlten sie sich rau an. Die Geschichte dahinter konnte nicht schön sein. Achilleas drehte sich um und fuhr sich mit den Fingern durchs nasse Haar. Ein kleiner Wassertropfen rann seinen Hals hinab und über sein linkes Schlüsselbein. Gigi wischte ihn weg. Dieses Mal wies er sie nicht auf seine zugegebenermaßen charmante Art zurück. Sollte sie ansprechen, warum er das auf ihrer kleinen Urlaubsreise noch getan hatte? Ging ihm ihre Beziehung doch zu schnell voran?

„Ich war übrigens nicht mal dreißig", sagte er und riss sie damit aus ihren Gedanken. Seine arglose Miene brachte sie zum Lächeln.

„Ich musste irgendwas sagen."

„Ich weiß." Er neigte den Kopf zur Seite und küsste sie. Sie spürte seine Hände an ihrer Taille. Er griff fester als sonst in den Stoff ihrer Bluse, drängender. Seine Fingerspitzen wanderten nach hinten über ihren Rücken und dann abwärts. Einen Augenblick ließ sie ihn gewähren, dann drückte sie mit einer Hand gegen sein Brustbein, um ihn zu unterbrechen. „Du musst das nicht, wenn ich dir zu schnell bin."

„Du hast keine Vorstellung, wie sehr ich dich will."

Reflexartig schnappte Gigi nach Luft. Sie fand sich rücklings auf dem Bett wieder.

„Verzeih", sagte er über ihr.

„Ist schon gut." Sie schlang die Arme um seinen Nacken. „Aber wir haben alle Zeit der Welt."

Als Gigi aufwachte, war es draußen noch dunkel. Sie lag auf dem Bauch. Ihre Decke war sorgfältig um sie festgesteckt. Das musste Achilleas getan haben, nachdem sie eingeschlafen war. Sie erwartete, ihn neben sich atmen zu hören, doch es war still. Gigi drehte den Kopf. Er lag vollkommen regungslos da. Im ersten Moment wirkte es ein wenig unheimlich, aber daran würde sie sich gewöhnen. Er hatte den rechten Arm unter seinem Kopf angewinkelt. Sein Oberkörper lag frei, sein eigenes Laken hatte er nur um seine Hüften gewickelt. Sie widerstand dem Impuls, ihn zu berühren, um ihn nicht zu wecken. Stattdessen stand sie auf und holte sich möglichst leise ein Glas Wasser. Als sie sich wieder neben ihn legte, öffnete er die Augen.

„Ich wollte dich nicht wecken", sagte Gigi und rückte näher an ihn heran.

„Das macht nichts." Achilleas legte den linken Arm um sie. Seine Haut fühlte sich nur ein kleines bisschen kühl an, trotzdem erschauderte sie unwillkürlich.

„Ist es noch erträglich?", fragte er.

„Ja! Lass mich nicht los."

Mit einem Lächeln rollte er sich auf den Rücken und zog sie mit sich. Eine Weile schmiegte sie ihre Wange an sein Schlüsselbein und spürte einfach nur, wie seine Fingerspitzen über ihren nackten Rücken wanderten. Gedankenverloren betrachtete sie das halbleere Wasserglas auf ihrem Nachttisch. Wie durstig mochte er im Moment sein? Sie stützte sich auf die Ellbogen und musterte ihn. Äußerlich ließ sich nichts ablesen. Nur während sie sich geliebt hatten, hatten seine Augen kurz geflackert, als würde er sich im nächsten Moment verwandeln.

„Was ist?", fragte Achilleas.

„Fühlst du dich gut?"

Er hob überrascht die Brauen. „Ja, es macht mich glücklich, bei dir zu sein."

„Ich meinte… bist du so durstig, dass du von mir trinken willst?"

Er griff sanft in ihr Genick und setzte sich mit ihr auf. Gigi legte die Arme um seinen Nacken und küsste ihn. Anschließend strich sie ihre Haare beiseite, sodass sie über ihre rechte Schulter nach vorn fielen. Die linke Seite ihres Halses lag frei. Der Vampir schüttelte sacht den Kopf.

„Es ist in Ordnung. Ich habe schon öfter Blut gespendet und weiß, dass ich eine kleine Menge gut verkrafte." Sie sah ihm direkt in die Augen. „Und ich habe keine Angst vor dir."

„Das glaube ich dir auch so", gab er zurück. „Mit mir zu schlafen war gefährlicher, als mir Blut anzubieten."

„Tatsächlich?" Gigi konnte sich einen ironischen Unterton nicht verkneifen. Es war schön gewesen, aber Achilleas hatte die meiste Zeit unerwartet passiv unter ihr stillgehalten. Er verengte die Augen zu Schlitzen. „Deine Knochen brechen aus meiner Sicht so leicht wie trockene Zweige, wenn ich nicht aufpasse. Deine eigenen Fingernägel können deine Haut aufreißen. Was, glaubst du, passiert, wenn ich zu fest zupacke? Meine Zurückhaltung hat einen Grund."

Sie strich mit den Fingerknöcheln über seine Wange. „Versteh mich nicht falsch, ich weiß deine Vorsicht zu schätzen." Sie schob sich von seinem Schoß und legte sich auf den Rücken, wobei sie die Ellbogen aufstützte. „Aber vielleicht halte ich auch mehr aus, als du denkst. Wir finden einen Punkt in der Mitte, wenn du dich darauf einlässt."

Ein paar Sekunden musterte er sie eindringlich.

„Was denn?", fragte Gigi mit einem Lächeln.

„Ich frage mich, ob ich einfach das Blut hätte nehmen sollen", sagte er trocken.

„Komm her."

Dieser Aufforderung kam er endlich nach. Die Weckfunktion ihres Handys unterbrach sie bereits, während sie sich nur küssten. Es war 6:30 Uhr. Achilleas lehnte sich soweit zur Seite, dass er den Alarm ausschalten konnte. Dann sah er sie fragend an. „Wenn wir es jetzt nochmal tun, wirst du zu spät zur Arbeit kommen."

„Heute ist mir das egal." Sie zuckte mit den Schultern.

„Agent Roussel", sagte er mit einem gespielten Vorwurf und begann, sich mit sanften Küssen von ihrem linken Ohr aus nach unten vorzuarbeiten. „Wo bleibt Ihre Dienstbeflissenheit?"

„Wir können das hier ja mit meiner morgendlichen Dusche verbinden."

„Das könnte dir jetzt so passen."

17. Eisbär

Igor schloss seine Zimmertür hinter sich. Nachdem er in den vergangenen Nächten häufig mit den anderen und insbesondere Jurij trainiert hatte, hatte er diesen Nachmittag dazu genutzt, ein wenig zu schlafen und seine Blessuren abheilen zu lassen. Der Steinbockjunge war unermüdlich, so schlecht seine Chancen auch standen. Damit hatte er sich zumindest Katinkas Respekt erkämpft. Irgendwann würden ihn auch die Älteren im Clan mit weniger Skepsis betrachten, da war Igor zuversichtlich. Heute wollte er allerdings nicht mit ihm trainieren, sondern erst einmal nach Okon sehen. Der Hundemann wirkte seit ihrem letzten Gespräch meistens sehr nachdenklich, manchmal sogar wie geistig weggetreten. Er vermied es, sich zu verwandeln, und sprach nur, wenn es unbedingt nötig war. Timur hatte Igor im Vertrauen mitgeteilt, dass im Clan eine geteilte Meinung über Okon herrschte. Die einen wollten trotz seiner Reise zu ihm halten und ihn im Zweifelsfall verteidigen, die anderen hielten es für angemessen, ihn aus Vorsicht fortzuschicken, trauten sich aber nicht, ihr Oberhaupt offen darauf anzusprechen. Diese drastische Maßnahme kam für Igor ohnehin nicht in Frage. Schließlich hatte Okon kein Verbrechen begangen. Er klopfte an seine Tür und wurde hereingebeten. Der Hundemann saß am Fenster und schaute aus einem Buch auf. Seine Gefährtin befand sich dem Klang ihrer Stimme nach unten in der Küche.

„Ich wollte nur sehen, wie es dir geht", begann Igor das Gespräch und setzte sich ihm gegenüber.

„Danke, aber ich habe mich auf meiner Reise wirklich nicht verletzt."

„Das meinte ich nicht."

Okon ließ die Schultern sinken. „Ich weiß. Was soll ich sagen... Die Ungewissheit ist bedrückend."

Der Hyänenmann nickte verständnisvoll. „Ich fürchte, daran wird sich so schnell nichts ändern. Wie steht es um dein Gespür für den Geist? Verändert es sich schon?"

„Ja", gab sein Gegenüber zögerlich zurück. „Wenn die anderen trainieren, nehme ich nicht eine ihrer Verwandlungen wahr. Nicht einmal ein Echo oder sowas, aber das kennst du ja."

„Und sonst?"

„Quentin war so freundlich und hat mich ganz am Anfang nach seinem Geist tasten lassen. Es hat sich nach einer vagen Präsenz angefühlt, aber jetzt denke ich..."

Igor hob die Brauen, als er nicht weitersprach.

„Ich halte es für das Beste, es nicht weiter zu testen. Wenn ich damit den Clan schützen kann, bis die anderen Oberhäupter zur Vernunft gekommen sind, ist es mir das wert." Okon verzog das Gesicht und sah zu Boden. Igor versuchte gar nicht erst, seine Verblüffung zu verbergen. Diese Entscheidung war seinem Freund sicher nicht leicht gefallen. Sogar sein Herzschlag klang härter als noch vor wenigen Atemzügen. Der Hyänenmann erhob sich und legte ihm die Hand auf die Schulter. „Das respektiere ich natürlich. Wenn du trotzdem darüber sprechen möchtest, weißt du, wo du mich findest."

„Danke, Igor."

Er verließ das Zimmer und machte sich auf den Weg in die Bibliothek. Auf der Treppe ins Erdgeschoss entdeckte er Valeska. Sie stützte sich auf das Geländer und bewegte sich auffällig langsam. Igor beschleunigte seine Schritte, um zu ihr aufzuschließen. Mit der freien Hand hielt sie sich den Bauch. Außerdem sah sie blass aus.

„Ist alles in Ordnung?", fragte er zögerlich.

„Nein", brummte sie. „Egal, was ich esse, ich kotze mir die Seele aus dem Leib. Und wenn ich gar nichts esse, ist mir immer noch übel."

Er rieb im Gehen die Hände an seiner Hose ab. Von diesem Phänomen hatte er natürlich schon gehört, aber nicht die geringste Ahnung, was Valeska helfen konnte. Als sie die letzten Stufen erreichte, hielt sie inne und musste augenscheinlich einen Brechreiz unterdrücken. Jason kam ihnen in der Halle entgegen und schaute sie besorgt an.

„Ist es schon wieder so schlimm?", fragte er und berührte seine Gefährtin am Arm. Mit einem entnervten Schnauben schob sie seine Hand weg. „Lass mich in Ruhe, okay?"

Er warf Igor einen hilflosen Blick zu, während sie an ihm vorbei ging. Valeska zog Stiefel und Mantel an.

„Darf ich fragen, was du vorhast?", fragte der Hundemann.

„Ich will einfach nur frische Luft schnappen. Zehn Minuten!"

Es war in den vergangenen Tagen hin und wieder nicht zu überhören gewesen, dass sie miteinander gestritten hatten, doch selbstverständlich mischte sich niemand in ihre Beziehung ein. Jason sah ihr bedrückt nach, als die schwere Tür hinter ihr zu fiel.

„Ich bin jetzt mit Fjodor zur Patrouille eingeteilt. Könntest du darauf achten, dass sie zurückkommt, bevor sie da draußen noch erfriert?", fragte er mit gesenktem Blick.

„Natürlich, kein Problem."

Igor zog sich ebenfalls seine warmen Sachen an und verließ mit ihm das Haus. Fjodor erwartete ihn bereits auf dem Vorplatz. Da Valeska nur einen sehr geringen Vorsprung hatte, senkte der Hyänenmann die Stimme lieber zu einem Flüstern.

„Hat sie die Neuigkeiten denn mittlerweile verkraftet?"

Jason schüttelte mit einem Seufzen den Kopf. „Sie sagt, sie wäre noch längst nicht bereit für ein Kind. Wie sehr ich mich freuen würde, spielt keine allzu große Rolle."

„Und nun?"

Der Hundemann hob ratlos die Schultern. „Wenn sie darauf besteht, fahre ich sie in eine Klinik. Ich konnte sie nur dazu überreden, es sich noch zwei oder drei Wochen zu überlegen."

In keinem anderen Clan würde diese Möglichkeit je zur Debatte stehen, da war Igor sich sicher. Allerdings wollte er in diesem Fall für keinen der beiden Partei ergreifen. Diese Entscheidung mussten Valeska und Jason allein treffen. Fjodor hatte ihre Unterhaltung mit angehört und hob skeptisch die Brauen, doch auch er verkniff sich einen Kommentar.

„Wollen wir dann?", fragte er. Jason nickte müde.

„Igor!", krächzte eine aufgeregte Stimme über ihnen. Es klang nach Felicia. Igor sah nach oben und entdeckte sie im Sturzflug am Abendhimmel. Er streckte den linken Arm aus, damit sie sich bei der Landung abstützen konnte. Keuchend kam sie auf ihren menschlichen Füßen zum Stehen. Fjodor und Jason hatten sich noch keinen Millimeter vom Fleck bewegt.

„Einer der Eisbären wurde auf unserem Land getötet! An der nördlichen Grenze", brachte die Rabenfrau stockend hervor.

„Ist Rüdiger schon dort?", fragte Fjodor. Sie schüttelte den Kopf, aber seit ihrer Entdeckung musste mehr als eine Stunde vergangen sein.

„Falls die Ankunft dieses Mannes längst überfällig ist, könnten sie schon auf dem Weg sein", fügte er hinzu. „Sobald sie ihn finden, werden sie ihre Schlüsse ziehen. Und nicht zu unseren Gunsten."

„Das ist doch Irrsinn", sagte Jason aufgebracht. „Wie sollen wir beweisen, dass wir diesen Bären nicht getötet haben?"

„Das ist die entscheidende Frage." Igor zog Felicias rechten Arm um seine Schultern, um sie zu stützen, und bedeutete den beiden Hundemännern, zu ihren Fahrzeugen zu gehen. Bevor Rüdiger mit seinen zornigen Bären zu ihm kam, wollte er versuchen, die Lage vor Ort zu klären. Mittlerweile waren Katinka und Jurij auf dem Vorplatz erschienen. Er rief ihnen im Gehen zu, wohin sie fahren würden. Die Bärenfrau nickte ihm angespannt zu. Igor setzte Felicia auf den Beifahrersitz des Jeeps, damit sie Fjodor den Weg weisen konnte. Jason und er nahmen auf der Rückbank Platz. So schnell es die verschneite Straße zuließ, legten sie einige Kilometer gen Norden zurück. Als der Weg selbst für den Geländewagen zu uneben wurde, stiegen sie aus und liefen zu Fuß weiter. Felicia hatte sich in der Zwischenzeit weit genug erholt, um über ihnen kreisen zu können. Fjodor merkte an, dass sie sich außerhalb ihres gewohnten Patrouillengebiets befanden. Es gab keinen Pfad, keine menschliche Siedlung in der Nähe. Auf Zeugen brauchten sie nicht zu hoffen.

„Folgt mir", krächzte Felicia über ihnen. „Ich kann die Eisbären sehen."

„Hoffentlich ist nicht der ganze Clan angerückt", brummte Fjodor. „Sonst stehen unsere Chancen schlecht."

„Wir sind nicht hier, um zu kämpfen", sagte Igor bestimmt. Er ging voran. Der Tote lag in einer kleinen Senke bei einem gefrorenen Tümpel. Der ihn umgebende Schnee war blutrot verfärbt und zerfurcht. Der Kampf musste heftig gewesen sein. Rüdiger hockte neben dem Toten im Schnee. Die drei Männer, die ihn begleiteten, traten ihnen mit verschränkten

Armen entgegen, sagten jedoch kein Wort. Igor blieb mit angemessenem Abstand stehen und wartete, bis Rüdiger sich erhob und ihm das Gesicht zuwandte.

„Ihr habt nicht lange auf euch warten lassen", sagte der Bärenmann grimmig.

Während er sprach, landete Felicia auf Jasons Schulter. Igor wies zu ihr hinüber. „Meine Späherin erkannte den Ernst der Lage und führte uns her."

„Was du nicht sagst." Rüdiger bleckte die Zähne. „Hat sie ganz zufällig auch beobachtet, wer das angerichtet hat?"

„Nein, sonst hätte sie es dir längst gesagt", gab er in einem möglichst ruhigen Tonfall zurück. „Erlaubst du, dass ich mir den Toten näher ansehe?"

„Wie bitte?" Ein leises Grollen lag in seiner Stimme. Fjodor und Jason rückten wie automatisch näher an ihr Oberhaupt heran. Igor hob beschwichtigend die Arme und trat einen Schritt vor. „Ich habe schon einige verschiedene Bisswunden gesehen. Vielleicht kann ich es eingrenzen."

Rüdigers Männer rührten sich keinen Millimeter.

„Außerdem befindet ihr euch auf meinem Boden", fuhr er fort. „Ich habe das Recht, zu erfahren, was hier geschehen ist."

„Wie du willst", gab der Anführer der Eisbären kühl zurück. Igor glaubte, den bohrenden Blick seines Onkels im Rücken zu spüren, als er allein an den hünenhaften Männern vorbei ging, die Rüdiger und die Leiche abschirmten. Zuerst besah er sich die direkte Umgebung. Es führten zwei Fußspuren von Südosten zu der Senke, aber keine davon wieder heraus. Die Eisbären waren von Norden hergekommen und außer Rüdiger schien sich niemand der Leiche genähert zu haben. Igor ließ sich neben dem Toten auf ein Knie sinken. Die fürchterlichen Bisswunden waren breiter, als er die Finger spreizen konnte. Nur um sicherzustellen, dass er keine Möglichkeit ausließ, streckte Igor die Hand nach dem Kopf des Toten aus. Doch da war nichts mehr, nicht einmal ein Echo seines Geistes. Sein Gesicht war entsetzlich verzerrt, dennoch war zu erkennen, dass er noch sehr jung gewesen war. Vermutlich hatte er noch nicht einmal aufgehört, zu altern. Der Körper war bereits steifgefroren.

„Was tust du da?", fragte Rüdiger ungeduldig. Eine gewisse familiäre Ähnlichkeit zwischen ihm und seinem verlorenen Krieger war nicht zu übersehen. Igor richtete sich wieder auf, um wenigstens nicht vom Boden zu ihm aufsehen zu müssen. „War er dein Sohn?"

„Mein jüngster Neffe. Er wollte nur nach Hause kommen."
Der Hyänenmann nickte bekümmert. „Ich bedaure deinen Verlust."

Das Oberhaupt des Polar-Clans starrte ihn mit eiserner Miene an. „Was hast du an seinem Kopf gesucht?"

„Ich wollte sehen, ob ich einen Rest seines Geistes spüren kann, aber dem ist nicht so."

Seine ehrliche Antwort stieß vor allem auf Argwohn, das konnte er in Rüdigers Augen ablesen. Obwohl sie hergekommen waren und sich hilfsbereit zeigen wollten, standen sie unter Verdacht.

„Verschone mich damit", knurrte der Bärenmann. „Was hast du zu den Bisswunden zu sagen?"

„Für einen Vampir oder einen Werwolf sind sie zu groß. Hybriden würde ich ebenfalls ausschließen."

Rüdiger grinste freudlos. „Endlich etwas, in dem wir übereinstimmen."

Er warf Jason und Fjodor einen abschätzigen Blick zu. „Deine Köter waren es bestimmt nicht, auch wenn der eine alt ist."

Fjodor schnaubte abfällig. Seine Hundegestalt war im Vergleich zu Okon beeindruckend, aber Rüdigers Einschätzung war korrekt, wenn auch herabsetzend formuliert. Der Nacken des Bären war im Grunde mit einem kräftigen Biss zerfetzt worden. Dazu war Fjodor nicht in der Lage.

„Kein Grund, sie zu beleidigen", gab Igor zurück.

„Verzeihung", knurrte der Bärenmann sarkastisch. „Wer kommt sonst in Frage? Die Frau, die dich auf die Konferenz begleitet hat?"

Ein so offener Vorwurf gegen Katinka kam für manche Oberhäupter einer Kriegserklärung gleich. Da war Igor sich sicher, ohne auf die Erfahrung seines Onkels zurückzugreifen. Aus diesem Grund mied er es, sich zu ihm umzudrehen.

„Das war *niemand* von uns. Hier entlang zu laufen ist kein Grund, deinen Neffen zu attackieren. Es ist noch nicht einmal eine Provokation, da wir nicht im Streit liegen", sagte Igor mit Nachdruck.

„Warum musste er dann auf deinem Boden sterben?"

Rüdigers Stimme war zu einem bedrohlichen Flüstern geworden. Fjodor und Jason näherten sich mittlerweile den Bärenmännern, die ihnen den Weg versperrten. Felicia saß regungslos auf Jasons Schulter. Zahlmäßig war die Situation ausgeglichen, doch die Rabenfrau würde einem Eisbären kaum etwas entgegensetzen können.

„Das kann ich dir nicht beantworten", gab Igor zu. „Aber ich habe eine Vermutung, wessen Gestalt mächtig genug ist, um das anzurichten. Ich muss jemanden anrufen."

Er zog sein Handy hervor. Die Netzanzeige brachte es nicht einmal auf einen Balken. Völlig unerwartet reichte Rüdiger ihm ein Satellitentelefon. „Was anderes funktioniert hier draußen nicht. Mach deinen Anruf. Ich bin überaus gespannt, wessen Meinung uns hier weiterhelfen soll."

Anschließend verschränkte der Bärenmann die Arme vor der Brust und sah ihm argwöhnisch dabei zu, wie er wählte. Nach dem dritten Freizeichen meldete sich eine gewohnt unfreundliche Stimme.

„Wer ist da?"

„Hier spricht Igor. Ich grüße dich, Asheroth."

Rüdiger lehnte sich ungläubig vor. Igor war bewusst, dass er sein Misstrauen nur steigern konnte, wenn er ausgerechnet jetzt einen Vampirältesten kontaktierte. Selbstverständlich hätte er lieber Freya angerufen, aber falls sie überhaupt ein Handy besaß, hatte er ihre Nummer nicht.

„Bist du inzwischen Soraya begegnet?", fragte er.

„Nein, sie ist verflucht gut darin, zu verschwinden."

Igor hätte sich auf die Zunge beißen können. „Hältst du es trotzdem für möglich, dass sie in Nordsibirien herumstreift?"

„Kannst du dir kein größeres Gebiet für diese Frage aussuchen? Und wie kommst du darauf?", gab Asheroth ungeduldig zurück.

„Ich stehe vor der Leiche eines Eisbären aus dem Polar-Clan, dessen Genick von Zähnen zerfetzt wurde, die definitiv größer sind als meine."

Einen Augenblick herrschte Stille am anderen Ende der Leitung. Ob sich der Vampir mit jemand anderem verständigte? Oder legte er gerade seine freie Hand auf den Boden, um ihn zu orten? Er hatte zwar nie explizit Igors Signatur aufgenommen, aber sie waren sich mittlerweile so oft begegnet, dass er ihn vermutlich auch so finden konnte.

„Ich hatte vor Darius' Quartier die Gelegenheit, mir einen Eindruck von Soraya zu verschaffen", sagte der Älteste schließlich. „Sie ist über 2400 Jahre alt, ihre Löwengestalt ist mit Sicherheit mächtig genug, um den größten von euch in Stücke zu reißen. Gibt es Fußspuren?"

„Keine, die von hier fortführen. Freya hat einmal erwähnt, dass Soraya trotz allem immer wieder Gefolgsleute hatte. Es wäre möglich, dass ein Adler sie fortgetragen hat."

Während Igor diese Vermutung aussprach, hob Rüdiger die Brauen.

„Wenn du trotzdem den Verdacht hast, dass sie noch in der Nähe ist, sieh lieber zu, dass du dort wegkommst", sagte Asheroth mit Nachdruck.

„Wir sind zu acht. Sie wird es nicht wagen."

„Dann empfehle ich, dass ihr zusammen bleibt."

Damit war das Gespräch beendet. Der Hyänenmann rieb sich kurz die Stirn, bevor er Rüdiger wieder ins Gesicht sah. Er hatte größere Hoffnungen in diesen Anruf gesetzt. Wider Erwarten schien der Anführer des Polar-Clans allerdings über das Gehörte nachzudenken.

„Eins muss ich dir lassen", sagte er. „Du hast wirklich Nerven."

Igor gab ihm sein Telefon zurück. Ein Blick über die Schulter verriet ihm, dass seine Begleiter nicht länger mit verschränkten Armen einen Wall bildeten. Als würden sie auf Rüdigers nächsten Befehl warten, seit er Soraya als Mörderin seines Neffen in Betracht zog.

„Befinden sich Adler unter den Abtrünnigen, die sich dir angeschlossen haben?", fragte er.

„Nein und die beiden Adler, die ich kenne, würden Soraya niemals zu Hilfe kommen. Eher würden sie sie angreifen und dabei draufgehen."

„Aber warum er?", fragte Rüdiger erneut. „Hat er ihr einfach nur im Weg gestanden und deshalb hat sie ihm das angetan?"

„Ich weiß, das ergibt keinen Sinn. Aber nach dem, was ich gehört habe, bin ich nicht sicher, ob Soraya noch bei klarem Verstand ist." Igor verkniff es sich mit aller Macht, die Hände an seiner Hose abzureiben. Ihm war bewusst, wie verunsichert diese Geste manchmal wirkte, und in Gegenwart dieses Oberhaupts wollte er unbedingt Haltung bewahren. Schließlich schien Rüdiger ihm mittlerweile etwas mehr Glauben zu schenken. Er fuhr mit der Hand durch sein kurzes weißes Haar. „Seid ihr den ganzen Weg zu Fuß gekommen?"

„Nein, unser Wagen steht in dieser Richtung." Igor wies den Pfad entlang, den ihre Fußspuren im Schnee hinterlassen hatten.

„Wir begleiten euch ein Stück." Der Bärenmann hob den Körper seines Neffen behutsam in seine Arme, um ihn zu tragen. Gemeinsam gingen sie schweigend durch die winterliche Einöde, wobei sich jeder Einzelne von ihnen hin und wieder aufmerksam umsah. Dabei kreiste Felicia über ihnen und würde sie rechtzeitig warnen. Erst als der Jeep in Sicht kam, verabschiedeten sich die Eisbären.

„Sollte ich etwas Neues herausfinden, lasse ich es dich wissen", versprach Igor.

„Gut."

Rüdiger warf ihm einen letzten Blick zu, den er nicht recht deuten konnte. Hatte er trotz seines Anrufs bei Asheroth ein wenig Vertrauen aufbauen können oder es letztendlich doch nur schlimmer gemacht?

Als Jason den Wagen auf seinem angestammten Platz parkte, kamen ihnen Katinka und Jurij bereits entgegen. Auch alle anderen, die gerade trainiert hatten, wollten lauschen. Die Nachricht, dass sie keinen offenen Konflikt mit Rüdiger beginnen würden, sorgte für große Erleichterung. Igors Vermutung über Soraya gab ihnen zu denken.

„Denkst du wirklich, sie treibt sich an der Grenze zweier mächtiger Clans herum?", fragte Charlotte nachdenklich. Sie verschwand zur Hälfte hinter Katinkas Schulter.

„Selbst wenn ein Adler auf sie Acht gibt, geht sie damit immer noch das Risiko ein, von uns oder Rüdigers Kundschaftern gesehen zu werden."

„Das ist richtig, aber jemand anders fiel mir nicht ein. Kennt einer von euch Einzelgänger, die alt und mächtig genug wären?", fragte Igor.

„Nein", sagte Jason. „Aber ich frage zur Sicherheit eine alte Bekannte."

Unter den Anwesenden befanden sich weitere ehemals Abtrünnige. Auch sie versprachen, ihre alten Kontakte durchzugehen. Nach und nach löste sich die Gruppe auf. Nur Charlotte blieb bei Igor und Fjodor stehen.

„Wer auch immer es war, ich möchte nicht in der Haut desjenigen stecken, wenn Rüdiger es herausfindet", sagte sie und schob die Hände in die Jackentaschen.

„Bist du ihm schon mal begegnet?", wollte der Hyänenmann wissen. Sie nickte. „Meinem alten Anführer ist es vor gut drei Jahrzehnten einmal gelungen, ein Treffen auf neutralem Boden mit ihm auszuhandeln. In der Hauptsache ging es um Unterstützung gegen eine andere Splittergruppe, die erstaunlich viele Begabte besaß. Rüdiger hat abgelehnt, trotz des Angebots, die meisten davon zu bekommen. Und er sagte damals, er würde seine Neffen nie für einen solchen Kampf hergeben. Er scheint ein Mann mit Prinzipien zu sein."

„Hoffen wir, dass du mit deiner Einschätzung wieder einmal richtig liegst", knurrte Fjodor sarkastisch und marschierte zum Haus. Charlotte sah ihm traurig nach, dann rieb sie sich die Stirn.

„Er wird mir nie verzeihen, dass ich seine Zuneigung ausgenutzt habe", murmelte sie.

„Kannst du es ihm verübeln?", fragte Igor.

„Nein, eigentlich nicht. Als ich ernsthaft mit dem Spionieren angefangen habe, habe ich ihn ausgesucht, weil es weniger verdächtig war, als mich direkt dir zu nähern. Und er ist redseliger als du." Charlotte zog ihre Jacke enger um sich. „Wenn er will, ist er auch charmant."

Auf diese Anmerkung erwartete sie offensichtlich keine Antwort. Sie wandte sich ab und ging wieder auf den Trainingsplatz zu.

18. Jagd

Irgendwo in der Nähe flatterte ein Vogel vorbei. Shaun stellte seine Ohren in einen anderen Winkel, um ihn besser orten zu können. Es funktionierte tatsächlich. Nachdem er an ein paar Kiefern vorbei geschlichen war, machte er die Krähe mit vier ihrer Artgenossen auf einem Ast hoch über seinem Kopf aus. Mit einem lauten Krächzen flogen die Vögel davon, als sie ihn trotz der Dunkelheit entdeckten. Die wenigen Tiere, denen er bis jetzt in seiner Pumagestalt begegnet war, reagierten alle auf diese Art. Verdenken konnte er es ihnen nicht. Erstens war er ein Raubtier und zweitens glühten seine Augen eisblau. Ihr Instinkt musste ihnen die sofortige Flucht befehlen. Dennoch wollte Shaun lernen, die Sinne seiner zweiten Gestalt besser zu nutzen. Kleine Tiere aufzuspüren, wenn er sich wie in dieser Nacht mit Yvette und Gwen auf Patrouille durch den Wald befand, war kein schlechter Anfang. Eilig begab er sich zu ihrem vereinbarten Treffpunkt. Die beiden Vampirinnen erwarteten ihn bereits.

„Wir sind nicht allein", flüsterte Gwen und wies in die Richtung, in der sie denjenigen vermutete. Zu dritt bewegten sie sich so leise wie möglich durch den dichten Wald. Shaun übernahm die Spitze, sobald er einen Herzschlag in der Ferne hörte. Es handelte sich um einen Vampir. Obwohl sie näher kamen und er sie mittlerweile bestimmt wahrnahm, rührte er sich nicht vom Fleck. Vor ihnen lag eine Anhöhe, hinter der es steil bergab ging. Der Puma drückte sich dicht an den schneebedeckten Boden, damit sein Umriss gegen das Mondlicht noch nicht zu sehen war, und spähte zwischen zwei großen Steinen hindurch über den Rand des Abhangs. Unterhalb seiner Position tat sich eine Lichtung auf, an deren Ende Asheroth saß. Er drückte die Handflächen auf den

Boden, wozu er einen guten Quadratmeter Fläche vom Schnee befreit hatte. Shaun erhob sich in seiner menschlichen Gestalt und winkte die beiden Vampirinnen heran.

„Das Anschleichen hätten wir uns sparen können", murmelte Yvette, während sie den Abhang hinab stiegen. Der Älteste öffnete die Augen, als sie noch einige Meter von ihm entfernt waren.

„Ich grüße dich, Gebieter", sagte Gwen. „Dürfen wir uns erkundigen, wonach du hier auf unserem Gebiet suchst? Oder besser gesagt, nach *wem*?"

Asheroth erhob sich und zupfte seine Jacke zurecht. Shaun bemerkte erst jetzt, dass er trotz der Schneemassen barfuß war.

„Ich habe vorgestern einen Anruf von Igor erhalten. Er vermutet, dass Soraya auf seinem Gebiet war und einen Eisbären aus dem Polar-Clan getötet hat. Ich will ausschließen, dass sie sich nun in eurer Nähe herumtreibt."

„Und?", fragte Yvette gespannt. „Macht sie es uns tatsächlich so einfach?"

„Unterschätze diese Frau bloß nicht. Sie hat euch viele Jahrhunderte voraus", ermahnte er sie. „Und so ungern ich es zugebe, der Schnee dämpft meine Wahrnehmung. Jemand war hier, aber ich bin nicht sicher, ob sie es war."

„So oder so, deine Entdeckung ist beunruhigend", merkte Gwen an. „Willst du direkt weiter oder kommst du mit uns, um Anzheru zu unterrichten?"

Er musterte sie kurz. „Letzteres."

Gemeinsam kehrten sie zum Hauptquartier des Nördlichen Clans zurück. Ihr Oberhaupt befand sich mit einigen Clan-Vampiren im Saal. Letizia hieß Asheroth als erste willkommen und umarmte ihn mit einem strahlenden Lächeln. Shaun fragte sich manchmal, woran sie erkannte, dass er ihre Zuneigung erwiderte. Nicht einmal für sie zeigte sich eine Regung auf dem Gesicht des Ältesten. Anzheru erhob sich von seinem Stuhl. „Ich grüße dich, Vater. Du wünschst?"

In aller Kürze berichtete Asheroth von Igors Anruf und den fremden Spuren, die von Süden in Richtung des Clans und auf ähnlichem Weg wieder zurück führten.

„Ich werde dem nachgehen. Kommst du mit mir?"

„Sicher. Gib mir ein paar Minuten, um mit meiner Gefährtin zu sprechen."

Bevor ihr Oberhaupt den Saal verließ, wies er Yvette an, die übrigen Clan-Mitglieder zu informieren. Gwen stieß Shaun sacht mit dem Ellbogen an. „Wir sollten unsere Sachen packen. Das wird bestimmt länger dauern als eine Patrouille."

Mira schob Horatios Handschrift von sich weg und sank mit der Stirn auf die kühle Tischplatte. Seit Tagen saß sie im Grunde ununterbrochen in der kleinen Bibliothek der Villa und brütete über dem Buch, das sie von den Ältesten geliehen hatte. Die Grundstrukturen der sogdischen Sprache hatte sie sich mittlerweile erschlossen, allerdings schien Horatio sich nicht daran gehalten zu haben. Außerdem war seine Handschrift in etwa so leserlich wie die eines Arztes kurz vor der Berentung. Auch als die Tür der Villa geöffnet wurde, fand Mira nicht den Elan, den Kopf zu heben.

„Wie ich sehe, bist du mit Begeisterung bei der Arbeit", lautete Anzherus ironischer Kommentar. Sie drehte den Kopf so weit, dass sie ihn im Türrahmen stehen sehen konnte. Sein Lächeln verschwand, während er ihr von Asheroths Entdeckung berichtete.

„Willst du uns begleiten?", fragte er. „Oder fesselst du dich an den Tisch, bis du irgendetwas in Horatios Gekritzel entdeckt hast?"

Mira setzte sich auf und rieb sich die Augen. „Du wolltest mich nicht einmal allein nach Aberdeen reisen lassen, aber wenn Asheroth Jagd auf einen Unbekannten macht, soll ich mitkommen?"

„Ich möchte, dass du in meiner Nähe bleibst. Von einem Kampf mit einem Unbekannten war nicht die Rede und selbstverständlich wirst du nicht allein sein", entgegnete er.

„Nebenbei war das noch keine Antwort auf meine Frage."

Einen Moment dachte sie darüber nach, wie viele Tage sie möglicherweise durch diese Jagd verlieren würde. Andererseits hatte Mira mittlerweile das Gefühl, dringend eine Pause zu brauchen, da sie keine Konzentration mehr aufbringen konnte. Bevor sie Horatios Buch aus Frustration in Fetzen riss, wollte sie lieber ein paar Tage Abwechslung riskieren. Sie nickte ihrem Gefährten entschlossen zu, dann packte sie das Buch in seine Transportkiste, um es während ihrer Abwesenheit zu schützen.

Wenige Stunden später erhielt Gwen einen Anruf von ihrem Oberhaupt, um einen Treffpunkt zu vereinbaren. Shaun fuhr mit der Leibwächterin und Mira in einem Geländewagen Richtung Süden, während Asheroth und Anzheru der Fährte durch den Wald folgten, die nur der Älteste finden konnte. Sie trafen sich an der Straße, die nach Oslo führte. Unterwegs hielten sie hin und wieder an, damit Asheroth kurz aussteigen und sich vergewissern konnte, dass sie den fremden Spuren noch folgten. Bei ihrem dritten Halt merkte der Älteste an, dass er mittlerweile die Echos von vier Geschöpfen wahrnehmen konnte. Als sie Oslo erreichten, war es längst Mittag und trotz einiger Wolken taghell. Zur Sicherheit übertrug Mira ihre Wärme auf Gwen. Shaun brauchte sich um dieses Thema zum Glück keine Sorgen zu machen. Auch intensives Sonnenlicht konnte ihm im Gegensatz zu Miras Lichtwesen nichts anhaben.

„Halt hier an", forderte der Älteste, als sie in eine Straße einbogen, die sie ins Stadtzentrum führen würde. Er stieg aus und ging zu Fuß weiter, wobei er erst eine Hauswand und dann einen hohen Zaun mit der Hand streifte. Dieser umgab den Parkplatz einer Autovermietung. Asheroth bedeutete ihnen, zu warten, und betrat das Firmengelände.

„Braucht er auf diese Weise nicht manchmal Monate, um jemanden aufzuspüren?", fragte Shaun.

„Das ist durchaus schon vorgekommen", antwortete Anzheru und warf ihm im Rückspiegel einen warnenden Blick zu. Der Hybrid nickte mit hochgezogenen Brauen. Es wäre ihm nie eingefallen, den Ältesten dafür zu kritisieren. Er fragte sich nur, woher Asheroth die Geduld nahm, auf diese Art zu suchen. Nach wenigen Minuten verließ der Älteste das Büro der Autovermietung und kehrte zu ihnen zurück.

„Erst vorgestern haben drei Männer und eine Frau hier einen Wagen gestohlen", berichtete er. Dann zog er sein Handy aus der Jackentasche und wählte eine Nummer. Shaun glaubte, Leyths Stimme am anderen Ende der Leitung zu erkennen.

„Hol mir Hugh ans Telefon", forderte Asheroth. Es dauerte nur wenige Sekunden, dann meldete sich der Hybrid.

„Ich habe das Kennzeichen eines gestohlenen Autos. Kannst du es ausfindig machen, sofern die Polizei irgendwelche Hinweise hat?"

Hugh zögerte ein wenig mit der Antwort. „Theoretisch ginge das, wenn es in der Verkehrsüberwachung auftaucht. Aber an diese Systeme kommt man nicht so einfach und ich vermute, du hältst dich gerade nicht in Großbritannien auf, Gebieter?"

„Ich kann dein Suchgebiet auf Südschweden eingrenzen. Dorthin müssten sie geflüchtet sein."

„Das ist ein Anfang, aber…"

„Aber was?", fragte Asheroth ungeduldig.

„Ich müsste dorthin und die Suche nach den Mitwissern der Firma unterbrechen."

Im Hintergrund waren Geräusche zu hören, weshalb Hugh zuerst nicht weitersprach. Dann kündigte er an, den Lautsprecher des Telefons zu aktivieren, damit Achilleas an ihrem Gespräch teilnehmen konnte.

„Wem bist du auf der Spur, Bruder?", fragte er.

Asheroth klärte ihn in wenigen Sätzen über die Situation auf.

„Ich denke, es sind Hybriden, nicht Soraya. Die Gestalten auf den Überwachungsbändern sehen nicht nach gewöhnlichen Unsterblichen aus und es passt am ehesten zu dem, was ich ertasten konnte, als ich nicht mehr knietief im Schnee stehen musste."

„Wir treffen uns in Malmö", gab Achilleas gut gelaunt zurück. „Ich werde auch Marek und Leandros mitbringen."

„Beeilung, sonst verlieren wir sie. Ihre Fußspuren wieder zu finden, würde Tage dauern, wenn nicht noch länger."

Diese Tatsache verärgerte ihn dem leisen Grollen in seiner Stimme nach sehr. Shaun sah den Ältesten auf dem Beifahrersitz lieber nicht direkt an, sondern fädelte sich wieder in den fließenden Verkehr ein.

„Hugh bucht schon Flugtickets", antwortete Achilleas gelassen und beendete das Gespräch.

19. Haroon

Igor schloss den Reißverschluss seiner Jacke und verließ das Quartier. Fjodors Patrouille war seit ein paar Minuten überfällig. Das kam aufgrund des tiefen Schnees durchaus häufiger vor, aber seit dem Vorfall mit Rüdigers Neffen beunruhigte es ihn wesentlich mehr, wenn seine Clan-Hunde länger als geplant fortblieben. Deshalb hatte er auch angeordnet, dass sie, statt wie gewohnt zu zweit, mindestens zu viert auf Patrouille gingen. Über ihm ertönte ein lautes Krächzen. Felicia rief ihm zu, dass sie Fjodor und die anderen bereits sehen konnte. Igor streckte einen Arm aus, damit sie sich bei der Landung abstützen und verwandeln konnte.

„Danke", sagte sie und ging sofort weiter ins Haus, um sich aufzuwärmen. Außer ihr gab es einen weiteren Raben im Clan. Sie ließen nur sehr kurze Lücken zwischen ihren Spähflügen vergehen und hatten wie die Patrouillen seit Tagen nichts Verdächtiges entdeckt. Dennoch mussten sie wachsam bleiben. Sein Onkel, Timur, Jason und Okon tauchten in seinem Sichtfeld auf. Ein Teil ihrer üblichen Strecke war wegen Schneeverwehungen nicht passierbar gewesen, mehr hatten sie nicht zu berichten. Der Hyänenmann betrat mit ihnen das Haus. Während sie die Jacken und Stiefel auszogen, kam Olga aus dem Korridor zur Bibliothek auf Igor zugelaufen. Mit einem Lächeln reichte sie ihm sein Handy, das er am Mittag bei seiner derzeitigen Lektüre liegen gelassen hatte. Auf dem Display wurde ihm ein entgangener Anruf von Jasmina angezeigt. Seit ihrem ersten offiziellen Gespräch hatte er nichts mehr von ihr gehört.

„Danke, Kleines", sagte er zu Olga und drückte sofort auf Rückruf. Normalerweise hätte er sich in einen stilleren Raum zurückgezogen, um die Vampirin ungestört zu sprechen. Da sie dieses Mal jedoch kein förmliches Schreiben geschickt hatte, schien es dringend zu sein.

„Hallo", meldete sie sich nach dem zweiten Freizeichen. Die Hundemänner schauten Igor verwundert an, schließlich erkannten sie ihre helle Stimme sofort wieder.

„Ist etwas passiert?", fragte er ohne Umschweife.

„Du weißt, dass ich eine direkte Grenze zu Haroons Gebiet habe?", gab sie zurück.

„Natürlich."

„Mein Pilot hat ihn und vier seiner Kämpfer zufällig beobachtet, als sie die Grenze im Süden meines Landes überschritten haben, aber zu mir will er ohne Ankündigung sicher nicht", fuhr Jasmina fort. „Sie waren auf dem Weg nach Osten, also vermutlich zu dir. Muss ich davon ausgehen, dass ihr euch in einem Konflikt befindet und noch mehr Gestaltwandler mein Land passieren?"

Igor rieb sich angestrengt die Stirn. „Wir pflegen keine guten Beziehungen, aber ich habe ihm keinen Grund gegeben, uns anzugreifen. Bitte schick noch niemanden. Ich gehe ihm entgegen und versuche, das zu klären."

„Viel Glück dabei." Sie legte auf und gab ihm somit keine Gelegenheit, ihr für diese heikle Information zu danken. Die Hundemänner zogen sich bereits wieder an, ohne seine Befehle abzuwarten. Nur Okon zögerte. Außerdem näherten sich ihnen Katinka, Felicia und drei weitere Clan-Mitglieder aus dem Empfangssaal.

„Habe ich richtig gehört? Wir bekommen unerwünschten Besuch?", fragte die Bärenfrau und griff nach ihrem Mantel. Felicia machte sich ebenfalls bereit, sofort aufzubrechen, obwohl sie gerade erst zurückgekehrt war. Igor steckte sein Handy ein und nickte bedächtig. „Sie sagte, es seien Haroon und *vier* seiner Kämpfer. Das heißt, wir werden ihnen ebenfalls nur zu fünft entgegengehen."

„Ist das dein Ernst?", fragte Timur ungläubig. „Der Blutsauger kann nochmal so viele von ihnen übersehen haben."

„Das denke ich nicht", gab er bestimmt zurück. „Ihr vier kommt mit mir und sonst niemand."

Damit meinte er Fjodor, Timur, Jason und Katinka. Okon schien ihm für einen Moment widersprechen zu wollen, doch dann zog er seine Stiefel aus, auf denen noch einige Schneeflocken tauten, und trottete davon. Felicia hob eine Hand. „Lass mich wenigstens ein Stück voraus fliegen, damit ich euch warnen kann, falls sich Jasminas Vampir geirrt hat."

„Das ist ein guter Vorschlag", warf Fjodor ein. „Sie würde das diplomatische Gleichgewicht nicht gefährden. Haroon hält Raben für zu mickrig, um zu kämpfen, besonders wenn es Frauen sind."

„Je mehr ich von diesem Mann höre, desto sympathischer wird er mir." Die Rabenfrau grinste sarkastisch, aber das änderte nichts an ihrer Entschlossenheit. Igor stimmte widerwillig zu. Trotz allem musste er schließlich Vorsicht walten lassen. Den ersten Teil des Weges legten sie mit dem Jeep zurück. Es kam nur eine asphaltierte Straße in Frage, die sie in die Richtung führen würde, von der Jasmina gesprochen hatte. Wenige Kilometer vor ihrer eigenen Grenze stoppte Jason den Wagen und sie stiegen aus. Felicia erhob sich sofort in die Lüfte. Timurs Vorschlag, dass sie sich aufteilen sollten, um die Suche zu beschleunigen, lehnte Igor vehement ab. Er ging voran, Katinka und seine Hunde hielten sich in V-Formation dicht hinter ihm.

„Sie sind in der Nähe", flüsterte Fjodor nach wenigen Minuten. „Mindestens zwei haben sich gerade verwandelt."

„In dieser Richtung würde ich schätzen", ergänzte Jason und wies leicht nach links. Igor passte seine Laufrichtung sofort an und erhöhte das Tempo. In dieser Gegend war der Schnee glücklicherweise weniger tief und sie kamen schnell voran.

„Hierher!", krächzte Felicia aufgeregt. Igor brauchte einen Augenblick, um ihren Umriss am dunklen Himmel auszumachen. So schnell sie konnten, schlossen sie zu ihrer Position auf. Der Wind trug ihnen den metallischen Geruch von Blut entgegen. Sie stießen auf einen Körper, um den sich der Schnee tiefrot gefärbt hatte. Als er den Mann zu sich umdrehte, erkannte Igor ihn als einen der Leibwächter wieder, die Haroon auf die Versammlung begleitet hatten. Sein Herz schlug nicht mehr, von seinem Geist war kein Echo mehr auszumachen. Aber sein Körper war noch warm. Spuren von riesigen Pranken führten von der Leiche fort. Haroon besaß eine Löwengestalt, aber so groß waren seine Abdrücke sicher nicht. Igor ließ den Toten zurück in den Schnee sinken und rannte weiter. Obwohl es seine Gegenwart ankündigen würde, nahm er im vollen Lauf seine Hyänengestalt an. Die Spuren führten sie zu einer großen Felsformation. Das Brüllen eines Löwen ertönte.

„Es ist Haroon!", rief Timur. Igor sprang die ersten Felsen hinauf. Hastig suchte er den schnellsten Weg über Vorsprünge und durch Spalten im Fels, um auf den glatten Steinen nicht klettern zu müssen. Die Hunde und Katinka taten es ihm nach, dennoch fielen sie in diesem Gelände hinter ihm zurück.

„Warte auf uns, Neffe!", bellte sein Onkel hinter ihm. Ein zweites Mal brüllte Haroon und es klang, als würde er um sein Leben kämpfen. Igor entdeckte zu seinem Entsetzen Felicia, die im Sturzflug hinter den Felsen zu seiner Rechten verschwand. Nach ihrem Krächzen ertönte ein dumpfes Geräusch wie von einem Aufschlag auf Gestein. Er hechtete die letzte Anhöhe hinauf und sah in der Schlucht vor sich gerade noch, wie der Schwanz einer Löwin zwischen den Felsen in der Dunkelheit verschwand. Sein Instinkt hatte ihn nicht getäuscht. Soraya schlich auf seinem Land herum, machte sich jedoch aus dem Staub, sobald sie sich mit vielen Kämpfern auf einem Fleck konfrontiert sah. Statt sie zu verfolgen, kletterte er die steil abfallende Felswand hinunter, um nach Haroon zu sehen. Als er den Grund der Schlucht erreichte, nahm das Oberhaupt des Indischen Clans keuchend seine menschliche Gestalt an. Ein weiterer seiner Leibwächter lag schwer verletzt am Boden, atmete jedoch noch. Igor verwandelte sich ebenfalls zurück. Seine Leibwächter erschienen am oberen Rand der Felsen.

„Wir nehmen die Verfolgung auf", rief Fjodor ihm zu.

„Bleibt um jeden Preis zusammen!", befahl der Hyänenmann, dann wandte er sich wieder zu Haroon um. Diese Strategie hatte er offensichtlich nicht verfolgt.

„Wie schlimm ist es?", fragte Igor ohne förmliche Begrüßung. In dieser Situation konnten sie nach seinem Empfinden darauf verzichten, ohne einander zu beleidigen. Der Löwenmann presste eine Hand auf die klaffende Wunde in seiner Brust. „Es geht schon. Da war plötzlich ein Rabenmädchen. Gehört sie zu dir?"

„Ja, wo ist sie?"

Er wies vage zu einer Felsspalte hinüber und schleppte sich hinter Igor her, um sie zu suchen. Sie fanden Felicia am Boden zwischen ein paar Steinen. Sie rührte sich nicht, ihr Atem ging flach.

„Sie hat Soraya vom nächsten Angriff auf mich abgehalten und wurde dabei von einem Prankenhieb getroffen. Sie muss sich beim Aufprall auf den Stein dort den Schädel angeschlagen haben." Haroon schüttelte ungläubig den Kopf. In seiner Miene lag schon fast etwas wie Bewunderung für den Mut der Rabenfrau. Behutsam hob Igor Felicia auf seinen Arm, wobei er darauf achtete, ihren rechten Flügel möglichst wenig zu bewegen. Er stand in einem unnatürlichen Winkel von ihrem Körper ab.

„Woher wusstest du überhaupt, wo du uns suchen musst?", fragte der Löwenmann.

„Jasmina hat bemerkt, dass du ihr Land durchquert hast, und fragte mich, ob wir einen Konflikt austragen werden. Da wollte ich dir lieber entgegen kommen." Damit verriet Igor ihm nicht mehr über seine Beziehung zu Jasmina, als er ohnehin schon wusste. Haroon wischte sich mit dem Handrücken durchs Gesicht. „Bitte betrachte das hier nicht als Provokation. Wir haben dein Land betreten, um die Verräterin zu jagen."

„Ich glaube, sie hat sich nur gezeigt, um dich in eine Falle zu locken."

Während er von Rüdigers getötetem Neffen auf seinem Land berichtete, regte sich Felicia. Mit einem leisen Ächzen streckte sie die Beine und ließ sich von seinem Arm gleiten, um auf ihren menschlichen Füßen zum Stehen zu kommen. Igor hielt sie vorsichtshalber noch einen Moment fest.

„Es geht mir gut", sagte sie leise und rieb mit der linken Hand über den blutigen Fleck auf ihrer Stirn. „Habt ihr sie erwischt?"

„Nein", antwortete Haroon. „Nach deinem Erscheinen hat sie die Flucht ergriffen. Was ist mit deiner Schulter?"

„Da ist einiges gebrochen."

Darauf erwiderte das Oberhaupt der Inder nichts mehr. Er musste wohl immer noch verarbeiten, dass ihm im Kampf gegen eine übermächtige Gegnerin ausgerechnet ein Rabe zu Hilfe gekommen war.

„Du denkst also, Soraya hat mich absichtlich auf dein Land gelockt?", fragte er, um ihr ursprüngliches Gesprächsthema wieder aufzugreifen. Igor nickte bedächtig. „Jeder weiß, dass unsere Clans seit langem verfeindet sind. Stell dir vor, du wärst auf meinem Boden getötet worden. Das hätte längst nicht nur Rüdiger gegen mich aufgehetzt."

„Da hast du wohl recht. Aber warum hat sie es so sehr auf dich abgesehen?" Haroon musterte ihn eindringlich. „Weiß sie von deinen seltsamen Fähigkeiten?"

„Heute könnte sie zumindest gespürt haben, dass ich die Reise durch die andere Dimension gemacht haben muss." Der Hyänenmann hob unschlüssig die Schultern. „Vielleicht will sie auch nur, dass wir aufeinander losgehen, nachdem die Firma uns nicht auslöschen konnte. Sie hegt einen Groll gegen die Clans. Ob sie dem Ideal ihrer Mutter entsprechen oder nicht, spielt dabei keine Rolle."

Toves Erzählung über ihre erste Begegnung mit Soraya im Labor der Firma war ihm bestens im Gedächtnis geblieben. Die Löwin schien völlig von ihrem Hass zerfressen gewesen zu sein. Haroon bleckte die Zähne, kommentierte seine Vermutung jedoch nicht. Zahlreiche Schritte hallten von den Felsen wieder. Links oberhalb von ihnen erschienen Haroons übrige Leibwächter, auf der anderen Seite der Schlucht Katinka, Timur, Jason und Fjodor. Igor konnte ihren schweren Atem selbst in dieser Entfernung hören.

„Leider kann diese Löwin verflucht schnell laufen", knurrte sein Onkel. „Ihre Spur führt nach Süden und verliert sich in einem Fluss, der nicht zugefroren ist."

„Dann kehren wir jetzt nach Hause zurück", sagte der Hyänenmann. Es überraschte ihn nicht, dass Soraya erfolgreich geflohen war. Er warf Haroon einen fragenden Blick zu. „Oder möchtest du, dass wir euch zur Sicherheit ein Stück begleiten?"

Das Oberhaupt der Inder verneinte. „Wir kommen schon zurecht. Weißt du, wo mein vierter Mann sein könnte?"

Igor beschrieb ihm die Stelle, an der sie die Leiche gefunden hatten, während Haroon sein verletztes Clan-Mitglied vom Boden aufhob. Gemeinsam verließen sie die Schlucht. Ihre Leibwächter schlossen zu ihnen auf, wobei die üblichen argwöhnischen Blicke ausgetauscht wurden. Außerdem übernahm einer von Haroons Männern unaufgefordert den Verwundeten von seinem Oberhaupt. Am Rand der Felsformation trennten sich ihre Wege. Igor hielt noch einmal kurz inne. „Mein Angebot zu reden war ernst gemeint."

„Ich überlege es mir", gab der Löwenmann zurück. Immerhin nickte er ihm zum Abschied zu. Erst als sie längst außer Hörweite waren, schüttelte Jason ungläubig den Kopf. „Wir retten ihm den Hals und er denkt darüber nach, ob er sich zu einem Gespräch herablässt."

„Alles andere hätte mich gewundert", sagte Timur. „Er war schon immer stur."

Igor schwieg. Ein erster Schritt war getan, nun lag es an Haroon, den nächsten zu wagen. Im Moment machte er sich wesentlich größere Sorgen um Felicia. Sie schleppte sich stumm neben ihnen her, obwohl sie entsetzliche Schmerzen haben musste. Nun taumelte sie beinahe.

„Es sind noch viele Schritte bis zu unserem Wagen." Er streckte ihr den Arm hin. „Verwandle dich und lass dich tragen, bevor du wieder ohnmächtig wirst."

Sie sah ihn perplex an. Ein solches Angebot hatte sie wohl noch nicht oft erhalten. Unter widerwilligem Gemurmel nahm sie es schließlich an.

Als sie das Quartier im Morgengrauen betraten, erwartete sie der versammelte Clan im Saal. Zuerst richtete Katinka Felicias Schulter, wobei Jason und Igor die Rabenfrau vorsichtshalber festhielten. Sie biss tapfer die Zähne zusammen. Dennoch hielt Olga sich die Ohren zu, um das Knirschen ihrer Knochen nicht zu hören. Sobald es überstanden war, stützte Katinka Felicia zu einem freien Sessel und setzte sie behutsam ab. Sie selbst nahm erschöpft auf dem Hocker neben ihr Platz. Auch die drei Hundemänner ließen sich nieder. Ihre Jagd forderte ihren Tribut, auch wenn sie immer noch verärgert über ihr Scheitern waren. Igor fasste für die anderen zusammen, was an der Grenze ihres Landes geschehen war. Trotz der Erleichterung darüber, dass der Clan niemanden verloren hatte, herrschte am Ende seines Berichts immense Anspannung im Saal. Er rieb die Hände an seiner Hose ab. „Ich bin nicht sicher, ob Soraya noch in der Nähe ist und welches Ziel sie verfolgt. Im Grunde können wir nur darauf warten, dass sie sich wieder zeigt. Geht nie allein aus dem Haus, egal, was ihr zu erledigen habt. Habt ihr verstanden?" Igor achtete darauf, dass ihm auch die stärksten seiner Bären zunickten. Anschließend gähnte Olga ausgiebig und schmiegte sich näher an Charlotte, die neben ihr auf dem Sessel saß. Normalerweise wäre sie um diese Zeit schon längst im Bett gewesen. Fjodor bat darum, ein paar Stunden Ruhe einkehren zu lassen, damit er und die anderen sich ausruhen konnten. Damit war ihre Clanversammlung beendet. Felicia schaffte es aus eigener Kraft, aufzustehen und den Saal zu verlassen. Trotzdem blieb Katinka an ihrer Seite, falls sie noch einmal schwanken sollte. Igor begab sich in sein Zimmer, duschte sich ab und zog frische Kleidung an. Danach legte er sich aufs Bett, tat jedoch kein Auge zu. Sein Quartier lag als einziges abseits der anderen, weshalb es dort

255

stiller war als sonst irgendwo im Haus. Er stand wieder auf und begab sich in das Kaminzimmer, das von Schlafräumen umgeben war. Hier konnte er leisen Geräuschen und gelegentlichem Flüstern der anderen lauschen, was ihm wesentlich angenehmer erschien als einsame Stille. Igor ließ sich tief in einen der gemütlichen Sessel sinken und legte die Füße hoch. Am späten Mittag näherten sich leichtfüßige Schritte. Ein sanfter Geruch nach Federn begleitete Felicia herein. Sie berührte ihn am Arm. Igor schlug sofort die Augen auf. „Was ist?"

„Versuchst du, ausgerechnet hier zu schlafen?", fragte sie leise.

„Ich ruhe mich nur aus."

Sie nickte immer noch verwundert und nahm ihm gegenüber in dem Sessel Platz, auf dessen Armlehne seine Füße lagen. Anschließend rieb sie über ihre Schulter.

„Wird es langsam besser?", fragte Igor. Sie winkte gelassen ab. „Es schmerzt nur noch, wenn ich mich bewege. Das wird schon. Übermorgen kann ich bestimmt wieder fliegen."

„Das ist schön zu hören."

„Verrate es aber nicht Haroon", sagte Felicia scherzhaft. „Sonst überredet er mich noch zu einem Besuch und will mich direkt da behalten."

„Verstanden", gab er amüsiert zurück. Also war auch ihr aufgefallen, wie fasziniert das Indische Clan-Oberhaupt sie zeitweilig angesehen hatte.

„Denkst du, unsere Beziehung zu seinem Clan wird sich nach heute langfristig verbessern?", fragte die Rabenfrau nachdenklich. „Auch wenn er nie offen zugeben wird, dass er ohne uns draufgegangen wäre."

„Darauf hoffe ich. Freunde werden Haroon und ich in diesem Leben wohl nicht mehr, aber es wäre schön zu wissen, dass er uns nicht beim nächsten Vorwand angreift."

„Zur nächsten Verhandlung mit ihm werde ich dich wohl begleiten müssen?" Felicia verzog leidend das Gesicht.

„Er wird sich freuen, dich zu sehen", bestätigte er die für sie unliebsame Vorstellung. Sie sank theatralisch in sich zusammen. Igor konnte sich ein breites Grinsen nicht verkneifen.

„Vielleicht hast du Glück und ihm ist bis dahin bewusst, dass du ihn nur aus diplomatischen Gründen gerettet hast."

„Mach mir keine falschen Hoffnungen", brummte sie. „Und ich hätte Soraya wirklich gern eine verpasst."

„Ich bin mir sicher, dass Haroon dich nie wieder als mickrigen Vogel bezeichnet, auch wenn du das nicht geschafft hast", hielt er unbeirrt dagegen. Felicia nickte und musterte ihn einen Augenblick. „Ich bin irgendwie daran gewöhnt, unterschätzt zu werden. Ist es dir früher auch manchmal so ergangen?"

„Wenn, dann hat es sich spätestens gegeben, sobald die anderen bemerkt haben, wie fest ich zubeißen kann." Er zuckte mit den Schultern. Neben Marcus' imposanter Gestalt war er bestimmt häufig unterschätzt worden, aber wirklich darum geschert hatte er sich nicht.

„Als ich dich zum ersten Mal gesehen habe, dachte ich ehrlich gesagt, du wärst auch ein Vogel." Sie lächelte entschuldigend.

„Da warst du vermutlich nicht die einzige", gab Igor trocken zurück. Daraufhin legte Felicia ihre Hand auf sein Bein, knapp unterhalb seines Knies. Ein wenig erschrocken nahm er die Füße von der Sessellehne und setzte sich auf. Das hätte er wohl besser sofort getan, als die Rabenfrau sich zu ihm gesellt hatte.

„Oh", sagte sie leise. „Es stimmt also."

„Was stimmt?", fragte er irritiert.

„Keine von uns interessiert dich." Wieder schaute sie ihn aufmerksam an. „Es gibt da jemanden, aber sie ist weit weg, nicht wahr?"

„Ja."

„Wie stehen die Chancen, dass sie irgendwann zu dir kommt?"

Igor zögerte kurz. „Gleich null."

„Und trotzdem…", setzte Felicia an, brachte den Satz aber nicht zu Ende. „Verzeih, ich will dir nicht zu nahe treten."

„Danke", murmelte er unbeholfen. Sie stand abrupt auf, obwohl ihre Schulter dabei mit Sicherheit schmerzte. Nachdem sie den Raum verlassen hatte, kam es Igor trotzdem nicht in den Sinn, die Füße wieder hochzulegen. Ihm war nicht bewusst gewesen, dass er ihr Interesse geweckt hatte.

20. Stalker

„Was ist hier geschehen?", fragte Gwen die Polizeibeamtin, die gerade ein wenig abseits der anderen Polizisten die Tür ihres Streifenwagens öffnete. Shaun stand ein paar Schritte entfernt, um die vielen Sterblichen vor dem abgesperrten Haus im Auge zu behalten, konnte sie aber bestens hören. Sie waren in einen kleinen Vorort von Malmö geschickt worden, um Nachforschungen über vier grausame Morde anzustellen, die laut der Presse in der vorletzten Nacht begangen worden waren. Angeblich waren ein älteres Paar und ihre zwei erwachsenen Kinder auf ihrem eigenen Grundstück regelrecht abgeschlachtet worden, genaueres war noch nicht an die Öffentlichkeit gedrungen. Dennoch hatte Asheroth es für wichtig genug gehalten, Shaun und Gwen nach dem Rechten sehen zu lassen, während Hugh nach dem gestohlenen Auto suchte. Marek und Mira befanden sich gerade in einem Dorf nördlich der Stadt, in dem sich etwas Ähnliches ereignet hatte. Angesichts der vielen Ermittler bezweifelte Shaun, dass sie eine Gelegenheit bekommen würden, sich am Tatort umzusehen. Erstaunlicherweise erklärte die uniformierte Polizistin Gwen jedoch in allen Einzelheiten, was sich hinter den Absperrungen abspielte und wer namentlich zu Tode gekommen war. Auf eine präzise Nachfrage berichtete sie, dass die vorläufige Einschätzung der Gerichtsmediziner Wildtierangriff lautete, aber dafür war viel zu wenig Blut am Tatort gefunden worden. Gwen sagte der Polizistin, sie sollte mit ihrer Arbeit weitermachen. Anschließend schloss die Vampirin zu Shaun auf und bedeutete ihm, dass sie zu ihrem Wagen zurück gehen würden. Er sah verwundert über die Schulter, aber die Polizeibeamtin hatte sich längst wieder ihrer Arbeit gewidmet und schenkte ihnen keinerlei

Aufmerksamkeit. Gwens Hypnose war offenbar perfekt gewesen.

„Von der Fähigkeit, Menschen mit eurem Blick zu lähmen, habe ich schon gehört, aber das ist mir neu", merkte er nur sehr leise an, da sie sich an einer Reihe Journalisten vorbei schoben.

„Das kann nicht jeder Vampir. Man benötigt Übung", sagte Gwen. „Und ein gewisses Talent."

Eine halbe Stunde später trafen sie im Eingangsbereich ihres Hotels auf Mira und Marek, die ebenfalls gerade zurückgekehrt waren. Die Ältesten, Anzheru und Leandros erwarteten sie im größten Zimmer, das das Hotel zu bieten hatte. Hugh saß mit seinem Laptop am Fenster und wirkte hoch konzentriert. Er hob nicht einmal den Blick, während Gwen von den verdächtigen Wunden der Opfer und dem fehlenden Blut berichtete. Asheroth nickte ihr zu, dann sah er Mira an. Sie schüttelte den Kopf. „In unserem Fall gab es weniger Tote und sie wurden erschossen. Blut fehlte nicht."

„Dem nach zu urteilen, was Gwen herausgefunden hat, sind wir aber auf der richtigen Spur", sagte Achilleas. „Diese Hybriden waren durstig und sie haben nicht einmal versucht, ihre Opfer zu verstecken."

Seine Verachtung für dieses Verhalten war offensichtlich. Shaun warf Hugh einen Blick zu. Sein alter Kamerad hatte ihm erzählt, wie schwer es ihm fiel, Kontrolle über den Blutdurst zu erlangen, und dass er für jeden Fehltritt bestraft wurde. Im Moment schien der Hacker jedoch völlig davon abgelenkt zu sein.

„Na bitte", murmelte er, weshalb sich alle Blicke erwartungsvoll auf ihn richteten.

„Sie haben das Land verlassen", fuhr Hugh fort. „Die Verkehrsüberwachung hat sie auf der Autobahnverbindung nach

Dänemark erfasst. Einmal auf dem schwedischen Brücken-
abschnitt und wie sie den Tunnelabschnitt in Kopenhagen
verlassen."

„Also reisen wir weiter nach Dänemark", sagte Achilleas
zuversichtlich. Shaun wollte schon die Reisetaschen aus der
Zimmerecke holen, doch Hugh schüttelte den Kopf, ohne
von seinem Bildschirm aufzusehen.

„Gib mir noch einen Moment. Wenn man Kopenhagen auf
diesem Weg erreicht, steht man nämlich direkt am Flughafen."

Es vergingen einige Minuten, in denen Asheroth langsam
und geräuschlos mit den Fingerspitzen auf seiner Stuhllehne
trommelte und Mira etwas auf ihrem Handy nachsah.

„Es gab einen Zwischenfall an diesem Flughafen", sagte sie
schließlich. „Gestern wurde eine Stewardess ermordet aufge-
funden. In der Damentoilette."

Sie hielt Achilleas das Display hin, da es offenbar ein Foto
zu der Pressemeldung gab. Der Älteste schnaubte wütend.
„Wohl kaum ein Zufall."

„Und eins unserer blutleeren Mordopfer hat gestern spontan
vier Flüge nach Budapest gebucht", merkte Hugh an. „Sie
haben die Kreditkarte der Tochter benutzt."

„Gehen auch von hier Flüge, sodass wir uns den Umweg
über Kopenhagen sparen können?", wollte Asheroth wissen.
„Ich suche."

„Ich habe eine alte Bekannte, die in der Nähe von Budapest
wohnt." Anzheru zog sein Handy aus der Jackentasche. „Zumindest hat sie das, bevor die Firma aufgetaucht ist. Ich
werde mich erkundigen, ob sie etwas weiß."

Am späten Abend desselben Tages trafen sie am Flughafen
von Budapest ein. Anzherus alter Kontakt hatte ihnen berich-

ten können, dass vor einigen Wochen eine recht große Gruppe Hybriden in der Gegend aufgetaucht war. Zu allererst hatten sie in einem der Dörfer, die Budapest umgaben, eine Gestaltwandlerfamilie ausradiert und deren Quartier übernommen. Die Vampirin hatte nach diesem Vorfall lieber das Weite gesucht, um nicht in ihr Visier zu geraten. Wie viele es insgesamt waren, hatte sie ihnen nicht sagen können. Die Ältesten beschlossen, ohne jeden Umweg zu besagtem Dorf zu reisen. Etwa zweieinhalb Kilometer vor ihrem Ziel wies Asheroth Shaun an, den Leihwagen anzuhalten. Er stieg aus und grub ein Loch in die dünne Schneedecke, das groß genug für seine Hände war. Alle anderen warteten regungslos in den Fahrzeugen, um seinen Tastsinn nicht zu stören. Nach kaum einer Minute erhob er sich wieder und bedeutete ihnen, ebenfalls auszusteigen. Achilleas trat an seine rechte Seite. „Und?"

„Sie sind leicht in der Überzahl, aber das sollte kein Problem darstellen." Asheroth setzte sich in Bewegung. „Die meisten befinden sich im Haus, drei sind weiter von der Gruppe entfernt. Die nehmen wir uns zuerst vor."

Shaun hatte den Eindruck, dass jeder außer ihm exakt wusste, welche Position er oder sie in ihrer Formation einnehmen musste. Die Ältesten liefen vorweg, direkt dahinter hielten sich Anzheru, Marek, Leandros und Hugh. Mira führte die dritte Reihe an, wobei Gwen dicht an ihrer linken Seite blieb. Er ließ sich auf seine vier Pfoten fallen und schloss zu ihrer rechten Seite auf. Seit Monaten verbrachte er jede freie Minute damit, das Kämpfen auf vier Pfoten zu üben. Nun konnte er seine Kräfte endlich auf die Probe stellen. Ihr Ziel lag etwas abseits des Dorfes. Als die drei Hybriden in Sicht kamen, sprangen sie gerade von einem Lagerfeuer auf. Jeweils eins ihrer Augen glühte eisblau in der Dunkelheit auf. Ohne das geringste Zögern schossen sie mit Maschinenpistolen auf die Ältesten. Die Vampire wichen den ungenauen Schüssen im Bogen aus. Der Gegenangriff erfolgte so schnell, dass den Hybriden kaum die Zeit blieb, ihre Waffen fallen zu lassen, um die Hände frei zu haben. Die ersten zwei Reihen ihrer Formation hatten ihre Gegner am Boden, bevor Shaun überhaupt zum Sprung ansetzen konnte. Das Reißen von Fleisch und das Splittern von Knochen erfüllte die Luft. Nur einer der Hybriden stieß einen halb erstickten Schrei aus, dann herrschte bereits wieder Stille. Shaun hatte wie Mira und Gwen im Grunde nichts zu der Attacke beigetragen, was aber nur ihn kümmerte. Die Tageswandlerin machte sich sofort daran, die leichten Blessuren der anderen zu heilen, während Gwen einfach stehen blieb. Shaun schlich in seiner Pumagestalt um die Toten herum, um wenigstens festzustellen, ob er sie aus seiner Zeit bei der Firma kannte. Mit einem der Männer hatte er tatsächlich einen Einsatz an einem Bahnhof gehabt, bei dem sie einen Rabenmann aufgegriffen hatten. Damals hatte Shaun den Eindruck erhalten, dass dieser Hybrid ein hervorragender Nahkämpfer, aber nicht gerade der Klügste unter den Söldnern gewesen war. Hatte er selbst rechtzeitig bemerkt, was die Firma mit endgültig unsterblichen Hybriden anstellte, oder war er bloß anderen Deserteuren gefolgt?

„Die übrigen fliehen seit der Schießerei, statt uns anzugreifen", sagte Asheroth leise. „Offenbar so schnell sie nur können."

Er hockte ein paar Schritte von den Leichen entfernt und drückte die rechte Hand auf den Boden. Von hier aus konnten sie das Haus nicht sehen, da winterhartes Gebüsch die Sicht versperrte.

„Der Lärm hat nicht nur sie aufgeschreckt", ergänzte Achilleas. „Mindestens ein Auto hat auf der nächstgelegenen Straße angehalten und sie sind ausgestiegen."

„Dann sollten wir die Leichen wegschaffen, auch wenn sie ihren Vorsprung vergrößern können", merkte Mira an. Anzheru und Marek hievten bereits zwei der Körper auf ihre Schultern, Hugh übernahm den dritten. Allerdings blieb der Kopf desjenigen im Schnee liegen. Wenig begeistert nahm Shaun seine menschliche Gestalt an und hob ihn auf. Eilig trugen sie die Toten ins Haus. Während die Leibwächter die hölzernen Möbel zerlegten und alles andere zusammensuchten, das sich als Brennmaterial eignete, legte Asheroth beide Hände auf den Boden des Wohnraums. Den zur Hälfte gefüllten Tellern auf dem Esstisch nach zu urteilen, hatten die Hybriden wirklich alles stehen und liegen lassen.

„Sie haben sich aufgeteilt", sagte der Älteste mit geschlossenen Augen. „Zwei oder drei bewegen sich nach Südosten, die anderen fliehen nach Norden."

„Dann teilen wir uns auch auf", schlug Achilleas vor. „Ich will niemanden entkommen lassen."

Asheroth und Anzheru schlossen sich dieser Meinung sofort an. Shaun hatte im Flur einen Benzinkanister gefunden, den er nun über den Toten und dem Brennholz ausschüttete. Dabei hörte er gespannt zu, wie die Aufteilung der Teams aussehen sollte. Asheroth wollte den größeren Teil der Hybridengruppe verfolgen, der sich seiner Wahrnehmung nach schneller vorwärts bewegte als der kleinere. Sein Sohn und Leandros würden in jedem Fall mit ihm gehen.

„Willst du unseren Technikspezialisten behalten, falls ihr auf Kameras zugreifen müsst?", fragte er und wies mit dem Kopf zu Hugh hinüber. Achilleas verneinte gelassen. „Nimm du ihn. Gigi kennt Agenten und Polizisten in halb Europa. Falls wir diese Hybriden nicht sofort einholen, kann ich sie fragen, ob ihre Kontakte von seltsamen Vorkommnissen und blutleeren Leichen in dieser Gegend gehört haben."

„Wie du meinst."

Ein leises dunkles Grollen in Asheroths Stimme war unüberhörbar. Achilleas lehnte sich im Gegenzug angriffslustig vor. „Deine häufigen Bedenken interessieren mich in diesem Fall nicht, Bruder."

Ruckartig wandte er sich zu Mira um. „Kommst du mit mir, Liebes?"

Die Tageswandlerin nickte bedächtig. Shaun bemerkte, dass Anzheru den Mund öffnete, als ob er widersprechen wollte, doch ihre Zustimmung genügte dem Ältesten offenbar. Er verließ den Raum mit wenigen langen Schritten, ohne auf weitere Reaktionen zu warten. Marek bedeutete Mira wortlos, dass er ihr den Vortritt lassen würde, noch bewegte sie sich jedoch nicht vom Fleck.

„Mir wird nichts geschehen, das weißt du", sagte sie zu ihrem Gefährten.

„Hoffentlich kann diese Frau euch im Zweifelsfall weiterhelfen", gab er auf Phönizisch zurück, damit Achilleas ihn nicht verstehen konnte.

„Du hast gehört, was er darüber denkt", grollte Asheroth leise. Sein Argwohn gegenüber der Beziehung zwischen seinem Bruder und der Interpol-Agentin schien sich seit ihrer letzten Begegnung in Aberdeen noch deutlich gesteigert zu haben. Die Tatsache, dass Achilleas intensiv nach Gigi roch, mochte ihren Anteil daran haben. In diese Angelegenheit zwischen den Ältesten wollte Mira sich um keinen Preis einmischen. Zum Abschied brachte sie ein schwaches Lächeln zustande, dann wandte sie sich ab. Im Gehen tippte sie Shaun gegen den Arm, damit auch er sie begleitete. Gwen bat sie, die Leihwagen zum Flughafen zurückzubringen und sich um ihr und Shauns Gepäck zu kümmern. Da die Hybriden zu Fuß auf der Flucht waren, benötigten sie die Fahrzeuge nicht mehr, ihre gefälschten Pässe hatten sie bei sich. Wenn sich die Notwendigkeit ergab, würden sie an einem anderen Ort neue Wagen mieten. Gemeinsam verließen sie das Haus, Achilleas war bereits nicht mehr zu sehen. Eilig folgten sie seinen und weiteren Fußspuren im Schnee, um ihn einzuholen. Nach wenigen Kilometern wurden die Abstände zwischen den Abdrücken kürzer. Offenbar hatten die Hybriden aufgehört, zu rennen. Achilleas behielt hingegen das Tempo bei, bei dem Mira und Shaun gerade mithalten konnten. Sie trafen auf eine Straße. Die Beschilderung verriet ihnen, dass sie nach Szolnok führte. Kurz vor der Stadtgrenze erspähten sie drei Gestalten, die wie sie zu Fuß liefen. Der Älteste setzte zum Sprint auf sie an. Das Geräusch seiner Schritte warnte ihre Gegner, sodass sie erneut die Flucht ergreifen konnten. Nur den Langsamsten erwischten Achilleas und Marek, bevor ihre Gegner zwischen geparkten Autos und dicht gedrängten Häusern Deckung suchten. Während der Leibwächter einen Ort suchte, an dem er die Leiche loswerden konnte, marschierten Mira und Shaun weiter hinter dem Ältesten her. Obwohl es mitten in der Nacht war, begegneten ihnen hin und wieder Menschen auf der Straße. Um sie nicht auf sich aufmerksam zu machen, bewegten sie sich nun deutlich langsamer vorwärts.

„Ich höre sie nur noch gedämpft. Sie müssen in ein Gebäude geflüchtet sein", flüsterte Achilleas. An der nächsten Kreuzung hielt er kurz inne. Auf der anderen Straßenseite befand sich ein mehrstöckiges Gebäude, das dem Schild über dem Eingang nach einmal ein Hotel gewesen war. Allerdings

brannte nirgendwo Licht und ein paar der Fenster im Erdgeschoss waren mit Brettern vernagelt, da die Scheiben
zerstört worden waren. Sie nahmen die Vordertür, die offensichtlich aufgebrochen worden war. In der Eingangshalle
entdeckten sie nichts Ungewöhnliches. Achilleas bedeutete
ihnen stumm, das Erdgeschoss abzusuchen, während er
schon die Stufen in den ersten Stock hinauf schlich. Mira
ging voraus, wobei Shaun dicht an ihrer rechten Seite blieb.
An die Eingangshalle grenzte ein weiterer großzügiger
Raum. Zahlreiche Tische und Stühle waren an der Wand
rechts von ihnen zusammen geschoben worden. Die Tageswandlerin blieb stehen und lauschte konzentriert. Einige
Meter von ihnen entfernt konnte sie den Herzschlag eines
Hybriden ausmachen. Sie war sich allerdings nicht sicher, ob
derjenige noch in Bewegung war oder ihnen auflauerte. Der
Widerhall der leerstehenden Räume konnte täuschen. Auf
den Saal folgte ein Korridor, in dem von der früheren Einrichtung nichts außer ein paar verblichenen Hinweisschil-
dern übrig war. Als eine Abzweigung in Sicht kam, ertönten
hastige Schritte. Mira bedeutete Shaun, den abzweigenden
Korridor zu übernehmen.

„Schnell, vielleicht kannst du ihm den Weg abschneiden."

„Ich soll dich allein lassen?", zischte ihr Leibwächter skeptisch.

„*Er* ist allein. Ich schaffe das schon."

„Sei vorsichtig!" Shaun ließ sich auf seine vier Pfoten fallen
und verschwand in der Dunkelheit. Einige Türen gingen von
dem recht langen Korridor ab. Da sie weder ein Knarren
noch ein einrastendes Schloss gehört hatte, lief Mira weiter
geradeaus. Am Ende des Ganges befand sich ein großer ge-
fliester Raum, der einmal die Küche des Hotels gewesen sein
mochte. Ein lautes Knacken ließ sie aufhorchen. Auf der

anderen Seite der Küche schloss sich ein weiterer Korridor an. Die Tür an dessen Ende war der aufgewirbelten Staubschicht nach gerade erst aufgebrochen worden. Mira schob sie mit den Fingerspitzen auf und sah hinaus. Auf der Rückseite des Gebäudes war ein Parkhaus angebaut worden, das noch immer genutzt wurde. Von hier aus konnte sie niemanden sehen. Sie schlich geduckt an etlichen mehr oder weniger intakten Autos vorbei, dem Geräusch zweier Herzschläge folgend. Der eine war rasend, der andere ruhiger als ihr eigener. War noch ein weiterer Hybrid hier? Hinter welchem der Fahrzeuge befanden sie sich? Als sie schon sehr nah sein mussten, hörte Mira ein ersticktes Röcheln. Nur langsam richtete sie sich aus ihrer geduckten Haltung auf. Als sie durch die Scheiben eines Kombis hindurch spähen konnte, hielt sie irritiert inne. Sie hatte befürchtet, dass der Hybrid gerade einen Menschen tötete, um sein Auto zu stehlen. Tatsächlich wehrte er sich nur noch schwach gegen den Griff eines Vampirs, der ihm das Blut direkt aus der Halsschlagader saugte. Noch konnte sie sein Gesicht nicht sehen, aber dieser Mann kam ihr bekannt vor. Nachdem der Hybrid seinen letzten Atemzug getan hatte, ließ er von ihm ab und starrte sie direkt durch die Autofensterscheiben an. Es war der Vampir aus dem Hotel in London, dessen wahren Namen sie nicht erfahren hatte. Mira löste sich sofort aus ihrer Starre und rannte den gleichen Weg zurück. Als die Tür in Sicht war, überholte er sie und trat ihr in den Weg.

„Bitte." Er breitete die Arme aus, als wollte er ihr signalisieren, dass er keine Gefahr für sie bedeutete. Vorbei lassen wollte er sie allerdings auch nicht. Mira trat im gleichen Moment einen Schritt zurück, als er einen auf sie zu machte.

„Wir hatten einen schlechten Start", sagte er und ließ die Arme sinken. „Hab ein bisschen Verständnis für mich. Ich habe die Ältesten aus gutem Grund gemieden. Plötzlich tauchst du aus dem Nichts auf. Mit einem Buch von Horatio und einem Gardekämpfer im Schlepptau. Da war ich ein wenig misstrauisch."

„Das bin ich auch." Mira machte einen Schritt zur Seite. Er spiegelte ihre Bewegung und grinste. „Aber wenigstens haben wir noch ein wenig Humor übrig, hm?"

„Lass mich vorbei", sagte sie mit Nachdruck. Ob er auch dieses Mal genau wusste, wen sie in ihrer Nähe hatte?

„Können wir uns die Diskussion bitte sparen? Wir haben nur wenig Zeit, bis Achilleas und dein persönlicher Hybrid hier auftauchen", sagte der fremde Vampir schon etwas leiser. „Und es war verdammt schwierig, dich allein zu treffen."

„Verfolgst du mich?" Mira ließ drohend ihre Augen aufleuchten. Es schien ihn nicht sonderlich zu beeindrucken. Er lächelte immer noch. „Ich würde Stalking zu dem sagen, was ich die letzten Wochen betrieben habe. Egal. Ich habe das Gefühl, dass es dir mit diesem verfluchten Buch ernst ist. Schon was übersetzt?"

Es lief ihr eiskalt den Rücken herunter. Wie hatte er es bewerkstelligt, sie in ihrem Zuhause zu beobachten, ohne dass sie oder ihre Vampire ihn bemerkt hatten? Sie musste Zeit schinden, bis Achilleas oder Shaun hoffentlich hören konnte, dass sie nicht mehr allein war. Dieser Vampir war vermutlich alt genug, um ihr trotz ihrer Gabe gefährlich zu werden.

„Ergibt nicht viel Sinn, was Horatio da gekritzelt hat", gab sie ausweichend zurück. Er nickte mitfühlend, wirkte aber auch erleichtert.

„Für den Fall, dass einer seiner Brüder doch Sogdisch lernen sollte, hat er seine Schriften codiert. Nervige Angewohnheit."

„Aber du kannst es lesen?"

„Vielleicht. Bring es zu mir."

Mira bleckte die Zähne. Ihre Intuition hatte sie nicht getäuscht. Sein Sinneswandel rührte wohl daher, dass sie tatsächlich etwas entdecken könnte, und das passte ihm nicht.

„Irgendetwas sagt mir, dass ich es dann nie wieder sehe."

Samuel Smith neigte den Kopf. „Warum vermutest du direkt das Schlechteste in mir? Sag mir doch einfach, was du eigentlich suchst. Vielleicht kann ich dir damit helfen und im Gegenzug kriege ich das Buch."

Den Teufel würde sie tun. Erneut machte sie einen Schritt zur Seite, wobei sie unnötig fest auftrat, um laut zu sein. Wo blieb Shaun? Der fremde Vampir verzog das Gesicht. „Ich will nicht kämpfen, ich will verhandeln. Begreif das doch endlich!"

„Du kannst mir nicht helfen, also gibt es nichts zu verhandeln", entgegnete sie argwöhnisch.

„Du trägst dieses überaus mächtige Lichtwesen und hast dein Ausgleichsgeschöpf. Was willst du noch von der anderen Dimension?", fragte er verständnislos. Mira hielt den Atem an. Woher wusste dieser Mann von Zusammenhängen, die bis vor Kurzem nicht einmal den Ältesten bekannt gewesen waren?

„Oh Scheiße…", murmelte er. „Richtig geraten. Es ist *dieses* Buch."

Sie biss sich so fest auf die Unterlippe, dass es fast blutete.

„Hör mal", redete er weiter, als wäre nichts geschehen. „Wonach auch immer du suchst, lass die Finger davon. Unsere Welt ist kompliziert genug. Mach es nicht noch schlimmer."

Dafür war es zu spät, aber wenigstens das konnte er nicht wissen.

„*Wer bist du?*"

„Der Typ, der weiß, wann er zu verschwinden hat." Er schob die Hände in die Jackentaschen und ging eilig in Richtung Ausgang des Parkhauses. Mira sah ihm perplex nach. Bevor er die Tür erreichte, drehte er sich noch einmal um.

„In Horatios Buch wirst du keine Antworten finden. Er hatte seine eigenen kranken Ziele, die sonst niemandem genützt hätten. Du verschwendest nur Zeit."

„Lass mich das entscheiden", gab sie zurück. Mit der Klinke in der Hand schüttelte er den Kopf. „Sag später nicht, ich hätte dich nicht gewarnt, Vögelchen."

Mira atmete auf, nachdem die Tür hinter ihm zugefallen war. Während sie dieses seltsame Gespräch noch einmal in Gedanken durchging, schleifte sie den toten Hybriden zurück in das verfallene Hotel. Shaun kam ihr bereits auf dem Korridor zur Küche entgegen. Die Erleichterung stand ihm ins Gesicht geschrieben, sobald er sie und den Toten entdeckte. In der rechten Hand trug er einen kleinen Gegenstand, von dem er offensichtlich ein Rotorblatt abgebrochen hatte.

„Hat dich das da so lange beschäftigt?", fragte die Tageswandlerin, wobei sie versuchte, nicht zu vorwurfsvoll zu klingen.

„Ja, tut mir leid." Er verzog das Gesicht. „Ich konnte leise Stimmen hören und dachte, unser Mann ist nicht mehr allein. Ich bin ihnen bis nach draußen auf die linke Seite des Gebäudes gefolgt, bis ich endlich diese Drohne entdeckt habe. Neben der Kamera ist ein winziger Lautsprecher montiert, technisch alles vom Feinsten. Sowas gibt es wohl kaum auf dem Markt für Normalverbraucher."

Mira betrachtete das kleine, hochmoderne Gerät. Einen Augenblick überlegte sie, ob *Samuel Smith* allen Ernstes eine Hybridengruppe angeheuert hatte, um sie aus dem Haus zu locken, dann parallel zu ihnen durch Ungarn gereist war und jemanden beauftragt hatte, Shaun abzulenken, nur um allein mit ihr zu sprechen. Dieser Vampir war unberechenbar, aber diese Vorstellung war zu absurd.

„Aber du hast ihn erwischt und dir ist nichts passiert", fügte Shaun an, da sie nichts erwiderte.

„Na ja…" setzte die Tageswandlerin zögerlich an. „Ich hatte die Unterstützung eines anderen Vampirs. Darüber reden wollte er nicht, er ist längst weg."

„Wer war er denn?", fragte ihr Leibwächter verblüfft. Sie setzten sich wieder in Bewegung.

„Ich weiß es nicht", gab Mira ausweichend zurück. Leider war Shaun der Letzte, mit dem sie über *Samuel Smith* und Horatios Buch reden konnte. Noch zeigte sich keinerlei Veränderung bezüglich des Schattens, weder bei Anzheru noch bei ihm, und sie hoffte inständig, dass es dabei bleiben würde. Achilleas hätte mit Sicherheit wahrgenommen, dass sie nicht die ganze Wahrheit gesagt hatte. Sie hörten einen Schrei aus den oberen Stockwerken. Mit etwas Glück war der Älteste noch zu beschäftigt gewesen, um ihre Antwort zu hören. Sie trafen ihn in der Hotellobby wieder. An seinem Jackenkragen befanden sich Blutspritzer, also hatte er den übrigen Hybriden erledigt. Marek war in der Zwischenzeit ebenfalls eingetroffen.

„Sehr gut, dann sind wir hier fertig", sagte Achilleas.

„Ich habe eine Nachricht von Leandros erhalten", berichtete sein Leibwächter. „Sie sind immer noch auf dem Weg nach Nordosten. Offenbar versuchen die Hybriden, das Land zu verlassen."

„Wir lassen die Leichen im Keller verschwinden. Dann kehren wir nach Budapest zurück und fliegen von dort nach Hause", beschloss der Älteste für sie alle. „Wenn mein werter Bruder weitere Hilfe benötigt, soll er sich melden."

Sein Tonfall duldete keinen Widerspruch. Mira vermutete im Stillen, dass Asheroths Ablehnung gegenüber Gigi Achilleas mehr ausmachte, als er je zugeben würde. Danach fragte sie jedoch selbstverständlich nicht, sondern folgte seinem Befehl.

21. *Soraya*

„Das wirkt schon fast zu einfach für sie", murmelte Katinka. Sie und Charlotte saßen an einem der einfachen Tische im Empfangssaal und beobachteten Olga bei ihren Balance-übungen. Ursprünglich hatten sie die verschieden dicken Seile für Jurij kreuz und quer durch den Saal gespannt, aber seine kleine Schwester ließ sich nicht davon abhalten, ihre Fähigkeiten zu trainieren, sobald sie den Parcours für sich hatte. Mittlerweile schien sie sich mit dem Gedanken ange-freundet zu haben, sich in wenigen Jahren zum ersten Mal in eine Steingeiß zu verwandeln. Barfuß lief sie immer schnel-ler über einen der dickeren Stricke, ohne ein einziges Mal aus dem Gleichgewicht zu geraten. Igor hockte seitlich auf einer der breiten Fensterbänke und schaute ihr ebenfalls zu. Neben ihm lag ein Brief des Ostafrikanischen Clans, den er im Anschluss an die Versammlung erhalten hatte. Sie sträub-ten sich gegen das Ergebnis der Gebietsverhandlungen auf ihrem Kontinent und verlangten seine Stellungnahme. Das Blatt Papier, auf dem er seine Akzeptanz gegenüber Solriks, Bijans und Shaquans Absprache ausdrücken wollte, war im-mer noch gähnend leer. Er ließ sich nur zu gern von Olga ablenken. Plötzlich hielt sie mitten im Lauf inne und sprang auf ein wesentlich dünneres Seil hinüber. Sie landete mit beiden Füßen darauf, doch dann ruderte sie wild mit den Armen und fiel. Charlotte schnellte im gleichen Moment von ihrem Stuhl hoch, allerdings blieb sie nach nur wenigen Schritten wieder stehen. Olga klammerte sich mit einer Hand an das Seil, auf dem sie hatte landen wollen und schnaubte, als wäre sie sehr unzufrieden mit ihrer Leistung. Scheinbar mühelos zog sie sich hoch, fand ihre Balance wieder und versuchte es direkt noch einmal in die andere Richtung. Auf dem Seil, das fast so breit wie ihre Füße war, landete sie absolut sicher. Charlotte setzte sich derweil mit einem sachten Kopfschütteln wieder auf ihren Platz. Ihre Unterstützung war offensichtlich nicht von Nöten. Igor hatte den Eindruck, dass Olgas Koordination von Tag zu Tag besser wurde, seit sie wusste, worauf sie sich einstellen musste. Jurij tat sich wesentlich schwerer mit den Kletter- und Balanceübungen. Er konzentrierte sich lieber darauf, Kampftechniken an seine zweite Gestalt anzupassen. Igor hätte Olgas nächsten Sprungversuch gern beobachtet, doch im Augenwinkel nahm er wahr, dass sich im dichten Schneetreiben ein Geländewagen dem Haus näherte, der nicht zu den Fahrzeugen des Clans gehörte. Er legte den leeren Briefbogen beiseite und verließ den Saal. Fjodor und Jason erwarteten ihn bereits in der Eingangshalle. Sein Onkel bezog an seiner linken Seite Position. Okon und Felicia erschienen am oberen Ende der Treppe, um ihre unerwarteten Gäste in Augenschein zu nehmen. Igor nickte ihnen kurz zu, dann öffnete Jason die schweren Türen. Zu Igors Überraschung stiegen Jasmina und Nadja aus dem Jeep. Die beiden Vampirinnen streiften den Schnee aus ihren Haaren und von ihren Mänteln, bevor sie das Haus betraten. Fjodor atmete angestrengt aus, aber darauf wollte der Hyänenmann jetzt nicht eingehen.

„Entschuldigt bitte, dass wir ohne Ankündigung hier erscheinen", begann Jasmina das Gespräch, während Jason hinter ihnen die Türen schloss. Dann trat er hastig an seinen Platz rechts neben Igor.

„Es gibt eine Entwicklung, über die ich euch lieber sofort informieren möchte."

„Willkommen in meinem Haus. Was ist so dringend?"

Erst nachdem er die Frage ausgesprochen hatte, fiel dem Hyänenmann auf, dass es nicht besonders höflich war, die

Vampirinnen in der Eingangshalle stehen zu lassen. Diplomatisch angemessenes Verhalten schien Jasmina im Moment allerdings weniger zu kümmern.

„Wir kommen von einem Treffen mit Jinjin, dem Oberhaupt des Hongkong-Clans. Unsere Verhandlung ist gelinde gesagt gescheitert", sagte sie, wobei ihr ihre Enttäuschung deutlich anzuhören war. „Sie werden eine Fehde mit dem Clan in der südlichen Mongolei beginnen."

„Sie sind von Millionen Menschen umgeben, von denen sie sich *ernähren* können, und trotzdem wollen sie noch mehr?", fragte Fjodor in einem leicht abfälligen Tonfall.

„Mir ist bewusst, wie absurd das für dich klingen muss", gab die Geborene trocken zurück. „Aber wenn es ihnen gelingt, die Mongolischen Vampire ohne große Verluste zu unterwerfen, könnten sie stark genug werden, um auch mich anzugreifen."

„Und wir liegen nah an ihrem Weg zu dir", ergänzte Igor. Sein Onkel verschränkte die Arme vor der Brust. Bevor er sich dazu äußerte, nickte Jasmina bedächtig.

„Sie wissen, dass wir gemeinsam gekämpft haben. Wie ich Jinjin einschätze, wird sie trotzdem mindestens einmal versuchen, euch auf ihre Seite zu ziehen. Seid wachsam, wenn sie euch einlädt. Sie ist... durchtrieben."

„Wachsam sind wir immer", sagte Jason. Die geborene Vampirin schien im ersten Moment etwas erwidern zu wollen, entschied sich jedoch dagegen. Igor vermutete im Stillen, dass ihre Antwort etwas über ihre Beziehung offenbart hätte, das sie lieber für sich behielt. Nadja stand während der gesamten Unterhaltung einer Säule gleich neben ihr. Sie atmete nicht einmal.

„Bei allem Respekt", setzte Fjodor an. „Wie ernst ist deine Sorge, dass diese Jinjin einen Konflikt mit dir wagt?"

Jasmina neigte den Kopf, wobei sich eine stahlblonde Haarsträhne löste und in ihr Gesicht fiel. „Vereinbart war, dass jede von uns heute nur einen weiteren Vampir zu dem Treffen mitbringt, und rate, wer gleich vier im Gefolge hatte. Das gilt auch unter euch als eindeutige Drohung, nicht wahr?"

„Bedauerlicherweise ja", antwortete Igor an der Stelle seines Onkels. „Danke, dass du den Umweg auf dich genommen hast, um uns zu warnen."

Sie brachte ein winziges Lächeln zustande. „Wir werden jetzt wieder aufbrechen und euch nicht weiter stören. Ich hoffe, ihr seid damit einverstanden, dies nicht als offiziellen Besuch zu werten, dann sparen wir uns das obligatorische Abschiedsgeschenk."

Dies sagte sie vor allem zu Fjodor. Er hob irritiert die Brauen, dann nickte er ihr zu. Igor begleitete sie und Nadja allein hinaus zu ihrem Wagen. Der frische Schnee knirschte unter ihren Schuhen. Den schweren Wolken am Himmel nach zu urteilen würde es nicht allzu bald aufhören zu schneien.

„Der Überfall tut mir leid, aber ich musste heute auch mit irgendjemandem reden, der noch bei klarem Verstand ist." Jasmina wandte sich noch einmal ganz zu ihm um. Nadja nahm bereits auf dem Fahrersitz Platz und schloss die Tür.

„Mein Onkel wird es verkraften."

Sie verkniff sich offensichtlich ein Lachen. Er widerstand dem Drang, sie wenigstens am Arm zu berühren. Schließlich konnten seine Hunde ihn durch die Fenster sehen.

„Deine letzte Warnung hat sich übrigens als mehr als berechtigt erwiesen." Igor fasste in wenigen Sätzen zusammen, was mit Haroon und seinen Männern auf seinem Boden geschehen war.

„Denkst du, ich hätte Asheroth anrufen sollen, damit er Soraya verfolgen kann?"

Jasmina hob unsicher die Schultern. „Auch seine Fähigkeiten stoßen irgendwann an ihre Grenzen. Er hätte eine ganze Weile gebraucht, um herzukommen, und seine Zielperson hat sich in einem Fluss treiben lassen. Ich denke, du hast nichts falsch gemacht. Er reagiert manchmal etwas… *ungehalten*, wenn man ihn umsonst kontaktiert."

„Ich kann es mir vorstellen", gab Igor zurück. „Seid vorsichtig. Ich weiß nicht, ob sie zurückgekehrt ist."

„Immer."

Trotz ihrer Zuversicht sah er dem Geländewagen einen Augenblick besorgt nach. Als er die Eingangshalle wieder betrat, fand er nur Okon vor, der immer noch am oberen Treppenabsatz stand und die Unterarme auf das Geländer gestützt hatte. Seiner Miene nach beunruhigte ihn, was er soeben mit angehört hatte. Der Hyänenmann stieg die Stufen zu ihm hinauf und lehnte sich rücklings gegen das Geländer. „Hast du auch schon gegen Vampire gekämpft?", fragte Okon leise.

„Viele Male. Ihre Zähne sind nicht weniger gefährlich als unsere."

„Wie fühlt es sich an, wenn sie einem das Blut aussaugen?"

Das war noch keinem seiner Gegner gelungen. Igor musste viel mehr an den Moment denken, in dem Jasmina von ihm getrunken hatte, ohne ihn verletzen zu wollen. Diese Erinnerung war jetzt völlig fehl am Platz.

„Wenn es so weit kommt, stehen deine Chancen schon verdammt schlecht", sagte er ausweichend. Der Hundemann rieb sich den Nacken.

„Falls du je davon gehört hast, dass sie einem die Seele stehlen, ist das Unsinn. Ein Vampir kann auf diesem Weg in die Gedanken eines anderen Vampirs einbrechen, aber bei uns geht das nicht."

„Diese Tatsache ist unheimlich genug", gab Okon zurück, wobei er erschauderte. „Ich glaube, ich melde mich gleich freiwillig zur Patrouille, obwohl ich noch nicht an der Reihe bin. Sonst komme ich nicht zur Ruhe."

Igor klopfte ihm auf die Schulter. Dann kehrte er zu seinem Platz auf der Fensterbank des Saals zurück und nahm den Briefbogen wieder auf. Es kostete ihn fast zwanzig Minuten, gerade einmal drei Sätze zu verfassen. Immer wieder schaute der Hyänenmann aus dem Fenster. Das Schneetreiben hielt immer noch an, er konnte nur wenige Meter weit sehen. Nadja erging es am Steuer des Wagens mit Sicherheit nicht besser. Von seinem Haus aus waren es hunderte Kilometer zu Jasminas Schloss. Er hörte Okon und Fjodor in der Eingangshalle über die Patrouille sprechen. Laufen schien die wesentlich bessere Wahl als sitzen und schreiben zu sein. Der Brief an die Ostafrikaner konnte warten. Igor knüllte das Blatt zusammen und warf es beim Hinausgehen in den Papierkorb bei den Tischen.

„Ich bin dabei", sagte er, als er nur noch wenige Schritte von den beiden Hundemännern entfernt war. Sein Onkel schaute ihn verwundert an und fragte, ob es einen besonderen Anlass gäbe.

„Es schadet nicht, wenn ich eure Wege besser kenne."

Seiner Miene nach ahnte Fjodor, dass etwas mehr dahinter steckte, aber er ließ es auf sich beruhen. Die anderen Hunde, die eigentlich mit ihm gehen sollten, erschienen in der Halle. Er bedeutete ihnen, dass sie im Quartier bleiben sollten, während Igor und Okon ihre Jacken anzogen. Zu dritt machten sie sich auf den Weg. Während sie stumm in westlicher Richtung nebeneinander her liefen, reduzierte sich der Schneefall nach und nach auf ein erträgliches Maß. Igor bereute seine Entscheidung nicht im Geringsten. Es war zwar bitter kalt, aber die frische Luft und die Bewegung ließen ihn wieder klarer denken. Sobald er zu Hause war, würde ihm eine vernünftige Antwort für die Ostafrikaner einfallen. Vor ihnen erhoben sich einige skurril anmutende Silhouetten. Es handelte sich um eingeschneite Nadelbäume, die ohne die dicke Schutzschicht aus altem Schnee vermutlich im eisigen Wind erfrieren würden. Fjodor führte sie auf dem kürzesten Pfad durch den lichten Wald. Er endete auf einer kleinen Anhöhe, auf der Igor innehielt, um sich umzusehen. In einiger Entfernung entdeckte er eine Erhebung, die zu ebenmäßig für einen Felsen wirkte.

„Was ist das da hinten?", fragte er. Sein Onkel trat an seine Seite. „Ich bin nicht sicher, vielleicht aufgetürmter Schnee. Das kommt vor, wenn jemand die Straße frei schaufeln muss."

Der Hyänenmann wandte ihm ruckartig das Gesicht zu. „Es ist die Straße, die Jasmina und Nadja nehmen mussten, um nach Hause zu kommen, oder?"

„Ja, sie führt weiter nach Westen und dann auf jene zu ihrem Schloss."

Igor löste sich aus seiner Starre und lief auf die seltsame Erhebung im Schnee zu. Die Vampirinnen hatten zwar Vorsprung gehabt, aber die Straße führte in einem weiten Bogen um den Wald herum. Wenn sie die Fahrt zudem häufiger hatten unterbrechen müssen, um den Weg für den Wagen freizumachen, waren sie noch nicht so nah an ihrem Zuhause, wie er gehofft hatte. Die Hundemänner folgten ihm mit etwas Abstand. Noch bevor sie die Erhebung erreichten, konnten sie ein wenig Metall schimmern sehen. Igor brauchte nur den Schnee von der Windschutzscheibe zu wischen, um Jasminas Geländewagen wieder zu erkennen. Er war leer. Augenscheinlich hatten sich sämtliche Räder festgefahren, weshalb die Vampirinnen ausgestiegen waren. Ihn überkam ein sehr ungutes Gefühl.

„Ihre Spuren sind gerade noch zu erkennen", merkte Fjodor an. Er war den Vertiefungen im Schnee, bei denen es sich eindeutig um ihre Fußabdrücke handelte, bereits ein paar Meter gefolgt.

„Nicht nur für uns", grollte Igor und setzte sich in Bewegung. Er musste dem nachgehen und wenn er zu Fuß bis zu Jasminas Schloss marschierte.

„Kehrt sofort zum Quartier zurück!"

Trotz seines unmissverständlichen Befehls rührten sich die beiden Hundemänner nicht.

„Neffe…"

„Geht! Falls Soraya sie angreift, bin ich der Einzige, der ihr irgendetwas entgegensetzen kann!"

Dieses Mal waren sie nicht zu neunt wie mit Haroons Truppe. Die verräterische Löwin würde wohl kaum wieder die Flucht ergreifen. Igor verwandelte sich, um auf seinen vier Pfoten besser voranzukommen. Das Knirschen des Schnees und sein Atem verrieten ihm, dass Okon ihm beharrlich folgte. Bei einem kurzen Blick zurück stellte Igor fest, dass wenigstens sein Onkel gehorchte und sich in diesem Moment in die entgegengesetzte Richtung wandte. Nach einigen Minuten entdeckte er eine dritte Spur, die den Abdrücken der Vampirinnen folgte. Er ging zum Sprint über.

„Ich meine es ernst, dreh um! Sie muss entsetzlich stark sein", rief er Okon zu.

„Das weiß ich doch", knurrte der Hundemann hinter ihm. Auch er hatte sich verwandelt. „Aber ich kann dir helfen! Bei Soraya ist es egal, ob sie spürt, was ich bin."

„Du weißt nicht einmal, wozu dein Gespür für den Geist sich entwickelt hat!"

„Wenn du hier alles auf eine Karte setzen willst, werde ich das auch!"

„Du wirst hier draufgehen!"

„Dann ist es wenigstens nicht umsonst."

Die Entschlossenheit des Hundemanns war mindestens so groß wie seine eigene. Igor gab die Diskussion auf und richtete den Blick wieder starr auf die Fußabdrücke, die der Schnee noch nicht völlig aufgefüllt hatte.

Mit einem gewaltigen Satz floh Jasmina aus der Reichweite ihrer Gegnerin, um ihrem Biss zu entgehen. Die hochgewachsene hellhaarige Frau war hinter ihnen aus der verschneiten Einöde aufgetaucht und unvermittelt zum ersten Angriff übergegangen. Diesen hatte Nadja abgefangen. Ihr Körper war viele Meter durch die Luft geschleudert worden und im Schnee liegen geblieben. Auch ohne jegliche Begrüßung war Jasmina klar, mit wem sie es zu tun hatte. Sie stand Soraya gegenüber. Keine andere Gestaltwandlerin, der sie je begegnet war, besaß ihre Kraft und Schnelligkeit. Ihre bernsteinfarbenen Augen starrten sie mordlustig an. Soraya überwand den Abstand zwischen ihnen innerhalb eines Wimpernschlags. Die Geborene wich dem Hieb gegen ihr linkes Bein aus. Die Finte erkannte sie zu spät und die riesige Löwenpranke traf sie mit voller Wucht. Sie schlug erst einige Meter weiter auf dem Boden auf. Sofort rappelte sie sich wieder auf, obwohl sich ein heftiger, brennender Schmerz in ihrer Seite ausbreitete. Sorayas Krallen hatten sich tief in ihr Fleisch gegraben. Ein hektischer Blick zu Nadja bestätigte ihr, dass ihre Vertraute mit letzter Kraft über den Boden auf sie zu kroch. Der Schnee um sie herum färbte sich zunehmend rot.

„Vor dir fürchtet sich also halb Asien", sagte Soraya abfällig. Sie schritt betont langsam in ihrer menschlichen Gestalt auf sie zu. „Vor einer kleinen Missgeburt, die kaum einem Schlag standhalten kann."

Jasmina erwiderte nichts. Sie zog zwei schmale Dolche hervor. Die Löwin tat, als würde sie erschaudern.

„Das wird dir auch nichts nützen und macht deinen Tod nur würdeloser."

„Du redest zu viel", gab die Geborene genauso abfällig zurück. Gerade als sie zum Angriff übergehen wollte, hörte sie ein dunkles, schiefes Bellen, das beinahe wie ein Lachen klang. Erschrocken hielt sie inne. Mittlerweile erkannte Jasmina auch Igors Hyänenstimme. Ihre eigenen Chancen standen schon schlecht, aber er würde der Löwin erst recht nicht gewachsen sein. Sorayas Augen flackerten. Ein freudloses Grinsen trat auf ihr Gesicht, bevor sie sich zu dem seichten Hügel zu ihrer Rechten umwandte. Igor und der weiße Hund aus seinem Clan überquerten ihn auf ihren vier Pfoten. Mitten in der Bewegung nahmen sie gleichzeitig ihre menschlichen Gestalten an, als würde es sie nicht die geringste Mühe kosten, das Gleichgewicht zu halten. Okon hielt sich ein wenig hinter Igor, aber ihn schien die Löwin ohnehin kaum zu beachten.

„Sieh an, Freya hat dir tatsächlich gegeben, was sie niemals irgendwem geben wollte", begrüßte sie ihn. „Und nun kommst du her, um diese Vampire zu beschützen. Warum bin ich nicht überrascht?"

Weder erwiderte er etwas, noch verlangsamte er seine Schritte.

„Wie oft willst du deine eigene Art noch an die Blutsauger verraten?" Ihre Stimme wurde zu einem bedrohlichen Fauchen.

„Im Gegensatz zu dir habe ich niemanden verraten."

Seine Antwort klang erstaunlich gelassen. Es machte Soraya nur noch wütender. Igor bedeutete Jasmina mit einer knappen Geste, sich nicht einzumischen. Dann gingen sie aufeinander los. Die Geborene sah hilflos zu, wie die Löwin ihm einen tiefen Kratzer am Bein verpasste. Warum verwandelte er sich nicht? Die Zähne seiner Hyänengestalt waren seine beste Waffe. Okon verhielt sich genauso. Entschlossen griff der Hundemann nach dem Kopf seiner Gegnerin, sobald Soraya ihre erste Gestalt annahm, um Igors Angriff auszuweichen. Er erwischte sie für den Bruchteil einer Sekunde an der linken Schläfe, woraufhin sie aufschrie und ihm einen Faustschlag gegen den Brustkorb verpasste. Jasmina glaubte, im gleichen Moment ein unheilvolles Knacken zu hören. Okon krachte rücklings gegen einen nahen Felsen, rutschte zu Boden und rührte sich nicht mehr. Soraya griff sich an den Kopf, als ob sie Schmerzen hätte, und geriet ins Straucheln.

„Was zum Teufel…", keuchte sie, sobald sie sich wieder gefangen hatte. In ihren Augen spiegelte sich etwas wie Erkenntnis.

„IHR VERFLUCHTEN KLEINEN BASTARDE!"

Igor bleckte die Zähne. Beim nächsten Versuch gelang es auch ihm, sie am Kopf zu berühren. Die beiden sackten zusammen, als wären sie plötzlich tot. Ihre Herzen schlugen jedoch noch. Jasmina stürzte zu Nadja hinüber, drehte sie zu sich um und presste ihr Handgelenk auf ihre Lippen.

„Na los!", zischte sie, als ihre Vertraute nicht sofort zubiss. Wenigstens drei Schlucke trank sie von ihrem Blut, dann ließ sie sofort wieder von ihr ab.

„Du musst selbst heilen", sagte sie und stemmte sich auf die Knie. Jasmina widersprach ihr nicht, es hatte ohnehin keinen Sinn, weiter darüber zu diskutieren. Nadja musterte Igor und

Soraya eindringlich, die reglos im aufgewühlten Schnee lagen.

„Sollten wir die Gelegenheit nicht nutzen und dieses Miststück erledigen?"

„Ich weiß nicht..." Die Geborene biss sich auf die Unterlippe.

„Sie ist *die* Verräterin! Sie ist schuld, dass wir die Hälfte unseres Clans verloren haben!"

„Das ist mir bewusst, aber was passiert mit Igor, wenn wir Sorayas Körper töten? Sie sind bestimmt in dieser anderen Dimension."

Nadja verdrehte die Augen. „Dann fesseln wir sie wenigstens, damit wir im Vorteil sind, wenn sie wieder zu sich kommt."

„Ja, das hat hoffentlich keine dramatischen Auswirkungen." Ein kurzer Blick zu Okon bestätigte Jasmina, dass er wegen seiner Rippenbrüche kaum atmete. Sein Herz schlug ebenfalls sehr unregelmäßig. Sie beschloss, auch ihm ein wenig Blut zu geben, damit er es überlebte. Schließlich hatte er Igor unterstützt.

Der Himmel über ihm war schwarz. Nur hin und wieder flackerten Lichter an verschiedenen Stellen auf. Igor stand auf einem gepflasterten Platz. Hinter ihm erhoben sich hohe Mauern aus Stein. Vor ihm standen mehrere Säulen. Er ging darauf zu. Sein Instinkt sagte ihm, dass er Soraya dort finden würde. Sie kauerte hinter der Letzten und sah erschrocken zu ihm auf.

„Hörst du das Geschrei nicht?", fragte sie.

„Nein, wir sind hier allein. Nur du und ich."

Soraya richtete sich auf und spähte um ihre Säule. Nachdem sie hörbar aufgeatmet hatte, griff sie Igor an. Ihrem ersten

Schlag wich er aus, mit dem zweiten traf sie ihn an der linken Hüfte. Allerdings besaß sie hier in der anderen Dimension bei weitem nicht die immense Durchschlagskraft, die ihr ihre Löwengestalt und ihr langes Leben verliehen. Normalerweise würde Igor ihr im Zweikampf auf Leben und Tod unterliegen, doch hier musste er nur auf den richtigen Zeitpunkt warten, an dem sie angreifbar war.

„Was tust du mit mir?", fauchte sie.

„Ich habe dich nur hergebracht. Die andere Dimension wird dir zeigen, wer du bist."

„Das weiß ich selbst!"

„Ach ja? Bist du dir da wirklich ganz sicher?"

„Das geht dich einen Dreck an!" Sie fletschte die Zähne und lehnte sich vor, als erwartete sie, gleich auf allen Vieren zu gehen.

„Warum kann ich mich nicht verwandeln?", fragte sie halb verdutzt halb zornig. Statt zu antworten, nahm Igor seine Hyänengestalt an und begann, um sie herum zu schleichen. Er verstand selbst erst jetzt, was Okon getan hatte. Irgendwie war es ihm gelungen, Soraya von ihrer zweiten Gestalt zu trennen und die Wirkung hielt an. Aber das würde er ihr nicht verraten.

„Mach, dass sie aufhören zu schreien!", forderte sie.

„Wer?"

„Meine Brüder." Soraya presste die Hände auf die Ohren. „Mutter ging ihre Verwandlung nicht schnell genug. Sie hat sie ständig gequält, damit sie es lernen."

Igor verkniff sich einen Kommentar darüber. Je mehr er über Jalas Taten erfuhr, desto mehr widerte sie ihn an. Aber dies war Sorayas Reise, nicht seine.

„Zum Glück konnte ich es schon mit fünf. Auf mich ist sie nie losgegangen. Zumindest nicht deswegen."

Zum ersten Mal traute sie sich aus dem Schutz der Säulen heraus. Das Flackern am Himmel wurde langsam stärker. Zu welchem Fixpunkt sie gehen sollte, war jedoch nicht ersichtlich.

„Was hätte ich auch tun sollen? Ich wäre sowieso nicht gegen sie angekommen."

Ob sie ihre Brüder gern vor ihrer wahnsinnigen Mutter beschützt hätte? Igor ließ sie lieber mit sich selbst reden, als Fragen zu stellen.

„HÖRT AUF ZU SCHREIEN!", befahl sie ihren unsichtbaren Geschwistern. Ohne jede Vorwarnung rannte Soraya fort von den Säulen und Mauern. Er folgte ihr mit ein paar Metern Abstand. Die Pflastersteine wichen groben Felsen und Moos. Sie liefen mitten in ein undurchdringliches Nebelfeld hinein. Plötzlich fuhr Soraya herum und starrte ihn wieder an.

„Warum verfolgst du mich?"

„Ich will sehen, was mit dir passiert."

„Warum? Und wer bist du überhaupt?"

Von ihrer grenzenlosen Verachtung war nichts mehr übrig. Sie war schon jetzt der Verwirrung gewichen. Ihr Zorn wirkte hingegen ungebrochen, was Soraya umso unberechenbarer machte. Igor nahm seine menschliche Gestalt an. „Ich bin der, der dich hergebracht hat."

„Ach ja! Du!"

„Also was ist? Welchen deiner Abgründe durchleben wir als Nächstes?"

„Ich habe keine…" Sie stockte und wandte sich wieder um. Eine Frau trat aus dem Nebel vor ihnen. Äußerlich sah sie Soraya durchaus ähnlich, ihr Haar fiel über ihre Schultern, sie war groß und kräftig. Eine Narbe zog sich von ihrer Wange bis über die Stirn. In ihren Augen spiegelten sich der

Wahn und der Hass, die sie dazu getrieben hatten, die Sterblichkeit der Gestaltwandler auszulöschen. Jala. Igor konnte sich kaum von ihrem Anblick lösen. Allerdings nahm sie ihn gar nicht wahr. Sie betrachtete ihre Tochter, als würde sie den Wert einer Ware abschätzen. Nach drei entsetzlich langen Atemzügen wandte sie sich enttäuscht ab. Soraya sank schluchzend auf die Knie und streckte die Hand nach ihr aus, doch Jala ließ sie zurück. Igor fuhr sich mit dem Handrücken durchs Gesicht. Er wollte sich nicht in die Reisen anderer einmischen, aber das konnte er einfach nicht auf sich beruhen lassen. Er trat direkt vor Soraya. Tränen liefen über ihre Wangen.

„Das ist alles? Du hast ihren Ansprüchen nicht genügt?"

„Nein, nie. Egal, was ich tat." Sie verbarg das Gesicht in den Händen. „Schließlich gab ich ihr keine neuen Jungen für ihre Armee."

Igor packte ihre Handgelenke und zerrte sie von ihrem Gesicht, damit sie ihn wieder ansah.

„Und da hast du Jahrtausende im Schatten gelauert, bis sich eine Gelegenheit geboten hat, den Krieg deiner Mutter wieder aufzunehmen?"

„Ja, nichts ist so, wie es sein sollte. Die Gestaltwandler verkriechen sich im Schatten und verbünden sich mit Vampiren, statt sie zu bekämpfen."

„DU HAST UNS AN DIE MENSCHEN VERRATEN!"

Soraya zuckte mit den Schultern. „Das war längst überfällig. Hätten sie diese widerlichen Hybriden, würden sie sich jetzt einfach gegenseitig auslöschen, wie Mutter es gewollt hätte, aber das habt ihr ja auch verhindert."

Igor stieß sie wütend von sich. „Sie hat dich verachtet und gequält und doch redest du nur von ihr und hängst an ihrem Wahnsinn wie eine Ratte im Labyrinth!"

Sie schaute nur verständnislos zu ihm auf.

„Ist es dir denn nie in den Sinn gekommen, Jalas Wahn hinter dir zu lassen? Dir ein eigenes Leben zu suchen?"

Soraya entglitt jegliche Kontrolle über ihre Mimik. Offenbar hatte sie nie daran gedacht. Der Boden unter ihr riss auf und sie stürzte hinab. Igor spähte vorsichtig über den Rand ins marmorne Labyrinth der nächsten Ebene. Endlose Gänge eröffneten sich in jede Richtung, doch wohin führten sie? Soraya rappelte sich auf und schaute sich entsetzt um. Nirgends war ein Ausweg in Sicht. Erneut gab der Boden unter ihren Füßen nach. Es gelang ihr, sich an einen Stein zu klammern. Aber das zögerte das Unvermeidliche nur hinaus. Unter ihr zeigte sich das Schattenwesen in seiner wahren Form. Es besaß riesige Schwingen, Klauen und trug eine Maske, die sein Gesicht verbarg. Soraya schrie auf. Entsetzlich hoch und laut. Es packte sie und zerrte sie hinab. Igor spürte nur einen leichten Windstoß. Die Durchbrüche in die unteren Ebenen schlossen sich. Ihr Geist war vernichtet worden. Mit dem nächsten Atemzug machte er sich auf den Weg in die reale Welt. Er atmete noch einmal tief ein und aus. Erst dann öffnete er die Augen. Jasmina und Nadja standen mit gezückten Dolchen über ihm und Soraya. Ihr letzter Atem entwich aus ihren Lungen. Auch ihr Körper starb.

„Was ist passiert?", fragte die Geborene, während sich ihre Vertraute erleichtert auf die Erde fallen ließ.

„Der Schatten hat sie sich geholt." Igor setzte sich auf und rieb über seine Stirn.

„Gut, das hat sie verdient", sagte Jasmina zufrieden und steckte ihre Dolche weg. Dann half sie ihm auf. Als sie Nadja in ihre Arme heben wollte, setzte sie sich ein wenig zur Wehr.

„Ich kann laufen", murmelte sie, als würde sie sich schämen.
„Aber nur langsam. Wir müssen so schnell wie möglich nach
Hause, dort haben wir Blut", hielt Jasmina unbeirrt dagegen.
„Erlaubst du, dass wir mitkommen?", fragte Igor. „Zu deinem Schloss ist es näher als zu unserem Quartier und Okon
ist schwer verletzt."
„Natürlich."
Er lud den Hundemann auf seine Schultern. Eilig setzten sie
den Weg zu ihrem Hauptquartier fort. Ihre Leibwächter kamen ihnen auf halber Strecke entgegen und berichteten, dass
ein gewisser Fjodor sie über die drohende Gefahr informiert
hätte. Erleichtert übergab Jasmina Nadja an einen von ihnen.
Die Wunden in ihrer Seite bluteten immer noch und das Atmen schmerzte. Ihr Körper würde erst beginnen zu heilen,
wenn sie sich stärkte. Igor wurde ebenfalls angeboten, dass
sein Kamerad von jemand anderem getragen werden konnte,
doch er lehnte dankbar ab. Gemeinsam erreichten sie ihr
Schloss ohne weitere Zwischenfälle. Jasmina schleppte sich
zum erstbesten Kühlschrank. Zum Glück lagerten ihre Vampire immer zahlreiche Blutkonserven. Sie nahm sich drei
heraus und sog sie bis auf den letzten Tropfen leer, woraufhin ihre Wunden aufhörten, zu bluten. Erleichtert ging sie in
ihre eigenen Räume und zog sich um. Anschließend sah die
Geborene nach Nadja, die selbstverständlich in ihr Zimmer
gebracht worden war. Ihre Vertraute schlief bereits, neben
ihrem Bett lag eine leere Konserve. Anschließend begab sich
Jasmina in den Teesalon, in den Igor geschickt worden war.
Okon lag auf einem der Sofas und war immer noch nicht bei
Bewusstsein. Obwohl er deutlich jünger und schwächer als
der Hyänenmann war, hatte er tapfer gekämpft. Igor stand
am Fenster und lehnte den Kopf gegen die Scheibe, als
wollte er seine Stirn kühlen. Die Geborene trat neben ihn.

Tatsächlich hielt er die Augen geschlossen und atmete gleichmäßig durch.

„Stimmt etwas nicht?", fragte Jasmina leise.

„Was habe ich nur getan", murmelte er und richtete sich auf.

„Du hast die Löwin erledigt, die für einen grauenhaften Krieg gegen die Menschen verantwortlich war. Und du hast uns beschützt", hielt sie unschlüssig dagegen. Sie verstand nicht, warum Igor sich Vorwürfe machte. Schließlich hatte er den Kampf mit Soraya gesucht und gesiegt. Jasmina berührte sanft sein Kinn. „Sieh mich an."

Er wandte sich zu ihr um. Die tiefen Sorgenfalten oberhalb seines Nasenrückens entspannten sich ein wenig.

„Ich dachte früher mal, ich hätte eine Ahnung, was in deinem Kopf vorgeht, aber jetzt musst du mich aufklären. Warum ist es plötzlich schlecht, dass du Soraya getötet hast?"

„Das an sich ist nicht schlecht. Ich bedaure bloß, wie es geschehen ist." Er ergriff ihre Hand. „Ich habe Soraya in die andere Dimension gezogen, weil ich dachte, dass ich ihr dort ebenbürtig bin. Aber wir haben nicht gekämpft, verstehst du?"

„Soweit ja." Langsam verlor Jasmina die Geduld. Worauf wollte er hinaus?

„Ich kann jeden Gestaltwandler in die andere Dimension bringen, aber mein Instinkt sagt mir, dass ich mich nicht einmischen darf. Eigentlich wollte ich das auch bei Soraya nicht, bis sich eine Gelegenheit zum Kampf bietet, aber..."

„Du hast es getan", nahm sie sein Geständnis vorweg.

„Ja. Ich wollte, dass sie endlich einsieht, dass sie eine Alternative zum Wahn ihrer Mutter gehabt hätte. Wie wir alle. Als ihre Schuld sie auffraß und sie in die Tiefe stürzte, hätte ich sie vielleicht retten können, aber es hat mich nicht gekümmert. Ich habe nur zugesehen. Im Grunde habe ich die andere Dimension missbraucht, um sie zu töten."

Diese Tatsache schien ihm ernsthaft zuzusetzen. Jasmina wusste nicht, wie sie ihn trösten sollte. Er hielt immer noch ihre Hand. Sie führte sie an ihre Wange. Seine Haut war angenehm warm. Es war die erste zärtliche Berührung zwischen ihnen, seit er sie aus diplomatischen Gründen besucht hatte.

„Ich bleibe bei meiner Meinung. Soraya hat es nicht anders verdient. Und ich verdanke dir mein Leben und das meiner Vertrauten."

„Deine Position in dieser Sache überrascht mich nicht", sagte er leise. „Ich wünschte bloß, ich hätte eine andere Lösung finden können."

Jasmina schmunzelte.

„Belächelst du mich?"

„Nein, niemals." Sie schüttelte energisch den Kopf. „Ich habe dich geliebt, als du noch ein Streuner warst und nicht wusstest, wohin mit dir. Jetzt hast du Ideale, eine Aufgabe und Männer und Frauen, die dir folgen."

Igor hielt den Atem an.

„Ich werde dich immer lieben. Bis mein Herz aufhört, zu schlagen."

Er nahm ihr Gesicht in beide Hände. „Ich kann dir keine Familie geben."

„Ich weiß. Das ändert nichts mehr daran."

Er nickte. Dann lehnte er sich vor, um sie zu küssen. Jasmina fühlte seine etwas rauen Lippen auf den ihren. Seine Wärme. Sie atmete seinen Geruch ein. Sie lehnte die Stirn gegen seine und wünschte sich, er würde nie fortgehen. Natürlich musste er das bald, aber diesen Moment konnte ihnen niemand mehr nehmen. Ein leises, schmerzerfülltes Stöhnen unterbrach sie.

„Wo bin ich?", murmelte Okon stockend. Igor löste sich von ihr und ging um das Sofa herum, auf dem sein Kamerad lag. „In Jasminas Schloss. Wir sind in Sicherheit."

„Hast du sie besiegt?"

„Ja, das haben wir." Der Hyänenmann legte ihm die Hand auf die Schulter. In seinem Lächeln lag erneut diese seltsame Bitterkeit, die Jasmina nur selten gesehen hatte. Seine Gefolgsleute würden wohl kaum anders auf Sorayas Tod reagieren als sie. Hoffentlich konnten sie ihn letztendlich davon überzeugen, dass sein Handeln nicht falsch gewesen war.

„Gut." Okon setzte sich mit einem gequälten Stöhnen auf. „Mein Brustkorb fühlt sich an, als würde er brennen."

„Das liegt an meinem Blut. Es stand sehr schlecht um dich, da habe ich dir ein wenig eingeflößt", erklärte Jasmina freimütig. Der Hundemann schaute sie mit großen Augen an und bedankte sich zögerlich. Wenige Stunden später verließen die beiden Gestaltwandler, die das schier Unmögliche vollbracht hatten, ihr Schloss.

22. Melissa

Nach ihrer Rückkehr aus Jasminas Schloss hatte Igor sich einige Stunden ausgeruht. Außerdem war er hungrig wie lange nicht mehr. Während er den Rest der Mahlzeit, die am Abend für die Kinder gekocht worden war, allein in der Küche aß, schaute er aus dem Fenster. Sein Clan hatte erneut viele Stunden damit verbracht, das Haus und die Wege vom Schnee zu befreien. Die Nachricht über ihren Sieg über Soraya hatten sie wie erwartet mit großer Genugtuung aufgenommen. Feiern wollte Igor diesen Sieg jedoch nicht. Tatsächlich bereitete ihm nun etwas anderes Sorgen, das er auf keinen Fall aufschieben durfte. Er verließ die Küche und begab sich auf direktem Weg zu Okons und Melissas Zimmer. Den Geräuschen nach war der Hundemann ebenfalls wach und allein, also hörte er seine Schritte auf dem Gang. Igor betrat sein Zimmer und zog die Tür hinter sich zu. Okon setzte sich auf die Bettkante und rieb mit dem Handrücken über seine linke Wange.

„Wie fühlst du dich?", fragte der Hyänenmann tonlos.

„Schon viel besser, es heilt dank… du weißt schon."

In der kurzen Pause, die entstand, hörten sie Melissa in der Etage unter ihnen unbekümmert lachen.

„Mittlerweile habe ich verstanden, was mit Soraya passiert ist, bevor ich sie in die andere Dimension gezerrt habe. Du hast ihre Verbindung dorthin gekappt." Igor musterte Okon eindringlich. Er hob nur abwartend die Brauen.

„Du wusstest, was du tust, nicht wahr?"

Wenn dem so war, hatte der Hundemann ihm bei ihrem Gespräch bezüglich seines Gespürs für den Geist glatt ins Gesicht gelogen. Noch erwiderte Okon nichts, was Igor als Zustimmung auffasste.

„Diese Fähigkeit ist wohl kaum leicht zu kontrollieren, also… an wem hast du es zuvor *ausprobiert?*"

Der Hundemann wich seinem Blick aus.

„*An wem?*", fragte Igor mit Nachdruck.

„Cameron." Er sah wieder zu ihm auf. Schuldgefühle plagten ihn offensichtlich nicht.

„Er hat mir aufgelauert. Und er hätte mich getötet, wenn mich mein Gespür für seinen Geist nicht im letzten Moment gerettet hätte. Ich wusste nicht, was ich ihm antue, als ich an seinem… *Band* zur anderen Dimension gerissen habe. Aber das war Notwehr!"

„Das glaube ich dir sogar. Wo ist er jetzt?", bohrte Igor weiter. Okon hatte diesen Angriff aus einem Grund vor ihm und den anderen verheimlicht.

„Er ist tot." Der Hundemann fuhr sich erneut durchs Gesicht.

„Ich… Er hat mich angebettelt, ihm seine Oryxgestalt wieder zu geben, und versprochen, uns nie wieder zu behelligen. Als ich mir angesehen habe, was von seinem Band noch übrig ist…"

Er vollführte eine unbeholfene Geste.

„Hast du vermutlich seinen Geist an der Grenze zur anderen Dimension zerbrochen", beendete Igor den Satz. Er rieb die Hände an seiner Hose ab. Dazu fiel ihm nichts mehr ein.

„Ja, ich habe es gespürt. Dann hat sein Herz einfach aufgehört, zu schlagen. Was hätte ich denn tun sollen?", fragte Okon. „Du hast gesagt, wir müssen meine Reise geheim halten. Also auch meine Fähigkeiten, oder nicht?"

„Mir hättest du es sagen müssen!", grollte Igor leise. Freya hatte ihn vor dieser Art Fähigkeit gewarnt. Wie sollte er jetzt bloß reagieren?

„Ich wollte die anderen nicht beunruhigen, nur deshalb habe ich geschwiegen." Der Hundemann stand auf und näherte sich ihm ein paar Schritte. „Aber wir sollten es ihnen sagen, meinst du nicht? Ich würde sie ungern damit überraschen, falls wir erneut angegriffen werden."

Igor rührte sich keinen Millimeter. „Ist dir dabei klar, dass jeder, der von deiner Fähigkeit erfährt, sich für oder gegen dich entscheiden wird? Innerhalb sowie außerhalb des Clans."

„Was?" Okon hatte nicht mit Begeisterung gerechnet, aber diese Reaktion enttäuschte ihn, nachdem er zum Sieg über Soraya beigetragen und sich somit bewiesen hatte.

„Ich kann endlich meinen Teil beitragen, um den Clan zu beschützen. Warum sollten sie mich ablehnen?"

„Weil sie dich fürchten werden." Igor fuhr sich mit dem Handrücken über den Mund.

„Ich würde das doch nie einem von uns antun!", gab der Hundemann fassungslos zurück. Allein die Vorstellung war absurd.

„Dazu müsstest du es absolut unter Kontrolle haben. Muss ich dich daran erinnern, dass du die Reise nur antreten konntest, weil wir uns im Kampf gegen die Hybriden versehentlich zu nahe gekommen sind?" Sein Oberhaupt flüsterte nur noch. „Und wenn erst andere Clans davon erfahren... Sie fürchten sich schon vor mir, obwohl sie nicht sicher sind, wozu meine Fähigkeit gut ist. *Du* kannst ihnen ihre geliebte Tiergestalt nehmen! Beinahe alles, worüber sie sich definieren."

„Wenn ich mich verteidigen muss", gab Okon zurück. „Du musst mir glauben!"

„Was ich glaube, spielt keine Rolle. Die Möglichkeit an sich wird ihren Argwohn weiter schüren. Vor allem den von Haroon."

„Vielleicht überzeugt es ihn auch davon, tatsächlich mit dir zu verhandeln."

Igor schnaubte abfällig. „Bist du wirklich so naiv? Seine Angst wird ihn dazu treiben, Verbündete gegen uns zu sammeln und anzugreifen."

„Woher willst du das wissen?", fragte der Hundemann. Sein Oberhaupt redete über die anderen Clans, als wären ihre Reaktionen von vornherein in Stein gemeißelt.

„Ihre eigenen Kinder brauchen bloß mit der falschen Gestalt geboren zu werden und sie werden verstoßen oder getötet. Auf deine überaus bedrohliche Fähigkeit erwartest du eine andere Antwort?"

Okon schob sich wortlos an ihm vorbei und ging zur Tür.

„Wir sind noch nicht fertig", grollte Igor. Trotzdem trat er auf den Korridor hinaus und marschierte in Richtung der Treppe, die ins Erdgeschoss hinab führte.

„Ich habe die Reise für jeden hier auf mich genommen, dich eingeschlossen, nur um zu begreifen, worin meine Rolle besteht", sagte er laut und deutlich.

„Lüg mich nicht schon wieder an!"

Er fuhr zu Igor herum. Sie starrten einander an, ohne zu blinzeln. Noch waren sie allein auf dem Korridor, aber Schritte näherten sich.

„Die andere Dimension zeigt uns Grundzüge unseres Wesens, Erkenntnisse, Dinge, die wir lernen müssen. Das führt dich nicht zwangsläufig zu einer fertigen Rolle, die dein Leben lang gilt. Sag mir, hast du die Reise wirklich nur angetreten, weil du dich selbst erkennen wolltest?", fragte sein Oberhaupt. Es klang, als würde er die Antwort vorwegnehmen wollen, was Okon nur noch wütender machte.

„Natürlich! Und die andere Dimension hat mir gezeigt, dass ich ein Beschützer bin. Also lass mich das auch sein, wie du es jedem im Clan versprochen hast!"

„Du wusstest lange vorher, was du sein willst, dafür hättest du die Reise nicht gebraucht", hielt Igor unbeirrt dagegen. „Deine Angst, zu versagen, hat dich getrieben. Du hast das getan, um mehr Macht zu erlangen."

„Und wenn schon!", grollte der Hundemann. „Ich habe dich gegen Soraya unterstützt. Ist das deine Art, deine Dankbarkeit zu zeigen?"

„Diese Tatsache macht es deutlich schwieriger, dich zu verteidigen."

Während Igor sprach, erschienen Fjodor und Quentin auf den obersten Stufen der Treppe. Okon warf ihnen einen gereizten Blick über die Schulter zu.

„Zum einen habe ich den Clans auf der Versammlung versprochen, dass wir die andere Dimension nicht benutzen werden, um mächtiger zu werden", fuhr ihr Oberhaupt fort. „Und zum anderen ist es auch meine Überzeugung. Mit dieser Absicht sollte niemand die Reise antreten."

„Du bist der größte Heuchler, der mir je begegnet ist." Der Hundemann schüttelte nur noch fassungslos den Kopf. „Du sagst, wir dürfen sein, was wir wollen. Du sagst, wir dürfen selbst entscheiden, ob wir kämpfen oder nicht, egal welche Gestalt wir haben. Ich entscheide mich dafür und jetzt sagst du plötzlich, ich läge falsch?"

Fjodor forderte ihn auf, sich sofort zu entschuldigen, aber das kümmerte Okon offensichtlich nicht. Igor bedeutete seinem Onkel mit einer knappen Geste, sich heraus zu halten, und ging betont langsam auf Okon zu.

„Die Entscheidung, zu kämpfen, und der Wille, mächtiger zu sein, sind zwei vollkommen verschiedene Dinge."

„Du hast leicht reden", erwiderte sein Gegenüber abfällig. „Du und die älteren im Clan sind ja auch stark, aber was ist mit den jüngeren? Oder jenen, die aufgrund ihrer Gestalt eben nicht über Reißzähne und immense Kräfte verfügen?"

„Wir werden sie beschützen."

„Und dafür willst du nicht jedes Mittel einsetzen, das dir zur Verfügung steht?", fragte Okon ungläubig. „Du hast nicht einmal in Erwägung gezogen, was noch möglich sein könnte, nicht wahr?"

Igor atmete tief durch, doch das dämpfte seinen Zorn nicht. Der Hundemann war in diesem Gespräch eindeutig zu weit gegangen und noch immer zeigte er nicht die geringste Einsicht. Mittlerweile war auch Melissa auf ihren Streit aufmerksam geworden. Besorgnis zeichnete sich auf ihrem Gesicht ab, als sie sich an Quentins breiter Schulter vorbei schob, um sich ihrem Gefährten zu nähern.

„Glaub bloß nicht, dass uns unsere Fähigkeiten unbesiegbar machen", sagte Igor. „Du bist jung und ungeübt. Fast jeder hier kann dich auch in seiner menschlichen Gestalt besiegen. Cameron war dir nur unterlegen, weil du ihn überraschen konntest."

Okon breitete die Arme aus. „Wenn es nach dir geht, erfahren wir nie, wie stark wir in Wahrheit sind."

„Genug jetzt!"

Es trennten sie kaum noch zwei Armlängen. Igor spürte erneut unregelmäßige Schwingungen der anderen Dimension. Sie gingen eindeutig von Okon aus. Wollte er seine Fähigkeit etwa gegen ihn einsetzen? Igor hob hastig beide Hände auf seine Kopfhöhe, um sich zu verteidigen. Okon umkrallte seine Handgelenke. Augenblicklich befanden sie sich am Rand der anderen Dimension, der für sie beide zum Abgrund werden konnte. Sie waren umgeben von Dunkelheit und Licht, zur einen Seite befand sich der Spiegel, zur anderen überhaupt nichts. Mit jeder Faser seines Geistes kämpfte der Hundemann gegen ihn an. Daraus formte sich eine verzerrte Welle der anderen Dimension, die auf Igor zu rollte und drohte, seinen Geist zu verschlingen. Er stemmte sich mit aller Macht dagegen. Die *Form*, die sich auf seiner Seite bildete, war erschreckend. Größer und wesentlich mächtiger. In ihrem Zentrum kristallisierte sich Igors Tiergestalt heraus. Okon riss vor Entsetzen die Augen auf. Auch er schien zu begreifen, dass er diesen Kampf nicht gewinnen konnte. Eine Kollision stand unmittelbar bevor.

„NICHT!", schrie Igor und versuchte, die Hyäne aufzuhalten. Doch es war zu spät. Die Manifestationen ihrer Geister stießen aufeinander. Eine Erschütterung ging durch die andere Dimension. Igor wurde schwarz vor Augen. Außerdem war da ein Schrei. Entsetzlich hoch und laut. Er stammte aus Melissas Kehle. Sie war ihnen so nahe gekommen, dass sie die Kollision erfasst hatte. Igor spürte, wie ihr beinahe menschlicher Geist zerschmettert wurde. Mit der plötzlichen Rückkehr in die reale Welt breiteten sich entsetzliche Schmerzen in seinem Kopf aus. Er fiel vollkommen hilflos zur Seite. Nur sehr verschwommen konnte er sehen, dass Okon auf den Knien kauernd nach Melissas Kopf tastete. Dann packten ihn riesige Hände unter den Achseln und rissen ihn hoch. Es musste sich um Quentin handeln, der den Hundemann trotz seiner Gegenwehr über den Korridor zerrte. Igor wollte seinem Onkel zu rufen, den beiden um jeden Preis auszuweichen, doch seine Stimme versagte.

Ein heftiger Impuls aus dem Inneren des Gestaltwandler-quartiers ließ Asheroth innehalten. Unmittelbar darauf folgte ein langgezogener schmerzerfüllter Schrei. Er und seine Leibwächter hatten die Hybriden immer weiter nach Osten verfolgt, über Jasminas Boden bis hier her. Anzheru, Leandros und Hugh befanden sich auf ihrer direkten Spur. Asheroth war allein davon abgewichen, um Igors Gestaltwandlern einen kurzen Besuch abzustatten. Nur für den Fall, dass seine Späher etwas entdeckt hatten, wollte er ihn sprechen. Allerdings hatte ihn eine Bärenfrau einige Meter vor dem Quartier abgefangen und ihn noch keinen Schritt näher kommen lassen. Den fremdartigen Impuls hatte sie offensichtlich auch gespürt. Mit weit aufgerissenen Augen starrte sie zur Haustür, als wäre der Vampir plötzlich nicht mehr die größte Bedrohung, mit der sie es zu tun hatte.

„Was geht da vor?", fragte Asheroth leise aber bestimmt.

„Ich weiß es nicht." Die Bärenfrau setzte sich endlich in Bewegung. Er folgte ihr in gebührendem Abstand über den breiten Weg zum Haus. Im Innern schien nun einige Hektik aufzukommen. Obwohl er immer noch barfuß lief, war er sich nicht ganz sicher, was geschehen war. Nur Igor konnte er eindeutig ausmachen und er war nicht in bester Verfassung. Die Türen wurden von innen aufgerissen und zwei Männer stürmten aus dem Haus. Asheroth erkannte den blassen Hund wieder, den Elvera der Firma abgejagt hatte. Dem anderen war er noch nie begegnet. Er war groß und breitschultrig und daher wohl ein Bär. Dennoch stand ihm die Panik ins Gesicht geschrieben. Der Vampirälteste trat zwei Schritte vor und damit den beiden Männern in den Weg.

„Was zum Henker ist da pass…"

Die Bärenfrau kam nicht dazu, ihre Frage zu beenden. Der blasse Hund stieß sie grob zur Seite und holte mit der rechten

Hand nach Asheroths Kopf aus. Er fing sie ab, dabei war es kein ernst zu nehmender Schlag gewesen. Blitzschnell packte er ihn an der Kehle, drückte aber nicht mit aller Kraft zu. Schließlich war er eher zufällig hier und wollte Igors Kämpfer nicht ernsthaft verletzen, ohne die Situation genauer zu kennen. Direkt neben ihnen stießen die beiden Bären aufeinander. Obwohl der Hund kaum Luft bekam, hob er seinen anderen Arm. Sobald sich seine Fingerspitzen nur noch eine Hand breit neben Asheroths Schläfe befanden, durchzuckte den Vampir ein unbeschreiblich stechender Schmerz. Er spürte selbst kaum, wie er seinen Angreifer losließ und rückwärts taumelte. Er verlor den Boden unter den Füßen und fiel.

Mühsam stemmte er sich auf die Ellbogen. Das grauenhafte Pochen in seinem Schädel steigerte sich von Sekunde zu Sekunde. Igor tastete nach dem Körper neben sich auf dem Boden. Melissas Herz schlug nicht mehr. Ihr Geist war zerbrochen, dann war sie gestorben. Er wurde unter den Achseln gepackt und hoch gezogen. Seine Beine gehorchten ihm jedoch nicht. Ein Umriss bewegte sich hektisch auf ihn zu.
„Wer hat da noch geschrien?", fragte sein Onkel. Dem Geruch nach war er es, der Igor gepackt hielt.
„Katinka! Sie muss versucht haben, die beiden aufzuhalten." Wenigstens an seiner aufgeregten Stimme war Jason zu erkennen.
„Lebt sie?", fragte Igor schwach.
„Ja, aber… wir kommen nicht an sie heran."
Sein Onkel zog seinen Arm um seine Schultern und schleifte ihn mit nach draußen. Die kalte Luft stach in den Lungen, aber für den Moment schärfte es Igors Sinne. Katinka lag ein paar Meter vom Haus entfernt im Schnee und hielt sich mit

beiden Händen den Kopf. Neben ihr versuchte Asheroth, sich auf die Füße zu kämpfen, schaffte es aber nur auf seine Knie. Er hob den Blick. Seine Augen glühten eisblau. Sein Atem ging nur stoßweise. Offenbar war auch er mit Okon zusammengestoßen. Mittlerweile hatte sich der halbe Clan vor dem Quartier versammelt. Timur wagte einen Schritt auf den Vampir und Katinka zu. Asheroth fuhr zu ihm herum und fletschte mit einem tiefen Grollen die Zähne.

„Zurück!", zischte Fjodor. „Eine falsche Bewegung und er reißt dich in Stücke."

Damit übertrieb er keineswegs. Der Vampir schien völlig desorientiert. Wie schwer Okon ihn getroffen hatte, vermochte Igor nicht zu sagen. Jedenfalls war er im Moment nicht dazu in der Lage, zwischen Freund und Feind zu unterscheiden. Katinka war vermutlich nur noch am Leben, weil sie sich kaum rührte. Igor biss die Zähne zusammen. Es musste ihm irgendwie gelingen, Asheroth zu beruhigen. Noch mehr Verluste würde er an diesem Tag nicht verkraften. Er befreite sich aus Fjodors Griff und stolperte vorwärts auf ihn zu.

„Nicht!", zischte sein Onkel.

„Bleibt zurück!"

Er schaffte nur wenige Schritte. Die rasenden Kopfschmerzen zwangen ihn in die Knie. Aber wenigstens hatte er Asheroths volle Aufmerksamkeit auf sich gezogen. Die stechend blauen Augen des Vampirs fixierten ihn, ohne zu blinzeln. Erneut ertönte ein drohendes Grollen aus seiner Kehle. Er schien jeden Muskel anzuspannen, bereit zum Angriff.

Igor hob eine Hand. „Bitte hör auf. Ich bin nicht dein Feind."

Keine Reaktion.

„Niemand hier ist dein Feind. Wir wollen nur Katinka helfen."

Seinem verzerrten Gesicht war nicht zu entnehmen, ob Asheroth ihn verstand. Konnte er ihn überhaupt hören?

„Ich bin es! Igor, die Hyäne. Erinnerst du dich nicht?" Er sank kraftlos zu Boden. Der Vampir näherte sich ihm. Etwas außer seinem reinen Überlebensinstinkt schien langsam in sein Bewusstsein zurückzukehren.

„Du kennst mich. Wir haben gemeinsam gekämpft. Du hast einmal dein Blut gegeben, um mein Leben zu retten."

Asheroth nickte kaum merklich. Das Eisblau seiner Augen erlosch. Igor atmete erleichtert auf. Dann fühlte er nur noch den Schnee in seinem Gesicht, bevor er das Bewusstsein verlor.

23. Leibwächter

„Wie sicher ist deine Quelle?", fragte Gigi. Es war kurz vor Mitternacht und nieselte. Der Club, vor dem sie geparkt hatten, sah ziemlich heruntergekommen aus und lag am Rand von Birmingham. Ihre Zielperson hielt sich normalerweise in wesentlich schickeren Läden auf. Als Koslow ihnen vor Kurzem in Brüssel entkommen war, hatte Champagner im Wert von mehreren tausend Euro auf seinem Tisch gestanden. So etwas würde ihm hier nicht serviert werden. Ihr Kollege Carl Svensson stellte den Motor ab und steckte den Schlüssel in die Jackentasche. „Keine Sorge. Ich kenne ein paar der Polizisten hier schon Jahre. Die hätten mich nicht angerufen, wenn sie sich nicht sicher wären."

„Aber ein Sondereinsatzkommando können sie nicht entbehren?"

„Nein, leider besteht gerade wegen gewalttätigen Demonstranten erhöhte Alarmbereitschaft am anderen Ende der Stadt."

Sie stiegen aus und betraten den Club. Im Innern war es erwartungsgemäß laut und halbdunkel. Trotzdem entdeckte Gigi den kahlköpfigen Mann in Lederjacke an der Bar auf Anhieb. Es handelte sich nicht nur um irgendeinen von Koslows Handlangern, sondern seine rechte Hand. Normalerweise entfernten sie sich nie allzu weit voneinander.

„Volltreffer", murmelte Carl.

„Er könnte allein geschickt worden sein, um noch irgendwas zu regeln", sagte Gigi. Sie konnte sich kaum vorstellen, dass Koslow so schnell wieder auf der Bildfläche erschien, nachdem er erfolgreich abgetaucht war. Sein Stellvertreter verließ seinen Platz an der Bar, obwohl sein Glas noch voll war, und begab sich in den hinteren Teil des Clubs.

„Dann kriegen wir wenigstens ihn", gab Carl ungeduldig zurück. Er arbeitete seit Jahren an diesem Fall, daher konnte sie seine Frustration bestens nachvollziehen. Sie folgten dem Verdächtigen durch die hinteren Räume und aus dem Gebäude hinaus. Auf der Rückseite schlossen sich alte Industriehallen an, die augenscheinlich seit Jahrzehnten leer standen. Viele der Fensterscheiben waren eingeworfen worden und die Wände mit Graffiti beschmiert. Die schwere Eingangstür knarrte. Carl zog seine Dienstwaffe und bedeutete ihr stumm, dass sie sich aufteilen würden. Er ging weiter geradeaus, während Gigi nach links abbog und eine schmale Stahltreppe hinauf stieg. An die Treppe schloss sich eine Konstruktion an, die früher einmal dazu gedient haben mochte, schwere Dinge an Kränen durch den offenen Teil der Halle zu bewegen. Von hier konnte sie ihren Kollegen noch für einige Schritte im Blick behalten, bevor er im hinteren Block der Halle verschwand. Die offene Stahlkonstruktion mündete unmittelbar in den geschlossenen Teil der oberen Etage. Die Agentin hielt einige Schritte davor inne. Soweit sie es mit Hilfe ihrer Taschenlampe erkennen konnte, lagen leerstehende Büro- und Lagerräume hinter den großen Fenstern. Allerdings war der gesamte Gebäudetrakt sehr unübersichtlich und schwierig zu sichern. Sie beschlich das Gefühl, hier oben nicht ganz allein zu sein. Zu ihrer Rechten führte eine Treppe wieder nach unten und in Richtung des Korridors, den Carl betreten hatte. Bevor Gigi sich wieder in Bewegung setzte, vernahm sie das vertraute Klicken einer Handfeuerwaffe.

„Leg die Pistole hin!", befahl eine männliche Stimme. Er musste sich hinter einem Pfeiler versteckt haben und kam nun von links auf die Agentin zu. Sie legte ihre Waffe betont langsam auf den Boden und hob anschließend die Hände.

Koslow erschien aus dem vordersten leeren Büro und zielte mit einem Trommelrevolver auf ihre Stirn. Ein Schuss ertönte. Er musste aus dem unteren Teil der Halle gekommen sein, aber das lenkte den Kriminellen nicht im Geringsten ab. Gigi betete im Stillen, dass es nicht Carl erwischt hatte. Sie waren blindlinks in eine Falle gelaufen. Hoffentlich hatte wenigstens er gerade bessere Karten als sie und konnte ihr irgendwie zu Hilfe kommen.

„Ich dachte, ich kriege nur Svensson." Koslow kam Schritt um Schritt näher. Bei dem Mann links von ihr handelte es sich nicht um seinen Stellvertreter, sondern eine dritte Person. Er bezog ein paar Schritte hinter Gigi Position.

„Umso schöner, dass du auch zur Party gekommen bist", fuhr der Waffenhändler sarkastisch fort.

„Ihre Tochter hat überlebt", gab sie kühl zurück. Dabei schlug ihr das Herz bis zum Hals. „Das wissen Sie doch?"

„Am Leben und weggesperrt", knurrte Koslow angriffslustig. „Ihr werdet mir für jeden Tropfen Blut büßen."

Nur um ihretwillen hatte er die beiden Interpol-Agenten hergelockt. Mit einer so emotionalen Reaktion hätte Gigi in seinem Fall nie gerechnet, schließlich verscherzte er es sich mit mindestens der Hälfte seiner Geschäftspartner, wenn man ihn mit dem Verschwinden von zwei Beamten in Verbindung bringen konnte. Dennoch war er fest entschlossen, da bestand für die Agentin kein Zweifel mehr. Hinter ihr ertönte ein halb erstickter Aufschrei, dann ein dumpferes Geräusch, als wäre ein Körper unten auf dem Beton aufgeschlagen. Sie konnte nicht umhin, einen Blick über die Schulter zu werfen. Der dritte Mann war verschwunden.

„Was zum Teufel...", setzte Koslow an. Sie sah gerade noch, dass er die Waffe sofort wieder hob und auf sie zielte. Er drückte ab. Eine hochgewachsene Gestalt erschien wie aus dem Nichts zwischen ihnen. Gigi realisierte erst nach einer weiteren Sekunde, was geschehen war. Batiste war an ihr vorbei gehechtet, um sich in die Schussbahn zu werfen. Die Wucht des Geschosses hatte nicht genügt, um ihn von den Füßen zu holen. Er stand nur da, hielt sich die Schulter und schüttelte langsam den Kopf.

„Wer…"

Weiter kam Koslow nicht. Der Vampir riss ihm die Waffe aus der Hand. Im nächsten Moment schlug er die Zähne in seinen Hals. Gigi sah entgeistert zu, wie ihre Zielperson noch einige Sekunden hilflos zappelte und schließlich starb. Batiste ließ ihn zu Boden gleiten und drehte sich zu ihr um.

„Sag jetzt bitte nicht, dass du ihn unbedingt lebend haben wolltest." Er wischte sich Blut aus dem Mundwinkel. „Er hätte dich abgeschlachtet."

Sie nickte immer noch perplex, dann fiel ihr ein wesentlich dringlicheres Problem ein als die Gegenwart von Achilleas' Leibwächter.

„Weißt du, wo Carl ist?", fragte sie hastig.

„Da unten auf dem Korridor. Ruf einen Krankenwagen, er hat einen Bauchschuss erlitten."

Der Vampir wies ans Ende der Industriehalle. Gigi verständigte im vollen Lauf den Rettungsdienst und die örtliche Polizei. Sie fand ihren Kollegen schwer atmend und zusammengekrümmt auf dem Boden vor. Nachdem sie Carl auf den Rücken gedreht hatte, presste sie beide Hände in seine Wunde, um die Blutung zu stoppen. Er stöhnte schmerzerfüllt auf, aber immerhin schien er noch wach genug zu sein, um sie zu erkennen. Trotz allem atmete sie erleichtert auf. Wenn sie den Druck aufrechterhalten konnte, bis die Rettungskräfte eintrafen, hatte er eine halbwegs gute Chance durchzukommen. Einige Meter weiter lag Koslows Stellvertreter in einer sehr unnatürlichen Haltung. Offenbar hatte Batiste ihm das Genick gebrochen. Gigi sah ein wenig angespannt zu dem Vampir auf. Er war in ein paar Schritten Entfernung auf dem Korridor stehen geblieben und schob gerade die Hände in die Jackentaschen. Die Schusswunde in seiner Schulter beeinträchtigte ihn nicht. Er wirkte ungewohnt gelassen dafür, dass er sich in ihrer Gegenwart befand.

„Wie hast du mich gefunden?", fragte die Agentin leise.

„Ich bin in deiner Nähe, seit Achilleas mit Asheroth Jagd auf eine Hybridengruppe macht."

„Verstehe", gab sie eisig zurück. „Wenn die Polizei hier eintrifft, sollten sie dich nicht sehen."

Sie musste sich eine Erklärung einfallen lassen, wie die drei Männer zu Tode gekommen waren. Eine Person mit übermenschlichen Kräften, die überhaupt nicht hier sein sollte, würde ihr keine große Hilfe sein. Er nickte ihr schon beinahe ergeben zu und zog sich zurück.

Nach sechs quälend langen Minuten trafen die Rettungskräfte ein und übernahmen Carls Versorgung. Während sie mit Blaulicht zum Krankenhaus aufbrachen, begannen die örtlichen Polizisten damit, den Tatort zu untersuchen. Gigi konnte an ihren Gesichtern ablesen, dass ihnen der Genickbruch seltsam vorkam. Bei Koslows Stellvertreter handelte es sich um einen bulligen, muskelbepackten Kerl, den keiner von ihnen ohne weiteres hätte überwältigen können. Am normalsten musste ihnen die Leiche vorkommen, die unterhalb der Stahlkonstruktion auf dem nackten Beton aufgeschlagen war. Da die leitende Inspektorin diese gerade näher betrachtete, beschloss Gigi, das Gespräch mit ihr zu beginnen. An Koslows blutleeren Körper wollte sie noch gar nicht denken.

„Nie ein schöner Anblick", sagte die Inspektorin, dann sah sie zu ihr auf. „Sie sind Virginie Roussel von Interpol?"

„Korrekt."

„DI Sandra Hobson. Freut mich." Sie brachte ein Lächeln zustande, das sehr erschöpft wirkte. Die Demonstrationen in der Stadt mussten der Polizei einiges abverlangen.

„Meine Kollegen haben mir berichtet, hinter wem Sie und Ihr Kollege her waren. Was ist passiert?"

„Ehrlich gesagt sind Carl und ich hier drin in einen Hinterhalt geraten. Es war… etwas Persönliches für Koslow, weil wir neulich daran beteiligt waren, dass seine Tochter schwer verwundet wurde." Sie atmete tief durch. Wie sollte sie es bloß erklären? „Eine… dritte Partei hat sich eingemischt, bevor auch ich verletzt wurde."

„Keine große Überraschung", lautete Hobsons Kommentar. „Die ansässige Gang kann es überhaupt nicht leiden, wenn Konkurrenten in ihrem Gebiet aktiv sind. Meistens lassen sie die Finger von international tätigen Kriminellen, aber seien wir einfach froh, dass sie heute eine Ausnahme gemacht haben und Sie sich rechtzeitig in Sicherheit bringen konnten, Roussel."

Gigi hob kurz die Brauen, verkniff es sich dann aber lieber, ihrer Annahme zu widersprechen. Zwei Männer von der Spurensicherung kamen mit Kameras und Equipmentkoffern die Treppe herunter.

„Oben irgendwas entdeckt?", fragte Hobson.

„Nur eine Patronenhülse. Hat demjenigen wohl nicht geholfen. Da ist nirgendwo Blut."

Es kostete die Agentin einige Mühe, ihre Überraschung zu verbergen. Batiste war auf ihre Bitte hin nicht nur verschwunden, er hatte die Spuren beseitigt, die auf ihn als

Vampir hindeuteten. Trotzdem erwähnte sie, dass Koslow selbst auch in der Industriehalle gewesen war.

„Dann haben sie das arme Schwein wohl mitgenommen. Wie viele konnten Sie sehen?", fragte die Inspektorin. Gigi hob unschlüssig die Schultern. „Vier oder fünf vielleicht. Ich bin mir leider nicht ganz sicher."

Hobson schob die Hände in die Manteltaschen. „Nicht weiter schlimm, irgendwann gehen sie uns alle ins Netz. Könnten Sie morgen auf dem Revier vorbeikommen und die Kartei durchsehen?"

„Natürlich, gern."

Nach diesem Gespräch bot einer der uniformierten Polizisten an, Gigi zu ihrem Hotel zu fahren, was sie dankbar annahm. Zum einen befand sich der Schlüssel zu Carls Wagen in seiner Jackentasche im Krankenhaus, zum anderen fuhr sie nicht allzu gern im Linksverkehr. Vor allem dann nicht, wenn ihr zahllose Gedanken durch den Kopf wirbelten. Nach wenigen Stunden, in denen sie nur unruhig geschlafen hatte, begab sie sich zuerst zu dem Krankenhaus, in dem Carl notoperiert worden war. Er war bereits wieder bei Bewusstsein, als sie sein Zimmer betrat. Natürlich wollte er im Detail wissen, was in der vergangenen Nacht geschehen war. Gigi tischte ihm eine extrem kurze Geschichte auf, die bestens zu Hobsons Annahme über die Gang von Birmingham passen würde. Dabei blieb sie allerdings sehr vage, was die angeblich beteiligten Männer anging. Schließlich hatte sie sich notgedrungen versteckt. Zum Glück gab Carl sich schnell mit ihren Antworten zufrieden. Er wirkte nur ein wenig enttäuscht darüber, dass er Koslow nun nicht mehr festnehmen konnte. Nachdem er sich für seine Rettung bedankt hatte, verließ Gigi das Krankenhaus. Den Termin im Polizeipräsidium brachte sie ähnlich schnell hinter sich, ohne etwas Konkretes zu dem Fall beizusteuern. Als sie auf die Straße trat, atmete die Agentin zuerst erleichtert durch. So viele Lügen an einem Morgen waren ihr alles andere als leicht gefallen. Anschließend begann sie, die Umgebung mit den Augen abzusuchen. Auf der Straße herrschte geschäftiges Treiben. Batiste war nirgendwo unter den vielen Menschen zu entdecken. Falls er sie von einem nahegelegenen Dach aus beobachtete, war er rechtzeitig in Deckung gegangen, um ihrem Blick zu entgehen. Wie signalisierte sie ihm, dass sie ihn sofort sprechen wollte? Missgelaunt kaufte Gigi sich einen belegten Bagel und einen Becher Kaffee zum Frühstück und setzte sich auf eine niedrige Mauer am Ende der Straße, in der das Polizeipräsidium lag. Die Leute, die an ihr vorbei liefen, beachteten sie kaum. Nachdem sie gegessen hatte, sah sie sich erneut um. Sogar die Fenster des Bürogebäudes auf der anderen Straßenseite betrachtete die Agentin ganz genau. Sie glaubte nicht, dass der Vampir sich nach seinem nächtlichen Einsatz aus dem Staub gemacht hatte. Sein Auftrag war bestimmt noch nicht beendet. Endlich tauchte er auf der anderen Seite der Kreuzung auf und näherte sich ihr. Obwohl der Himmel wolkenverhangen war, trug er eine Sonnenbrille. Im Grunde hatte er jeden Zentimeter Haut bedeckt, bis auf einen schmalen Streifen im Gesicht.

„Wie geht es der Schulter?", fragte sie zur Begrüßung.

„Nicht weiter schlimm. Du wünschst?", fragte er.

„Du bist auf Achilleas' Befehl in meiner Nähe, richtig?", fragte sie ungeduldig.

„Auf seine Bitte."

Welchen Unterschied das für ihn machte, kümmerte Gigi im Augenblick nicht. Sie stand von der moosbewachsenen Mauer auf. „Wo steht dein Auto?"

Batiste zögerte mit der Antwort.

„Erzähl mir bitte nicht, dass du mich seit Lyon zu Fuß verfolgst!"

Er wies über die Schulter zu der Straße, aus der er gekommen war. Gigi zog freudlos die Mundwinkel breit. „Sei so gut und fahr mich nach Aberdeen. Achilleas und ich müssen was klären."

24. Tastsinn

Fjodor ging unruhig in der Eingangshalle auf und ab, obwohl er sich immer noch wie gelähmt fühlte, seit der Streit zwischen Igor und Okon eskaliert war. Er hatte nicht schnell genug reagiert, um den Hundemann und Quentin verfolgen zu können. Stattdessen war er nur ausgewichen und hatte geholfen, die Verwundeten ins Haus zu tragen. Niemand konnte nachvollziehen, was mit Igor, Katinka und dem Vampirältesten geschehen war, geschweige denn, was genau Melissa getötet hatte. Dementsprechend herrschte immense Anspannung im Clan, die sich auch nicht gelegt hatte, als die Bärenfrau endlich aufgewacht war. Soweit Fjodor wusste, litt sie unter fürchterlichen Kopfschmerzen und hatte sich erst einmal ein heißes Bad eingelassen. Igor rührte sich nicht, seit er vor dem Haus ohnmächtig geworden war. Asheroth erging es nicht besser. Timur wachte über das Zimmer, in dem sie ihn abgelegt hatten. Da ihm nichts Besseres einfiel, lief Fjodor in den Gästeflügel hinüber, um nach seinem alten Waffenbruder zu sehen. Er lehnte mit verschränkten Armen an der Wand des Korridors und starrte durch den Türspalt, durch den er Asheroth beobachten konnte.

„Bin ich der Einzige, der sich fragt, wann ein Vampirältester je wieder so leicht angreifbar ist?", murmelte Timur.

„Denk nicht mal dran", gab Fjodor genauso leise zurück. „Einmal abgesehen davon, dass ich nicht weiß, ob sein Sohn oder seine Brüder uns zuerst massakrieren würden, hat er Igors Leben gerettet."

„Hast du eine Ahnung, warum?", fragte sein alter Freund.

„Ihr Blut ist das Kostbarste, das sie haben."

„Nein, er hat mir nichts davon erzählt." Der Hundemann hatte im Stillen beschlossen, seinen Neffen nicht nach jedem

Detail seiner Vergangenheit auszufragen. Seine Zeit als Abtrünniger spielte für ihn keine Rolle. Ein leises Rascheln ertönte aus dem Gästezimmer. Er warf einen Blick durch den Türspalt. Asheroth saß auf der Bettkante und rieb sich die Schläfen. Fjodor schob die Tür ganz auf.

„Dein Sohn hat angerufen. Er wird in Kürze eintreffen, um dich abzuholen."

„Gut", gab der Vampir zurück. „Ist Igor zu sprechen?"

„Noch nicht."

„Kannst du mir erklären, was dieser Hund getan hat?"

Fjodor schnaubte leise. „Nein. Ich weiß auch nur, dass ein Mädchen tot ist und mein Neffe, eine unserer Kriegerinnen und du auf irgendeine Weise verwundet wurden. Was sagt dir dein seltsamer Sinn?"

Asheroth musterte ihn ein paar Sekunden lang, ohne zu blinzeln. Es erinnerte ihn unwillkürlich an seine allererste Begegnung mit diesem Schattenwandler vor mehr als vierhundert Jahren. Damals hatte noch ein rötlicher Schimmer in seinen dunklen Augen gelegen und in seiner Nähe hatte jeden eine unbeschreibliche Angst erfasst. Obwohl seine grauenhafte Aura nicht mehr existierte, wirkte er kein bisschen nahbarer oder vertrauenswürdiger. Er stand auf und näherte sich ein paar Schritte. Der Hundemann erlaubte sich nicht, auch nur einen Millimeter zurückzuweichen.

„Dein Name ist Fjodor, nicht wahr?"

Er nickte knapp.

„Ich danke dir und deinen Leuten für eure Hilfe. Ich werde draußen auf Anzheru warten."

Dagegen hatte der Hundemann selbstverständlich keine Einwände. Timur folgte dem Vampirältesten in gemessenem Abstand. Er würde ihn im Auge behalten, bis er abgeholt worden war. Fjodor kehrte zu Igors Zimmer zurück. Zu seinem Bedauern war sein Neffe noch nicht wieder aufgewacht. Er lag bewusstlos auf dem Bett. Sein Atem ging flach.

Asheroth brauchte sich nicht umzudrehen, um zu wissen, dass er von mindestens einem Hund aus dem Haus beobachtet wurde. Diese Gestaltwandler fürchteten ihn seit vielen Jahrhunderten und er hatte nicht die Absicht, etwas daran zu ändern. Er ging bis zum Ende der Einfahrt ihres Quartiers und blieb stehen. Regungslos starrte er in die Richtung, in der er seinen Sohn vermutete. Spüren konnte er nichts, keine Signaturen, keine der sonst so eindeutigen Lebenszeichen, wenn sich jemand in seiner Umgebung bewegte. Das taten die Gestaltwandler mit Sicherheit, aber da war nichts. Er widerstand dem Drang, in die Hocke zu gehen und eine Hand auf den Boden zu pressen. Es würde ihm ohnehin nichts nützen. Seit dieser Hund ihn beinahe an der Schläfe berührt hatte, war sein Tastsinn verschwunden und nichts deutete darauf hin, dass er zurückkehren würde. Ein Geländewagen erschien auf der verschneiten Straße. Asheroth erkannte seinen Sohn erst, als er ihn sehen konnte. Wortlos stieg er ein, sobald der Wagen hielt. Anzheru wendete und gab wieder Gas. Auf dieser Straße würden sie in vielen Kilometern Entfernung die Zufahrt zu Jasminas Schloss erreichen.

„Ich nehme an, du hast gespürt, dass etwas mit mir passiert ist?", fragte der Älteste, um das unangenehme Schweigen zu beenden. Anzheru bejahte. „Es war mindestens so heftig wie der Moment, in dem du zum ersten Mal Tove begegnet bist."

„Diese Gabe ist nun nur noch dir zu eigen", gestand er. Dann verschränkte er die Arme vor der Brust, ließ sich tiefer in den Sitz sinken und schloss die Augen. Die Kopfschmerzen hatten immer noch nicht völlig nachgelassen und er fühlte sich erschöpft. Zum Glück stellte sein Sohn keine weiteren Fragen. Er würde sich noch oft genug wiederholen müssen und keine zufriedenstellenden Antworten haben. Asheroth erwachte erst, als sie vor Jasminas Schloss hielten. Die Geborene nahm sie persönlich in Empfang und richtete ihnen aus, dass Leandros und Hugh sich von einem Flughafen im Nordosten gemeldet hatten und die Spur der Hybriden weiter verfolgten. Anzheru dankte ihr für den Wagen und wollte sich sofort um Rückflüge nach Schottland kümmern. Der Älteste bat um eine Blutkonserve, auch wenn sie nicht die gleiche Wirkung wie frisches Blut haben würde. Er zog sich mit dem geschmacklosen dunkelroten Beutel in einen der Teesalons zurück, um möglichst niemandem zu begegnen. Aber natürlich blieb er nicht lange unentdeckt. Leise Schritte näherten sich der Tür, begleitet von einem ihm sehr vertrauten Herzschlag. Nadja erschien im Salon und musterte ihn besorgt. Trotz seiner abweisenden Miene kam sie auf ihn zu.

„Anzheru sagt, du wurdest angegriffen. Wie schlimm ist es?", fragte die Vampirin zögerlich.

„Wie schlimm es ist?" Asheroth wandte sich ruckartig ganz zu ihr um. „Mein Tastsinn ist verloren! Ich fühle nichts mehr! Weder wusste ich, dass du auf dem Weg her bist, noch spüre ich die Signatur meines Sohnes!"

„Aha…" Nadja nickte langsam. „Dann bist du jetzt genauso normal wie ich."

Er ließ die Schultern sinken.

„Abgesehen davon, dass du der drittälteste Schattenwandler der Welt bist und wahrscheinlich immer noch ein Dutzend junger Vampire besiegen könntest, ohne ernsthaft verletzt zu werden."

Asheroth seufzte. „Verzeih, ich…"

Er nahm ihr Gesicht in beide Hände. Ihre Haut war kühl und weich wie immer, nur der fortwährende Energiestrom darunter fehlte ihm. Die leichte Veränderung in ihrem Herzschlag konnte er hören. Nadjas Duft war ihm früher weniger intensiv erschienen. Vermutlich hatte er nur nie explizit darauf geachtet.

„Ich bin so sehr daran gewöhnt, zu wissen, welche Bewegung mein Gegenüber als Nächstes machen wird, dass ich mir jetzt wie… *blind* vorkomme."

Die Vampirin schloss ihn in die Arme. „Deine Augen zu verlieren, wäre wohl leichter zu verkraften."

„Ja." Asheroth fuhr mit den Fingerspitzen durch ihre Locken. „Andererseits würde ich dein Lächeln vermissen."

Nadja lehnte sich so weit zurück, dass sie ihm ins Gesicht sehen konnte. „Tatsächlich?"

„Das weißt du doch. Du…"

Ein Räuspern unterbrach ihn. Jasmina war in der Tür zum Teesalon erschienen. Ihrer Miene nach gefiel ihr überhaupt nicht, dass sie ihre Vertraute in seinen Armen vorfand.

„Anzheru hat die letzten Tickets für einen Flug in wenigen Stunden beschaffen können. Einer meiner Männer fährt euch zum Flughafen. Sofort." Die Geborene machte auf dem Absatz kehrt und verschwand wieder auf den Korridor. Nadja löste sich mit einem entschuldigenden Lächeln von ihm. Auch in Zukunft mussten sie sich wohl allein an anderen Orten treffen, dennoch griff Asheroth sanft unter Nadjas Kinn und küsste sie zum Abschied. Ihre bloße Gegenwart hatte ihn für den Moment ein wenig getröstet und dafür war er ihr dankbar. Anschließend begab er sich auf dem direkten Weg zum Parkplatz des Schlosses, auf dem Anzheru ihn bereits erwartete.

25. Rat

Während der Fahrt hatte Gigi kaum ein Wort mit Batiste gewechselt, was dem Vampir offensichtlich nichts ausmachte. Nachdem sie die Festung nahe Aberdeen erreicht hatten, begleitete er sie zum Wohnflügel und wies mit einer höflichen Geste die Treppe hinauf, die zu den Quartieren der Vampirältesten führte. Dann verschwand er auf dem Korridor. Niemand sonst war ihnen auf dem Weg her begegnet. Ob Achilleas sich überhaupt in seinem Quartier befand? Als die Agentin kaum die Hälfte der Stufen geschafft hatte, kam ihr Marek entgegen.

„Ist Achilleas zu Hause?", fragte sie ohne richtige Begrüßung.

„Mein Gebieter befindet sich gerade im Besprechungssaal. Du kannst in seinen Räumen auf ihn..."

„Ich will ihn sofort sprechen!", unterbrach sie ihn. Der Leibwächter hob eine Braue. „Das geht jetzt nicht."

„Ach tatsächlich?" Gigi machte kehrt und marschierte die Stufen wieder hinab. Als sie in einen der Korridore abbog, schloss Marek zu ihr auf.

„Er berät sich gerade mit Commodus, Asheroth und Anzheru in einer dringenden Angelegenheit. Du wirst dich solange gedulden müssen."

Sein Tonfall war eindringlich, aber noch hielt er sie weder zurück, noch trat er ihr direkt in den Weg. Gigi lief weiter, ohne zu wissen, wo der besagte Besprechungssaal lag. Als sie die Gemälde an den Wänden wieder erkannte, blieb sie frustriert stehen. Dieser Gang würde sie zur Bibliothek führen.

„Nun zeig mir endlich, wo ich hin muss!", forderte sie.

„Ich darf dich nicht in den Saal lassen", beharrte er. „Niemand unterbricht die Ältesten."

„Die Tür werde ich schon allein aufbekommen. Bring mich nur hin." Die Agentin verengte die Augen zu Schlitzen. „Oder was wird Achilleas davon halten, wenn ich mich hoffnungslos verlaufe und versehentlich an irgendeinem Schwert oder giftigen Dolch, oder was auch immer bei euch so herumliegt, verletze?"

Marek atmete hörbar aus, dann bedeutete er ihr, dass sie ein Stück zurück gehen mussten. Dennoch redete er während des gesamten Wegs energisch auf sie ein, sie möge vor der Tür warten. Damit würde er Gigi jedoch nicht von ihrem Entschluss abbringen.

„Also haben wir im Grunde keine Ahnung, womit wir es bei diesem Okon zu tun haben", folgerte Achilleas aus den dürftigen Informationen seines Bruders. „Wir wissen nur, dass er dir vor der Haustür der Asiatischen Gestaltwandler deinen Tastsinn genommen hat."

„Zu diesem Zeitpunkt hat er wohl kaum noch zu ihnen gehört", merkte Commodus an. „Bevor ich nicht mit Igor gesprochen habe, werden wir dies nicht als kriegerischen Akt werten."

„Das will ich auch nicht. Wir schulden ihm Miras Leben", sagte Asheroth grimmig. „Aber wir können nicht so tun, als wäre nichts geschehen."

„Trotzdem werden wir genau das vorerst." Der Hüne legte die Stirn wie so oft in tiefe Sorgenfalten. „Es wird in Igors eigenem Interesse liegen, diese Informationen zurückzuhalten, weil sich sonst Rüdiger und Haroon gegen ihn wenden. Oder vielleicht noch mehr der Clans. Ich bin sicher, dass er zu einem Gespräch bereit ist, sobald er das Bewusstsein wiedererlangt."

Anzheru, der neben seinem Vater auf Cinrics Platz saß, hatte bis jetzt kein Wort gesagt. Nun hob er skeptisch die Brauen. „Willst du allein gehen, Onkel?"

„Ja. Je mehr Gardekämpfer mit mir reisen, desto mehr Misstrauen provoziere ich." Er nickte mit Nachdruck. „Leyth wird mich zu ihrem Quartier begleiten, aber sprechen werde ich Igor allein."

„Nichts für ungut, Bruder", sagte Achilleas. „Aber liegt dir diese Sache so sehr am Herzen, weil wir im Falle eines Angriffs Jasminas Land durchqueren müssten und du Sorge hast, dass sie sich gegen uns wendet?"

Commodus' dunkle Augen durchbohrten ihn wie Dolche, aber das änderte nichts daran, dass eine solche Entscheidung der geborenen Vampirin nicht unmöglich war.

„Ich bin mir der Beziehungen zwischen Jasmina und sämtlichen Gestaltwandlern auf ihrem Kontinent bestens bewusst", gab sein Bruder zurück. „Wenn du wünschst, erkläre ich dir im Detail, warum es so begrüßenswert ist, dass seit über zwölf Jahrhunderten zum ersten Mal wieder jemand *Zugängliches* an der Spitze der Asiatischen Gestaltwandler steht."

Achilleas stützte die Ellbogen auf die Kante des Ratstisches und erwiderte eisern seinen Blick. Commodus' Reaktion bestätigte ihn in seiner Annahme.

„Was muss noch passieren, damit wir zu der Erkenntnis kommen, dass die Gestaltwandler und diese andere Dimension außer Kontrolle geraten sind?", fragte Asheroth.

„Es ist nur ein Mann", hielt Commodus unbeirrt dagegen.

„Ein Bär ist mit ihm geflüchtet. Wer weiß, was aus ihm wird, wenn er erst diese Reise gemacht hat. Verfolgen kann ich sie übrigens nicht."

„Ich weiß, aber sie können auch nicht ewig unbemerkt bleiben." Ein wenig müde wandte ihr ältester Bruder den Blick zu Anzheru, der seit seiner Zwischenfrage nicht mehr geatmet hatte.

„Willst du auch noch etwas sagen, Neffe?", fragte er.

„Ich unterstütze deine Absicht, eine friedliche Lösung zu finden. Es ist nur…" Der Geborene vollführte eine unbeholfene Geste. „Seit Mira durch diese andere Dimension gereist ist, benimmt sie sich merkwürdig. Igor hat damit ihr Leben gerettet, aber ich glaube nicht, dass sich kontrollieren lässt, was da geschieht. Oder was aus den Gestaltwandlern wird."

„Das sehe ich auch so", warf Achilleas beim Gedanken an Maradas Abbild ein. „Hoffst du wirklich, dass etwas Gutes dabei heraus…"

„ACHILLEAS!", schallte Gigis Stimme über den Gang. Der Spartaner erhob sich. Was wollte sie denn jetzt hier in Aberdeen? Sie riss die schwere Tür auf. Ihr zorniger Blick richtete sich unmittelbar auf ihn.

„Du lässt mich überwachen?" Es klang mehr nach einer Feststellung als einer Frage.

„Nein, ich…"

„Wie kommt es dann, dass einer deiner komischen Vögel genau dann auftaucht, wenn ich in Gefahr bin?"

Achilleas spürte die Blicke der anderen im Rücken, doch niemand mischte sich ein, obwohl die Agentin gerade eindeutig eine Grenze überschritten hatte. Betont langsam näherte er sich ihr. „Du lässt mich gefälligst ausreden! Ich lasse dich nicht überwachen, sondern beschützen. Das ist ja wohl ein Unterschied."

„Ich kann mich nicht daran erinnern, dass ich dich darum gebeten habe! Und jetzt ist Batiste angeschossen worden!"

„Auf dich wurde geschossen?" Achilleas packte ihren Oberarm. „Warum?"

„Das gehört zu meinem Berufsrisiko. Ich bin bei Interpol. Schon vergessen?" Sie wand sich aus seinem Griff und marschierte davon. Marek stand vor der offenen Tür und wich gleich zwei Schritte zur Seite, um sie vorbei zu lassen. Der Spartaner rieb sich den Nasenrücken. Warum sträubte diese Frau sich so sehr dagegen, von ihm beschützt zu werden? Über den Ton, in dem sie in Gegenwart seiner Brüder mit ihm sprach, würden sie sich auch noch einmal unterhalten müssen. Er wandte sich um. Asheroth gab sich keine allzu große Mühe, sein höhnisches Grinsen zu verbergen, Commodus schien eher verblüfft. Er war Gigi bisher nicht persönlich begegnet und nun direkt mit ihrer Sturheit konfrontiert worden.

„Wo waren wir gerade?", wollte Achilleas das Gespräch wieder aufnehmen. Commodus schüttelte den Kopf. „Geh. Besänftige deine Schildmaid. Ich werde so schnell wie möglich abreisen. Wir unterhalten uns wieder, sobald ich zurück bin."

Er ließ die Schultern sinken und verabschiedete sich mit einem knappen Nicken. Sein Gehör verriet ihm, wie viel Vorsprung seine Geliebte bereits hatte.

Gigi ging ziellos weiter, bis sie eine vertraute Stimme links von sich hörte. Eine der Türen auf dem weitläufigen Korridor war nur angelehnt.

„Willst du nicht lieber Asheroth darum bitten?", fragte ein zweiter Mann.

„Nein, bitte tu mir den Gefallen. Nachher mit Achilleas sprechen zu müssen, wird schlimm genug", sagte Batiste. Die Agentin schob die Tür mit den Fingerspitzen auf und fand eine Art Krankenstation vor. Zumindest gab es in dem komplett gefliesten Raum Operationstische aus Stahl, allerlei zugehöriges Besteck, eine Spüle und einen großen Kühlschrank. Der Vampir, der sich eine Kugel für sie eingefangen hatte, zog gerade sein Hemd aus und sah sie überrascht an.

„Hast du dich im Korridor geirrt? Leyth kann dir den Weg zeigen."

Gigi schob die Hände in die Jackentaschen und schüttelte den Kopf. Zögerlich betrat sie den Raum. „Was soll das hier werden?"

„Die Kugel steckt noch in seiner Schulter. Wir werden sie entfernen", erklärte der Vampir namens Leyth freimütig. Ein kurzer Blick bestätigte ihre Befürchtung, dass die Wunde sich bereits wieder vollständig geschlossen hatte. Es war nur eine blasse Narbe zwischen seinen Tätowierungen übrig, die bis zum nächsten Mittag vermutlich auch verschwinden würde. Sie mussten sie wohl oder übel wieder aufschneiden.

„Kann ich irgendwie helfen?", fragte Gigi.

„Ich glaube nicht." Batiste setzte sich auf die Tischkante. „Das wird unschön. Vielleicht möchtest du lieber gehen."

„Kommt nicht in Frage."

Leyth nahm eins der Skalpelle vom nächsten Beistelltisch und drückte ihm einen Wundhaken in die Hand, mit dem sie die Wunde spreizen würden. Mit einer kraftvollen Bewegung setzte er den ersten Schnitt. Batiste schloss die Augen und atmete angestrengt aus. Er blutete weniger heftig als ein Mensch, Schmerz empfand er allerdings.

„Bist du sicher, dass ich nichts tun kann?", fragte Gigi, wobei sie es sich nicht verkneifen konnte, angewidert das Gesicht zu verziehen. „Soll ich dich ablenken, wenn ihr das schon ohne Betäubung durchzieht?"

„Keine schlechte Idee", lautete Leyths Kommentar. „Der war nicht tief genug."

Batiste bleckte die Zähne und sah die Agentin konzentriert an. „Ich werde dir nicht noch einmal erklären, warum ich in deiner Nähe war."

„Nein, das kläre ich mit Achilleas." Sie musterte ihn kurz. „Warum erzählst du mir nicht was über deine Tattoos? Hast du sie über die letzten Jahrhunderte gesammelt?"

So weit sie es erkennen konnte, zierte mindestens ein Dutzend Symbole seine Brust und seinen Rücken. Die meisten hatte sie noch nirgendwo gesehen. Da Leyth mit einem anderen Werkzeug, das Gigi lieber nicht genauer betrachtete, tiefer in sein Fleisch stach, verdrehte er kurz die Augen und schlug mit der Hand seines unverletzten Arms auf den Metalltisch.

„Nein, vampirische Haut lässt sich nicht tätowieren. Die Farbe verblasst sofort wieder", presste er mit zusammengebissenen Zähnen hervor. „Sie stammen aus meinem menschlichen Leben. In der Gegend, in der ich aufwuchs, hatten sich ein paar keltische Bräuche gehalten."

Leyth forderte ihn auf, den Schnitt mit dem Wundhaken offen zu halten, und suchte eilig nach einer passenden Pinzette. Als er sie endlich gefunden hatte, begann er, in der Wunde herum zu stochern.

„Also sind es Clan-Symbole", folgerte Gigi und zwang sich, ihm ins Gesicht zu sehen und nicht seine blutüberströmte Schulter anzustarren. „Die eines Kriegers?"

„Nein", zischte Batiste. „Einen Krieger hätten sie nicht geopfert, um die Vampire in der Gegend zu besänftigen."

Sie schluckte ihre nächste Frage herunter. Es klang nach einer sehr düsteren Geschichte, an die er sich nicht gern erinnerte.

„Na bitte", sagte Leyth und zeigte ihnen das stark verformte Projektil. Erleichtert entfernte der Leibwächter den Wundhaken und warf ihn in die Spüle.

„Wir haben noch reichlich Blut im Kühlschrank", merkte sein Waffenbruder an, während er die anderen benutzten Werkzeuge einsammelte. „Nimm dir ruhig ein oder zwei Konserven."

„Meinetwegen kannst du was von mir haben", sagte Gigi. Das hatte sie ohnehin vorgehabt. Die beiden Vampire tauschten einen Blick aus, dann sahen sie sie beide an, als wäre sie verrückt geworden.

„Nein", sagte Batiste schlicht.

„Warum nicht? Schließlich hast du dir dieses Ding für mich eingefangen." Sie schob den Ärmel ihrer Jacke hoch. Leyth schüttelte ungläubig den Kopf, dann machte er sich daran, das Operationsbesteck zu säubern. Batiste stand auf und benutzte sein Hemd, um das Blut von seinem Oberkörper abzuwischen. Anschließend begab er sich zum Kühlschrank.

„Würdest du mich bitte aufklären, was an meinem Angebot so falsch ist?", forderte sie lauter als nötig. Der Vampir nahm sich eine Blutkonserve, schloss den Kühlschrank und trat ihr wieder gegenüber. „Achilleas würde mich lebendig häuten, wenn ich auch nur daran denke. Niemand, der leben möchte, rührt die Geliebte eines Ältesten an."

„Ist aber meine Entscheidung", gab sie zurück und streckte ihm den Arm hin.

„Ich fürchte, das ist es nicht. Du entschuldigst mich jetzt." Er ließ sie einfach stehen und öffnete im Gehen seine Konserve. Bevor er die Tür erreichte, klingelte sein Handy.

„Was gibt es Neues?", fragte Batiste, als ob er ihre Unterhaltung bereits abgehakt hätte. Gigi folgte ihm missmutig auf den Korridor. Zu allem Überfluss lehnte Achilleas einige

Schritte entfernt an der Wand und musterte sie eindringlich. Der Leibwächter hielt inne und wandte sich zu ihm um. „Hugh sagt, sie haben die Spur der Hybriden in den USA verloren, aber den Vermittler der Firma ausfindig gemacht. In Vegas."

„Bereite unsere Abreise vor. Sie sollen uns am Flughafen erwarten", gab Achilles zurück, ohne den Blick von Gigi abzuwenden. Batiste nickte ihm ergeben zu und ging.

„Du hast uns gehört", stellte die Agentin fest, als er endlich vom Korridor verschwunden war. Achilleas nickte. Sie steckte die Hände wieder in die Taschen. „Einmal angenommen, er wird so schwer verwundet, dass nur ein paar Schlucke meines Blutes ihn am Leben erhalten würden, würde er trotzdem ablehnen?"

„Ja."

„Diese Regel ist barbarisch", sagte sie knapp und marschierte an ihm vorbei.

„Das besprechen wir in meinem Quartier", gab er kühl zurück. Diesen Befehlston hatte er ihr gegenüber noch nie verwendet. Es machte Gigi nur noch wütender. Sie wägte kurz ab, worin ihre Alternativen bestanden. Sie konnte die Festung verlassen und sich ein Hotel in Aberdeen suchen. Aber morgen würde ihr Konflikt immer noch genauso bestehen, daher lohnte es sich nicht. Achilleas ging zügig voran. Als sie sein Quartier erreichten, hielt er ihr die schwere Tür auf und schloss sie hinter ihnen mit einem Ruck. Einen Augenblick standen sie einfach nur da.

„Ich musste meinem Kollegen und der britischen Kripo ungefähr 37 Lügen auftischen, um diese Sache zu vertuschen. Also?" Gigi hob die Arme. „Warum bist du so versessen darauf, mich beschützen zu lassen?"

Er schwieg immer noch und fuhr sich mit dem Handrücken durchs Gesicht.

„Es ist nicht in Ordnung, wenn andere meinetwegen verletzt werden!"

„Ich habe Marek und Batiste *gebeten*, ein Auge auf dich zu haben, wenn ich es selbst nicht kann. Das war kein Befehl und trotzdem tun sie es."

Sie verengte die Augen zu Schlitzen. „Ihre Loyalität dir gegenüber in allen Ehren, aber sie sollen es sofort einstellen."

„Das werden sie nicht."

„Befiel es ihnen. Ich bin eben ein Mensch und zerbrechlich. Außerdem werde ich alt. Erzähl mir bitte nicht, dass du das in 2500 Jahren nicht schon ein paar Mal durchgemacht hast."

Etwas in seinem Gesicht veränderte sich.

„Nein", sagte er leise. „Die Einzige, die ich vor dir je wirklich geliebt habe, wollte ein Vampir werden. Ich habe sie verwandelt, dann wurde sie vor meinen Augen getötet."

Gigi biss sich auf die Unterlippe. Er starrte sie immer noch an, ohne zu blinzeln.

„Ihretwegen hatte ich diesen Ort, meine Brüder, die Leibwächter und meine Verpflichtungen als Ältester hinter mir gelassen. Nur weil ich sie verloren hatte, war ich über 1000 Jahre fort. Entschuldige, dass ich es nicht ertrage, wenn du mir gewaltsam entrissen wirst."

Sie senkte den Blick. Sie hatte nicht geahnt, wie sehr ihre Fragen und Forderungen ihn aufwühlen würden. Sein Schmerz saß entsetzlich tief. Gleichzeitig hatte er ihr gerade offenbart, wie sehr er sie liebte. Marek und Batiste beschützten sie zum einen, um Achilleas all das ein zweites Mal zu ersparen, und zum anderen wollten sie vielleicht auch nicht erneut von ihm verlassen werden.

„Tut mir leid", flüsterte Gigi unbeholfen. „Sie war bestimmt wundervoll."

Der Vampir nickte schwach. Sie näherte sich ihm und berührte sein Gesicht. „Willst du mir von ihr erzählen?"

„Sie war das genaue Gegenteil von dem, was mich hier Nacht für Nacht erwartete. Sie gab mir Frieden. Außerdem war sie eine Tageswandlerin wie Mira. Sie gab mir Wärme und ich konnte seit 15 Jahrhunderten endlich einmal ins Sonnenlicht sehen. Du hast keine Vorstellung davon, wie es ist, im Schatten leben zu müssen."

Die Agentin ließ die Hände sinken und lehnte sich gegen seine Brust. Sie konnte nicht umhin, ein wenig irritiert zu ihm aufzusehen. „Ich kann dir nichts von all dem geben. Nicht einmal Frieden, wie es aussieht."

„Darum geht es auch nicht."

„Inwiefern?"

Achilleas brachte ein kleines Lächeln zustande. „Viele Dinge haben sich seit damals geändert. Ich muss deine Identität nicht vor meinen Brüdern geheim halten. Eben deshalb kann ich dich beschützen lassen."

„Warum solltest du mich vor ihnen verstecken müssen?", fragte sie verwundert.

„Ich spreche nicht von Commodus und Asheroth."

„Horatio? Der Ältere, den ihr getötet habt?", riet Gigi.

„Exakt, du bist gut informiert", gab er verblüfft zurück.

„Dennoch bürgt es ein großes Risiko, wenn sich herumspricht, dass einer der Ältesten eine Sterbliche hat, die allein außerhalb von Aberdeen lebt. Wenn ich dich schon nicht vor anderen Menschen beschützen soll, musst du mir wenigstens erlauben, dich vor anderen Vampiren zu schützen."

„Im schlimmsten Fall macht es dich erpressbar, wenn ich auf einen Unsterblichen stoße, der sich mit euch anlegen will?", fragte sie, um sich zu vergewissern.

„Möglicherweise." Achilleas ergriff ihre Hände. Gigi schloss kurz die Augen. „Bei meinem Beruf macht das durchgehende… *Beobachtung* unentbehrlich. Bitte versteh, dass ich mich dabei nicht wohlfühle."

„Meine Leibwächter starren dich nicht permanent an. Sie müssen auch nicht ständig nah genug sein, um dich zu hören. Nur nah genug, um Gefahren abwehren zu können."

Das machte es leider nur geringfügig besser, da es immer noch einen Eingriff in ihre Privatsphäre bedeutete. Außerdem gab der Agentin zu denken, was in Birmingham geschehen war. „Wie ich Batiste einschätze, wird er keine Unterschiede machen. Er hat nicht gezögert, nur meinetwegen drei Menschen zu töten, von denen einer mich nicht unmittelbar bedroht hat. Verhält Marek sich genauso?"

„Davon gehe ich aus", sagte der Vampir freimütig.

„Das ist ein Level von Verantwortung, mit dem sich normalerweise nur Präsidenten auseinandersetzen müssen", sagte Gigi trocken. „So wichtig fühle ich mich wirklich nicht."

„Meine ehrliche Antwort darauf willst du bestimmt nicht hören."

Sie seufzte leise. Er führte ihre linke Hand an seine Lippen.

„Ich will Zeichen mit ihnen vereinbaren. Damit ich sie auch mal ganz wegschicken kann, wenn wirklich keine Gefahr droht. Auf Familienfesten zum Beispiel."

„Einverstanden."

„Und meinethalben müssen sie nicht ständig unsichtbar sein. Vielleicht ist es gar nicht schlecht, zu wissen, welcher von beiden gerade in meiner Nähe ist, falls ich rufen muss."

„Punkt für dich. Ich sage es ihnen."

Gigi atmete tief durch. „Darfst du mir zumindest im Groben erzählen, worüber ihr so dringend beraten musstet?"

„Soweit ich es selbst schon verstehe."

26. Anführer

„Was wird er von uns wollen, nachdem Asheroth einfach gegangen ist?", fragte Fjodor. Er stand vor seiner Tür, als Igor sein Zimmer verließ. Der Hyänenmann hob ratlos die Schultern. Nachdem er vor wenigen Stunden wieder zu sich gekommen war, hatte er zuerst ein heißes Bad genommen. Dann hatte er seinem Clan erklärt, was geschehen war, soweit er es in Worte hatte fassen können. Katinka war über den Verlust ihrer Bärengestalt am Boden zerstört und hatte sich trotz allem Zuspruch in ihrem Zimmer eingeschlossen. Valeska weinte noch immer um ihre Cousine. Alles in allem blieb ein Gefühl von Leere in Igors Kopf zurück, auch wenn er seine Tiergestalt nicht verloren hatte. Die Ankündigung, dass Commodus auf dem Weg zu ihm war, verbesserte seine Situation nicht im Geringsten. Weder hatte er verhindern können, dass ein Mann aus seinem Clan die andere Dimension für seine Macht missbraucht hatte, noch dass eine Unschuldige in ihrem Konflikt zu Tode gekommen war. Ein halbes Dutzend seiner Gestaltwandler hatte sich in der Eingangshalle versammelt, um ihm zur Seite zu stehen, doch Igor schickte sie weg. Wenn Commodus ankündigte, mit nur einer Leibwache herzukommen, entsprach dies auch der Wahrheit. Fjodor ging als einziger mit ihm auf den Vorplatz ihres Quartiers, um auf die Vampire zu warten. Der eisig kalte Wind peitschte ihm Schneeflocken ins Gesicht. Er zog seine Jacke enger um sich.

„Denkst du wirklich, du bist diesem Gespräch schon gewachsen?", fragte sein Onkel mitfühlend.

„Ein Vampirältester wurde vor unserem Haus angegriffen. Habe ich eine Wahl?", gab der Hyänenmann trocken zurück. Fjodor schüttelte kaum merklich den Kopf. „Du wirst ihm doch sagen, dass Okon abtrünnig geworden ist und Quentin ebenso?"

Sein Tonfall verriet, wie sehr er auf diese Entscheidung hoffte, um keinen Konflikt mit den Schattenwandlern zu provozieren. So schwer es auch fiel, Igor sah nach der Flucht der beiden Männer ebenfalls keine andere Möglichkeit mehr.

„So etwas müssen wir auch den anderen Clans... *melden*, nicht wahr?", fragte er.

„Korrekt."

„Weißt du, wer mich damals gemeldet hat?", fügte er gedankenlos an. Die Miene seines Onkels wurde bitter. „Ich natürlich."

Mit Sicherheit war es ein Teil der Bestrafung dafür gewesen, dass er ihn gewarnt hatte. Igor wandte kurz den Blick ab. „Entschuldige, ich wollte nicht..."

„Schon gut, lass uns nicht mehr daran denken. Was Okon und Quentin betrifft, werde ich alles Nötige in die Wege leiten. In diesem Fall ist es gar nicht so übel, dass in der Regel niemand nach den Gründen für eine Verbannung fragt."

Dazu wollte der Hyänenmann lieber nichts sagen. Auf der Straße erschien in einiger Entfernung Scheinwerferlicht. Er bemühte sich um etwas mehr Haltung, als die Vampire ihr Gelände erreichten, obwohl er davon ausgehen konnte, dass Commodus ihm seine schlechte Verfassung sofort anmerken würde. Der Älteste stieg auf der Beifahrerseite aus und trat ihm mit einem respektvollen Nicken gegenüber. Leyth blieb unmittelbar an seiner Seite und verschränkte die Arme, während Igor die Geste erwiderte.

„Ich grüße dich."

„Wie ich sehe, bist du wohl auf", sagte Commodus. „Eine große Erleichterung."

„Ich überlebe es", gab er tonlos zurück. Der Vampir warf einen Blick zu den großen Fenstern im Erdgeschoss hinüber, hinter denen sich vermutlich gerade der gesamte Clan scharrte.

„Wenn es dir recht ist, gehen wir beide ein Stück."

Der Vorschlag überraschte Igor im ersten Moment, da er unkonventionell war. Allerdings stellte Commodus so die Möglichkeit her, offen mit ihm zu sprechen.

„Sehr gern."

Das winzige Zucken in Leyths Miene verriet, dass der Älteste ihn nicht vorab über seine Absicht informiert hatte. Wie sehr die Vorstellung Fjodor missfiel, konnte Igor sich denken, ohne ihm ins Gesicht zu sehen. Trotzdem setzten sie sich nur zu zweit in Bewegung, während ihre Leibwächter bei den Wagen zurückblieben. Zuerst beschrieb Igor, was Okon Asheroth angetan hatte.

„Das erklärt, wie ich ihn jetzt sehe", lautete Commodus' Kommentar. „Ich hoffe, du verstehst, dass meine Brüder diesen Hundemann als ernste Bedrohung ansehen, weil er uns unsere Sinne nehmen kann."

„Ich kann nicht leugnen, dass er dazu geworden ist. Er ist offiziell abtrünnig."

Trotzdem hoffte er im Stillen, dass er Okon finden würde, bevor die Vampire es taten. Eine weitere Begegnung mit Asheroth würde er wohl kaum überleben. Eine Pause trat ein. Da der Hyänenmann keine Ahnung hatte, was er noch sagen sollte, wartete er darauf, dass Commodus sich äußerte.

„Hast du eine Vermutung, wohin Okon und sein Begleiter fliehen?"

„Nein, ich weiß nur, dass sie wenige Kontakte haben und an noch weniger Orten willkommen sein werden. Falls die

Clans sie irgendwo entdecken, werde ich versuchen, sie einzuholen."

Der Älteste legte die Stirn in Falten. „Dass Asheroth zufällig hier war, werden wir verbergen können, solange es nötig ist. Aber was wirst du tun, wenn seine Fähigkeit bekannt wird?" Igor blieb stehen und rieb die Hände an seiner Hose ab. Wenn er bloß eine Antwort wüsste. Er sah zu Commodus auf, der seinen Blick vollkommen ruhig erwiderte. Wider Erwarten lag kein Vorwurf in seiner Miene.

„Bist du nur hier, um mich das zu fragen?"

„Das ist der Hauptgrund meines Besuchs", gab der Vampir unumwunden zu. „Hast du etwas anderes von mir erwartet?"

„Vielleicht. Sonst hat niemand den Mut, mir ins Gesicht zu sagen, dass ich auf ganzer Linie versagt habe." Er dachte kurz an Katinka, die sich abgeschottet hatte. „Noch nicht, zumindest."

Sein Gegenüber schüttelte sacht den Kopf. „Du vergisst dabei, dass ich nicht die höchste Instanz der Gestaltwandler bin. Du musst dich ausschließlich vor dir selbst rechtfertigen. Ich gebe zu, dass das nicht einfacher ist, aber damit wirst du dich abfinden müssen."

Igor biss die Zähne zusammen und nickte schwach. „Ganz ehrlich? Ich habe keine Ahnung, was ich tun soll."

„Wie ich die Sache einschätze, hast du mehrere Möglichkeiten." Commodus schloss kurz die Lider über seine dunklen Augen. „Du kannst deine Ideale aufgeben und ins Exil gehen."

„Also vor meiner Verantwortung davon laufen?", folgerte er. Das kam niemals in Frage. Eher würde er sich jedem anderen Oberhaupt im Zweikampf stellen.

„Alternativ kannst du abwarten, ob sich überhaupt ein offener Konflikt mit einem anderen Clan ergibt. Deine Gestaltwandler werden dir folgen, daran zweifle ich nicht", fuhr der Älteste ungerührt fort.

„Genau das will ich vermeiden, solange ich kann." Igor fuhr sich unwirsch durchs Haar. „Ich dachte, wir könnten wenigstens einmal ein Jahrhundert in Frieden leben."

Sein Gegenüber hob überrascht die Brauen, fing sich jedoch sofort wieder.

„Ist das zu viel gewollt?", fragte der Hyänenmann gereizt.

„Es ist ambitioniert, wenn ich an deine Vorgänger zurückdenke."

Er verkniff sich die Frage, wie viele Oberhäupter der Asiatischen Gestaltwandler Commodus persönlich gekannt hatte. Vermutlich war er jedem von ihnen irgendwann begegnet, im schlechtesten Fall auf dem Schlachtfeld.

„Allerdings haben sie auch nach anderen Dingen gestrebt als du", fügte der Vampir nachdenklich hinzu. Igor hob ratlos die Arme. „Da haben wir es. Ich kann auf keinerlei Erfahrungen zurückgreifen, um eine dritte Option aus dem Hut zu zaubern. Gleichrangige Ratgeber habe ich auch nicht."

Selbst die ältesten Hunde im Clan würden ihm nicht ernsthaft widersprechen. Wieder herrschte einen Augenblick Stille, in dem Commodus ihn aufmerksam musterte.

„Glaubst du etwa, ich könnte das immer? Oder meine Brüder?", fragte er schließlich.

„Man erhält den Eindruck, wenn man mit euch zu tun hat", antwortete der Hyänenmann unschlüssig. Die Ältesten schienen immer zu wissen, was sie taten. Selbst wenn sie uneins waren, wie als sie vor über sechs Jahren seine Beziehung zu Jasmina diskutiert hatten, respektierten Achilleas und Asheroth immer noch Commodus' letztes Wort. Der hünenhafte Vampir neigte den Kopf. „Ich gebe zu, wir hatten deutlich mehr Zeit als du, um zu jenen zu werden, die wir heute sind, aber manchmal spielt das keine Rolle. Wenn ich eine Entscheidung treffen muss, die für andere Leben oder Tod bedeutet, kann ich nur tun, was ich im jeweiligen Moment für richtig halte."

„Hast du deiner Meinung nach manchmal falsch gelegen?", fragte Igor.

„Natürlich. Das bringt es von Zeit zu Zeit mit sich, wenn man Verantwortung übernimmt."

Sie setzten ihren Weg durch den tiefen Schnee fort. Der Hyänenmann kannte sich in der Geschichte der Schattenwandler zu wenig aus, um ein Beispiel zu finden, hielt es aber auch nicht für angemessen, danach zu fragen. Commodus begegnete ihm weit offener, als er je erwartet hätte. Nur eine allgemeinere Frage wollte er noch stellen.

„Hat vor dir jemand Verantwortung übernommen wie du?"

„Hast du je von Hector gehört?", entgegnete der Vampir, statt direkt zu antworten.

„Er war ein Bruder von Jala, wenn ich mich nicht irre. Euer Urvater."

„Korrekt. Er erschuf uns zu einem einzigen Zweck. Um Menschen zu töten. Auf seiner Suche nach Anhängern wählte er meist zornige Männer, die sich nur zu gern auf seine Ziele einließen. Mich wollte er, weil ich groß war und vor allem einfältig."

„*Einfältig*?", hakte Igor ungläubig nach.

„Ich war nur ein Sklave und mein menschliches Leben lang gequält worden." Er rieb sich die Stirn. „Wir alle haben eine Weile gebraucht, um uns von Hectors Zielen abzuwenden. Achilleas und ich wagten den Anfang, was deine Frage beantworten dürfte."

„Ist das wahr, Commodus? Ich kann es mir einfach nicht vorstellen."

Er nickte. „Das ist nicht einmal der Name, mit dem ich geboren wurde. Hector gab ihn mir nach meiner Verwandlung."

Igor erwiderte nichts. In über zweieinhalb Jahrtausenden war wohl noch keinem Gestaltwandler so viel über die frühe Geschichte der Vampire anvertraut worden. Was seinen Namen betraf, gab es wenn überhaupt eine Handvoll Eingeweihte.

Sie legten einige Schritte in tiefem Schweigen zurück. Bevor die Umrisse des Quartiers wieder in Sicht kamen, rieb Commodus sich das Kinn. „Es fällt mir schwer, Asheroth und Achilleas als Ratgeber zu betrachten."

Der leicht ironische Unterton in seiner Stimme brachte Igor zum Schmunzeln. Er senkte die Stimme vorsichtshalber zu einem Flüstern. „Weil sie dich selten in Frage stellen?"

„Weil sie entsetzliche Sturköpfe sind. Besonders dann, wenn sie falsch liegen."

Der Hyänenmann grinste breiter.

„Aber du hast recht. Es ist von Vorteil, nicht ganz allein zu sein." Der Älteste fing ein paar Schneeflocken in seiner Hand auf. „Allerdings behalten wir auch eine ganze unsterbliche Rasse im Auge."

So weit musste Igor nicht gehen. Er war dankbar dafür, dass Commodus ihm diese Tatsache ins Gedächtnis rief. Nun konnten sie sein Zuhause aus der Entfernung betrachten. Fjodor und Leyth standen Säulen gleich neben dem Wagen, mit dem die Vampire hergekommen waren. Mittlerweile hatten auch einige andere Hunde das Haus verlassen, um Igor in Empfang zu nehmen, obwohl er nur ein paar Minuten fort gewesen war.

„Das werde ich ihnen nie abgewöhnen können", murmelte der Hyänenmann.

„Das ist schon in Ordnung", gab Commodus gelassen zurück. „Wäre es anders herum, würde uns die gesamte Garde
erwarten."

Als sie den Vorplatz erreichten, wurde die Tür des Quartiers
erneut von innen geöffnet und Jurij trat ins Freie. Igor bemerkte im Augenwinkel, dass der Älteste den Jungen verblüfft ansah. Offenbar erkannte er seine ungewöhnliche Gestalt dank seines Sinns, obwohl er als Mensch an den Hunden
vorbei ging. Da er Jurijs Erscheinung nicht kommentierte,
sagte Igor ebenfalls nichts dazu. Sie blieben neben dem
Wagen stehen.

„Ich wäre dir dankbar, wenn du mich bezüglich Okon auf
dem Laufenden hältst", sagte Commodus.

„Du wirst von mir hören", versprach der Hyänenmann. Bevor der Älteste sich endgültig verabschiedete, schien etwas
am dunklen Himmel seine Aufmerksamkeit zu erregen. Er
hob den Blick gen Südosten.

„Ich bin heute wohl nicht dein letzter Besuch", merkte er an,
sodass alle anderen ihn hören konnten. Trotzdem rührten die
Hunde sich nicht, sondern behielten ihn und Leyth genauestens im Auge. Es dauerte noch ein paar Sekunden, bis Igor
den Umriss eines Vogels erkennen konnte. Weder kehrte
einer seiner Raben nach Hause zurück, noch handelte es sich
um eine der Adlerschwestern. Eine Schneeeule flog ziel-
strebig auf sie zu. Commodus trat ein paar Schritte vor und
streckte ihr den Arm entgegen. Sie verwandelte sich in dem
Augenblick, in dem sie sich auf seiner Hand abstützen konnte, und kam auf ihren menschlichen Füßen zum Stehen.

„Ich grüße euch", sagte Freya ein wenig erschöpft.

„Willkommen in meinem Haus. Du musst einen weiten Weg
zurückgelegt haben." Igor nickte ihr respektvoll zu, konnte
sich aber nicht über ihr Wiedersehen freuen. Das Gespräch

mit ihr würde vermutlich weniger ermutigend ausfallen als seine Unterhaltung mit Commodus.

„Vielleicht weniger weit, als du denkst", gab sie bekümmert zurück. „Ich konnte Sorayas letzten Neffen bei einem nord-chinesischen Dorf aufspüren."

„Stellt er eine Gefahr dar, nachdem Igor sie getötet hat?", fragte Commodus interessiert. Selbstverständlich hatte Jasmina den Ältesten über Igors Sieg berichtet, für Freya war diese Information jedoch neu. Sie warf dem Hyänenmann einen Blick zu, den er nicht deuten konnte.

„Nein, von ihm wird nie wieder Gefahr ausgehen." Sie schüttelte den Kopf. „Er war schon nicht mit ihrem Verrat an die Menschen einverstanden. Ihre jüngste Versessenheit darauf, die Clans gegeneinander aufzuhetzen, wollte er ebenso wenig unterstützen. Sie muss vor Kurzem einen unschuldigen Eisbärjungen getötet haben. Danach kam es zum Streit zwischen ihnen und sie hätte ihn beinahe lebendig zerfleischt. Er konnte ihr nur entkommen, weil er ein Adler war. Er... hat mich um sein Ende gebeten."

Letzteres würde Rüdiger ein wenig enttäuschen, aber immerhin konnte Igor ihm nun im Detail bestätigen, wer für den grausamen Tod seines Neffen verantwortlich gewesen war. Commodus dankte Freya für die Neuigkeiten, dann ging er zu seinem Wagen hinüber. Leyth stieg bereits ein. Als er die Beifahrertür öffnete, sah der Älteste noch einmal zu Igor zurück.

„Bedenke noch etwas. Okon hat sich dazu entschieden, Asheroth anzugreifen. Er allein."

„Ich danke dir, Commodus."

„Du weißt, wie du mich erreichst", sagte er zum Abschied.

„Gute Reise." Der Hyänenmann neigte den Kopf. Er musste unweigerlich an ihre Unterhaltung zurückdenken, in der er gestanden hatte, dass er mit Jasmina geschlafen hatte. Commodus hatte ihn, ohne zu zögern, ins Gesicht geschlagen und nur der Geborenen zuliebe nicht getötet. So würde er ihn nie wieder behandeln.

„Es ist viel geschehen, seit wir uns das letzte Mal gesehen haben", sagte Freya, während der Wagen vom Vorplatz des Quartiers rollte. Igor bedeutete ihr mit einer höflichen Geste, mit ihm ins Haus zu gehen. Sie nahmen im Empfangssaal Platz, damit zuhören konnte, wer wollte. Geduldig lauschte die Eulenfrau seiner Erklärung dafür, wie es zu dem heftigen Impuls aus der anderen Dimension gekommen war. Wie vermutet hatte sie eben jener zu ihm geführt. Während Igor die beiden Formen beschrieb, die ihre Geister bei ihrer Kollision angenommen hatten, betrat Katinka den Saal. Ihre hoffnungsvolle Miene verriet, dass ausschließlich Freyas Ankunft sie dazu bewegt hatte, ihr Zimmer zu verlassen. Die Eulenfrau beachtete sie noch nicht, sondern streckte beide Hände nach Igors Kopf aus.

„Dein Geist erholt sich erstaunlich gut von diesem Zusammenstoß", sagte sie verblüfft. „So etwas ist schon einmal in einem Streit vorgekommen, aber damals nahmen beide Kontrahenten beträchtlichen Schaden. Ich vermute, das hast du verhindert, indem du deine Kräfte im letzten Moment zurückgehalten hast. Sonst wären Okon und Melissa beide tot." Der Hyänenmann nickte bedächtig. Trösten würde diese Erkenntnis jedoch keinen der Anwesenden. Jason und Valeska lehnten an einer der großen Fensterbänke auf der anderen Seite des Saals. Das Mädchen rieb sich die geröteten Augen, aber wenigstens ließ sie wieder zu, dass ihr Gefährte sie im Arm hielt.

„Trotzdem kann Igor sich noch verwandeln und ich nicht." Katinka verschränkte die Arme vor der Brust. Ihre Geduld war sichtlich erschöpft. Freya wandte ihr das Gesicht zu. „Wie nah musste Okon dir sein, um das fertig zu bringen?"

„Er hat beinahe meine Stirn berührt. Kann er das etwa auch aus der Entfernung, wenn er nur genug Übung darin bekommt?", fragte sie entsetzt.

„Nein, das sind zwei verschiedene Dinge." Die Eulenfrau schüttelte den Kopf. „Der entscheidende Unterschied besteht darin, dass es aus der Entfernung nicht von Dauer gewesen wäre, aber so..."

„Also kannst du es nicht rückgängig machen?", fragte Katinka verzweifelt.

„Wer durch einen Spalter wie Okon von der anderen Dimension getrennt wird, erlangt seine zweite Gestalt nicht durch Heilung oder verstrichene Zeit wieder."

Igor schloss kurz die Augen. Die Stille, die im Saal eingetreten war, erschien ihm unerträglich. Er wünschte sich beinahe, dass Valeska wieder schluchzte, statt vor Entsetzen den Atem anzuhalten.

„Wenn dir irgendjemand helfen kann", fuhr Freya leise fort. „Dann Igor."

Sämtliche Blicke richteten sich auf ihn. Er starrte die Eulenfrau unschlüssig an.

„Wie meinst du das?", fragte Katinka und näherte sich ihnen nur zögerlich. „Bedeutet das, er muss mich auf die Reise schicken?"

„Das ist nur eine Option." Freya hielt seinem starren Blick mühelos stand.

„Aber ich will keine dieser grässlichen Fähigkeiten! Ich will nur meine Bärengestalt zurück."

Igor dachte noch einen Augenblick nach. Mit Soraya hatte er nicht den vollständigen Weg über den Spiegel gehen müssen. Sie hatte sich unmittelbar in einer Situation wiedergefunden, die überaus prägend für ihr Leben gewesen war. Allerdings war sie von dort aus geradewegs in ihr Verderben gerannt. Katinka durfte dies um keinen Preis passieren.

„Nein, ich kann mit dir in die andere Dimension gehen und den Weg etwas… abkürzen", sagte er, wobei ihm wohl jeder seine Unsicherheit anhören konnte. „Aber das macht es doch nicht weniger gefährlich?"

Seine Frage war selbstverständlich an Freya gerichtet. Ihre Miene war erneut unergründlich. „Wenn du bist, was ich denke, macht es einen Unterschied."

Sie stand auf und bot Katinka den Platz gegenüber Igor an. Nach einem kurzen Zögern setzte sie sich. „Wenn es eine Chance gibt, will ich es versuchen. Was habe ich schon noch zu verlieren."

„Dein Leben", gab der Hyänenmann zu bedenken. Katinka musterte ihn eindringlich. Die anderen rührten sich kaum. Nur Fjodor trat einen halben Schritt vor. „Können wir irgendetwas tun?"

„Nein, ich fürchte nicht", antwortete Freya.

„Ich vertraue dir", sagte Katinka mit fester Stimme. „Lass uns *gehen*. Bitte!"

Igor streckte die Fingerspitzen nach ihrem Kopf aus. Ihre Verbindung zur anderen Dimension endete abrupt am Rand ihres Geistes. Dennoch glaubte er, ab dieser Stelle den Weg übernehmen zu können.

„Wie du willst. Nur eins noch, so seltsam es klingen mag. Lauf nicht davon", merkte er an. Sie nickte. Dann schloss er die Augen und atmete konzentriert durch. Die ersten Schritte fielen überraschend schwer. Ihren Geist über die Grenzen der Dimensionen zu bewegen, fühlte sich an, als müsste er eine schwere Last mit sich tragen. Einen Augenblick hatte Igor sogar den Eindruck, ihr Geist würde sich an der realen Welt festklammern, weil er seinen angestammten Platz in der anderen Dimension nicht mehr ausmachen konnte. Nur Katinkas eiserner Wille ermöglichte ihnen letztendlich den Übergang.

Igor sah sich aufmerksam um. Sie waren von dichtem Dschungel umgeben. Es war heiß und leichter Regen fiel. Katinka stand ein paar Schritte entfernt vor ihm auf einem Steg, der über einen gemächlich dahin fließenden kleinen Fluss führte, und betrachtete die schlichte Holzhütte am Ufer. Er trat neben sie.

„Wo sind wir?"

„In diesem Haus wurde ich geboren. Nachdem mein Vater von anderen Abtrünnigen ermordet worden war, floh meine Mutter hier her nach Kolumbien."

Laute Stimmen ertönten aus dem Inneren der Hütte.

„Gefunden haben sie uns trotzdem irgendwie", fügte Katinka an. Die Tür wurde so heftig aufgestoßen, dass sie beinahe aus den Angeln brach. Ein junges Mädchen, das dem Aussehen nach nicht zu Katinkas Familie gehörte, stürmte auf sie zu.

„Lauft!", brüllte die Frau, die Igor in der Hütte erkennen konnte. Das Mädchen schlang die Arme um Katinka und schob sie mit aller Kraft rückwärts über den Steg. Damals war sie mit Sicherheit noch ein Kind gewesen. Igor achtete genau darauf, nur wenige Schritte Abstand zu ihnen einzuhalten, sodass er sich immer weiter von der Hütte entfernte. Dennoch erhaschte er durch die großen Blätter der Uferböschung einen zweiten Blick auf Katinkas Mutter. Ein Hund hatte sie aus der Hütte getrieben. Sie hieb mit einer Machete auf ihn ein. Allerdings bewegte sie sich viel zu langsam, um es mit ihm aufnehmen zu können. Erst mitten im Dschungel kamen sie zum Stehen. Igor wandte sich ganz zu Katinka um.

Sie nahm gerade das Gesicht des Mädchens, das sie damals offenbar in Sicherheit gebracht hatte, liebevoll in beide Hände und verabschiedete sich von ihr. Sie waren wieder allein.

„Deine Mutter war ein Mensch", merkte Igor unbeholfen an.

„Ja, eine Begabte." Katinka sah unverwandt in die Richtung, aus der sie hergekommen waren. „Ich wusste noch nicht, dass ich ein Bär werden würde. Ich wollte nur…"

„Ja?", fragte er. Diese Erinnerung musste extrem traumatisch für sie sein.

„Sie hat gekämpft, obwohl sie nicht den Hauch einer Chance hatte. Ich wollte immer nur sein wie sie. Und kämpfen, wenn es nötig ist." Katinka wandte sich ab und ging weiter, hinaus aus dem Dschungel und zum Licht. Igor wich für keine Sekunde von ihrer Seite. In der Ferne tauchte die moderne Festung auf, die als letzter Stützpunkt der Firma gedient hatte. Vor ihnen erschienen die Vampire und Gestaltwandler, die vereint gegen die Hybriden gekämpft hatten. Was führte sie ausgerechnet hier her? Der Hyänenmann wagte nicht zu fragen. Katinka hielt inne und beobachtete die erbitterte Schlacht einige Atemzüge lang. In der realen Welt hatten sie gemeinsam in der ersten Reihe gekämpft, nun betrachtete sie die Situation wohl mit mehr Distanz.

„Warum warst du dort?", fragte sie unvermittelt.

„Ich wollte meinen Freunden zur Seite stehen", gab Igor zurück. „Und ich habe es für das Richtige gehalten."

„Wir haben mehr gemeinsam, als ich dachte." Katinka fuhr sich mit dem Handrücken durchs Gesicht. „Als wir aufgebrochen sind, hatte ich noch Zweifel, aber als wir hier ankamen, war ich mir sicher. Ich bereue es nicht."

Der Boden zu ihren Füßen wurde für einen Atemzug von einem Leuchten erfüllt, dessen auslaufende Wellen noch in vielen Schritten Entfernung zu sehen waren. Aber das schien sie nicht wahrzunehmen. Sie fokussierte sich voll und ganz auf den Hybriden, der auf sie zustürmte. Mühelos rang sie ihn in ihrer menschlichen Gestalt nieder. Igor schloss zu ihr auf und berührte sie am Arm. Wie er vermutet hatte, war eine Veränderung eingetreten, seit sie erneut entschieden hatte, zu kämpfen.

„Und wir haben gesiegt. Lass uns nach Hause zurückkehren."

Katinka nickte zufrieden und ergriff seine Hand.

Im nächsten Moment begann ihr Herz zu rasen. Igor öffnete die Augen und sah gerade noch, wie sie die ihren aufriss. Sie rang nach Luft, als wäre sie zuvor unter Wasser gedrückt worden. Keuchend rutschte sie von ihrem Stuhl und kroch über den Boden davon. Freya kniete sich eilig neben sie und drehte sie zu sich um.

„Du bist in Sicherheit. Atme!"

Stattdessen nahm Katinka mit einem tiefen Brüllen ihre zweite Gestalt an. Fjodor und Timur warfen sich auf sie, um sie festzuhalten. Glücklicherweise fing die Bärin sich sofort wieder und verwandelte sich zurück. Die beiden Hundemänner ließen sie sichtlich erleichtert los.

„Wir haben es geschafft!", rief Katinka begeistert. „Sie ist wieder da! Ich fühle es."

Felicia umarmte sie mit einem erleichterten Lächeln. Auch die anderen lösten sich endlich aus ihrer Starre und rückten näher an sie und Igor heran. Wenigstens ein Teil ihrer Anspannung fiel von ihnen ab. Der Hyänenmann saß noch still auf seinem Platz. Freya streckte die Hand nach seinem Kopf aus, um seinen Geist direkt wahrzunehmen.

„Ist alles in Ordnung?", fragte Katinka.

„Mach dir um mich keine Sorgen, ich bin nur erschöpft", sagte Igor. Die Bärenfrau lächelte erleichtert. „Ich danke dir! Aber… Selbst du wirst das nicht beliebig oft hinbekommen, oder? Wir müssen etwas wegen Okon unternehmen."

„Das befürchte ich auch", sagte Freya und wandte sich wieder zu ihm um. „Bist du im Besitz von Miras Handynummer? Ich muss sie dringend sprechen."

Er nickte geistesabwesend und reichte ihr sein Mobiltelefon. Die Eulenfrau verschwand aus dem Saal, um ungestört zu sein. Katinka fragte derweil, ob schon jemand seine alten Kontakte gebeten hatte, nach dem Hund und Quentin Ausschau zu halten, und welche Möglichkeiten sie sonst hatten.

Igors Nummer erschien auf dem Display. Mira nahm den Anruf sofort an und legte den Stift beiseite, mit dem sie ihren derzeitigen Übersetzungsversuch notiert hatte.

„Hier spricht Freya. Igor war so freundlich, mir sein Telefon zu leihen."

„Ich grüße dich", sagte die Tageswandlerin überrascht. „Was verschafft mir die Ehre?"

Die Gestaltwandlerin war beunruhigt, das hatte sie ihr schon bei ihren ersten Worten angemerkt. Freya schilderte ihr, was mit Asheroth im Kampf gegen Okon geschehen war. Mira wollte sich nicht vorstellen, welche Stimmung im Moment in der Festung der Ältesten herrschte.

„Okon ist ein Spalter", sagte die Eulenfrau eindringlich. „Falls du ihm begegnest, weiche ihm um jeden Preis aus! Das Lichtwesen nach einer Trennung von der anderen Dimension nicht mehr einsetzen zu können, wie du es gewöhnt bist, wäre noch das kleinere Problem."

„Verstanden."

Anschließend erklärte Freya, was Igor getan hatte, um Katinka zu helfen. Mira wartete kurz ab, ob sie noch etwas hinzufügen wollte, doch am anderen Ende der Leitung herrschte Stille.

„Gibt es so einen Begriff wie *Spalter* auch für Igor?"

„Ja, den gibt es." Ihre Stimme klang, als ob Freya es selbst kaum glauben konnte. „Einen oder besser gesagt *eine* wie ihn gab es allerdings nur ein einziges Mal unter uns. Wir nannten sie die *Begleiterin*."

Mira musste daran denken, was der Hyänenmann nach der letzten Schlacht gegen die Firma gesagt hatte. Offenbar konnte er nicht nur andere Geschöpfe begleiten. Im Gegensatz zu Jala blieb er bei klarem Verstand, obwohl er die andere Dimension nun mehrfach betreten hatte.

„Igors Fähigkeit ist wirklich etwas Besonderes, oder?"

„Allerdings." Freya sprach nun sehr leise. „Ich hätte nicht gedacht, dass es irgendwann noch einmal einen Begleiter geben würde. Umso größer ist meine Erleichterung, dass es Igor ist und nicht sein verlorener Freund."

Dem konnte Mira nur zustimmen. Okon war mit seiner eigenen Fähigkeit schon gefährlich genug. Ihre Neugier war trotz allem geweckt.

„Denkst du, er könnte Asheroths Verbindung zur anderen Dimension genauso wieder herstellen und ihm damit seinen Tastsinn zurückgeben?"

„Ich weiß es nicht, schließlich ist er ein Schattenwandler. Ihr unterscheidet euch in so vielem von uns."

Dieser Einwand würde dem Ältesten wohl kaum gefallen. Mira beschloss, das Thema fürs Erste ruhen zu lassen. „Kann Igor auch gegen andere Fähigkeiten bestehen, falls es Okon gelingt, noch jemanden auf die Reise zu schicken?"

„Ich fürchte, das muss er selbst herausfinden", gab die Eulenfrau ausweichend zurück. „Die erste Begleiterin war nie gezwungen, zu kämpfen."

„Hast du sie gekannt?" Die Tageswandlerin wurde das Gefühl nicht los, dass Freya irgendetwas mit dieser Frau verband. Allerdings verneinte sie. „Sie starb, bevor ich geboren wurde."

„Wie? Wenn ich fragen darf."

Ein solches Geschöpf war sicher nicht leicht zu besiegen gewesen. Wieder herrschte einen Moment lang tiefes Schweigen.

„Sie hat sich dafür entschieden", sagte Freya schließlich. „Bevor der Schatten in die reale Welt gezerrt wurde, waren Licht und Schatten in der anderen Dimension eins, wie du weißt. Sie ging hinüber und bat sie um ihr Ende."

„Warum?" Mira wagte nur, zu flüstern.

„Sie war der Ansicht, ein Menschenleben sei genug. Sie konnte ja nicht ahnen, was ihre Nachfolger mit ihrer Macht anfangen würden, oder dass Jala kommen würde."

„Wollte sie nicht unsterblich sein? Das muss ihr doch bewusst gewesen sein, bevor sie ihre Reise durch die andere Dimension angetreten hat."

„Nein, das war es nicht", widersprach Freya. „Die Begleiterin konnte nichts von der Unsterblichkeit wissen. Sie war die allererste von uns."

Igor schob die schweren Türen seines Hauses auf und entdeckte Freya bei den geparkten Autos. Offenbar hatte sie ihr Gespräch mit Mira gerade beendet. Er schloss zu ihr auf und nahm wortlos sein Handy entgegen. Sein Clan diskutierte in diesem Moment, wohin Okon und Quentin am wahrscheinlichsten geflohen waren. Katinkas Genesung gab ihnen endlich den Mut, den sie brauchten, um sich aus ihrer Starre zu lösen. Igor erging es nicht anders. Allerdings beschäftigten ihn auch andere Dinge.

„Woher wusstest du, dass ich Katinka an den entscheidenden Punkt ihrer Reise bringen kann?", fragte er. „Das kannst nicht einmal du gesehen haben."

„Ich ging davon aus, dass du Soraya in der anderen Dimension besiegt hast."

Der Hyänenmann verzog unwillkürlich das Gesicht.

„Ich will nicht wissen, wie", fügte Freya gelassen hinzu. „Das ist allein deine Angelegenheit."

Diese Reaktion hatte er nicht erwartet, aber er beschloss, sie hinzunehmen. Er atmete tief durch. „Du solltest mir nun doch sagen, welche Fähigkeiten durch die Reise noch entstehen können. Ich kann nicht ausschließen, dass Okon Quentin und vielleicht auch anderen, die sich ihnen anschließen, die Reise ermöglicht."

„Da stimme ich dir zu. So sehr ich auch hoffe, dass er es nicht tut."

27. Tageswandler

Mira sah nachdenklich auf das Display ihres Handys. Anzheru war von Aberdeen zuerst nach Paris gereist, da ihn das
Oberhaupt des Westlichen Clans um ein Gespräch gebeten
hatte. Sobald er nach Hause kam, würde sie ihm Freyas Warnung ausrichten. Was für sie in Bezug auf Okon galt, galt
auch für ihn. Sie legte das Telefon zurück auf den Tisch und
betrachtete ihren Notizblock, auf dem sie versucht hatte, Horatios Aufzeichnungen zu decodieren. Mittlerweile war sie
sich halbwegs sicher, die Worte *links* und *rechts* sowie einige
Zahlen identifiziert zu haben. Sie kamen recht häufig vor.
Probehalber hatte sie nach jeder Richtungsangabe die voran-
gehenden und darauffolgenden Worte abgezählt und hinter-
einander gereiht, war aber leider zu keinem Ergebnis gekommen. Mira rieb sich die Stirn. Es war frustrierend, aber nach
ihrer zweiten Begegnung mit *Samuel Smith* kam aufgeben
nicht in Frage. Als sie jemanden die Villa betreten hörte, sah
sie interessiert zur offenstehenden Tür der Bibliothek. Yvette
erschien und sah sie angespannt an. Sie hielt ihr Funkgerät
in der Hand.

„Wir haben einen Gast am Haupttor. Er sagt, er sucht nach
jemandem."

„Ist er Vampir oder Gestaltwandler?"

„Na ja…" Ihre Leibwächterin hob unschlüssig die Arme.
„Artorius sagt, er sei wie du."

Mira hielt den Atem an. Sie stand vor den schweren Türen
zum Hauptquartier, um diesen ominösen Gast in Empfang zu
nehmen. Das erschien ihr angemessener als die abgeschiedene Villa. Artorius begleitete ihn über das Gelände. Wenige
Schritte von ihr entfernt blieben die beiden Männer stehen.

„Das ist Mira, die Gefährtin unseres Clan-Oberhaupts", stellte der Leibwächter sie vor. Der Fremde neigte respektvoll den Kopf. „Mein Name ist Yero, ich bin keinem Clan zugehörig. Ich danke dir dafür, dass du mit mir sprichst."

Sie erwiderte die Geste ein wenig ruckartig. Er war einen halben Kopf kleiner als sie und trug schlichte Kleidung. Seine Schuhe wirkten, als hätte er sehr lange Strecken zu Fuß zurückgelegt. Sein helles Haar hatte er zu einem Zopf zurückgebunden. Seine grünen Augen musterten sie interessiert. Zügen und Teint nach war er in seinem menschlichen Leben vermutlich Skandinavier gewesen. Aber das alles kam Mira unwichtig vor, seit sie eingeatmet hatte und seinen Geruch wahrnahm. Ihre letzte Mahlzeit lag kaum zwei Nächte zurück und dennoch weckte er ihren Durst stärker als sonst irgendjemand. Kein Vampir der Welt besaß so mächtiges Blut wie er, nicht einmal die Ältesten. Das wurde ihr innerhalb weniger Sekunden bewusst und dabei blutete er nicht einmal. Sie konnte nicht umhin, einmal angestrengt durchzuatmen.

„Verzeih, mir ist noch nie ein anderer Tageswandler begegnet. Was führt dich her?"

„Du musst dich nicht entschuldigen. Jeder Vampir reagiert auf meine Gegenwart auf die eine oder andere Weise. Ich bin beeindruckt, welches Maß an Selbstbeherrschung deine Vampire an den Tag legen. Aber darin haben sie offensichtlich Übung."

Mira nickte stumm. Ihr war zuvor nicht im vollen Ausmaß bewusst gewesen, wie schwer es den anderen fallen musste, sie nicht blutgierig anzufallen. Yero lächelte bekümmert.

„Ehrlich gesagt, geht es mir gerade sehr ähnlich wie dir, obwohl ich beim Betreten deines Anwesens nicht durstig war. Aber du hast nach dem Grund meines Besuchs gefragt."

Er zog eine vergilbte Fotografie aus der Innentasche seiner Jacke und reichte sie ihr. „Ich suche nach einer Freundin. Ihr Name ist Delya."

Die Frau auf dem Bild trug ein Kleid, das um 1920 modisch gewesen sein mochte und einen ausladenden Hut. Dieser verdeckte einen Teil ihres Gesichts, allerdings nicht die Tätowierung auf ihrer Wange. Mira erinnerte sich sofort, wo sie sie schon einmal gesehen hatte.

„Hast du von der Firma gehört, die bis vor vier Monaten Jagd auf Unsterbliche gemacht hat?"

„Keiner von uns hat nicht davon gehört." Er legte die Stirn in tiefe Sorgenfalten. „Hast du sie getroffen?"

„Nein, leider... befand sie sich unter den Toten, die wir der Firma im Schloss des Östlichen Clans wieder abnehmen konnten. Wir haben sie bestattet."

Yero ließ merklich die Schultern sinken. Er schloss für einen Moment die Augen.

„Es tut mir sehr leid." Sie gab ihm das Foto zurück. Er steckte es behutsam wieder an seinen Platz in seiner Jackentasche. Anschließend rieb er mit den Fingerkuppen über seinen Nasenrücken. „Ich hatte es im Grunde schon geahnt, als sie nicht zu unserem vereinbarten Treffpunkt gekommen ist. Es ist gut, nun Gewissheit zu haben."

Mira wich seinem Blick für einen Moment aus. Es sollte sie nicht überraschen, dass einzelne Vampire immer noch nach ihren Angehörigen suchten, aber hierauf war sie nicht vorbereitet gewesen.

„Du hast sicher eine lange Reise hinter dir?", fragte sie mitfühlend. Yero bejahte.

„Dann bleib gern, um dich auszuruhen."

„Ich danke dir, Mira."